D1857090

ROLF VON SIEBENTHAL

Höllenfeuer

MORDSHITZE Die Julihitze quält die Schweiz seit Tagen. Während Kripo-Chef Heinz Neuenschwander den Mörder eines bekannten Arztes verfolgt, füllt der Journalist Max Bollag das Sommerloch mit einer Serie über ungeklärte Verbrechen. Da bekommt er den Hinweis, dass ein vor Jahren im Rhein ertrunkener Junge noch am Leben sein soll. Das Rätsel um den Jungen lässt Bollag keine Ruhe und bringt ihn in große Gefahr. Gleichzeitig bedrohen mächtige Gegner seine Lebenspartnerin, Bundesrätin Petra Mangold. Sie erpressen die Politikerin mit einem dunklen Geheimnis aus der Vergangenheit. Bollag, Mangold und Neuenschwander kämpfen an verschiedenen Fronten und erkennen spät, dass sie ihre Kräfte bündeln müssen. Können sie eine drohende Katastrophe verhindern?

Rolf von Siebenthal, Jahrgang 1961, ist ausgebildeter Sprachlehrer. Er arbeitete viele Jahre bei einer Tageszeitung und im Schweizer Verkehrsministerium, heute ist er selbstständiger Journalist und Texter. Er lebt mit seiner Familie in der Nordwestschweiz.

Bisherige Veröffentlichungen im Gmeiner-Verlag:
Schachzug (2013)

ROLF VON SIEBENTHAL

Höllenfeuer

Kriminalroman

GMEINER *Original*

Personen und Handlung sind frei erfunden.
Ähnlichkeiten mit lebenden oder toten Personen
sind rein zufällig und nicht beabsichtigt.

Besuchen Sie uns im Internet:
www.gmeiner-verlag.de

© 2014 – Gmeiner-Verlag GmbH
Im Ehnried 5, 88605 Meßkirch
Telefon 07575/2095-0
info@gmeiner-verlag.de
Alle Rechte vorbehalten
1. Auflage 2014

Lektorat: Katja Ernst
Herstellung: Mirjam Hecht
Umschlaggestaltung: U.O.R.G. Lutz Eberle, Stuttgart
unter Verwendung eines Fotos von: © patrice52 – Fotolia.com
Druck: GGP Media GmbH, Pößneck
Printed in Germany
ISBN 978-3-8392-1614-9

Für Rös

1

Der Schmerz breitete sich von der Ohrmuschel in den Gehörgang aus, durchdrang das Trommelfell und die Cochlea, bahnte sich einen Weg über den Hörnerv ins Gehirn. Es fühlte sich an, als ob eine Nadel langsam in Brunners Kopf gestoßen würde. Er wollte schreien, zu hören bekam er ein leises Stöhnen.

Er ließ seinen Kopf auf den Boden sinken, die Qualen ließen ein wenig nach. Brunner öffnete die Augen. Um ihn herum lag alles im Dunkeln. Ein scharfer, unangenehmer Geruch stieg ihm in die Nase. Sein Gaumen war ausgetrocknet, er empfand den Drang, sich über die Lippen zu lecken. Es ging nicht, etwas verstopfte seinen Mund. Er wollte seine Hände hochnehmen, doch die Arme gehorchten ihm nicht. Sie waren hinter seinem Rücken verschränkt, zusammengebunden. Behutsam drehte er den Kopf, augenblicklich bohrte sich der Schmerz tiefer in sein Ohr.

Stillhalten! Nicht bewegen!

Verdammt, wo befand er sich? Und was hatte er um seinen Kopf? Sachte hob er die Augenbrauen, Klebeband umwickelte seinen Mund. Was war bloß passiert?

Nach der Spätschicht hatte er bei Toni reingeschaut, zwei oder drei Whisky getrunken. Er war nach Hause gefahren, die Deckenleuchten im Flur hatten nicht funktioniert. Er hatte die Tür verriegelt, den Aktenkoffer auf den Boden gestellt, den Schlüssel im Flur auf die Kommode gelegt, war die Treppe zum Schlafzimmer hochgegangen und … An mehr konnte er sich nicht erinnern.

Vorsichtig bewegte Brunner seine Beine. Sie ließen sich strecken, die Fußgelenke waren allerdings ebenfalls zusammengeschnürt. Langsam drückte er die Knie durch, stieß mit den Füßen gegen einen Gegenstand, der umstürzte und laut klapperte. Flüssigkeit tropfte auf seine Füße. Was war das für ein Geruch?

Er hörte ein Quietschen, ein Knarren, ein bekanntes Geräusch. Das war die Tür zum Dachboden, die Holztreppe. In seinem Haus! Jemand stieg die Stufen hoch, Schritte folgten über ihm, zwei Menschen. Sie gingen zielstrebig herum, verharrten, gingen weiter, verharrten. Die Treppe knarrte erneut, die Schritte kamen näher. Brunner drehte den Kopf, wie ein Blitz durchfuhr ihn der Schmerz. Die Schritte erstarben, ein Lichtschein erhellte den Streifen unter der Tür. Dort draußen standen sie, wer immer sie waren. Er riss an seinen Armen, die Fesseln schnitten in seine Handgelenke, er musste …

Brunner vernahm ein Gluckern, anschließend entfernten sich die Schritte den Flur hinunter. Er atmete auf, sah dem Lichtschimmer nach, für einen Moment erkannte er den Fuß der Stehlampe in seinem Wohnzimmer. Das Licht verschwand.

Wer zum Teufel …?

Viktor! Natürlich! Das mussten Viktors Leute sein. Der wollte ihm Angst einjagen, weil er im Rückstand mit den Raten war. Dieser Scheißkerl! Schickte der einfach ein paar Arschlöcher los, die mit ihren dreckigen Pfoten seine Sachen durchwühlten. 700 Franken steckten im Flurschrank, der Laptop, die zwei kleinen Goldbarren im Schlafzimmer, seine Omega. Er tastete mit den Fingern nach der Uhr am Handgelenk. Die hatten sie übersehen, diese Schwachköpfe. Der Kabelbinder, mit dem er gefesselt war, schnitt in seine Haut ein. Er verdrehte die Hände, zog die Arme auseinander, keine Chance.

Der Gestank war beißend. Er betastete seine Hose, sie war feucht zwischen den Beinen. Urin. Er musste sich vollgepisst haben. Diese Hurensöhne! Das würde Viktor büßen. Doch es stank nicht allein nach Urin, da war ein anderer Geruch. Er erinnerte Brunner an die Werkstatt von Onkel Konrad.

Mein Gott: Benzin!

Sachte drehte er sich auf den Bauch, eine Welle aus Schmerzen durchflutete sein Hirn. Er reckte den Kopf in verschiedene Richtungen, versuchte den Qualen zu entkommen. Wenn er den Schädel auf die linke Schulter sinken ließ, waren sie halbwegs erträglich. Er sammelte seine Kräfte, zog mühsam die Knie unter den Oberkörper. Was würde er für einen Schuss Morphium geben! Er ließ das Gesäß auf die Waden sinken, spürte die durchtränkte Hose.

Schritte polterten durch das Haus, sie wurden schneller, hektischer. Brunner rutschte mit dem Hintern von seinen Waden auf den Boden, machte eine Drehung und streckte die Beine aus. Er saß auf etwas, wühlte mit den Schuhen durch den Haufen unter ihm, bis er das Parkett spürte. Verflucht, worauf hockte er da? Waren das Bücher?

Er stemmte die Schuhabsätze gegen den Boden, drückte die Beine durch, rutschte rückwärts, kam nicht weit, stieß gegen einen Gegenstand. Mitten im Wohnzimmer? Er drehte sich um, legte sich nach hinten, reckte die Füße in die Höhe und drückte dagegen. Das musste sein schwerer Esstisch sein, der auf die Seite gekippt eine Wand bildete. Hier kam er nicht weiter.

Er hörte Gemurmel, hektisch, gehässig. Es klang nach Streit. Unter der Tür schimmerte wieder Licht. Brunner konnte erkennen, dass der Plasmafernseher, das Ledersofa und der Tisch in einem Kreis um ihn herum aufgebaut waren. Alles schimmerte feucht, war sicher benzingetränkt. Sein Nacken tat höllisch weh wegen der komischen Kopfhaltung.

Aus dem Flur tönte es, als ob eine Wildsau durch sein Haus hetzte. Sie rumorte in der Küche, stieg durch den

Kamin ins Dach, polterte die Treppe hoch. Brunner stieß den Fernseher mit den Füßen weg, verlor das Gleichgewicht, kippte auf die Seite, sein Kopf knallte auf den Boden, die Schmerzen stiegen ins Unermessliche. Benzin tropfte von den Möbeln in sein Genick. Der Lärm im Flur änderte sich, glich nun dem Zischen eines Dampfkochtopfs, ein neuer Geruch breitete sich aus. Er reckte die Nase in die Höhe, schnupperte.

Rauch.

Die Härchen an Brunners Armen stellten sich auf.

Feuer!

Er blickte zur Tür, der Rauch zog durch die Ritzen ins Zimmer. Er kam erneut auf die Knie, robbte über das Parkett, stieß mit dem Kopf gegen seine Kommode, ignorierte den Schmerz in seinem Kopf. Es stank nach brennendem Holz und Plastik. Er drehte sich um, lehnte sich mit dem Rücken gegen die Kommode, stützte sich mit den Ellenbogen ab, kam langsam hoch.

Mit einem lauten Knall flog die Wohnzimmertür auf, der Rahmen fing sofort Feuer. Eine Woge aus Hitze und dichtem Qualm umfing ihn und sog die Luft aus seinen Lungen. Brunner warf sich auf den Boden, Glas splitterte draußen, eine Explosion im Flur ließ den Boden zittern.

Das Feuer breitete sich über das Benzin im Wohnzimmer aus, Flammen kletterten die Kommode empor, blau und rot. Sie leckten gelb an den Büchern, tänzelten über das Sofa, umzingelten ihn. In der unerträglichen Hitze presste er seinen Kopf auf den Boden, atmete flach, saugte die Luft wie durch einen Strohhalm ein. Er suchte nach einer Lücke im Flammenring, seine Atemwege kratzten.

Es krachte im Zimmer, als ob jemand Holz spaltete. Die Flammen auf den brennenden Möbeln zogen den Kreis um ihn herum enger. Nun erkannte er, dass er mitten auf seiner Sammlung erotischer Bücher saß. Wie auf einem Scheiterhaufen.

Brunner gab sich nicht geschlagen. Er wälzte sich über Glassplitter. Plötzlich konnte er die Beine bewegen, gleich danach waren die Arme frei. Er blickte an sich herab, das Plastik verschmolz mit seinen Handgelenken, die Haut färbte sich schwarz.

Brunner hob den Kopf und setzte zu einem tierischen Gebrüll an, als der Raum um ihn herum in einem grellen Blitz zerbarst. Es dauerte den Bruchteil einer Sekunde, dann war alles vorbei.

2

Bollag fuhr sich mit dem Handrücken über die Stirn und streifte den Schweiß an der Gesäßtasche ab. Verfluchte Hitze. Um 8.15 Uhr fühlte es sich bereits an wie in der Sauna. Im Schatten der Liestaler Bahnhofunterführung griff er in seine Umhängetasche, zog seinen kleinen Schreibblock und einen Kugelschreiber heraus und vergewisserte sich, dass dieser funktionierte. Ein einziges Mal in seiner Karriere hatte er eine Pressekonferenz ohne brauchbaren Stift durchlitten. Das würde ihm nie mehr passieren.

Das Hemd klebte ihm am Rücken, als Bollag die Sichternstrasse hochging. Seit elf Tagen quälte die Sommerhitze die Schweiz, die Menschen kauften Klimaanlagen wie blöd und flüchteten ins Freibad. Er stöhnte leise beim Gedanken an das kühle Wasser.

Bollag bog in die Widmannstrasse ein und entdeckte reichlich Trubel etwa hundert Meter entfernt. Zwei Feuerwehrautos, drei Patrouillenfahrzeuge der Polizei und weitere Autos blockierten die Durchfahrt. Er schlängelte sich zwischen ihnen hindurch und stutzte beim Anblick eines Leichenwagens, eines metallicgrauen Mercedes Kombi. In der Polizeimeldung war lediglich von einem Brand die Rede gewesen. Die Hintertür des Mercedes stand offen, er war leer.

»Hier können Sie nicht durch.« Der junge Polizist in Uniform versperrte ihm den Weg und hob die Hand.

Bollag zückte seinen Presseausweis.

Der Polizist prüfte das Kärtchen und sah sich um. Ein paar seiner Kollegen schwirrten um die abgebrannte Villa herum, deren geschwungenes Dach teilweise eingestürzt war. Die Dachbalken ragten wie ein schwarzes Skelett in die Höhe, Ruß bedeckte die Fassade. Schließlich zuckte er mit den Schultern. »Also gut, bis zur Absperrung.«

Bollag schob den Ausweis zurück in sein Portemonnaie. »Wer ist an der Brandstelle zuständig?«

»Kripo-Chef Neuenschwander.«

Der Chef persönlich erschien bei einem Hausbrand? Bollag nickte dem Polizisten zu, schlüpfte zwischen den zwei eng parkierten Feuerwehrautos hindurch und wich mehreren Wasserlachen aus.

Er ging vor bis zum gelben Absperrband, etwa zehn Meter von dem Haus entfernt. Dort hatte sich eine kleine Schar Gaffer versammelt, Nachbarn vermutlich, zu denen Bollag Abstand hielt. Der Geruch von verbranntem Holz und Plastik hing in der Luft. Vom herrschaftlichen Glanz der Villa war nicht viel übrig geblieben. Reifenspuren zerfurchten den Rasen des gepflegten Gartens, das Gras war mit Glassplittern gesprenkelt. In der Einfahrt stand ein großer, dunkelblauer BMW, bedeckt mit einer Schicht grauer

Asche. Feuerwehrleute in beigen Brandschutzwesten mit gelben Leuchtstreifen rollten dicke Schläuche auf, sammelten Spitzhacken ein und verluden Atemschutzmasken. Zwei Polizisten mit verdreckten Hosen liefen über den matschigen Rasen und schauten in Kellerfenster.

Oben im ersten Stock blitzte ein Licht in einem verkohlten Fensterrahmen. Außen lehnte eine silberne Leiter aus Aluminium an der Fassade. Ein weiterer Blitz. Offenbar arbeiteten die Techniker der Kriminalpolizei dort oben und machten Fotos. Fotos wovon? Einer Leiche?

Bollag überprüfte die Reihen der Gaffer, Konkurrenz war keine da. Normalerweise würde das Tagblatt einen Hausbrand mit einer kurzen Polizeimeldung abhandeln. Doch der Brandort lag in einem vornehmen Quartier zehn Minuten von der Redaktion entfernt, deswegen hatte er sich zu dem kleinen Spaziergang aufgemacht.

»Hueresiech, verschwindet aus dem Garten. Ihr Schafsköpfe zertrampelt alle Beweise.«

An der dröhnenden Stimme erkannte Bollag den Kripo-Chef, bevor der mit seinem massigen Körper um die Hausecke kam. Neuenschwander scheuchte die beiden Polizisten mit den dreckigen Hosen vor sich her. Er ging auf die 60 zu und pflegte seinen Ruf als scharfer Hund. Das spärliche Haar auf seinem Kopf war kurz geschoren, die Haut bleich wie junger Emmentaler Käse.

Bollag wartete, bis Neuenschwander an der Absperrung vorbei durch den Garten stampfte. »Schüchtern Sie wieder Ihre Mitarbeiter ein?«

Brüsk drehte Neuenschwander den Kopf, blieb stehen und verzog das Gesicht. Mit der Hand strich er sich über die Halbglatze und hinterließ dabei einen Streifen Ruß. Er kam auf Bollag zu. »Sie haben mir gerade noch gefehlt. Was tun Sie hier?«, grunzte er.

»Das Gleiche wie Sie. Arbeiten.« Bollag wies mit dem Daumen über seine Schulter auf den Leichenwagen. »Gab es einen Toten?«

Neuenschwander spitzte die Lippen und beäugte Bollag skeptisch. »Ich will hier keinen Medienrummel.«

»Geben Sie mir einen Tipp, und ich bin weg.«

Der Kripo-Chef kratzte sich am Kinn. »Ist das ein Versprechen? Und Sie schreiben heute nichts für Tagblatt online?«

Bollag nickte zweimal.

Mit dem Kinn wies Neuenschwander hinauf zum ersten Stock, er senkte die Stimme. »Wir haben einen Toten dort oben. Der ist nicht identifiziert.«

Als ein Feuerwehrmann im ersten Stock pfiff, um seinen Kollegen im Garten auf sich aufmerksam zu machen, drehten Bollag und Neuenschwander den Kopf. Der Mann stieg schnell die Leiter zum Fenster hoch, während zwei Mitarbeiter des Leichenbestatters einen Metallsarg über den Rasen trugen. Der Kripo-Chef straffte seine Schultern. »Im Gegensatz zu Ihnen braucht man mich hier. Aber ich habe einen zweiten Tipp für Sie.« Er richtete den Zeigfinger auf Bollags Gesicht. »Stehen Sie früher auf, dann haben Sie Zeit zum Rasieren.« Er machte auf dem Absatz kehrt, seine schwarzen Gummistiefel erzeugten ein schmatzendes Geräusch auf dem Rasen.

Bollag fuhr sich mit der Hand über die Bartstoppeln und grinste. Heute hatte der Kripo-Chef ja richtig gute Laune. Normalerweise hätte der einen Journalisten gleich zum Teufel gejagt. Er sah hinauf zum ersten Stock, wo der Feuerwehrmann mittlerweile angekommen war und sich von der Leiter aus ins Innere des Hauses beugte. Wenige Sekunden später griff er mit der Linken nach dem Leiterholm, in der Rechten hielt er eine Schlaufe. Beim nächsten Tritt nach unten wurde ein schwarzer Leichensack sichtbar. Der

Feuerwehrmann stieg Sprosse für Sprosse nach unten, sein Kollege sicherte die Fracht von oben mit einem Seil. Sie ächzten in ihren schweren Schutzanzügen. Unten übergab er den Sack an die beiden Männer mit dem Sarg. Sie legten ihn behutsam hinein, schoben den Deckel darüber und trugen die Metallkiste zum Mercedes.

Wer wohnte in diesem Haus? Bollag suchte einen Briefkasten und ging den Gartenzaun entlang zur Einfahrt, wo das Wasser große Pfützen gebildet hatte. Über der mannshohen Hecke zum Nachbargrundstück ragte ein Flachdach in die Höhe, in dessen Mitte ein Fenster offen stand. Dort verharrte ein schwarz gekleideter Mensch mit einer Kamera vor dem Gesicht. Interessant. Bollag spazierte hinüber und wich ein paar Gaffern aus. Der Rasen vor dem modernen, hellblauen Kasten strahlte trotz der Hitze in sattem Grün. Bollag schritt durch das Gartentor und klingelte an der Haustür. Nichts passierte.

Erst nach dem dritten Klingeln hörte er Schritte und eine junge Frau mit neonblauem Haar öffnete. Sie war vielleicht 18, trug Ringe in der Nase, einen Nagel in der Augenbraue und elegante schwarze Klamotten. Eine Tochter aus reichem Haus, die auf Protest machte. Bollag setzte ein Lächeln auf. »Verkaufen Sie mir Ihre Aufnahmen?«

Ihre Blicke huschten schnell über ihn wie Ameisen. »Wer sind Sie überhaupt?«

»Ich bin Journalist beim Tagblatt.« Bollag zückte eine Visitenkarte und streckte sie ihr entgegen. »Wir zahlen Ihnen 300 Franken, wenn Ihre Fotos brauchbar sind.«

Sie betrachtete die Karte wie eine stinkende Socke. »Ich weiß nicht, wovon Sie reden. Verschwinden Sie. Mit einem Schreiberling von diesem Scheißblatt will ich nichts zu tun haben.« Sie knallte die Tür zu, bevor er ein Wort sagen konnte.

Bestimmt war das Herzchen der Augenstern seiner Eltern.

Er schlenderte zurück zu dem abgebrannten Haus, wo sich der Leichenwagen in Bewegung setzte. Nochmals nahm er das Bild in sich auf: die verkohlten Balken, die Gaffer, die schwitzenden Feuerwehrleute, die Glassplitter, den BMW. Daraus ließ sich eine schöne Reportage machen.

3

Akim Oecal sah aus wie ein Konfirmand. Der Scheitel war wie mit dem Lineal gezogen, die Krawatte unter dem weißen Overall perfekt gebunden. Es erstaunte Neuenschwander immer, dass der Kriminaltechniker in der schmutzigsten Umgebung makellos aussehen konnte. Akim ging um die verkohlten Möbel herum, die in der Mitte des Wohnzimmers ungefähr im Kreis angeordnet waren. Dort hatte die Leiche gelegen. Eigenartig.

Angestrengt blickte Akim zu Boden. Er bückte sich, hob ein Stück Glas auf, steckte es in einen Plastikbeutel und beschriftete ihn mit einem Filzstift. Anschließend kratzte er mit einem Sackmesser Rückstände vom Türrahmen ab und ließ sie in einen zweiten Beutel fallen. Aus seiner Schultertasche holte er eine kleine Digitalkamera und machte Fotos von den verrußten Wänden.

Der Kripo-Chef stellte sich neben ihn. »Etwas gefunden?«

Mit der Kamera wies der Kriminaltechniker auf die Spuren an der Wand. »Die Hitzemuster zeigen, dass das Feuer nicht hier entstanden ist. Es kam aus dem Flur.«

Neuenschwander nickte. Das Feuer hatte Spuren in der

Brandruine hinterlassen, die ein Fachmann wie Akim lesen konnte. Er verfolgte den Weg des Feuers bis zu dessen Ursprung. »Wann kannst du uns erste Ergebnisse liefern?«

Akim zeichnete den Raum und die Möbelstücke auf einen Block mit Diagrammpapier. »Bald.«

Hoffentlich sehr bald. Neuenschwander war verschwitzt und müde, die Hitze machte ihn fertig. In der Frühe hatte ihn die Einsatzleitzentrale aus dem Bett geholt, bis jetzt hatte er die Untersuchungen überwacht. Nun hatte er bereits zum dritten Mal die wacklige Leiter in den ersten Stock hochklettern müssen, weil die Feuerwehr die Holztreppe wegen Einsturzgefahr abgesperrt hatte.

»Ach, da bist du.« Jonas Schaub erschien im Fensterrahmen. »Ich habe ein paar Informationen über den Hausbesitzer.« Sein schmächtiger Assistent, der mit seiner Metallbrille aussah wie ein Buchhalter, kletterte die letzten Sprossen hoch und hievte sich ins Zimmer. Er nahm einen Rucksack vom Rücken, holte einen Notizblock heraus. »Brunner Michael, 56 Jahre alt, Chefarzt für Orthopädie am Kantonsspital Liestal.« Er blätterte ein paar Seiten vor und zurück. »Ach, hier. Eine Nachbarin hat berichtet, dass sie seinen BMW letzte Nacht gegen 1 Uhr hat die Straße rauffahren sehen. Das Auto steht in der Einfahrt. Wir können also davon ausgehen, dass er der Tote ist.«

Neuenschwander holte ein Taschentuch aus dem Jackett und wischte sich den Schweiß von der Stirn. Danach war es von schwarzen Schlieren überzogen. »Stärneföifi. Bin ich verdreckt?«

Jonas grinste. »Du siehst aus, als ob du das Feuer ganz alleine gelöscht hättest.«

»Verdelli.« Neuenschwander befeuchtete das Taschentuch mit Spucke und wischte sich damit über das Gesicht. »Hast du die Nachbarn nach Angehörigen des Toten gefragt?«

Jonas nickte. »Niemand kennt sie. Offenbar ist Brunner erst vor ein paar Jahren hierher gezogen und hat alleine gelebt. Ein Einsiedler, sagen die Nachbarn. Die Kollegen suchen in den Trümmern nach privaten Unterlagen. Ich habe die Nachbarn nach seinem Zahnarzt gefragt. Fehlanzeige. Im schlimmsten Fall müssen wir die Praxen in Liestal und Umgebung abklappern.«

Neuenschwander knurrte. »Das dauert zu lange.« Sie mussten sich schnell Gewissheit über die Identität des Toten verschaffen, und dazu brauchten sie die Röntgenbilder von Brunners Zahnarzt. »Fragt im Kantonsspital nach. Als Chefarzt hatte er bestimmt eine Sekretärin. Die weiß das vielleicht.«

Akim kam aus dem Nebenraum und trat neben sie. »Ich kann euch eine erste Einschätzung geben.« Sie nickten, und Akim kletterte voran die Leiter hinab. Im Erdgeschoss nahmen sie die Treppe in den Keller, Akim beleuchtete die Räume mit einer Taschenlampe. Das Feuer hatte eine schwarze Kohlengrube hinterlassen. Mit großen Schritten stiegen sie über zerborstene Weinflaschen, deren Inhalt mit dreckigem Löschwasser vermischt war.

Im Heizungskeller strahlte Akim mit seiner Lampe einen tellergroßen Fleck auf dem Boden an. Er wurde von der hellen Mitte gegen die ausgefransten Enden hin dunkler. Akim ging in die Hocke. »Das ist ein Gießmuster. Jemand hat hier eine Flüssigkeit ausgeleert und in Brand gesteckt. Die Flüssigkeit hat die Fläche darunter geschützt, während sich das Feuer über den Rand ausbreitete. Ähnliche Muster habe ich im Erdgeschoss und im ersten Stock entdeckt.«

Neuenschwander beugte sich zu dem Fleck hinunter. »Und was heißt das?«

Akim stand auf und schnaufte. »Brandstiftung, eindeutig.« Mit der Hand deutete er in Richtung Ausgang. »Kommt mit, da ist noch etwas.«

Der Kriminaltechniker ging voran, Neuenschwander folgte ihm auf dem Fuß. Im Gehen wandte er sich zu Jonas um. »Wir werden eine Sonderkommission einrichten müssen. Klär nachher gleich ab, wer überhaupt verfügbar ist.«

Sie stiegen die Treppe hoch und betraten durch die Haustür den Garten, wo Akim sich zum Haus umdrehte und auf die Fassade deutete. »Die meisten Fenster standen offen, als die Feuerwehr ankam. Das sagt der Einsatzleiter.«

Jonas runzelte die Stirn. »Und?«

»Der Luftzug sorgte dafür, dass der Brand richtig in Fahrt kam. Wer immer das Feuer legte, wollte auf Nummer sicher gehen.«

Neuenschwander kratzte sich am Hinterkopf. Da hatte jemand ganze Arbeit geleistet. Jemand, der sich mit Feuer auskannte. Mit dem Rücken zum Haus blickte er über Schaubs Schulter zu Michael Brunners Nachbarn hinter dem Absperrband, es waren sieben, acht Leute. Abseits von dem Grüppchen stand eine Frau, die die Arme eng um ihren Körper geschlungen hatte und ein Taschentuch gegen die Augen presste. Ihr Oberkörper wippte leicht hin und her. Sie maß bestimmt eins achtzig, hatte breite Hüften und schwarze, zerzauste Haare.

»Ein ungewöhnliches Feuer.« Akim tippte auf seine Notizen. »Der Brandstifter hat alles akribisch vorbereitet. Als er das Streichholz anzündete, ging das Haus hoch wie ein Feuerwerk am ersten August.« Er marschierte voran ins Haus und gab Neuenschwander ein Zeichen, mitzukommen. Schaub trottete hinter ihnen her.

Im Flur blieb Akim stehen und schnupperte. »Riecht ihr das?«

Neuenschwander sog die Luft durch die Nase ein. »Den Rauch meinst du nicht?«

»Nein. Da ist etwas anderes.«

Neuenschwander schloss die Augen, versuchte die Gerüche zu identifizieren. Verbranntes Holz, Plastik, Asche, mehr war da nicht. »Verdeckel, Akim. Rück raus mit der Sprache.«

Akim klopfte mit der Hand auf seine Tasche. »Ich werde die Proben im Gas-Chromatografen analysieren. Ich bin ziemlich sicher, dass als Brandbeschleuniger eine Mischung aus Diesel und Benzin verwendet wurde.«

Jonas reckte neugierig den Kopf. »Was heißt das?«

Akim lächelte. »Benzin brennt leicht, das Feuer erreicht eine hohe Temperatur und erlischt schnell. Wenn man Benzin aber im richtigen Verhältnis mit Diesel mischt, bekommt man einen völlig anderen Zündstoff, der die hohe Brenntemperatur des Benzins und die lange Brenndauer von Diesel vereint. Ein teuflisches Zeug.« Er blickte zuerst Neuenschwander und dann Schaub in die Augen und vergewisserte sich, dass er ihre volle Aufmerksamkeit hatte. »Hier waren Profis am Werk, kein Zweifel. Mehr weiß ich am Nachmittag.« Er tippte mit zwei Fingern an die Schläfe und ging nach draußen.

Jonas fischte eine Flasche Cola aus seinem Rucksack, nahm einen Schluck und verzog das Gesicht. »Igitt, lauwarm.«

Neuenschwander pfiff zwischen den Zähnen hindurch. »Profis also. Wir werden das ganze Umfeld von Brunner unter die Lupe nehmen müssen. Im Kantonsspital fangen wir an. Noch etwas.« Er betrat ein verkohltes Zimmer im Erdgeschoss und deutete durch das Fenster zu den Nachbarn an der Absperrung hinüber. »Ich will, dass ein Kriminaltechniker Bilder von diesen Leuten macht. Speziell interessiert mich …« Er blickte über den Gartenzaun zur Absperrung. »Gopfridstutz.«

Die weinende Frau mit dem zerzausten Haar war weg.

4

Bollag klickte auf Abschicken und der Artikel verschwand von seinem Bildschirm. In seiner Reportage hatte er die Brandruine, die Aufräumaktion und die Bergung der Leiche beschrieben. Nach einer Recherche beim Grundbuchamt wusste er, dass die Villa unter Denkmalschutz stand und seit vier Jahren einem Arzt aus dem Kantonsspital gehörte. Den Namen ließ er weg, da die Polizei ihn noch nicht bestätigt hatte. Ergänzt mit einem Bild der Brandruine ergab das einen guten Aufhänger für den Lokalteil.

Bollag blickte aus dem Fenster. Die Sicht über die Kreuzung vor der Kantonalbank war nicht zu vergleichen mit dem Blick aus den Chefbüros, der auf die Altstadt hinausging. Die Größe seines Büros ließ ebenfalls zu wünschen übrig, es war nicht viel mehr als eine Besenkammer. Doch es war seine.

Gegenüber, im Hauptsitz der Kantonalbank, standen viele Schreibtische leer. Die Angestellten machten Mittagspause. Er wühlte in seiner Pultschublade, fischte eine angebrochene Packung Zwieback heraus und steckte sich ein Stück in den Mund. Hart, aber essbar. In seinen Schränken zu Hause sah es nicht besser aus. Auf dem Heimweg würde er ein paar Schnellgerichte in der Coop einkaufen.

Durch den Türrahmen spähte Bollag in den großen Newsroom. Seine Kollegin Tanja Schneider hatte Tagesdienst in der Lokalredaktion, ihre rot lackierten Fingernägel huschten über die Tastatur. Sie stoppte mit dem Tippen, sah zu ihm herüber und reckte den Daumen in die Höhe. Eben hatte sie seinen Artikel über den Brand bekommen.

Vor gut einem Jahr waren die meisten kleinen Büros der Redaktion herausgerissen worden. Nun teilten sich die Journalisten des Tagblatts, von Tele Nordwest und Radio Edelweiß ein Großraumbüro. Bollags Blick schweifte über die indirekte Beleuchtung, die weißen Designermöbel, den dunkelblauen Spannteppich im Newsroom.

Hinter Tanja besprachen sich Stephanie und Michael aus der Lokalredaktion, Claudia von Radio Edelweiß biss in ein Sandwich. In den ersten Wochen nach dem Umbau der Redaktion hatte Bollag selbst dort draußen gearbeitet. Die vielen Geräusche, das ständige Telefongeschnatter und der Mangel an Privatsphäre hatten ihm stark zugesetzt. Nicht zuletzt deswegen hatte er seine Stelle vor gut einem Jahr gekündigt. Auf Drängen des Chefredaktors war er nach zwei Monaten Pause zum Tagblatt zurückgekehrt, wobei er eine Bedingung gestellt hatte: ein eigenes Büro.

Das hatte er bekommen. Allerdings war die Tür seiner Kammer beim Umbau aus unerfindlichen Gründen verschwunden und bisher nicht aufgetaucht. Nun latschte jeder, der gerade Pause oder Lust auf einen Schwatz hatte, einfach in sein Reich.

Eben baute sich Lokalchef Adrian Rieder hinter Tanja auf und las über ihre Schulter seinen Artikel. Wenn der ihr bloß nicht ins Handwerk pfuschte und selbst redigierte. Zu Tanja hatte Bollag völliges Vertrauen, sie war ein Profi. Rieder hingegen war ein Aktenschieber und Dummschwätzer. Er verdankte seinen Aufstieg in erster Linie seiner Heirat der Tochter von Tagblatt-Verleger Hermann Pfister.

Bollag seufzte und blickte auf seine Aktenberge, die er nach dem geologischen Prinzip geordnet hatte: Das älteste Zeugs lag zuunterst. Er griff nach einem kleinen Stapel Papiere ganz oben und blätterte ihn durch: *Fünf Tote bei Mord in Seewen*.

Die Artikel stammten aus dem Jahr 1976, als in der kleinen Solothurner Gemeinde fünf Menschen erschossen worden waren. Es war der größte Mordfall in der neueren Geschichte der Nordwestschweiz, der Täter war nie gefasst worden. Bollag wollte den Fall in eine Sommerserie über ungeklärte Verbrechen in der Region aufnehmen. Er sollte Ende dieser Woche als dritter von sechs Teilen erscheinen. In der Sauregurkenzeit musste das Tagblatt dafür sorgen, dass die Seiten irgendwie voll wurden.

Bollag hatte in den vergangenen Jahren mehrere Artikel über den Mordfall geschrieben, selten hatte es Fortschritte zu vermelden gegeben. Er musste sich bei der Polizei nach dem neusten Stand erkundigen und griff zum Telefon.

»Ein Brief für dich.« Monika Ziegler vom Empfang stand im Türrahmen. Die rundliche Mittfünfzigerin wedelte mit einem weißen Couvert. Sie legte es oben auf den höchsten Stapel.

Auf dem Umschlag stand in einer schönen, schwungvollen Schrift Bollags Name. Er nahm das Couvert in die Hand, drehte es um. Der Absender fehlte. »Woher kommt der?«

»Keine Ahnung.« Monika zuckte mit den Schultern. »Ich bin kurz rausgegangen und habe mir einen Kaffee am Automaten geholt. Als ich zurückkam, lag er auf meinem Tisch. Das war vor …«, sie blickte auf ihre Uhr, »… etwa 20 Minuten. Entschuldige, ich muss zurück an den Empfang.« Sie winkte ihm zu und verschwand aus dem Zimmer.

Bollag befühlte den Umschlag, er war dünn und biegsam. Er riss ihn mit einem Bleistift unter der Lasche auf. Er enthielt einen ausgeschnittenen, vergilbten Zeitungsartikel aus dem Tagblatt.

Am Rhein verliert sich Tariks Spur

Birsfelden. pfu. Nach dem rätselhaften Verschwinden eines dreijährigen Jungen in Birsfelden hat die Polizei trotz intensiver Suche mit Helikoptern, Spürhunden und Polizeibooten keine Spur des Kindes gefunden. »Es gibt keine Anhaltspunkte«, sagte Polizeisprecher Daniel Villiger. Denkbar sei ein Unglück, ein Verbrechen könne jedoch nicht ausgeschlossen werden.

Tarik war am Dienstagnachmittag zuletzt im Bereich des Birsköpfli gesehen worden. Er hatte an den Spielgeräten geturnt, während sich seine Mutter wenige Meter entfernt auf der Wiese niedergelassen hatte. Die Mutter war nach Angaben der Polizei für ein paar Minuten eingenickt. Als sie aufwachte, war Tarik verschwunden.

Das Gelände liegt 50 Meter vom Rheinufer entfernt. Möglicherweise sei das Kind in den Fluss gefallen und habe es nicht mehr an Land geschafft, meinte Villiger. Zu Tariks Familie wollte der Polizeisprecher aus Gründen des Persönlichkeitsschutzes keine Angaben machen. Er bestätigte lediglich, dass sie in Birsfelden wohnt.

Das Foto über dem Text zeigte einen Polizisten, der einen Schäferhund an der Leine führt und den Rhein entlanggeht. Ein paar Wörter waren mit verwischter Tinte auf das Foto geschrieben. Bollag bekam eine Gänsehaut.

Der Junge lebt!

5

Justizminister Lorenzo Cortesi machte eine Geste wie ein Zirkusdirektor, der den nächsten Artisten ankündigt. Petra Mangold setzte sich und sank tief im überdimensionierten, schwarzen Ledersofa ein. Cortesi hatte dicke Teppiche über das Parkett verteilen lassen, die Wände zierten historische Gemälde mit Bergen, Burgen und Seen. Vor den breiten Fenstern hingen keine Vorhänge, das Panorama mit Eiger, Mönch und Jungfrau kam hervorragend zur Geltung.

Auf dem Buchregal rechts, gut sichtbar für jeden Besucher, standen gerahmte Fotos: Cortesi mit George W. Bush, Cortesi mit Nelson Mandela, Cortesi mit Angela Merkel. Er bemerkte ihren Blick und vollführte eine Bewegung, die zwischen Achselzucken und Kopfnicken lag. »Ach, ich bin 15 Jahre Bundesrat, zwei Mal war ich Bundespräsident. Da trifft man viele Leute.« Er machte eine Pause und ließ sie über die Bedeutung seiner Worte nachdenken.

Mangold wollte sich nicht lumpen lassen. »Die Schweizer Bevölkerung kann sich glücklich schätzen, einen erfahrenen Mann als Justizdirektor zu haben, Herr Bundesrat.«

»Wenn jemand glücklich sein darf, bin ich das.« Er wedelte das Kompliment mit der Hand weg. »Es ist nicht selbstverständlich, dass ich meinem Land lange dienen durfte.« Cortesi zeigte ein breites Lächeln, das nicht bis zu den Augen reichte. »Nun, werte Kollegin, wie geht es Ihnen? Es muss sehr schwer gewesen sein, als Außenseiterin an die Spitze des Verkehrsdepartements gestellt zu werden. Sie haben in der Bundesverwaltung ja bei null anfangen müssen. Ich war zehn Jahre Ständerat und zwölf Jahre Nationalrat, bevor ich zum Bundesrat gewählt wurde. Haben Sie sich mittlerweile gut eingelebt?«

Der Ton irritierte Mangold, trotzdem gab sie Cortesi recht. Ihre Wahl an die Spitze des Departements für Umwelt, Verkehr, Energie und Kommunikation vor zwei Jahren war eine Überraschung für alle gewesen, besonders für sie selbst. Nach dem plötzlichen Tod ihres Vorgängers hatte sich das Parlament nicht auf einen Kandidaten aus den eigenen Reihen einigen können. Also war die Wahl auf die junge Berner Regierungsrätin gefallen, die aus der kleinen Grün-Demokratischen Partei stammte und nie auf der nationalen Bühne politisiert hatte. Dass sie ihnen vor die Nase gesetzt worden war, ließen altgediente Politiker Mangold bei jeder Gelegenheit spüren. »Mir geht es sehr gut. Mittlerweile kenne ich mich in allen Dossiers bestens aus.«

»Gut, gut, das freut mich. Ich muss mich bei Ihnen entschuldigen. Ich habe meine Pflichten vernachlässigt, hätte Ihnen als amtsältester Bundesrat mehr zur Seite stehen sollen.« Er wies mit der Hand auf ein paar dünne Akten, die auf seinem Pult lagen. »Die viele Arbeit. Sie wissen ja, wie das ist.« Er strich sich mit der Hand über die spärlich sprießenden Haare.

»Ich verstehe, dass Sie sehr beschäftigt sind. Ich hatte von Anfang an tolle Unterstützung von den Mitarbeitern in meinem Generalsekretariat.« Und doch hätte ihr eine Allianz mit dem mächtigsten Strippenzieher im Bundeshaus sehr geholfen.

Er schlug die Beine übereinander, die maßgeschneiderten Lederschuhe glänzten in der Sonne. »Im Bundesrat sind wir ein Team, wir müssen zusammenhalten … Sind Sie eine Teamplayerin?«

Sie versuchte, in seinem Gesicht zu lesen. Noch immer verstand Mangold nicht, weshalb Cortesi sie kurz nach dem

Mittagessen in sein Büro gebeten hatte. »Ich glaube, das habe ich in den vergangenen zwei Jahren zur Genüge bewiesen. Ich habe mich hinter die Entscheide des Bundesrats gestellt, selbst wenn ich nicht damit einverstanden war.«

Er spreizte die Finger, tippte die Fingerkuppen aufeinander. »Mir ist zu Ohren gekommen, dass Sie den Bau des zweiten Autobahntunnels durch den Gotthard infrage stellen. Das haben Sie nicht mit uns abgesprochen.«

Ach, daher wehte der Wind. Als Bundesrat aus dem Tessin unterstützte Cortesi natürlich den Bau einer zweiten Röhre durch die Alpen. Mangold hingegen grauste vor dem Mehrverkehr und der Umweltbelastung. Woher wusste Cortesi davon? Bisher hatte sie sich lediglich in ihrem engsten Umfeld dazu geäußert. »Mein Departement wägt das Für und Wider sorgfältig ab und wird dem Bundesrat eine Vorlage unterbreiten. Einen Mehrheitsentscheid der Regierung werde ich respektieren, wie immer er ausfallen mag.«

»Eine junge Frau wie Sie kann vielleicht nicht abschätzen, wie wichtig dieser Tunnel für unser Land ist. Deswegen bitte ich Sie, die Details der Vorlage mit mir zu besprechen, bevor Sie den gesamten Bundesrat informieren. Mit meiner Erfahrung kann ich Ihnen bestimmt helfen, bevor … Nun, wie soll ich es formulieren …?« Nachdenklich spitzte er die Lippen. »Bevor Sie Unbedachtes tun.«

Mangold setzte sich aufrecht hin, spürte Ärger in sich aufsteigen. »Ich danke Ihnen für das Angebot. Aus Gründen der Fairness kann ich darauf nicht eingehen. Und ich kann Ihnen versichern, dass ich nichts Unbedachtes tun werde.«

Er unterdrückte einen Seufzer, das Lächeln war verschwunden. »Ich wünschte, ich könnte mir da sicher sein. Leider hat sich in den vergangenen Monaten gezeigt, dass Ihre Entscheide nicht immer … nun ja … sehr vernünftig waren.«

Mangold zog die Augen zu Schlitzen zusammen. »Worauf wollen Sie hinaus?«

Cortesi machte ein Gesicht wie ein Lehrer, der einer ungezogenen Göre gegenüberstand. »Mir liegt viel daran, dass das Ansehen unserer Regierung keinen Schaden nimmt. Wir müssen uns vorbildlich verhalten, sowohl im beruflichen wie im privaten Bereich. Einige Kollegen im Bundesrat haben Zweifel geäußert, ob Ihr Privatleben diesen Ansprüchen genügt.«

Dieser arrogante Mistkerl! Abrupt stand sie auf. »Ich diskutiere gerne über politische Geschäfte mit dir, Lorenzo. Mein Privatleben geht dich überhaupt nichts an.« Bewusst hatte sie zum Du gewechselt, das inoffiziellen Gesprächen unter den Bundesräten vorbehalten war.

Sein Kopf fuhr zurück, als ob sie ihn geschlagen hätte. »Nun, es ist Ihre Entscheidung.« Cortesi stemmte sich langsam aus dem Sessel hoch, ging zur Tür. Mit der Hand am Griff blickte er von seinen fast 1,90 Metern zu ihr herab. »Junge Frau, Sie sollten auf gut gemeinte Ratschläge hören. Sonst werden Sie nicht mehr lange Bundesrätin bleiben.«

Die offene Drohung machte Mangold wütender, grußlos marschierte sie aus Cortesis Büro. Draußen, auf dem Weg vom Bundeshaus West zu ihrem Büro im Bundeshaus Nord, blieb sie auf dem glühend heißen Bundesplatz stehen und sah einer Gruppe Kinder zu. Zwischen den Fontänen des Wasserspiels tollten sie ausgelassen herum.

Mangold atmete durch. Es war nicht zu fassen, was sie sich da gerade hatte anhören müssen. Ja, sie war geschieden und hatte einen Lebenspartner. Klar passte das Cortesi, Mitglied der Schweizer Konservativen Partei, nicht in den Kram – zumal ihr Partner Journalist war. Vor einem guten Jahr waren sie und Bollag ein Paar geworden, keine Minute hatte sie es bereut. Den Teufel würde sie tun und diese Beziehung infrage stellen. Selbst wenn sie sich dadurch den mächtigsten Mann in der Bundeshauptstadt zum Feind machte.

6

Kinder standen im Rinnsal der Birs, bespritzten sich und kreischten. Auf der Wiese setzten sich wenige Männer in Shorts und Frauen in Bikinis der direkten Sonne aus, die meisten Badegäste hatten Schutz im Schatten gesucht. Ein Windhauch trug den Geruch von Bratwürsten herüber, zwei Teenager schleckten Glacés. Es fühlte sich an wie in den Sommerferien.

Bollag war zum Arbeiten hier. Er hatte das Auto bei der Schleuse abgestellt und war den Rhein entlang zum Birsköpfli spaziert. Wie abgemacht wartete Furrer dort, wo die Birs in den Rhein floss. Er war um die 50, füllig, im geröteten Gesicht trug er eine Hornbrille. Beim Händeschütteln war seine Hand feucht vom Kondenswasser einer Büchse *Feldschlösschen*. »Danke, dass Sie sich mit mir treffen.« Bollag sah sich um. Wo der wohl das kühle Bier herhatte?

Furrer winkte ab. »Einem Kollegen helfe ich gerne.«

»Sie waren ein guter Journalist.« Bollag meinte das Kompliment ernst, er hatte ein paar von Furrers Geschichten aus dem Archiv geholt. Vor 17 Jahren hatte der beim Tagblatt gearbeitet und den vergilbten Artikel im Couvert geschrieben, wie Bollag bei seiner Recherche festgestellt hatte. Heute verdiente der Exjournalist sein Geld mit der Kommunikation für eine große Krankenversicherung. »Vermissen Sie den Job?«

»Manchmal. Der Kitzel bei der Recherche, die Spannung vor Redaktionsschluss, das Hochgefühl nach einer Exklusivgeschichte – das vermisse ich. Und den Status. Damals hatte ich jederzeit direkten Zugang zu Firmenchefs und Regierungsräten. Heute grüßen die mich nicht einmal mehr.« Furrer schaute über den Rhein, auf seiner Oberlippe bildeten sich Schweißperlen. Er schien seinen Gedanken nachzuhängen. »Die unregelmäßigen Arbeitszeiten, den Termindruck – nein, das vermisse ich ganz und gar nicht. Ich bin dem Hamsterrad entkommen.« Er hob die Büchse wie zum Toast. »Und ich verdiene das Doppelte von früher.« Er nahm einen Schluck. »Sie sind verdammt gut, ich lese Ihre Artikel gerne. Kein Interesse an einem Jobwechsel? Bei uns in der Versicherungsbranche wird immer wieder etwas frei.«

Die Frage überrumpelte Bollag, ein Moment unbehaglichen Schweigens trat ein. Furrer war einer von ihnen gewesen, war den Mächtigen auf die Füße getreten, hatte Missstände aufgedeckt. Dann war er übergelaufen. Nun setzte er seine Erfahrung dafür ein, Probleme zu verschleiern, die Medien zu manipulieren. Auch Bollag fühlte sich zuweilen im Hamsterrad gefangen und hatte einen Jobwechsel mehrmals ins Auge gefasst. Als PR-Fuzzi bei einer Bank oder Versicherung würde er jedoch bestimmt nicht enden. »Danke, eine andere Stelle ist für mich kein Thema«, log er.

Furrer nahm einen letzten Schluck und warf die Büchse in einen Abfalleimer. »Sie wollen also über den verschwundenen Jungen sprechen? Darf ich fragen, wieso?«

Bollag berichtete von dem anonymen Brief. »Natürlich kann der Hinweis von einem durchgeknallten Leser stammen. Sie wissen selber, dass wir regelmäßig solche Sachen bekommen. In diesem Fall will sich allerdings niemand wichtigmachen, es gibt keinen Absender.«

»Das würde mich ebenfalls neugierig machen. Zumal die ganze Geschichte eigenartig ist. Gehen wir ein Stück?«

Sie spazierten in Richtung Kraftwerk, unterhalb der steilen Böschung ließen sich ein paar Schwimmer den Fluss hinabtreiben. Furrer sah sich um. »Viel verändert hat sich nicht.« Er blickte rückwärts. »Der Steg über die Birs ist neu.« Er deutete geradeaus. »Die drei hohen Wohnblöcke, die Liegewiese, diesen Weg, das alles gab es damals schon.«

Rechts auf einer Wiese turnten Kinder auf Klettergerüsten und einer großen Lokomotive aus Holz, sie bestiegen Schaukeln und Wippen. »Der Spielplatz sieht nicht viel anders aus. Dort hat ein Jogger den Jungen zum letzten Mal gesehen. Ich kann mich erinnern, dass es ein warmer Junitag war. Dort drüben ist die Mutter eingeschlafen.« Er wies auf den Rasen neben dem Spielplatz. »Wer wollte es ihr verübeln?«

Bollag nickte anerkennend. »Sie können sich verdammt gut erinnern, dabei ist das alles 17 Jahre her.«

»Ich habe ein Elefantengedächtnis.« Furrer hakte die Daumen in die Hosentaschen und grinste. »Und geholfen hat, dass ich über Mittag meine alten Artikel im Onlinearchiv gelesen habe.« Er machte sich auf den Weg Richtung der Treppe, die zum Rhein hinabführte. »Kommen Sie.« Er winkte Bollag, ihm zu folgen. Unten blieben sie vor einem Warnschild stehen: *Zugang verboten ausgenommen für Schiffspersonal. Zuwiderhandlungen werden mit Bussen von 5 Franken bis 200 Franken geahndet.*

Das Wasser floss träge unter ihnen, der Rhein maß an dieser Stelle weit über 100 Meter Breite. Die Böschung fiel steil ab und war mit Betonplatten bedeckt. Furrer zeigte auf die Treppenstufen. »Hier hat man die Schuhe des Jungen gefunden. Deswegen ging die Polizei davon aus, dass er am Wasser gespielt hat, hineingefallen und ertrunken ist.«

»Hat man damals andere Möglichkeiten überhaupt in Betracht gezogen?«

»Ich fand, dass die Polizei die Sache seriös angegangen ist. Der Einsatzleiter hieß Amsler, der hatte einen guten Ruf. Er hat eine aufwendige Suche durchführen lassen und ist jedem Hinweis nachgegangen.«

Eine junge Frau kreischte, als sie von zwei männlichen Teenagern 20 Meter flussabwärts ins Wasser geworfen wurde. »Sie sagten, dass Sie die Geschichte eigenartig finden. Was meinten Sie damit?«

»Ich habe mich mit Experten unterhalten. Menschen verschwinden nicht einfach im Rhein, früher oder später tauchen sie auf. Als Leichen.« Furrer deutete mit dem Kopf den Fluss hinab. »Die meisten werden im Rechen beim Kraftwerk Kembs gefunden, 20 Kilometer von hier.«

»Könnte der Junge nicht vorher hängen geblieben sein, an einem Baum zum Beispiel?«

»Kommen Sie, hier ist es mir zu heiß.« Furrer steuerte erneut auf die Treppe zu, wandte sich im Gehen halb um. »Er könnte sich durchaus unter Wasser in Ästen verfangen haben oder in einen Strudel geraten sein. Aber mit der Zeit bildet ein toter Körper Gase, die tragen ihn an die Oberfläche. Amsler hat mir erzählt, dass Leichen hier im Schnitt nach zwei Wochen auftauchen, in einem Fall dauerte es mal sechs Monate. Früher oder später findet man jedoch alle. Nur eben diesen Tarik nicht.«

Bollag folgte Furrer in den Schatten eines großen Baumes neben dem Spielplatz. »Tarik, was ist das für ein Name?« Sie blieben nebeneinander stehen.

»Die Eltern sind Türken.«

»Was hatten Sie für einen Eindruck von ihnen? Könnten sie etwas mit dem Verschwinden zu tun haben?«

»Ausgeschlossen. Das sind einfache, anständige Leute.«

»Meinen Sie, die Eltern würden sich mit mir treffen?«

Furrer zögerte, studierte eingehend den Asphalt. »Ich weiß nicht, ob das eine gute Idee ist.«

»Warum?«

Furrer sah ihm in die Augen. »Diese Familie musste viel durchmachen. Die Mutter hatte einen Nervenzusammenbruch, landete im Spital. Für uns Journalisten war das ja bloß eine Geschichte, für die Familie jedoch der blanke Horror. Erst seit ich selber Kinder habe, kann ich das nachfühlen. Je länger ich weg vom Beruf bin, desto kritischer verfolge ich die Medien. Es wäre besser, wenn Sie die Familie in Ruhe ließen.«

Offenbar hatte die PR-Branche Furrers Gewissen geweckt. »Meinen Sie nicht, dass die Familie darüber entscheiden sollte? Ihren Namen finde ich auch selbst heraus.«

Furrer massierte sich den Nacken und nickte schwach. Schließlich zuckte er mit den Schultern. »Meltem und Altan Kaymaz. Damals wohnten sie in Birsfelden, vielleicht tun sie das heute noch. Ich glaube allerdings nicht, dass sie mit Ihnen sprechen werden.«

7

Am Nachmittag erreichte die Hitze ihren Höhepunkt: 37,6 Grad. Die Klimaanlage im Kantonsspital Liestal arbeitete auf Hochtouren. Viele ältere Menschen hatte Neuenschwander auf dem Weg in die Orthopädie im zweiten Stock in den Gängen gesehen. Ein starker Geruch von Putz- und

Desinfektionsmitteln hing in der Luft. Eine Glasscheibe trennte den nüchternen Wartebereich vom Gang und den Fahrstühlen ab, davor schob eine junge Frau in einem grauen Overall einen Wischmopp über das Linoleum. Sie verlangsamte ihren Schritt und warf einen neugierigen Blick durch ihre Brille mit dicken Gläsern herein, bevor sie um die Ecke verschwand.

In den vergangenen 20 Minuten hatte Neuenschwander in einem *Geo* geblättert und das ausgelegte Menü der Kantine studiert: Fleischkäse, Salzkartoffeln und Spinat. Sein Magen knurrte.

Ein Arzt, komplett in Weiß gekleidet, betrat den Wartebereich, und Neuenschwander schob sich aus seinem Stuhl hoch. Der Arzt ignorierte ihn jedoch und schritt zu einer alten Dame, die in einer Ecke saß. Trotz der Hitze draußen trug sie eine Strickjacke über dem geblümten Kleid. Er beugte sich zu ihr hinunter, fasste mit der Hand um ihren Oberarm und sprach mit leiser Stimme in ihr Ohr. Die Alte hörte zu und nickte, schließlich lächelte sie.

Der Arzt richtete sich auf und kam mit ausgestreckter Hand auf Neuenschwander zu. Er war Mitte 40, klein und dünn. »Es tut mir leid, dass Sie warten mussten. Ich bin Dr. Konrad Dürst, der stellvertretende Chefarzt.« Sein Griff war weich wie labberige Nudeln. »In ein paar Minuten muss ich zurück in den Operationssaal. Ich habe nicht viel Zeit.«

Mit einer Handbewegung lotste er Neuenschwander in den Stationsflur, wo er neben drei Rollwagen stehen blieb. »Bei uns geht alles drunter und drüber. Der Tod von Dr. Brunner … Was für ein Schock.«

Wollte der ihn hier abfertigen? »Könnten wir uns für ein paar Minuten in ein Büro zurückziehen?«

Dürst schob den Ärmel seines rechten Arms zurück und

schaute demonstrativ auf seine goldene Armbanduhr. »Wie gesagt, ich habe eine Minute. Ich bin sicher, dass ich Ihre Fragen hier beantworten kann.«

Der Tod seines Chefs schien ihn nicht sehr zu beschäftigen, ging es Neuenschwander durch den Kopf. »Wie ich Ihnen bereits am Telefon gesagt habe, ist die Identität des Toten nicht bestätigt. Einiges deutet allerdings darauf hin, dass es Ihr Kollege ist. Von Dr. Brunners Zahnarzt haben wir Röntgenbilder bekommen, die uns bald Gewissheit verschaffen werden.« Die Putzfrau hatte am Ende des Flurs kehrtgemacht und kam ihnen entgegen. Ihr Overall war ein paar Nummern zu groß, sie starrte geradeaus.

Das rechte Augenlid von Dürst zuckte, er sah erschöpft aus. »Und was wollen Sie von mir?«

Neuenschwander zückte sein Notizbuch. »Ich versuche, mir ein Bild von Dr. Brunner zu machen. Wie würden Sie ihn beschreiben?«

»Er war eine Kapazität. In der Chirurgie von Knie- und Hüftgelenken hat er neue Maßstäbe gesetzt.« Dürst hob ein Magazin von einem der Rollwagen, die im Flur herumstanden: *Der Orthopäde*. »Seine Artikel wurden in wichtigen Fachmagazinen weltweit veröffentlicht, er hat auf vielen Tagungen referiert. Ohne ihn hätten wir niemals so viele Forschungsgelder bekommen. Ich weiß nicht, wie es weitergehen soll.« Er legte das Magazin wieder hin.

Interessant. »Von welchen Summen sprechen Sie?« Eine Schiebetür aus weißem Glas glitt neben den Rollwagen zur Seite und eine Krankenschwester betrat den Flur. Neuenschwander erhaschte einen Blick in das Stationszimmer mit Computern, Drucker und Kaffeemaschine.

Dürst wartete, bis die Schwester ihn nicht mehr hören konnte. »Entschuldigen Sie, ist es normal, dass die Polizei nach einem Unfall solche Informationen einholt?«

Er war auf der Hut, Neuenschwander musste größeres Geschütz auffahren. »Es deutet einiges darauf hin, dass Dr. Brunner ermordet wurde.«

Die Lippen des Arztes formten ein stummes O.

»Also, Dr. Dürst, Sie sprachen von Forschungsgeldern.«

Dürst lehnte sich gegen einen der Rollwagen und verschränkte die Arme. Erneut blickte er auf die Uhr. »Sie denken doch nicht, dass das mit den Geldern zusammenhängt?«

»Das werden unsere Untersuchungen zeigen. Von wem stammen die Forschungsgelder?«

Dürst schaute den Flur hinunter, wo ein Patient einen Infusionsständer vor sich herschob. Er trug ein weißes Hemd, das hinten offen stand und sein nacktes Gesäß zeigte. »Diese Information darf ich Ihnen nicht geben, sie ist vertraulich.«

Neuenschwander wölbte die Hand hinter dem Ohr. »Wie bitte? Wir haben es hier vermutlich mit einem Mord zu tun. Ich denke, da können Sie eine Ausnahme machen.«

Dürsts Augenlid zuckte heftiger. »Nein, das kann ich nicht. Wir haben unsere Vorschriften. Sie müssen mir die Einwilligung der Spitaldirektion bringen. Schriftlich.«

»Wie Sie wollen.« Neuenschwander legte den Stift in sein Notizbuch. Das brachte nichts, er musste es auf eine andere Art versuchen. »Was für ein Mensch war Ihr Chef? War er beliebt bei den Angestellten?«

Dürst betrachtete angestrengt das glänzende Metall des Rollwagens, kratzte mit dem Fingernagel daran. »Dr. Brunner wurde von allen sehr geachtet. Klar, es gab ab und zu kleine Auseinandersetzungen. Das ist normal in einem großen Spital.«

»Sie kennen niemanden, der ihn nicht leiden konnte? Entlassene Mitarbeiter, verärgerte Patienten, eifersüchtige Freundinnen?«

»Nein, da kann ich Ihnen nicht weiterhelfen.«

»Wie war er privat? Hatte er viele Freunde?«

»Unser Verhältnis war rein beruflich. Und Dr. Brunner äußerte sich sehr selten über sein Privatleben. Soweit ich weiß, war er geschieden.« Dürst warf einen Blick auf die Uhr und breitete resigniert die Arme aus. »Es tut mir leid, ich …«

Dieser Kerl verschwieg etwas, da war sich Neuenschwander sicher. Er streckte die Hand zum Abschied aus. »Ich werde mit der Spitalleitung reden und wiederkommen.« Wieder bekam er einen Händedruck wie eine wässrige Suppe. »Und ich erwarte Antworten von Ihnen.« Hoffentlich brachte das den Herrn Doktor ein wenig ins Grübeln.

Mit einem angewiderten Gesichtsausdruck wandte sich Dürst ab und marschierte den Flur hinunter. Auf dem Weg zum Lift hörte Neuenschwander hinter sich quietschende Schritte. Der Wischmopp schob sich an ihm vorbei, die junge Frau ging plötzlich neben ihm her, wandte ihm das Gesicht zu und schaute ihn durch ihre dicken Brillengläser an. Ihr Haar trug sie unter einem grauen Kopftuch versteckt.

Neuenschwander blieb stehen. »Kann ich Ihnen helfen?«

Die Frau spähte den Flur rauf und runter, streckte die Hand aus.

Er ergriff ein Stück Papier. »Was ist das?«

Schnell wandte sie sich ab und schritt weiter durch den Gang, immer den Mopp vor sich herschiebend.

Neuenschwander schaute sich um. In einer Tür am anderen Ende des Flurs stand Dürst und blickte der Putzfrau nach, die um die Ecke verschwand. Neuenschwander hob zwei Finger zum Gruß in Richtung Dürst, ging zum Lift und drückte die Ruftaste. Hatte der Arzt die seltsame

Aktion mitbekommen? Erst als sich die Lifttür hinter Neuenschwander geschlossen hatte, entrollte er das kleine Stück Papier in seiner Hand. Er musste seine Lesebrille aufsetzen, damit er die kleine Schrift entziffern konnte. *Haltestelle, 18.30 Uhr.*

8

»Sie haben was?!« Paul Sonderegger verwarf die Hände und ließ sich in einen Ledersessel fallen. »Sind Sie denn von allen guten Geistern verlassen, Cortesi gegen sich aufzubringen? Sie haben es wirklich vermasselt.«

Petra Mangold saß hinter ihrem Schreibtisch und runzelte die Stirn. Zwar kannte sich Sonderegger gut aus in Bern, kein Zweifel. Und er hatte eine beachtliche Karriere gemacht, trug seinen Lebenslauf geradezu an die Brusttasche seines Nadelstreifenanzugs geheftet: Abschluss in St. Gallen, Doktorat mit summa cum laude, schneller Aufstieg beim Bund und seit zwölf Jahren Generalsekretär des Verkehrsdepartements, die Nummer zwei hinter der Bundesrätin. Doch seine Ausbrüche gingen Mangold auf die Nerven. »Was, bitte schön, habe ich denn vermasselt?«

Er schnaubte. »Alles. Angefangen bei der Chance, jemals ein Geschäft durch den Bundesrat zu bringen, bis hin zu Ihrer Wiederwahl in einem Jahr.«

»Ich denke, Sie übertreiben.«

»Da täuschen Sie sich gewaltig. Cortesi hat im Bundeshaus bereits die Fäden gezogen, als Sie zur Schule gingen. Er kann Ihnen das Leben zur Hölle machen. Sie müssen sich bei ihm entschuldigen.«

Auf welcher Seite stand Sonderegger eigentlich? Mangolds Vorgänger Emil Stucki hatte ihn als Generalsekretär ins Amt gehievt, zuvor war Sonderegger Sprecher der Schweizer Konservativen Partei gewesen. Als Mangold vor zwei Jahren nach Stuckis Herzversagen an dessen Stelle getreten war, hatte sie sich entscheiden müssen: für den bisherigen Generalsekretär mit Beziehungsnetz und Know-how oder für einen unerfahrenen Parteikollegen. Sie hatte Sonderegger gewählt, obwohl der das Heu nicht auf der gleichen politischen Bühne hatte wie sie. In letzter Zeit fragte sie sich allerdings immer öfter, ob das nicht ein Fehler gewesen war. »Ich mich entschuldigen? Das kommt nicht infrage. Cortesi ist es, der eine Grenze überschritten hat.« Ihr Privatleben ging niemanden etwas an.

»Vielleicht, vielleicht nicht. Cortesi ist nachtragend, das kann ich Ihnen versichern. Und in einer Situation wie dieser ist es manchmal besser nachzugeben. Vor allem für jemanden, der nicht lange im Geschäft ist.« Sonderegger lehnte sich in dem dunkelblauen Ledersessel zurück und streckte die Füße von sich.

Den Sessel hatte Mangold von ihrem Vorgänger übernommen. Eigentlich mochte sie Leder nicht besonders, doch sie hatte zu Beginn ihrer Amtszeit anderes im Kopf gehabt als Büromöbel. Nun war es an der Zeit für ein paar Änderungen in der Direktion. Und Sondereggers Ton wollte sie sich nicht gefallen lassen, selbst wenn der 20 Jahre älter war. »Ich habe viel Erfahrung und einen guten Leistungsausweis. Von Politik verstehe ich mindestens so viel wie Sie. Oder sind Sie einmal in ein Amt gewählt worden?«

Sonderegger hob den Kopf. »Ja, natürlich, Sie haben mich falsch verstanden. Ich meinte, dass Sie in der Bundesverwaltung eine Außenseiterin sind.«

Zugegeben, das stimmte. Doch sie war immerhin die jüngste Gemeinderätin von Zweisimmen, jüngstes Mitglied des Berner Kantonsparlamentes und die jüngste Regierungsrätin in der Geschichte des Kantons Bern gewesen. Und mit gerade mal 37 Jahren hatte sie als erste Grün-Demokratin der Schweiz die oberste Sprosse der Leiter erklommen: den Bundesrat. »Entschuldigen werde ich mich auf keinen Fall bei Cortesi. Haben Sie einen anderen Vorschlag?«

Sonderegger seufzte. »Ich werde erst mal mit den Kollegen im Justizdepartement reden und schauen, wie viel Geschirr Sie bereits zerschlagen haben. Vielleicht lässt sich das kitten.«

Mangold sah zum Fenster hinaus auf die Hausfassade auf der anderen Straßenseite. Was für eine jämmerliche Aussicht das war im Vergleich zum Justizdepartement im Bundeshaus West. Der Ansatz von Sonderegger war vernünftig. Die Angestellten in der Bundesverwaltung wussten meist mehr über das Treiben hinter den Kulissen als ihre Chefs. Bern war in dieser Beziehung wie ein Dorf. »Einverstanden. Ich werde sehen …«

Mangolds Handy klingelte, ihr Herz machte einen Sprung. Sehr wenige Menschen kannten diese Nummer. Sie schaute auf das Display und lächelte. Er war es! »Hallo, Max.«

»Na, wie läuft das Regieren?«

»Einen Moment.« Sie hielt das Handy weg vom Ohr und wandte sich an den Generalsekretär. »Ist sonst noch etwas?«

Es dauerte ein paar Sekunden, bis er die Augenbrauen hochzog. »Äh … nein.« Er presste die Lippen aufeinander und erhob sich betont langsam, rückte seinen Krawattenknoten zurecht und verließ das Büro. Mit einem leisen Klicken schloss er die Tür hinter sich.

»Schön, dass du dich meldest. Ich kann einen Freund brauchen.«

»Probleme?«

»Sonderegger, der mir auf die Nerven geht. Und, ach ja, Bundesrat Cortesi habe ich mir heute zum Feind gemacht.«

»Reife Leistung. Sonderegger ist ein Möchtegern und Cortesi ein erzkonservativer Trottel. Du solltest stolz auf dich sein.«

Sie musste lachen und spürte, wie die innere Anspannung nachließ. Max kannte Bundesbern und half ihr dabei, ein wenig Abstand zu gewinnen. Für die Beziehung zu einem Journalisten hatte sie über ihren eigenen Schatten springen müssen. Die Medien beobachteten sie auf Schritt und Tritt, es waren Fotos von ihnen am Strand von Ameland und bei einem Konzert von Bruce Springsteen aufgetaucht. Trotzdem empfand Mangold keine Reue. »Diese einfühlsame Seite von dir kannte ich bisher gar nicht.«

»Ich stecke eben voller Überraschungen. Nein, im Ernst. Mit den beiden habe ich im Bundeshaus meine Erfahrungen gemacht. Sie denken, der Laden würde ohne sie augenblicklich zusammenbrechen. Und Journalisten stufen sie in die Kategorie Kakerlake ein.«

Seine tiefe Stimme tat gut, sie war wie eine warme Bettdecke im Winter. Es war diese Stimme gewesen, die ihr im Medienzentrum des Bundes als Erstes aufgefallen war. Bei der Pressekonferenz war es um die Sicherheit von Atomkraftwerken gegangen. Max hatte ihr aus dem vollen Saal eine Frage gestellt und sie aus dem Konzept gebracht. »Womit beschäftigst du dich heute?«

Max erzählte ihr von dem Brand, dem rätselhaften Brief und dem Gespräch mit seinem ehemaligen Kollegen. »Und stell dir vor, gleich werde ich die Eltern des verschwundenen Jungen treffen.«

»Du scheinst überrascht zu sein.«

»Der Exjourni meinte, dass sie nicht mit mir sprechen

würden. Ich war auf eine Absage gefasst, doch die Mutter schien sogar erfreut über meinen Anruf.«

»Vielleicht möchte sie nicht, dass ihr Sohn vergessen wird.«

»Ich werde es herausfinden.«

Mangolds Computer buhlte mit einem Signalton um ihre Aufmerksamkeit. Sie warf einen Blick auf den Bildschirm und entdeckte im Posteingang eine E-Mail vom Direktor des Bundesamtes für Strassen. »Du tönst müde.«

Max stöhnte. »Es war ein langer Tag. Ich habe das Gefühl, dass die Hitze mein Hirn weichkocht.«

Ihr selbst ging es nicht anders. »Du brauchst Schlaf. Geh früh zu Bett.«

»Schade, dass du nicht drin liegst.«

Ja, gern würde sie nach Liestal fahren, aber das lag heute nicht drin. »Wirklich schade.« Zwei Wochen nach der Pressekonferenz hatte sie Max das erste persönliche Interview gegeben und war angetan gewesen von seinen schwarzen Locken, den dunkelbraunen Augen und dem kantigen Kinn – eine Mischung aus Russell Crowe und Hugh Grant. Sie trafen sich bei verschiedenen offiziellen Anlässen, schienen auf einer ähnlichen Wellenlänge zu liegen und kamen sich menschlich näher. Bis zu dem Tag, als ihnen die Medien eine Affäre angedichtet hatten. Der Skandal hatte Bollag aus dem Bundeshaus vertrieben und Mangolds Ehe endgültig zerstört.

»Du ruinierst mein Sexleben, weiß du das? Seit ich mit dir zusammen bin, kann ich unter der Woche nicht mehr ausgehen und Frauen aufreißen. Das stünde am nächsten Tag gleich in der Zeitung.«

»Ach, du Armer. Da habe ich es viel einfacher. Meine Sicherheitsleute sind immer in der Nähe, wenn ich sie brauche.« Sex mit dem überkorrekten Zollinger oder einem seiner Kollegen? Sie prustete los.

»He, was soll das? Ich reiße hier die anzüglichen Witze.«

»Das färbt auf mich ab.«

»Mein schlechter Einfluss, ich weiß. Wir sollten uns weniger sehen.«

»Schwierig, morgen komme ich doch tatsächlich in den Kanton Baselland.«

»Ach ja, der Bundespräsident organisiert das Reisli.« Seine Stimme klang spöttisch.

»Zwei Tage sogar.« Jeden Sommer begaben sich die sieben Bundesräte auf einen gemeinsamen Ausflug, diesmal wollten sie die Nordwestschweiz besuchen. »Wirst du uns begleiten?«

»Nein. Lokalchef Rieder übernimmt das persönlich – und ich bin ihm nicht böse deshalb.«

»Ich muss zugeben, dass ich erleichtert bin. Ich wüsste nicht, wie ich mich dir gegenüber verhalten sollte ... Wie sieht dein Wochenende aus? Ich habe mir den Samstagabend und den Sonntagmorgen freigehalten.«

»Das hatte ich gehofft. Ich freue mich auf dich.«

Sie legte auf, lehnte sich zurück und lächelte. Der Ausblick auf das Wochenende gab ihr einen Energieschub. Sie klickte das Mail an, im Anhang fand sie einen Expertenbericht über die zweite Gotthardröhre. Bevor sie zu einem Essen mit Parteikollegen ging, wollte sie sich die Empfehlungen ansehen. Der Drucker war an, sie schickte die Datei ab.

»Iiiih ... Mein Gott!« Der Schrei kam aus dem Vorzimmer.

Mangold sprang auf und rannte hinaus. Mit weit aufgerissenen Augen stand Direktionssekretärin Monika Bürgin hinter ihrem Pult und presste eine Faust auf ihren Mund. Vor ihr auf dem Tisch lag ein geöffnetes Paket, ein übler Gestank hing in der Luft. Mit zitternden Händen wies Monika auf den Inhalt. Mangold trat drei Schritte näher, sodass sie in die Schachtel schauen konnte. Der blutverschmierte Kopf eines Ferkels lag darin.

Mangold schnappte nach Luft. Der Deckel des Kartons lag neben dem Paket, versehen mit ihrer Anschrift. Jemand hatte ihr eine Botschaft geschickt. Und sie verstand sofort.

9

Bollag grinste breit, als er die Verbindung trennte. Die Aussicht auf ein Wochenende mit Petra hellte seine Stimmung deutlich auf. Er stieg aus seinem Polo, und die Hitze packte ihn mit voller Wucht. Nach 18 Uhr waren es immer noch über 30 Grad. Ein ständiges Rauschen lag in dieser Ecke von Birsfelden in der Luft. In unmittelbarer Nähe führte die Autobahn A2 vorbei, von einer Brücke hinter dem Parkplatz blickte Bollag auf den Zubringer. Er überquerte die Brücke und ein Bahngleis, dann stand er vor einem Gittertor mit der Aufschrift *Familiengärten Scheuerrain*.

Lange musste Bollag nicht nach der Parzelle der Familie Kaymaz suchen. Wie die Mutter am Telefon beschrieben hatte, hingen die Fahnen der Schweiz und der Türkei an einer drei Meter hohen Stange untereinander. Ein weißer Lattenzaun umgab ein Holzhäuschen, ein paar Beete und einen Rasen. Alles machte einen sehr gepflegten Eindruck. Auf dem Rasen stand ein aufblasbarer Pool, in dem ein Mädchen mit Taucherbrille Purzelbäume schlug. Bollag blieb vor dem Gartentor stehen.

In diesem Moment trat eine Frau aus dem Schatten der

Hütte und eilte ihm entgegen. »Herr Bollag? Willkommen, willkommen.« Meltem Kaymaz umfing seine Hand und drückte fest zu. Sie öffnete die Pforte im Gartenzaun und ging voran zu einer Pergola neben der Hütte. Sie hatte kurz geschnittene, schwarze Haare, trug rote Shorts, ein gelbes T-Shirt und blau-weiße Adiletten. Sie wirkte ausgezehrt, die Kleider schlotterten an ihrem Körper.

»Darf ich reinkommen?«, fragte Bollag das Mädchen im Pool. Die Kleine kicherte und tauchte unter.

Auf einem Tisch standen vier Gläser und eine Karaffe mit einer bräunlichen Flüssigkeit sowie Eiswürfeln. Daneben lag ein blauer Ordner. »Bitte nehmen Sie Platz.« Frau Kaymaz schenkte drei Gläser voll, setzte sich und schaute ihn aus hellwachen braunen Augen an. »Sie interessieren sich für Tarik, meinen Jungen? Werden Sie im Tagblatt über ihn schreiben?«

Die Frau war vielleicht Anfang 40. Bollag rechnete kurz nach. Bei der Geburt ihres Sohnes musste sie sehr jung gewesen sein. Er nahm einen Schluck leicht gezuckerten Pfefferminztee. »Ich will ehrlich sein, Frau Kaymaz. Ich weiß es nicht.«

Die Bretter in der Hütte knarrten und aus der Tür trat ein Mann wie ein Bär. Altan Kaymaz trug eine randlose Brille. Weiße Strähnen durchzogen die schwarzen Haare, die buschigen Augenbrauen dominierten das kantige Gesicht. Wie seine Frau trug er Shorts und Adiletten, dazu ein T-Shirt des FC Basel. Er reichte Bollag die Hand, setzte sich, legte die Brille auf den Tisch und verschränkte die Arme vor der Brust.

Frau Kaymaz blickte zwischen Bollag und ihrem Mann hin und her, sie ließ sich nicht beirren. »Es ist zwei Jahre her, seit sich das letzte Mal ein Journalist gemeldet hat. Geschrieben hat er nichts.«

Da hatte ein Kollege wohl im Trüben gefischt und den Artikel sein lassen, weil es nichts Neues zu berichten gegeben hatte, schloss Bollag.

Sie legte eine Hand auf den Ordner. »Wir geben Ihnen alle Informationen, die Sie brauchen. Hier sind alle Artikel drin. Es ist wichtig, dass die Medien über Tarik berichten.« Sie sah auf die Tischplatte, das Gesicht ihres Mannes zeigte keine Regung. »Haben Sie Kinder, Herr Bollag?«

»Äh … nein.«

»Dann können Sie nicht nachempfinden, was wir gefühlt haben. Und immer noch fühlen.«

»Ich weiß, dass Sie einen schrecklichen Verlust erlitten haben. Das tut mir sehr leid. Und ich möchte Ihnen keine falschen Hoffnungen machen, aber …« Bollag zog den Artikel über Tarik aus seiner Umhängetasche und legte ihn auf den Tisch. »Das hier hat heute jemand in der Redaktion abgegeben.«

Ihre Lippen bewegten sich leicht, als sie die Handschrift las. *Der Junge lebt.* Frau Kaymaz umklammerte den Arm ihres Mannes, schaute ihn an. »Siehst du? Es gibt Hoffnung.« Sie drehte ihr Gesicht Bollag zu. »Alle Leute glauben, dass Tarik tot ist. Unsere Freunde und Verwandte finden, wir sollen unser Kind loslassen. Aber tief in meinem Herzen weiß ich, dass er lebt. Ich kann es fühlen.« Sie legte eine Hand auf ihre Brust.

Mit dem Zeigfinger tippte Bollag auf den Artikel. »Ich weiß nicht, wer das geschickt hat. Vielleicht spielt mir bloß jemand einen bösen Streich. Ich hoffe, Sie verstehen meine Skepsis.« Er richtete die Bemerkung an Herrn Kaymaz, dessen Miene versteinert blieb.

Seine Frau sprang in die Bresche. »Natürlich. Wenn es nicht mein Kind wäre, ginge es mir bestimmt ebenso. Aber Tarik ist mein Sohn, unser Sohn. Niemand fühlt wie wir.

Jeden Tag denke ich an ihn. Jedes Mal, wenn das Telefon läutet, jemand an die Tür klopft oder ein junger Mann in etwa dem Alter vorbeigeht, das Tarik nun haben müsste, überlege ich, ob er das sein könnte. Ich habe die Hoffnung nie …«

Ein lautes Platschen vom Pool unterbrach sie, Frau Kaymaz schoss in die Höhe, eilte über den Rasen und fischte das Mädchen aus dem Wasser. Das Kind hustete und spuckte, die Mutter nahm es auf den Schoß und klopfte beruhigend auf seinen Rücken.

Altan Kaymaz beobachtete die Szene zunächst besorgt, dann deutete sein breiter Mund ein feines Lächeln an. Er atmete hörbar aus und lehnte sich vor. »Bitte schreiben Sie nichts über Tarik.« Die Stimme war nicht mehr als ein Flüstern.

»Wie bitte?«

Herr Kaymaz blickte zum Pool, seine Frau war außer Hörweite. »Meltem ist überzeugt, dass er lebt.«

»Sie nicht?«

»Es ist 17 Jahre her, Herr Bollag. Ich will nicht, dass Sie die ganze Sache aufwärmen. Es würde schmerzliche Erinnerungen wecken. Das könnte schlimme Folgen haben für Meltem … und für Selin.« Er nickte mit dem Kopf leicht in Richtung Pool, die Augenbrauen bewegten sich auf und ab. »Ich möchte nicht, dass ihre Freundinnen darüber sprechen.«

»Was, wenn Tarik tatsächlich lebt?«

Sein Gesicht drückte Wehmut aus. »Falls er leben würde, wäre er 20 Jahre alt. Ein Erwachsener. Ein Fremder. Niemand wüsste, was für ein Mensch Tarik wäre.«

»Weiß Ihre Frau, wie Sie denken?«

»Ich will sie nicht unter Druck setzen, sie hat genug gelitten. Unser Leben ist nach Tariks Verschwinden völlig aus dem Gleichgewicht geraten. Die Jahre haben die Trauer überdeckt, doch sie ist nie verschwunden. Erst die Geburt von Selin hat eine Familie aus uns gemacht.«

»Wie alt ist Ihre Tochter?«

»Vier. Nach den Ferien kommt sie in den Kindergarten.«

Beim Pool wickelte Frau Kaymaz das Mädchen in ein Badetuch. Anschließend ging sie in die Hütte, kam mit einer Glacé zurück und gab sie ihr. Die Kleine strahlte, legte das Badetuch ins Gras und setzte sich darauf. Bollag beugte sich vor. »Würden Sie sich gegen mich stellen, wenn ich die Sache weiterverfolge?«

Verstohlen beobachtete Herr Kaymaz seine Frau. »Tun Sie, was Sie tun müssen. Und bitte kein Wort hiervon zu Meltem.«

Bollag nickte, als sich die Ehefrau zu ihnen setzte. Sie versuchte, in ihren Gesichtern zu lesen. Schließlich gab sie es auf. »Was möchten Sie wissen, Herr Bollag?«

Er holte seinen Notizblock aus der Tasche. »Was für ein Junge war Tarik?«

Sie schmunzelte, ihre Augen bildeten Fältchen. »Ein kleiner Lausbub. Alle in der Familie haben ihn angebetet, und er wusste das ganz genau. Mit einem Lächeln brachte Tarik uns dazu, ihm jeden Wunsch zu erfüllen. Wir haben ihn schrecklich verwöhnt.«

»Welchen Eindruck hatten Sie von der Polizei damals? Hat sie sein Verschwinden seriös untersucht?« Bollag schlug eine neue Seite im Block auf.

»Ich denke schon. Der verantwortliche Polizist hieß Amsler. Er hat sich um uns gekümmert, rief oft an.« Sie schaute ihren Mann an und suchte Zustimmung.

Herr Kaymaz nickte. »Ja, Amsler war in Ordnung. Ich denke, dass er ziemlich allein stand. Seine Kollegen vertraten die Meinung, dass Tarik ertrunken war. Deswegen haben sie die Sache schnell abgehakt.«

»Gab es in all den Jahren jemals eine ähnliche Nachricht wie diese hier?« Bollag hielt den Artikel in die Luft.

Herr Kaymaz ließ die Eiswürfel in seinem Glas klimpern. »Es gab Anrufe, vor allem in den ersten Monaten. Das waren alle möglichen Spinner. Einige wollten uns weismachen, dass sie Tarik gesehen hatten. Diese Lügner wollten bloß Geld. Das hatten wir sowieso nicht. Schließlich hörten die Anrufe auf. Wenn der Fall in den Medien erscheint, wird es erneut anfangen.« Geräuschvoll stieß er den Atem aus. »Das kann ganz schön nervenaufreibend sein. Aber so einen Brief …?«

»Nein, so eine Nachricht haben wir nie bekommen.« Meltem Kaymaz schüttelte den Kopf. »Einige haben sogar uns beschuldigt, dass wir für Tariks Verschwinden verantwortlich wären. Können Sie sich das vorstellen? Altan wollte eine geheime Telefonnummer, das kommt für mich nicht infrage. Der nächste Anruf könnte der richtige sein.«

Herr Kaymaz beugte sich vor. »Darf ich fragen, wieso Sie über die Sache schreiben wollen? Ist wohl gut für Ihre Auflage.«

Bollag wägte seine Worte ab. »Es wäre möglich, dass wir dadurch mehr Zeitungen verkaufen, ja. Mir persönlich ist das nicht wichtig. Ich möchte herausfinden, was mit Ihrem Sohn passiert ist. Ich frage mich, wie ein Kind einfach verschwinden kann. Vielen Leserinnen und Leser geht es bestimmt ebenso.«

Herr Kaymaz deutete ein Nicken an, offenbar zufrieden mit der Antwort.

Bollag nahm einen Schluck gekühlten Pfefferminztee. »Denken Sie, dass Sie Tarik wiedererkennen würden?«

Herr Kaymaz zuckte mit den Schultern. »Wer weiß?«

Meltem lächelte. »Ganz bestimmt. Auf den ersten Blick würde ich meinen Jungen erkennen.«

»Ich auch.« Die kleine Selin stand plötzlich neben dem Tisch, ihr Gesicht war mit hellroter Glacé verschmiert. »Wenn Tarik nach Hause kommt, sind wir eine große Familie.«

Frau Kaymaz nahm das Kind in den Arm, ihr Mann fixierte Bollag mit finsterer Miene.

10

»Herr Kommissar?«

Die junge Frau vor Neuenschwander trug einen blonden Pagenschnitt und dezentes Make-up. Sie steckte in einem kurzen, geblümten Sommerkleid. »Sie erkennen mich nicht, oder? Das ist kein Wunder.« Sie lächelte breit und wies mit dem Daumen über die Schulter auf das Spital. »Dort drin machen sich alle Frauen möglichst hässlich.«

Er war baff. Die Frau vor ihm hatte wirklich nichts gemein mit der Moppschieberin. »Sie sind das!« 20 Minuten hatte Neuenschwander an der Haltestelle Kantonsspital gewartet, zwei Busse waren in dieser Zeit vorgefahren, Leute ein- und ausgestiegen. Die Hitze hatte ihm zugesetzt, sehnsüchtig hatte er zur Polizeizentrale Gutsmatte hinübergeschaut. Sie lag lediglich 50 Meter entfernt auf der anderen Straßenseite, und es wartete dort ein Haufen Arbeit auf ihn. Das eigenartige Verhalten der Putzfrau hatte ihn zum Bleiben bewegt.

»Können wir ein Stück gehen? Ich möchte nicht, dass uns jemand sieht.« Sie führte ihn in einen kleinen Park neben dem Hauptgebäude des Kantonsspitals. Auf dem Fußweg stoppte sie, drehte sich um und streckte die Hand aus. »Entschuldigen Sie, ich habe mich gar nicht vorgestellt. Ich heiße Corinne Mäder.«

»Also, wie kann ich Ihnen helfen, Frau Mäder?«

»Verzeihen Sie die Heimlichtuerei, ich brauche den Job im Spital. Er finanziert mein Studium.« Sie spazierten um hohe Bäume herum und quer über ein Stück ausgedorrtes Gras. Mäder setzte sich auf eine Bank.

Neuenschwander ließ sich neben sie nieder. »Was studieren Sie denn?«

»Jura. Im Herbst komme ich ins sechste Semester. Ich möchte Staatsanwältin werden. Im Februar habe ich bei der Staatsanwaltschaft ein Praktikum gemacht.« Mit der Hand fuchtelte sie in Richtung Gutsmatte. »Sie und Ihren Kollegen Schaub kenne ich aus einer Besprechung, bei der ich dabei sein durfte. Es ging um Vandalen, die das Liestaler Rathaus verschandelt hatten.«

Die Kleine hatte ein verdammt gutes Gedächtnis. Neuenschwander durchforstete sein Hirn. Er konnte sich zwar an die Besprechung erinnern, jedoch nicht an die junge Frau. Doch er wollte das hier nicht in die Länge ziehen. »Was meinten Sie damit, dass die Frauen im Spital möglichst hässlich aussehen wollen?«

»Der Grund hatte einen Namen: Chefarzt Brunner.«

Neuenschwander verstand nicht. »Sie kannten ihn?«

Sie schlug die braun gebrannten Beine übereinander, ihre Sandale rutschte nach vorn und blieb an den Zehen hängen. Nochmals sah Corinne Mäder sich um, ihre Angst war also nicht gespielt. »Wenn es nach Brunner gegangen wäre, würden wir uns sehr gut kennen. Ich hatte keine Lust auf ein Verhältnis mit dem Schwein.«

Neuenschwander zog die Augenbrauen hoch. »Er hat Ihnen nachgestellt?«

Sie schnaubte. »Brunner war hinter jeder Frau unter 40 her, wenn sie passabel aussah. Darüber redet dort drüben natürlich niemand.« Sie warf einen Blick auf das Spital, dessen oberste Stockwerke über Büsche emporragten. »Es würde mich nicht wundern, wenn jemand aus dem Spital Brunner umgebracht hat. Er wurde ermordet, oder?«

»Es sieht ganz danach aus. Woher wissen Sie das?«

Sie drehte die rechte Hand hin und her. »Es war bloß eine Vermutung. Alles andere hätte mich allerdings überrascht.«

Vielleicht war Mäder die Quelle im Spital, die er brauchte. »Erzählen Sie mir von Brunner.«

»Ich fing vor etwa einem Jahr hier an. Als ich ihn zum ersten Mal traf, war er freundlich. Nicht, wie viele andere Ärzte im Spital. Für die bin ich bloß die Putzfrau. Brunner sprach mit mir und zeigte sich interessiert an meinem Studium. Nach ein paar Wochen lud er mich ein. Ich fand das nett und, na ja, Brunner war attraktiv. Wir verbrachten einen schönen Abend, plauderten und lachten. Nach dem Essen fuhr er mich nach Hause, wollte mit hochkommen, wurde richtig zudringlich. Ich habe ihm klargemacht, dass ich mit keinem Kerl am ersten Abend ins Bett steige. Er nannte mich eine naive Göre und warf mich praktisch aus dem Auto.«

»Und danach?«

»Es war, als ob ein Schalter umgelegt worden wäre.« Sie schnippte mit den Fingern. »Einfach so. Er wurde mir gegenüber abweisend und bösartig. Wann immer er konnte, kritisierte er meine Arbeit, machte mich vor Assistenzärzten und Patienten nieder. Einmal stieß ich mit dem Mopp gegen einen Tisch mit Laborflaschen, eine fiel zu Boden und zerbrach. Er bekam das mit und flippte aus. Er beschimpfte mich und wollte mich rauswerfen lassen. Von der Spitalleitung bekam ich einen Rüffel, sie gab mir eine letzte Chance.«

»Und deswegen haben Sie sich verkleidet?«

»Ich versuchte es als graue Maus. Keine engen Kleider, keine Kontaktlinsen, kein Make-up – das hat recht gut funktioniert.« Sie lächelte verschmitzt. »Er muss sich gefragt haben, wieso in aller Welt er sich einst mit mir hatte einlassen wollen. Den Tipp gab mir eine Krankenschwester.«

»Weil sie ähnliche Erfahrungen mit Brunner gemacht hatte?«

»Genau.« Mäder wippte nervös mit dem Fuß. »Brunner setzte seine Macht im Spital systematisch ein, um Frauen ins Bett zu bekommen.«

»Wieso haben die sich das gefallen lassen?«

»Sie wissen offenbar nicht, wie ein Spital funktioniert.« Mäder verschränkte ihre Arme und lehnte sich zurück. »Wie im Militär, ganz hierarchisch. Der Chef befiehlt. Bei Brunner kam hinzu, dass er einen sehr guten Ruf hatte. Wenn er eine Assistenzärztin mit einer miesen Beurteilung rausschmiss, konnte die ihre Karriere vergessen.«

»Und wenn er Leuten gegenüber positiv eingestellt war?«

»Ihnen standen alle Wege offen. Wie Dürst, Brunners Pudel. Ohne Protektion hätte der es nie nach oben geschafft. Er gilt im Spital als inkompetent, hat mehrere Verfahren wegen falscher Behandlungen am Hals. Brunner stand zu ihm, weil der Pudel seinem Herrchen nie widersprach.«

Das erklärte das nervöse Verhalten von Dürst, die ausweichenden Antworten. Neuenschwander würde den Stellvertreter in die Zange nehmen müssen. Bestimmt hatte der einiges zu erzählen.

Mäder schaute auf die Uhr. »Mein Bus kommt gleich. Ich bin in Basel mit ein paar Ärztinnen und Krankenschwestern in einer Bar verabredet. Zum Gedenken.«

»Eine Party zur Feier des Tages?« Dieser Brunner musste ja ein ganz mieser Kerl gewesen sein.

»Party nennt es natürlich niemand, das wäre geschmacklos. Aber Sie können mir glauben, dass die Bar Rouge voll sein wird. Und die Stimmung gut.«

Sie standen auf, gingen in Richtung Haltestelle. »Gibt es jemanden im Spital, dem der Tod Brunners besonders gelegen kommt?«

Sie blies die Backen auf und stieß die Luft aus. »Bestimmt sind viele froh, dass er weg ist. Und Dürst hofft sicher, dass er zum Chefarzt befördert wird.« Sie tippte sich mit einem Finger auf die Lippen. »Dem traue ich, ehrlich gesagt, keinen Mord zu. Der hätte nicht genug Mumm. Vielleicht … Es wird gemunkelt, dass Brunner gespielt hat, Poker und so. Vielleicht sollten Sie sich mal in den Casinos umhören.«

Ein Spieler? Interessant, dem würden sie nachgehen müssen. Neuenschwander lächelte. Die junge Frau war wirklich auf Zack, sie würde es weit bringen. »Sie haben mir sehr geholfen, vielen Dank. Wenn Sie mal in der Gutsmatte sind, kommen Sie vorbei. Ich lade Sie zu einem Kaffee ein.«

Bei der Haltestelle angekommen schaute Mäder ihm keck ins Gesicht. »Das mache ich gerne. Vielleicht ist ja Ihr Kollege, der Herr Schaub, mit dabei.« Sie lächelte schelmisch. »Hat der eigentlich eine Freundin?«

11

Quer durch den Newsroom sah Bollag den Lokalchef in dessen Glaskubus sitzen. Rieder befummelte Stoffe und hielt sie gegen das Licht. Ohne anzuklopfen, stampfte Bollag in das Büro und warf die neueste Ausgabe des Tagblatts auf den Tisch. »Was soll der Scheiß?«

Rieder hatte die Ärmel seines hellblauen Seidenhemdes hochgekrempelt, die dunkelrote Krawatte leicht gelockert. Er runzelte die Stirn und hielt ein weiteres Stoffmuster gegen das Licht. »Hm, ja, das wäre was für unser Wohnzimmer.«

Bollag trat bis zur Schreibtischplatte. Vor einer halben Stunde hatte er die Mittwochsausgabe des Tagblatts aus dem Briefkasten gefischt und sie bei einem Mokka-Joghurt durchgesehen. Sein Artikel über den Brand in Liestal war nirgends zu finden gewesen. Erst beim zweiten Durchblättern hatte er eine kurze Meldung unten in der Nachrichtenspalte auf der Gemeindeseite entdeckt.

Am Telefon hatte ihm Kollegin Tanja Schneider versichert, sein Text sei bis zum Ende ihres Redaktionsdienstes um 20 Uhr der Aufhänger auf der Seite Baselland gewesen. Dort prangte jetzt ein Bericht über das kantonale Wettpflügen in Arboldswil. Bollag hatte ihr aufs Wort geglaubt. Ihm war klar geworden, dass nur eine Person in der Redaktion dafür verantwortlich sein konnte. Mit vor Wut zitternden Fingern stand er deshalb vor Rieder und deutete auf das Tagblatt. »Ich habe dich gefragt, was der Scheiß soll.«

Rieder sah nicht hoch. »Siehst du nicht, dass ich zu tun habe? Komm in einer halben Stunde wieder.«

Bollag machte zwei Schritte rückwärts und gab der Glastür einen Stoß. Mit einem Knall fiel sie ins Schloss. Ein paar Kollegen in der spärlich besetzten Redaktion drehten ihre Köpfe. Demonstrativ setzte sich Bollag auf den Stuhl vor Rieders Schreibtisch und schlug die Beine übereinander.

Rieder seufzte theatralisch. »Ach, den Artikel meinst du. Ich weiß nicht, was du willst. Dein Kürzel steht ja da.«

»Das habe ich nicht geschrieben. Wieso hast du meinen Artikel rausgeworfen?«

Rieder wedelte mit den Stoffmustern durch die Luft. »Ich fand ihn nicht passend als Aufhänger.«

»Und deswegen hast du ihn durch dieses Geschreibsel ersetzt?« Bollag griff nach der Zeitung, nahm den Regionalbund heraus und las vor: *»In einem Einfamilienhaus an der Widmannstrasse in Liestal kam es in der Nacht auf Dienstag zu einem Brand. Um 4.30 Uhr stellten Quartierbewohner seltsame Gerüche und kurze Zeit später starken Rauch fest. Die alarmierte Feuerwehr Liestal rückte mit 15 Einsatzkräften und drei Fahrzeugen aus und konnte ein Übergreifen der Flammen auf Nachbargebäude verhindern. Nebst der Feuerwehr waren die Polizei Basel-Landschaft sowie der Sanitätsdienst im Einsatz.«* Bollag sah von der Zeitung auf. »Ich habe die Polizeimeldung rausgesucht, das ist exakt derselbe Text. Du hast dir nicht mal die Mühe gemacht, sie umzuschreiben.«

Rieder zuckte mit den Schultern. »Wieso sollte ich? Alles Wichtige steht ja drin.«

»Und meine Reportage vom Brandort, die Aussagen von Neuenschwander, der Abtransport der Leiche, das Bild der abgebrannten Villa – wo ist das alles?« Er knüllte die Zeitung zusammen und warf sie in den Abfalleimer neben Rieders Schreibtisch. »Das hier ist Schrott.«

Rieder lehnte sich zurück und strich sich mit der Hand durch die Haare. »Offenbar hast du auf deinem hohen Ross Platz genommen. Deswegen sage ich es dir klipp und klar: Dein Artikel genügte den Ansprüchen nicht, die wir beim Tagblatt haben.«

Bollag lachte verächtlich. Wenn jemand nicht genügte, dann Rieder. Als Journalist war er nie über das Niveau eines Volontärs hinausgekommen, im Zweifelsfall ließ er immer eine Straßenumfrage machen. Dass Rieder nach wie vor beim Tagblatt arbeitete, lag einzig an seiner familiären Bindung zum Verleger. »Das ist Schwachsinn, und das weißt du. Meine Exklusivgeschichte hatte alles, was die Leser mögen. Du bist offenbar der Einzige, der das nicht gemerkt hat.«

Rieder warf die Stoffmuster auf den Tisch und lehnte sich vor. »Da spricht der Starjournalist. Wieso bist du denn nicht bei einem Weltblatt, wenn du alles besser weißt? Leider bist du nicht so brillant, wie du glaubst. Das sage ich dir als Kollege.«

»Das ist genau das Problem, Rieder. Du bist keiner, du warst nie wirklich Journalist. Du hast nie Quellen angezapft, Geschichten ausgegraben und hartnäckig recherchiert. Du würdest dich in einer Bank oder einer Versicherung viel besser machen.« Bollag spürte Hitze in sich aufsteigen. Für Leute wie Rieder war Journalist bloß ein Beruf wie jeder andere. Für Bollag nicht. So lange er sich erinnern konnte, hatte er Journalist werden wollen – trotz eines Vaters, der Jobs verachtet hatte, in denen man sich nicht die Hände schmutzig machte.

Seine Mutter hatte Bollag zum Journalismus gebracht. Als Sekretärin in einem großen Speditionsunternehmen war sie fünf Tage pro Woche mit der zerlesenen Zeitung ihres Chefs nach Hause gekommen. Bollag hatte sie auf dem Tisch ausgebreitet und ihr beim Kochen daraus vorgelesen. Sport, Region, Inland, Ausland, Kultur – alles hatte ihn fasziniert. Daran hatte sich seither nichts geändert. »Wir alle in der Redaktion geben unser Bestes, wollen gute Arbeit abliefern. Du sitzt in deinem Büro und legst uns Steine in den Weg. Wieso eigentlich?«

Rieder stemmte sich aus dem Stuhl hoch, rote Flecken breiteten sich über seine Wangen aus. »Du hast doch keine Ahnung. Ich sorge dafür, dass Leute wie du überhaupt eine Stelle haben. Ohne mich wärst du schon lange Geschichte.«

»Blödsinn …«

»Ihr Journalisten habt bloß den nächsten Artikel im Kopf! Über den Tag hinaus denkt ihr nie. Leute wie ich ermöglichen euch das. Ohne mich hätte dieser Laden hier keine Zukunft. Es ist dein verdammter Journalisten-Arsch, den ich absichere.«

»Was soll das heißen?«

»Deswegen habe ich deinen Artikel rausgeworfen. Die Leser wollen nicht bloß Mord und Totschlag, sie wollen positive Geschichten. Und diese werden wir ihnen von nun an häufiger liefern.«

Das konnte nicht sein Ernst sein, dachte Bollag ungläubig. Die Leser würden ihnen in Scharen davonlaufen. »Mit einem neuen Kurs übernimmst du dich.«

Rieder ging um den Tisch herum und legte die Hand auf den Türgriff. »Was weißt du schon? In den kommenden Monaten wird sich einiges ändern beim Tagblatt. Diese Änderungen kommen von ganz oben. Und jetzt reicht mir dein Gejammer. Ich habe eine Besprechung.«

Bollag sah Rieder nach, wie er durch die Redaktion stakste. Von ganz oben konnte nur bedeuten, dass Verleger Pfister neue Pläne hatte. Was zur Hölle ging da vor sich? Er würde es herausfinden, nicht umsonst war er Journalist.

12

Wie einfach es Männer hatten: Anzug, Hemd, Krawatte, fertig. Wenn jedoch eine Bundesrätin auf Reisen ging, war das ein größeres Unterfangen. Mangold brauchte Kleider für Besprechungen, Empfänge, Ausflüge und Mahlzeiten, passende Schuhe inklusive. Und wehe, wenn sie zwei Mal dasselbe trug. Die medialen Klatschspalten würden sich darauf stürzen.

Sie begutachtete die Auswahl auf ihrem Bett. Nach dem Frühstück hatte sie eine halbe Stunde lang Kleidungsstücke aus dem Schrank geholt und Kombinationen ausprobiert. Nun lagen da ein dunkelblaues Kostüm, ein rotes Sommerkleid, eine rote Caprihose, schwarze Jeans sowie zwei Blusen und zwei T-Shirts, dazu Unterwäsche, Strümpfe und Socken. Einigermaßen zufrieden damit holte sie den Koffer aus dem Schrank und begann zu packen.

Es klingelte, Mangold ging zur Tür.

Auch ohne Uniform repräsentierte Oberst Zollinger, der Chef des Bundessicherheitsdienstes, die Armee in Person: Bürstenschnitt, Schnauzbart, ein Anzug ohne Fältchen und auf Hochglanz polierte Schuhe. »Es tut mir leid, dass ich Sie so früh am Morgen stören muss.«

Mangold mochte ihn, obwohl er zuweilen hölzern wirkte. »Kein Problem, Herr Zollinger. Aber ich habe nicht viel Zeit. In einer Stunde fährt mein Zug.«

»Ich weiß.«

Natürlich, Zollinger kannte bestimmt jedes Detail des Reislis. Vermutlich wusste er über ihren Tagesplan besser Bescheid als sie selbst. »Sie haben am Telefon gesagt, dass Sie sich umsehen möchten. Bitte, Sie sind ja nicht zum ersten Mal hier.«

Zollinger stellte seine Aktentasche im Flur ab und ging in die Küche, Mangold folgte ihm. Er schaute hinunter auf den Parkplatz. »Wir haben das Paket mit dem Ferkelkopf untersucht. Der Absender ist clever, keine Fingerabdrücke.

Und aufgegeben hat er es bei der Schanzenpost. Die ist zu groß, die Suche nach dem Absender deshalb aussichtslos.« Er beäugte ein Foto am Kühlschrank, das Mangold und Bollag bei einem Spaziergang an der Aare zeigte. Auf dem Weg ins Wohnzimmer stieß er im Flur gegen ein Schuhgestell, Mangolds Stilettos, Stiefel und Sandalen wankten bedrohlich. Vor dem großen Doppelfenster runzelte er die Stirn. »Das gefällt mir nicht. Könnten Sie bitte Gardinen aufhängen?«

»Ich mag die Aussicht auf den Fluss.«

»Jedem Beobachter gefällt das ebenso.« Er wies mit dem Kinn zum Tierpark Dählhölzli. »Mit einem guten Feldstecher kann er von dort drüben jeden Ihrer Schritte verfolgen.«

Mangold stöhnte. »Ist das denn wirklich nötig?« Sie stellte sich neben ihn und folgte seinem Blick. So leid es ihr tat, er hatte recht. »Also müssen Vorhänge her.« Sie hasste es, wie sich ihr Beruf auf das tägliche Leben auswirkte, besonders hier. In diesem Haus hatte sie bereits während des Studiums mehrere Jahre gewohnt. Ausgezogen war sie erst nach der Hochzeit mit Daniel, dessen gehobenen Ansprüchen die Wohnung nicht gerecht worden war. Dank des guten Drahts zur Vermieterin hatte sie bald nach der Trennung hier wieder eine Bleibe gefunden. Nun wohnte sie sogar im dritten Stock und hatte zwei Zimmer mehr als damals.

Zollinger las die Titel von ein paar englischen Romanen im Bücherregal, begutachtete die großformatigen Fotos an den Wänden – Bäche, Küsten, Rinnsale –, die sie selbst aufgenommen hatte. »Das Paket ist eine Drohung, wir werden Ihre Überwachung verstärken müssen. Bis auf Weiteres werden meine Männer das Haus rund um die Uhr überwachen. Bitte achten Sie darauf, dass die Alarmanlage immer eingeschaltet ist. Wir werden beim Eingang unten eine Kamera und hier oben einen Monitor installieren.« Er schob vier Magazine, die auf dem Wohnzimmertisch verteilt lagen, ordentlich übereinander. »Zudem würde ich es begrüßen, wenn Sie vorerst nicht mehr selber Auto fahren oder das Tram benutzen. Ihr Chauffeur wird Sie überall hinbringen. Ich habe das bereits mit ihm abgesprochen.« Er verschwand durch die Schlafzimmertür.

Mangold stemmte die Hände in die Hüften. »Das kommt nicht infrage. Nur wegen dieses Pakets werde ich nicht mein ganzes Leben auf den Kopf stellen. Es ist ja nicht das erste Mal, dass mir jemand droht.«

Mit leicht gerötetem Gesicht kam Zollinger zurück. Sie sah ihm über die Schulter. Auf ihrem Bett lagen noch immer zwei Slips und ein BH.

Er räusperte sich. »Es ist nicht das Paket, das mir Sorgen macht.« Zollinger holte seine Aktentasche aus dem Flur und entnahm ihr ein iPad. Er legte es auf den Tisch im Wohnzimmer, tippte darauf. »Im Internet haben wir das hier gefunden.« Er drehte das Tablet in ihre Richtung. »Diese Webseite ist unter *petra-mangold.com* registriert.«

Das Foto zeigte Mangold hinter einem Rednerpult, über ihr an der Wand prangte groß das Logo des *Touring Clubs* der Schweiz. Es musste bei dem Referat aufgenommen worden sein, das sie vor zwei Monaten beim Automobilclub über die leistungsabhängige Schwerverkehrsabgabe gehalten hatte. Um ihren Kopf zog sich ein schwarzer Kreis, zwei dünne Linien gingen mitten hindurch: ein Fadenkreuz.

Unter dem Foto stand ein Text.

Petra Mangold, eine Schande für die Schweiz! Diese Frau ist unwürdig, die Bürger dieses Landes zu vertreten. Sie miss-

braucht ihre Macht, belügt die Wähler, verhöhnt das Stimmvolk. Und mit ihrem liederlichen Lebensstil ist sie unseren Kindern ein miserables Vorbild.

Schluss damit!

Jagen wir sie mit Schimpf und Schande aus dem Amt!

Mangold war einiges an Beschimpfungen gewohnt, doch das war extrem bösartig. »Ganz schön heftig.«

»Ja, das ist starker Tobak. Noch mehr Sorgen macht mir das hier.« Zollinger scrollte auf der Seite nach unten. Dort war ihre ausführliche Biografie zu lesen: Herkunft, Ausbildung, Ehe und Scheidung, die Beziehung zu Bollag. Er klickte auf *Weitere Informationen*, es erschien eine Sammlung von Artikeln aus Zeitungen und Magazinen. Die Leser erfuhren, dass sie gern in der Früh an der Aare joggte, zum Skifahren in die Lenk fuhr und allein ins Kino ging.

Doch damit nicht genug. Es folgte ihre Wohnadresse und Telefonnummer sowie ein Kalender mit den Auftritten in den nächsten zwei Wochen: Reden, Orte, Zeiten.

Nun bekam es Mangold mit der Angst zu tun. »Woher haben die das?«

»Es braucht einiges an Aufwand, Wissen und Kontakten, um das alles zusammenzutragen. Vieles davon ist jedoch öffentlich. Was den Kalender angeht, kündigen Gemeinden oder Vereine Ihren Besuch oft an. Und auch Ihr Büro informiert die Medien über die Auftritte. Schließlich sollen Sie ja nicht in leeren Sälen sprechen.«

»Können Sie die nicht zwingen, die Webseite lahmzulegen?«

»Wir arbeiten daran. Es wird allerdings nicht einfach sein, die Urheber zu finden. Und selbst dann könnten die sich wehren. Sie sind eine Person von öffentlichem Interesse. Bürgerinnen und Bürger dürfen Sie kritisieren.«

Sie setzte sich an den Tisch und fühlte sich plötzlich schlapp.

Zollinger zog den Stuhl ihr gegenüber unter dem Tisch hervor und nahm Platz. »Die Webseite ist erst ein paar Tage alt. Es könnte einen Zusammenhang geben zwischen diesem Geschmier und dem Ferkelkopf. Haben Sie eine Ahnung, was dahinterstecken könnte? Hat das Ferkel eine Bedeutung für Sie?«

Natürlich hatte es das. Es hatte Erinnerungen an die schlimmsten Wochen in ihrem Leben geweckt. Sie blickte Zollinger in die Augen und rang mit sich. Konnte sie ihm vertrauen? Bestimmt, doch einen Rest von Privatsphäre musste sie bewahren. »Nicht, dass ich wüsste. Mit verschiedenen Entscheiden habe ich mich jedoch nicht beliebt gemacht. Es gehen regelmäßig böse Anrufe und Mails in meinem Sekretariat ein.«

»Wie sieht es mit politischen Feinden aus?«

»Das Übliche. Ein paar National- und Ständeräte greifen mich häufig an, aber das ist nichts Persönliches.«

»Wenn Sie sich da nicht täuschen. Sie sind als Außenseiterin ins Amt gekommen. Jede Menge Frauen und Männer im Parlament sind der Meinung, dass Sie ihnen den Sitz im Bundesrat weggeschnappt haben. Die können Sie gar nicht leiden.«

»Ach, Sie übertreiben.«

»Frau Bundesrätin, ich mache meinen Job seit 14 Jahren. In dieser Zeit habe ich gelernt: Jeder Hinterbänkler im Parlament malt sich abends zu Hause im Bett aus, wie er sich als Bundesrat machen würde. Er träumt davon, Staatspräsidenten zu begrüßen, mit dem Regierungsjet zu fliegen und von den Medien hofiert zu werden. Und jeder Einzelne ist überzeugt davon, dass er besser wäre als die amtierenden Bundesräte.«

Mangold staunte über Zollingers Einsichten. In den vergangenen zwei Jahren hatte sie erfahren müssen, dass seine Beschreibung der Wahrheit ziemlich nahekam. »Sie glauben also, es steckt ein Politiker dahinter?«

»Ich kann es zumindest nicht ausschließen. Der Urheber verfügt über viel Insiderwissen. Natürlich kommen auch andere Personen oder Gruppierungen infrage. Auf jeden Fall sind die Vorfälle Grund genug, die Sicherheitsmaßnahmen zu verstärken. Bitte sprechen Sie all Ihre Schritte in den nächsten Wochen mit mir ab.«

Es klingelte an der Tür, Zollinger erhob sich. »Das muss der Chauffeur sein, der Sie zum Bahnhof bringen wird.«

Mangold stand ebenfalls auf. »Gut, ich werde mich an Ihre Anweisungen halten. Vorerst.« Doch alles hatte seine Grenzen. Das Wochenende mit Max würde sie sich nicht vermiesen lassen. Dort wollte sie keine Sicherheitsleute in der Nähe haben.

Sie holte ihren Koffer aus dem Schlafzimmer. Als sie zurückkam, stand ein unbekannter Mann neben Zollinger im Flur. Er sah athletisch aus und hielt die Hände an der Hosennaht. »Wo ist Peter?«, fragte sie.

»Frau Bundesrätin, das ist mein Mitarbeiter Marco Lardi. Er wird bis auf Weiteres Ihren Chauffeur ersetzen.«

Mangold setzte zu einem Protest an, besann sich jedoch eines Besseren. In einer brenzligen Situation wäre der väterliche Peter Wohlfahrt vielleicht überfordert. Sie reichte Lardi ihren Koffer. Als er seinen Arm ausstreckte, öffnete sich sein schwarzes Jackett. Im Holster darunter steckte eine Waffe.

13

»Kommt schon, Leute. Schlafen könnt ihr zu Hause.« Mit einer Tasse Kaffee in der einen und einem Teller mit Gipfeli in der anderen Hand setzte sich Neuenschwander zu den Mitgliedern der Sonderkommission. Die Uhr an der hinteren Wand der Cafeteria zeigte 9.10 Uhr, die Hitze drückte durch die dicken Mauern – eine Klimaanlage existierte nicht in der Polizeizentrale Gutsmatte. Jonas Schaub, Astrid Flückiger und Roger Wagner ließen ihre Köpfe hängen. Auf die Befindlichkeiten seines Teams konnte der Kripo-Chef allerdings keine Rücksicht nehmen.

Vor ihm auf dem Tisch lag ein dünner Bericht, den er am Morgen von Akim Oecal bekommen hatte. Bis spät in die Nacht war der Kriminaltechniker im Labor gewesen, um erste Ergebnisse zu liefern. Neuenschwander kontrollierte, ob niemand in Hörweite war. Andernfalls würde er die Besprechung augenblicklich in ein Sitzungszimmer verlegen. Doch sie waren die einzigen Gäste der Cafeteria. »Akim kann jetzt beweisen, was er gestern vermutet hat. Es war Brandstiftung. Als Brandbeschleuniger wurde eine Mischung aus Diesel und Benzin verwendet.« Er setzte seine Lesebrille auf, nahm den Bericht zur Hand, schlug die erste Seite auf und fasste zusammen. »Der Täter ist äußerst sorgfältig vorgegangen, hat Zünder auf drei Stockwerken gelegt. Durch die geöffneten Fenster stellte er die Luftzufuhr sicher. Das Feuer hat sich sehr schnell ausgebreitet und hohe Temperaturen erreicht.«

Über den Rand seiner Brille schaute Neuenschwander in die Runde. Seine Kollegen starrten auf die Tischplatte oder zum Fenster hinaus, niemand zeigte eine Reaktion.

Das war nicht gut. »Da hat sich jemand große Mühe gegeben. Und er wusste, was er tat.« Neuenschwander wartete auf Bemerkungen, es kamen keine. Denen musste er die Würmer wirklich aus der Nase ziehen. »Irgendwelche Gedanken dazu?«

Jonas nahm einen Schluck Cola und stellte die Flasche auf den Tisch. »Wir sollten abklären, ob es irgendwo ähnliche Brände gab. Und wir müssen das Umfeld von Brunner genau untersuchen. Das waren keine Vandalen, die einfach gezündelt haben.«

Endlich, wenigstens Jonas schien auf Zack zu sein. Einmal mehr beglückwünschte sich Neuenschwander dafür, dass er den jungen Feldweibel vor bald zwei Jahren an seine Seite geholt hatte. Jonas hatte Ideen, hielt ihm den Rücken frei und sah über seine Wutanfälle hinweg. Gleichzeitig verstand er etwas von Technik und wusste, wie man mit Journalisten umging.

Neuenschwander wies auf den Teller mit den vier Gipfeli. »Greift zu, die spendiere ich.« Er nahm sich eines, biss ab und spülte es mit einem Schluck Kaffee herunter. »Es gibt mehr Neuigkeiten. Ich habe vorhin mit dem Institut für Rechtsmedizin in Basel telefoniert. Der Gerichtsmediziner hat Spuren von Polyamid an Brunners Hand- und Fußgelenken gefunden. Das bedeutet, der Brandstifter wollte nicht einfach nur das Haus abbrennen.«

Jonas unterdrückte ein Rülpsen. »Polyamid? Was bedeutet das?«

»Sehr wahrscheinlich Kabelbinder. Brunner wurde vor seinem Tod gefesselt. Wer den Brand gelegt hat, wollte ihn umbringen.«

»Mord?« Ein Bissen vom Gipfeli blieb Flückiger im Hals stecken, sie hustete heftig. Jonas klopfte ihr auf den Rücken, bis sie sich erholte. Mit hochrotem Kopf wischte sich den Mund mit einer Serviette ab. »Entschuldigung, Chef. So ein Mord ist sehr ungewöhnlich.« Mit den Fingern strich Flückiger die langen, schwarzen Haare hinter die Ohren. Sie war Mitte 30, schlank und sportlich. Mit ihren hohen Wangenknochen wäre sie eine attraktive Frau, hätte sie nicht diesen verkniffenen Ausdruck. Sie sah aus, als ob sie ständig am Rand eines Abgrundes balancierte.

»Ach komm, die heile Welt gibt es bei uns schon lange nicht mehr.« Wagner griff nach einem Gipfeli. »Immerhin hatten wir fünf Morde im letzten Jahr. Aber ich gebe zu, jemanden zu fesseln und abzufackeln, das ist verdammt hinterhältig. Vielleicht wollte der Täter eine Botschaft hinterlassen.« In über 30 Jahren Polizeidienst hatte Wagner fast alles gesehen. Als junger Polizist war er Scharfschütze bei den Barrakudas gewesen, einer Sondereinheit der Kantonspolizei. Er war gebaut wie ein Ringer, mit Oberarmen dick wie Wasserleitungen. Im Lauf der Jahre hatte er in gleichem Maß an Gewicht zugelegt, wie sein Arbeitseifer geschwunden war. Mit zwei Bissen hatte er das Gipfeli verschlungen.

»Darauf deutet die Situation am Tatort hin. Die Leiche lag in einem Kreis von Möbeln auf Büchern, Magazinen und DVDs. Die wenigen Überreste lassen auf pornografisches Material schließen.« Neuenschwander nahm einen Schluck Kaffee.

»Ein Scheiterhaufen.« Jonas kippte seinen Stuhl nach vorn.

»Könnte sein.« Neuenschwander klopfte mit den Knöcheln auf die Tischplatte. »Das sieht nach einem verzwickten Fall aus. Doch wir haben in den vergangenen neun Jahren jeden einzelnen Mord im Kanton Baselland aufgeklärt.« Das wussten sie natürlich, es konnte jedoch nicht schaden, sie daran zu erinnern. »Diese Quote werden wir nicht gefährden, verstanden? Ich erwarte vollen Einsatz von euch, Hitze hin oder her.« Er hätte sich eine größere Soko gewünscht, doch mitten in der Urlaubszeit herrschte Personalnot, zumal ausgerechnet heute der gesamte Bundesrat der Region einen Besuch abstattete. Zum Glück kümmerte sich Polizeichef Egli persönlich um die Gäste aus Bern.

Neuenschwander schaute Flückiger an. »Astrid, du durchforstest die Datenbanken. Klär ab, ob es irgendwo vergleichbare Feuer gab.« Er wusste, dass sie familiäre Probleme hatte. Der Mann und die beiden Kinder kamen nur schwer mit ihren unregelmäßigen Arbeitszeiten zurecht. Die Arbeit am Computer konnte sie zur Not auch von zu Hause aus erledigen.

»In Ordnung.« Mit einem Papiertaschentuch wischte sich Flückiger Schweißperlen von der Stirn.

»Isst du dein Gipfeli nicht?« Wagner stupste Jonas an, der den Kopf schüttelte. Wagner streckte die Hand danach aus und sah Flückiger und Neuenschwander an. Als niemand einen Einwand erhob, griff er zu.

»Roger, wie weit bist du mit der Befragung der Nachbarn?«

»Durch«, nuschelte Wagner mit vollem Mund. »Ich habe gestern mit den Anwohnern in der Widmannstrasse sprechen können. Zumindest mit denen, die da sind. Die meisten haben *Urlaub*.« Er dehnte das Wort und verdrehte die Augen. Für Leute, die gern Urlaub machten, hatte Wagner wenig Verständnis. Er reiste nie, verbrachte den größten Teil seines Lebens in der Polizeizentrale. Denn zu Hause wartete niemand. Gegen Ende eines Jahres musste Neuenschwander ihm jeweils befehlen, für ein paar Tage zu verschwinden und Urlaub abzubauen. Wagner lehnte sich zurück, das blaue Hemd spannte über seinem Bauch, unter den Achseln zeichneten sich Schweißflecken ab. »Niemand hat in der Nacht etwas gesehen oder gehört. Außer einer Nachbarin, die Brunner gegen 1 Uhr hat nach Hause kommen sehen. Das weißt du ja.«

Mit der Hand wischte sich Neuenschwander ein paar Krümel vom Hemd. »Als Nächstes gehst du zur Bank. Ich will wissen, wie viel Geld Brunner auf dem Konto hatte und woher es kam. Ich habe den Tipp bekommen, dass er ein Spieler war. Frag also im Casino nach, ob man ihn dort kennt. Vielleicht ist das eine brauchbare Spur.« Für Befragungen war Wagner der beste Mann im Korps, mit seiner jovialen Art fand er meist den richtigen Ton. Selbst die Beschuldigten mochten ihn in der Regel.

»Morgen zusammen.« Zwei Polizisten in Uniform, ein Mann und eine Frau, betraten die Cafeteria und hoben die Hand zum Gruß. Sie zogen ihre Chipkarten durch den Entwerter an der Kühlbox, holten sich zwei Flaschen Mineralwasser heraus und tranken gierig ein paar Schlucke. Bevor sie den Raum verließen, tauschten Jonas und die junge Polizistin einen Blick aus.

Wagner boxte Jonas spielerisch mit der Faust gegen die Schulter. »Das war doch die Gabi. Hattest du nicht mal was mit der?«

Jonas gab keine Antwort, rote Flecken traten auf seine Wange. Offenbar war da wirklich etwas gewesen. Davon hatte Neuenschwander gar nichts mitbekommen. Jonas hielt sich sehr bedeckt, was sein Privatleben anging. Mit seinen Beziehungen schien er bisher kein glückliches Händchen gehabt zu haben. »Jonas, wir müssen eine Medienmitteilung verschicken. Du kümmerst dich darum.«

»In Ordnung. So vage wie möglich und keine Anfragen an dich. Dass es Mord war, können wir bis zum Abschlussbericht der Rechtsmedizin für uns behalten. Allerdings werden wir die Brandstiftung bestätigen müssen.« Jonas nahm seine

Metallbrille ab und putzte sie mit seiner rot-blau gestreiften Krawatte.

Neuenschwander knurrte, das ließ sich tatsächlich nicht vermeiden. »Alle Anfragen gehen an die Pressestelle. Die Kollegen sollen die Journalisten hinhalten. Wir werden sie informieren, wenn es Neuigkeiten gibt.« Er leerte seine Kaffeetasse mit einem Schluck. »Astrid, um 10 Uhr treffe ich mich mit dem Direktor des Kantonsspitals. Du kommst mit. Hör dich auf den Stationen um, speziell in der Orthopädie. Offenbar hat Brunner viele Frauen belästigt, sie unter Druck gesetzt. Sprich mit Ärztinnen und Krankenschwestern. Finde heraus, wie schlimm das war. Fragen?«

Die Mitglieder der Soko schüttelten die Köpfe und erhoben sich. Flückiger und Wagner machten sich auf den Weg zum Ausgang, Neuenschwander hielt Jonas am Arm zurück. »Moment, ich habe einen Zusatzauftrag für dich.« Er wartete, bis die Kollegen die Cafeteria verlassen hatten. »Es gibt da eine junge Juristin, die die Arbeit der Polizei kennenlernen möchte. Ich will, dass du sie herumführst.«

»Was? Das machen wir sonst nie. Und wieso gerade ich?«

Neuenschwander zuckte mit den Schultern. »Alle sind im Urlaub. Diese Frau Mäder hat auf mich einen guten Eindruck gemacht, sie hat etwas auf dem Kasten.« Er hielt Jonas einen Zettel mit einer Handynummer hin.

Jonas beäugte Neuenschwander skeptisch, nahm das Papier wie einen verdreckten Schleckstängel zwischen Daumen und Zeigfinger und verließ mit verkniffener Miene die Cafeteria. Neuenschwander sah ihm nach, er konnte sich ein Lächeln nicht verkneifen.

14

Bollag arbeitete sich durch einen Stapel Ausdrucke, den ihm die Tagblatt-Archivarin auf das Pult gelegt hatte. Es waren Artikel aus verschiedenen Schweizer Medien über Tariks Verschwinden. Der Stapel war hoch, die Geschichte hatte damals für viele Schlagzeilen gesorgt. Besonders interessant fand er ein Interview mit Einsatzleiter Hans Amsler, das in der Basler Zeitung erschienen war. Inhaltlich brachte der Text zwar nicht viel Neues, das Foto dazu umso mehr. Es zeigte einen schlanken Mann mit weißem Haar, der sich über eine Karte beugte. Und neben Amsler stand ein junger Mann, der …

»Verfluchte Scheiße!«

Erschrocken fuhr Bollag zusammen. Tanja Schneider stampfte vor seinem Pult mit einem Fuß auf den Boden, die Hände hatte sie zu Fäusten geballt. »Ein Biber! Kannst du dir das vorstellen? Ein Biber!«

»Tanja?«

Sie knallte ihre Tasche auf den Besucherstuhl. »Einen erstklassigen Tipp habe ich bekommen, stattdessen muss ich mich mit Bibern abgeben.«

»Was für einen Tipp?« Bollag stand auf und ging um den Tisch herum.

Sie stemmte die Hände in die Hüften. »Der Bau des neuen Justizzentrums wird dreimal teurer als veranschlagt. Dreimal teurer, stell dir das vor! Da werden Köpfe rollen.«

Bollag lehnte sich an den Schreibtisch und nickte anerkennend. »Tönt gut. Ist die Quelle wasserdicht?«

Sie verwarf die Hände, die Armreifen klimperten. »Und ob sie das ist. Ich habe schriftliche Unterlagen, alles schwarz auf weiß. Aber Rieder, dieser Idiot, lässt mich nicht schreiben.«

Rieder wieder. Offenbar machte der ernst mit seiner Drohung. »Mit welcher Begründung?«

»Er findet Biber wichtiger. Biber!« Sie marschierte auf und ab. »Der Ferienpass hat einen Ausflug für Kinder organisiert, sie wollten Biber beobachten. Und ich durfte den ganzen Morgen dabei sein. Wir waren unterhalb von Liestal an der Ergolz und haben drei Stunden nach den Viechern gesucht. Gesehen haben wir außer ein paar Holzhaufen und Millionen Mücken nichts.«

»Da kannst du jetzt die Geschichte über das Justizzentrum machen.«

»Schön wär's. Rieder will, dass ich den Ausflug trotzdem beschreibe. ›Eine schöne Reportage, Tanja, Tiere und Kinder. Das ist herzig, Das mögen die Leserinnen und Leser. Exklusivstorys werden sowieso überbewertet.‹« Sie äffte den Lokalchef ausgezeichnet nach.

Bollag drehte die Handflächen nach oben. »Womit er nicht ganz unrecht hat.«

»Wieso sagst du das?« Sie kratzte sich am Arm, der von Mückenstichen übersät war.

»Weil es stimmt. Fast allen Lesern ist es schnurz, ob eine Geschichte heute oder morgen in der Zeitung steht. Das juckt nur uns Journalisten. Ich könnte mich jedes Mal in den Hintern beißen, wenn ich bei einer Story nachziehen und die Konkurrenz nennen muss.«

Tanja verschränkte die Arme. »Das geht mir genauso.«

»Eben. Gleichzeitig zollen wir dem Kollegen Respekt. Und darum geht es. Wir Journis sind alle eitel, wir wollen uns einen Namen in der Branche machen. Deswegen ist uns dieser Wettbewerb wichtig. Sonst interessiert das kein Schwein. Nur merkt Rieder nicht, dass es genau dieser Wettbewerb ist, der uns antreibt. Deswegen werden gute Geschichten besser.« Genau darum war es ein Affront gegen eine engagierte Journalistin wie Tanja. Obwohl sie keine 30 war, hatte sie in den vergangenen Jahren einige Exklusivstorys geliefert und sich Respekt in der Branche verschafft.

Bollag rieb sich über das Kinn. »Irgendetwas ist da im Busch. Rieder hat mir gesagt, dass das Tagblatt auf seichtere Geschichten setzen will. Das soll ein Befehl von oben sein. Weißt du davon?«

Sie machte große Augen. »Das höre ich zum ersten Mal.«

Jemand im Haus musste mehr darüber wissen. »Wen können wir anzapfen, Tanja?«

»Ich könnte es bei Helga versuchen. Wir gehen immer zusammen joggen.«

»Gute Idee.« Die Sekretärin des Chefredaktors wusste bestimmt mehr. »Und was heißt das für dich? Darfst du die Geschichte über das Justizzentrum überhaupt nicht schreiben?«

»Das wollte ich auch wissen. ›Das besprechen wir später‹, hat Rieder gesagt. Bald kann ich die Geschichte bestimmt bei der Konkurrenz lesen. Das kotzt mich wirklich …«

»Gibt es ein Problem?« Rieder wankte mit einem Stapel Zeitschriften unter dem linken Arm in Bollags Büro. »Ich habe gedacht, das Thema sei abgehakt, Tanja. Sonst können wir gerne gemeinsam zum Chefredaktor gehen.«

Tanja schluckte ihre Widerworte herunter, packte wütend ihre Tasche und stürmte aus dem Büro.

Rieder lächelte, als er ihr nachblickte. »Na, also.«

Lange würde sich Tanja das nicht gefallen lassen. Bollag verwarf die Hände und setzte sich hinter sein Pult. »Dein Verhalten ist einfach dumm, Rieder. Du bist auf dem besten Weg, Tanja zu vertreiben. Sie findet jederzeit eine andere Stelle in Zürich oder Bern.«

»Und? Sie kann gehen, wenn es ihr nicht passt. Es gibt genug Nachwuchs da draußen.« Er kam zwei Schritte näher, schaute Bollag auffordernd an. »Deinen Namen habe ich in der letzten Zeit nicht oft im Blatt gesehen. Arbeitest du eigentlich hier?«

»Spar dir deine dummen Sprüche. Ohne dein Zutun hätte ich heute eine gute Geschichte in der Zeitung. Und ich arbeite an zwei weiteren.«

»Worum geht es?«

Zögerlich antwortete Bollag. »Ich will mehr über den Brand an der Widmannstrasse herausfinden. Wahrscheinlich gibt es heute erste Untersuchungsergebnisse. Und mich interessiert ein Junge, der vor 17 Jahren verschwunden ist.« Er wies auf die Akten vor sich.

Rieder griff nach dem Interview aus der Basler Zeitung und überflog den Text. »So eine alte Geschichte? Wer will darüber noch etwas lesen? Das ist reine Zeitverschwendung.«

»Das ist keine Zeitverschwendung. Ich habe Hinweise darauf, dass er am Leben ist. Wenn das stimmt, wäre das eine Riesenstory.«

Rieder setzte sich auf den Besucherstuhl und warf den Stapel Zeitschriften auf Bollags Schreibtisch. »Hinweise von wem? Hellsehern?«

»Lässt du mich jetzt arbeiten?« Bollag entdeckte eine Klarsichthülle auf den Zeitschriften. »Oder ist sonst noch etwas?«

Rieder hielt ihm den Zeigfinger unter die Nase. »Ich kann nicht dulden, dass du deine Arbeitszeit für irgendwelche kruden Geschichten verschwendest. Das Gleiche gilt für den Brand. Du stellst deine Recherchen ein, wir belassen es bis auf Weiteres bei Polizeimeldungen. Stattdessen übernimmst du zwei andere Aufträge.« Er nahm die Klarsichthülle in die Hand, holte zwei Blatt Papier heraus und legte sie vor Bollag auf den Tisch.

»Was ist das?«

Rieder wies auf das obere Blatt, das das Foto eines mächtigen Stiers zeigte. »Das ist der Siegerpreis am Eidgenössischen Schwingfest. Dieses Jahr kommt er aus dem Kanton Baselland, das ist eine große Ehre. Ich will, dass du einen netten Artikel darüber schreibst.«

Bollag raufte sich die Haare. »Das kann nicht dein Ernst sein.«

»Natürlich ist das mein Ernst. Zudem ist da eine Einladung zu einem Ärztekongress in Muttenz. Er findet am Sonntag statt. Ich will, dass du hingehst.«

Bollag warf einen Blick auf das zweite Papier, es enthielt einen Zeitplan mit einer Liste von Referenten. »Verdammt, der geht ja den ganzen Tag.« Am Sonntag würde Petra bei ihm sein. »Dafür habe ich keine Zeit.«

Rieder hob die Stimme. »Dann nimmst du sie dir. Ich bin der Chef hier, verstanden?« Er atmete ein paar Sekunden durch und lehnte sich vor. »Wir müssen das hier nicht im Streit klären. Ich schlage dir einen Deal vor. Du übernimmst diese beiden Geschichten, ohne zu murren, und zur Belohnung gebe ich dir Leine«, sagte er in konziliantem Ton. »Für den Rest der Woche kannst du nach verschwundenen Kindern und Brandstiftern suchen. Einverstanden?«

Hatte Petra nicht gesagt, dass sie am Sonntagnachmittag zu einer Besprechung musste? Wenn er am Mittag zu dem Kongress ginge, würde das reichen. Ein Stier und Ärztepalaver, vielen Dank auch. Bald würde er über Kaninchenausstellungen schreiben müssen. Trotzdem stimmte Bollag zu.

Rieder lächelte und wies mit der Hand auf den Stapel Zeitschriften. »Die habe ich dir mitgebracht. Als Anschauungsmaterial. Wir können viel lernen von *Glücksrevue*, *Gala* und der *Bunten*.«

Bollag suchte nach einem Anzeichen von Ironie. »Du meinst das ernst, nicht wahr?«

»Und ob.« Rieder erhob sich. »Übrigens, gleich treffe ich deine Freundin Petra. Soll ich ihr einen Gruß ausrichten?« Er grinste dämlich, wartete keine Antwort ab und stolzierte aus dem Büro.

Was für ein Idiot. Bestimmt war der neidisch, dass er keine Chance hatte bei einer Klassefrau wie ihr. Bollag schaute ihm nach, bis er im Newsroom verschwunden war. Er betrachtete den Stier und massierte sich die Schläfen. Verdammt, wie tief war er gesunken.

15

»Ich kriege keinen Bissen mehr runter«, raunte Finanzministerin Ursula Kölliker. »Aber ich kann die Wirtin nicht enttäuschen. Sie gibt sich riesige Mühe.«

Mangold hielt die Menükarte in der Hand. »Pannacotta mit marinierten Baselbieter Kirschen und Schokoladenstücken. Da müssen wir durch.«

Kölliker lächelte schelmisch. »Alles für unser Land.«

Mit flinken Händen trugen die Männer und Frauen vom Service das Dessert auf, Gang vier des Mittagessens. Es sah verführerisch aus. Eine junge Frau in einer blau-weißen Tracht beugte sich zu Mangold herunter. »Kaffee?«

»Gern. Mit Rahm, ohne Zucker, bitte.« Der Tag war noch lang, als Nächstes stand der Besuch der Römerstadt Augusta Raurica auf dem Programm.

Eine leichte Brise bewegte die Blätter der Linde im Garten des *Restaurants Hintere Wasserfallen*, sie machte die Hitze erträglicher. Mit einem historischen Extrazug waren die sieben Bundesräte und ihr Begleittross am Morgen von Bern direkt nach Laufen gereist. Dort hatten sie die Ricola-Fabrik besucht und erfahren, dass 13 Kräuterpflanzen zur Herstellung der Bonbons verwendet wurden. Danach war es weitergegangen in die Eremitage bei Arlesheim, die idyllisch gestalteten Gartenanlagen aus dem 19. Jahrhundert. Schließlich waren sie mit einem Bus nach Reigoldswil gefahren, von wo sie die Gondelbahn hinauf auf die Wasserfallen gebracht hatte.

»Verzeihung.« Mit erhobener Hand stoppte Finanzministerin Kölliker einen Kellner. Sie wies mit dem Daumen auf Peter Sarasin neben sich. »Der Herr Bundespräsident trinkt seinen Kaffee mit Schnaps.«

Bundespräsident und Außenminister Sarasin lachte laut. »Unbedingt. Aber nur, wenn es Baselbieter Kirsch ist.«

»Bravo.« Ein paar Baselbieter Politiker applaudierten, Mangold schmunzelte. Es war schön, die Kolleginnen und Kollegen derart unverkrampft zu erleben. Auf der alljährlichen Bundesratsreise spielten politische Geschäfte ausnahmsweise keine Rolle, persönliche Kontakte standen im Vordergrund. Mangold hatte mit der jungen Baselbieter Baudirektorin über die Probleme von Chefinnen in einer Männerdomäne gesprochen. Solche Begegnungen gaben dem Reisli einen tieferen Sinn. Dazu kam natürlich der Werbeeffekt für den Bundesrat, der sich von seiner menschlichen Seite zeigte. Aus diesem Grund begleiteten Journalisten den Ausflug.

»Zum Wohl, Frau Bundesrätin.« Über die Tische hinweg prostete ihr dieser schreckliche Rieder vom Tagblatt mit einer Stange Bier zu. Seit er in Reigoldswil zum Medientross gestoßen war, hatte er wie eine Klette an ihr geklebt. Er war in der Gondel mit ihr hochgefahren und hatte sich beim Mittagessen tatsächlich neben sie gesetzt. Sicherheitschef Zollinger hatte ihn mit Nachdruck an den Tisch für Journalisten geleitet. Offenbar hielt Rieder sich für etwas Besonderes, weil er ein Kollege von Max war.

Bundespräsident Sarasin klopfte mit einem Löffel an sein Weinglas und erhob sich, die Gespräche verstummten. »Manche von Ihnen mögen sich fragen, wieso wir heute nicht in meine Heimatstadt Basel gereist sind. Keine Angst, das steht morgen auf dem Programm. Ich mache also keinen Bogen um Basel, weil man mich dort nicht leiden kann.«

Das sorgte für ein paar Lacher. Dieser Punkt im Reiseprogramm war Mangold tatsächlich aufgefallen. Denn verantwortlich für das Reisli war der Bundespräsident, der im Turnus jedes Jahr wechselte, und er führte die Kolleginnen und Kollegen eigentlich immer in seinen Heimatkanton.

Sarasin hingegen hatte sie zunächst ins Baselbiet geführt. »Wie viele von Ihnen wissen, sind die Kantone Basel-Stadt und Baselland 1833 auf unrühmliche Weise getrennt worden. Auf unserem zweitägigen Reisli möchte ich Ihnen zeigen, wie wenig diese Kantonsgrenze der Realität entspricht. Die Nordwestschweiz bildet einen einheitlichen Lebensraum. Es ist an der Zeit, die politischen Strukturen anzupassen.« Die Pressefotografen schossen Bilder, Sarasin blickte in die Kameras. »Mit der Kantonsfusion könnte die Region Basel ein Vorbild für Gebietsreformen in der ganzen Schweiz werden. Deswegen spreche ich mich hier und heute klar dafür aus. Wir sollten zusammenführen, was zusammen gehört.«

Er blickte hinüber zum Pressetisch, an dem sich die Journalisten Notizen machten. »Sie dürfen mich gerne zitieren.« Sarasin hob das Glas zum Toast. »Auf den Kanton Basel.« Zwei Baselbieter Regierungsräte verschränkten demonstrativ die Arme, er sah darüber hinweg. »Nun ist es an der Zeit, diesen wunderschönen Ort zu verlassen. Am Nachmittag werden wir die Römerstadt in Augst besuchen, danach geht es zum Abendessen nach Basel ins *Hotel Drei Könige*.« Er lächelte verschmitzt. »Vorher habe ich eine Überraschung parat. Für den Weg hinunter ins Tal habe ich Trottinetts reservieren lassen. Ich bin sicher, dass sich niemand diesen Spaß nehmen lassen will.«

Ihre Kollegen auf dem Trotti? Das wollte Mangold erst mal sehen. Die Bundesräte schauten sich unsicher um, schmunzelten, winkten ab. Sarasin setzte eine gespielt betretene Miene auf und hob den Zeigfinger. »Wir müssen den Fotografen ein paar gute Sujets liefern.«

»Ich bin sicher, dass sich das unsere jüngste Kollegin nicht nehmen lassen wird.« Die tiefe Stimme von Bundesrat Cortesi hallte durch den Garten.

Auf einmal waren alle Augen auf Mangold gerichtet. Was sollte das denn? Wollte Cortesi ihren Teamgeist auf die Probe stellen? »Mit einem Trotti bin ich seit dem Kindergarten nicht mehr gefahren. Ich weiß nicht, ob ich das noch kann.«

Cortesi sah sie mit einem falschen Lächeln an. An diesem Tag hatte er kein Wort mit ihr gesprochen. »Eine sportliche Frau wie du kriegt das sicher hin. Du kannst dir Zeit nehmen, wir trinken hier gemütlich unseren Kaffee.« Die fünf übrigen Bundesräte nickten zustimmend.

Mangold ließ sich ungern drängen, von Cortesi erst recht nicht. Aber wieso eigentlich nicht? Die Talfahrt mit dem Trotti wäre eine Abwechslung und würde bestimmt Spaß machen. Zum Glück trug sie heute flache Schuhe. »Also gut, ich bin dabei.«

Die Kollegen applaudierten und bestellten noch eine Runde Getränke. Mangold trank ihren Kaffee aus und bedankte sich bei der Wirtin für das feine Essen. Bei der Gartenpforte wartete Zollinger bereits auf sie. Mangold lächelte ihn an. »Gönnen Sie sich eine Pause. Das kann ich bestimmt alleine.«

Mit einer leichten Bewegung seiner Hand gab ihr Zollinger zu verstehen, dass das nicht zur Diskussion stand. Also schlenderten sie gemeinsam die paar hundert Meter vom Gasthaus hinunter zur Bergstation der Gondelbahn, verfolgt von einem guten Dutzend Journalisten und Fotografen. Schön war es hier oben, mit Ausblick über die sanften Jurahügel bis in den Schwarzwald.

Grinsend wartete ein Mitarbeiter der Gondelbahn mit gelben Helmen und grünen Trottinetts. »Die Straße ist zum Teil recht steil und nicht geteert. Bremsen Sie nicht zu heftig, sonst rutschen die Räder weg.«

Mangold setzte einen Helm auf, die Fotografen und Kameraleute machten ihre Bilder. Vielen Dank, sie sah bestimmt aus wie ein Tüpfi.

»Frau Bundesrätin, ich komme mit.« Rieder kam angerannt, schnappte sich ein Trotti, setzt einen Helm auf und lächelte in die Runde. Auf den hätte sie nun wirklich verzichten können.

»Frau Mangold, bitte lächeln. – Könnten Sie sich hierhin stellen, mit dem Jura im Hintergrund? – Und bitte mit einem Fuß auf dem Trotti.«

Während Mangold geduldig die Wünsche der Fotografen erfüllte, stieß sich Rieder bereits ab. »Ich warte im Wald auf Sie.« Schnell nahm er an Fahrt auf und bog um die erste Kurve.

Gern ließ Mangold ihm einen ordentlichen Vorsprung.

Als die Fotografen sich endlich zufriedengaben, schob sie ihr Trotti zur Straße, stellte sich darauf und ließ es losrollen. Zollinger folgte dicht hinter ihr. Die Straße fiel von Beginn an recht steil ab, machte einen Bogen und führte um einen Teich herum. Oben bei der Station dokumentierten die Kameraleute ihre Fahrt. Mangold atmete erleichtert aus, als sie endlich den Wald erreichte und darin verschwinden konnte. Nun legte sie ihre Vorsicht ab, erhöhte das Tempo. Vor einer engen Kurve bremste Mangold zu stark, der Reifen blockierten auf der kiesbedeckten Straße. Knapp konnte sie einen Sturz vermeiden. Sie hielt an, schnaufte durch. »Gerade noch mal gut gegangen.«

Zollinger stoppte neben ihr. »Das ist ziemlich knifflig.«

Sie fuhr weiter, folgte der Straße durch den kühlen Wald, bald bekam Mangold das richtige Gefühl für die Bremse. »Juhui.« Das machte wirklich Spaß. Sie musste Max einmal hierher mitnehmen, das würde ihm bestimmt gefallen.

Mangold bog um eine Kurve. 20 Meter vor ihr lag ein Trotti auf der Straße, daneben Rieder, der sich aufgesetzt hatte und sein rechtes Knie hielt. Knapp vor ihm brachte sie ihr Gefährt zum Stillstand, Zollinger hinter ihr gelang es ebenfalls.

»Verdammte Scheiße.« Rieder stöhnte. »Dieser verfluchte Stein.« Mit dem Kinn deutete er auf einen Brocken, auf den sein Trotti offenbar aufgefahren war. Die Hose über seinem Knie war aufgerissen, das Hemd verdreckt. Er wollte aufstehen. »Autsch.« Sogleich sackte er zurück auf den Boden.

Mangold legte ihr Trotti ab und packte Rieder unter dem Arm. »Kommen Sie, ich helfe Ihnen.«

Gemeinsam versuchten sie es nochmals, Rieder kam halbwegs auf die Beine. »Das tut weh.« Er machte sich frei und setzte sich auf den Boden.

Zollinger schaute ungerührt auf Rieder hinunter. »Lassen Sie mal, Frau Bundesrätin. Wir haben ja ein komplettes Ärzteteam dabei. Das wird froh sein, wenn es Arbeit bekommt.« Er holte ein Handy aus der Innentasche seines Jacketts und drückte eine Taste. »Kurt, Zollinger hier. Wir hatten einen kleinen Unfall. – Nein, nein, nicht die Bundesrätin, ein Journalist. Er hat sich das Knie verletzt. – Etwa einen Kilometer unterhalb der Bergstation.«

Mangold sah Zollinger an, Rieder und wieder Zollinger. Der hatte alles im Griff. Vor Mangold lagen eine Schussfahrt durch den kühlen Wald und endlich ein paar Minuten ohne Begleitschutz. Sie nickte Zollinger zu, nahm ihr Trotti vom Boden, umkurvte Rieder und stieg auf. »Ich sehe Sie in Reigoldswil.«

»Frau Bundesrätin, Moment …«

Sie stieß sich ab und ließ sich von Zollingers Rufen nicht bremsen. Das Trotti flitzte die Straße hinab, der Wind wehte in ihr Gesicht. Endlich allein, herrlich. Licht und Schatten wechselten sich unter den Bäumen ab, rechts durchfurchten ausgetrocknete Rinnsale den Hang. Wenn das Gebiet »Wasserfallen« hieß, gab es wohl einige davon hier oben. Die Straße machte eine Kurve, führte in einen Tunnel, ging leicht bergauf. Sie stieg ab und schob das Trotti.

»Da kommt die Hure.«

Erschrocken fuhr Mangold zusammen: Zehn, vielleicht fünfzehn Leute versperrten ihr den Weg. Die meisten von ihnen hatten ergraute Haare, faltige Gesichter, wenige junge Leute befanden sich darunter. Eine Frau hielt zwei Kinder an den Händen. Viele von ihnen reckten handbemalte Schilder in die Höhe:

Schande für die Schweiz – Treten Sie zurück! – Blut an Ihren Händen – Mangold = Lügnerin

Unter den Wörtern entdeckte Mangold ein gemaltes Zeichen, das wie ein Pfeil aussah. Die Demonstranten kamen näher, keinen von ihnen hatte Mangold je zuvor gesehen. In all den Jahren als Politikerin war sie oft mit Gegnern konfrontiert gewesen. Man hatte sie kritisiert, ihr anonyme Briefe geschickt, sie beschimpft. Doch niemals so.

»Mangold raus!« Ein kleiner Mann fing an zu skandieren, die anderen folgten seinem Beispiel. Er war sicher über 70 und kahl, der Schweiß lief über sein gerötetes Gesicht. Mit Daumen und Zeigefinger formte er eine Pistole und drückte ab.

In den Gesichtern all dieser Menschen las sie den gleichen, puren Hass. »Mangold raus, Mangold raus!« Wie ein Mantra wiederholten sie die beiden Worte. Die Protestierenden bildeten einen Halbkreis um sie, drängten sie an den Straßenrand.

»Mangold raus, Mangold raus!«

Die Stimmen wurden lauter, der Platz enger. Mangold sah sich um. Sie versperrten den Weg in alle Richtungen, links war eine Lücke geblieben. Dort ging es steil hinunter, der Abhang war mit Sträuchern, Ästen und Felsbrocken übersät, wenige Bäume klammerten sich daran. Sie wich aus, die Demonstranten schwenkten die Schilder über ihren Köpfen, rückten näher. Zwei Frauen vor ihr rissen die Münder auf, ihre Gesichter rot vor Zorn. Sie streckten die Arme aus und griffen nach ihr.

Mangold machte einen schnellen Schritt nach links, ihr Fuß rutschte weg, sie verlor das Gleichgewicht, wurde in die Tiefe gezogen. Sie stürzte den Abhang hinunter, überschlug sich, suchte Halt mit den Händen, bremste mit den Füßen. An einem Stein riss sie sich den Ellenbogen auf, Äste schrammten über ihre Wange, ihre Beine versanken in Blättern und Erde. Schließlich rammte ein Baum seinen dicken Stamm in ihre Rippen, und Mangold blieb benommen liegen.

16

»Und? Hast du es dir überlegt?« Neuenschwanders Partnerin Brigitte stand vor seinem Tisch und zog eine Braue hoch. Gegen 14 Uhr waren nicht mehr viele Gäste im *Café Mühleisen*, wo sie als Aushilfe arbeitete.

Neuenschwander schob eine Gabel mit Maissalat in den Mund und kaute langsam. Er musste Zeit gewinnen. »Überlegt? Was denn?«, nuschelte er mit vollem Mund.

Brigitte stemmte eine Hand in ihre Hüfte. »Na, ob du bei mir einziehen willst. Ich habe mehr als genug Platz. Du könntest dein Haus in Lausen verkaufen und das Geld zur Seite legen. Was meinst du?«

Er schaufelte die letzten Bohnen auf einen Haufen und tunkte ein Stück Brot in die Salatsauce. Neuenschwander hasste dieses Thema. Vor gut einem Jahr hatte er Brigitte bei einem Besuch im *Mühleisen* kennengelernt, wo sie zum Zeitvertreib arbeitete. Die Sekundarlehrerin hatte sich früh pensionieren lassen, die 60 Jahre sah man ihr nicht an. Ihren wohlgeformten Körper und ihren Witz fand Neuenschwander umwerfend. Es war erstaunlich, dass sich eine Frau wie sie für ihn interessierte. »Ich weiß nicht recht. Der Häusermarkt ist nicht berauschend zurzeit. In ein paar Monaten bekäme ich bestimmt einen viel besseren Preis … Und der ganze Umzug.«

Wie immer saß Neuenschwander am Fenster mit Blick auf das alte Stadttor von Liestal, das Törli. Ein paar wenige Gäste hatten sich draußen niedergelassen, er und Brigitte waren allein im Schankraum. Der Holzstuhl quietsche, als sie ihn unter dem Tisch hervorzog. Sie setzte sich, lehnte sich vor auf ihre Ellenbogen und sah ihm in die Augen. »Sei ehrlich, Heinz. Wo liegt das Problem?«

Oh, das wusste er genau. Nur aussprechen konnte er es nicht. Neuenschwander mochte Brigitte, er mochte sie sehr. Gerade hatte er einen kompletten Salatteller verdrückt. Einen Salatteller! Vor einem Jahr hätte er jeden zum Teufel gejagt, der ihm den vorgesetzt hätte. Bei ihr würde er sich das nie herausnehmen. Drei Kilo hatte er in den vergangenen Monaten abgenommen und fühlte sich lebendig wie seit Jahren nicht mehr. Dass er noch Hunger hatte und auf dem Weg in die Polizeizentrale in der *Bäckerei Strübin* ein Schinkenbrötchen kaufen würde, behielt er lieber für sich.

Ihre Augen huschten über sein Gesicht. Es fühlte sich an, als ob jemand seine Taschen durchwühlte. »Ich weiß nicht recht … Es ist kompliziert.« Neuenschwander wedelte mit den aufgespießten Bohnen durch die Luft. Es waren seine kleinen Freiheiten, um die er sich Sorgen machte: beim Frühstück Zeitung lesen oder den ganzen Sonntag im Trainingsanzug herumlümmeln.

»Erklär es mir. Ich habe Zeit.« Sie lehnte sich zurück, schlug die Beine übereinander.

Brigitte hatte Stil. Auch deswegen verbrachte er viel Zeit mit ihr. Nie würde sie ihn unter Druck setzen, das wusste er. Nicht wie seine beiden Exfrauen. Die eine hatte ihn verändern wollen, die andere sich selbst. Brigitte nicht. Trotzdem brauchte Neuenschwander seine eigenen vier Wände, in die er sich zurückziehen konnte. Das musste er ihr irgendwie begreiflich machen, ohne sie zu verletzen.

Intensiv studierte sie ihn. Er sollte Brigitte für Befragungen einsetzen. Bei Dürst zum Beispiel, Brunners Stellvertreter. Diesem Wiesel hatte Neuenschwander von Anfang an nicht getraut. Kein Wunder, hatte der nicht herausrücken wollen mit Zahlen für die Forschungsgelder. 4,5 Millionen Franken jährlich waren es, wie Neuenschwander vom Direktor des Kantonsspitals erfahren hatte. Das meiste Geld stammte von Unternehmen, die künstliche Gelenke herstellten. Brunner hatte ziemlich frei darüber verfügen können, und nun war Dürst dafür verantwortlich. Das war ein denkbares Motiv. Schwerer wog, was Astrid Flückiger von einer Ärztin erfahren hatte. Brunner hatte offenbar mit Dürsts Frau Martina angebandelt. Wenn das nicht gute Gründe für einen Mord …

»Erde an Neuenschwander. Hallo?« Brigitte klopfte mit dem Fingernagel auf den Tisch. »Ich sitze hier, falls du es vergessen hast.«

Er massierte sich den Nacken und nickte schwach. Jetzt musste es raus. »Weißt du … Es ist so … Eigentlich …« Draußen im Straßencafé stand Bollag, der seinen Hals reckte. Neuenschwander winkte ihm zu, ein Stein fiel ihm vom Herzen.

Brigitte lächelte spöttisch. »Deine Rettung naht. Glaub nicht, dass du einfach davonkommst. Das nächste Mal will ich eine Antwort.«

Bollag betrat das Café, er trug schwarze Jeans und ein weißes Hemd, über das der Träger einer Umhängetasche verlief. Vor ihrem Tisch blieb er stehen. »Ich hoffe, dass ich nicht störe.«

Brigitte erhob sich. »Nein, nein, Sie stören nicht.« Sie lächelte Bollag an und streckte die Hand aus. »Sie sind bestimmt der Journalist. Ich bin Brigitte Stampfli. Kann ich Ihnen etwas bringen?«

Bollag begutachtete die letzten Reste von Neuenschwanders Salat und schmunzelte. »Ein Glas Mineralwasser, bitte.«

»Mit Eis? Kommt sofort.« Brigitte schlenderte durch den Schankraum hinter den Tresen.

Neuenschwander tupfte die Mundwinkel mit einer Serviette ab. »Sie wollten mich sprechen?«

Der Journalist deutete mit dem Kinn auf die Bohnen. »Ich hatte immer den Eindruck, dass Sie sich von rohem Fleisch ernähren. Sind Sie etwa Vegetarier?«

Beinahe hätte Neuenschwander lächeln müssen. »Kommen Sie zur Sache, Bollag. Es schadet meinem Ruf, wenn man mich mit Ihnen sieht.«

Bollag zog sich die Umhängetasche über den Kopf und setzte sich auf Brigittes Stuhl. »Gibt es Neuigkeiten über den Brand an der Widmannstrasse?«

»Das hätten Sie einfacher haben können. Die Medienmitteilung liegt wahrscheinlich auf Ihrem Schreibtisch.«

Bollag verdrehte die Augen. »Toll, und was steht da drin?«

Hinter dem Tresen füllte Brigitte Eiswürfel in ein Glas und goss Mineralwasser hinzu. Mit ihrem wiegenden Schritt brachte sie es an den Tisch. »Bitte sehr. Für dich auch noch etwas, Heinz?«

»Nein, vielen Dank, Brigitte. Es war herrlich.« Sie räumte den Teller ab. Er sah ihr nach, wie sie damit hinter dem Tresen verschwand. »In der Mitteilung steht, dass es eindeutig Brandstiftung war. Beim Opfer handelt es sich um den Arzt, der dort wohnte. Michael Brunner.«

»Und?«

»Und was?« Zuerst die Fragerei von Brigitte, und nun ließ auch Bollag nicht locker.

»Das ist kaum die ganze Geschichte.«

Neuenschwander war kein Auskunftsbüro. »Gopfridstutz, was wollen Sie eigentlich? Ich habe keine Zeit für Kaffeeklatsch mit Journalisten. Lesen Sie die Medienmitteilung, dann wissen Sie alles.«

Bollag verwarf die Hände und schnaubte. »Quatsch. Sie wissen genauso gut wie ich, dass ich dort nicht mal die halbe Wahrheit drin steht.«

Neuenschwander machte ein unschuldiges Gesicht. »Sie haben mein tiefstes Mitgefühl. War es das? Im Gegensatz zu Ihnen muss ich arbeiten.«

Bollag öffnete die Umhängetasche, holte ein Blatt Papier heraus und legte es auf den Tisch. Es war die Kopie eines Interviews aus der Basler Zeitung.

Neuenschwander zog das Blatt zu sich her. Das Bild zeigte ihn und seinen ehemaligen Chef Amsler. Das musste 20 Jahre her sein. »Möchten Sie ein Autogramm, oder was soll das?«

»Ich gehe der Geschichte über diesen verschwundenen Jungen nach. Erinnern Sie sich daran?«

Natürlich, in seinen Albträumen. »Ach, das ist wohl für Ihre Sommerserie. Geht es da nicht um ungelöste Verbrechen? Die Sache mit dem Jungen hier war ein Unfall.«

»Sind Sie sich da sicher?«

Nein, es gab da ein paar lose Fäden. Das würde er Bollag allerdings nicht unter die Nase reiben. »Wir hatten damals ein großes Team im Einsatz, die Kriminaltechnik, Bluthunde, einen Helikopter – das ganze Rösslispiel. Alles führte zum gleichen Schluss: Der Junge ist ertrunken.« Gläser klirrten, als Brigitte sie in den Schrank stellte. Bestimmt hörte sie alles mit.

Bollag rollte das Glas zwischen den Handflächen hin und her. »Und wie können Sie sich erklären, dass sein Körper nie auftauchte?«

Jetzt streute der auch noch Salz in die Wunden der Polizei. »Der Rhein ist groß, der hält sich an keine Regeln. Vielleicht ist der Körper irgendwo unter Wasser hängen geblieben oder von einem Schiff mitgeschleift worden.« Keine dieser Erklärungen hatte Neuenschwander je wirklich überzeugt. Wie seinen Chef Amsler, der den Fall ebenfalls nicht auf sich hatte beruhen lassen können.

»Sind Sie damals der Frage nachgegangen, ob jemand den Jungen entführt haben könnte?«

»Ja, Amsler war äußerst gründlich.« Als Frischling bei der Kriminalpolizei hatte Neuenschwander zu seinem Mentor aufgeblickt, alles hatte er von ihm gelernt. »Seine Frau hat sich mal bei mir darüber beschwert, dass er sogar in seiner Freizeit daran gearbeitet hat.«

»Meinen Sie, dass er mit mir über den Fall sprechen würde?«

Amslers Haltung Journalisten gegenüber entsprach der seinen. Doch Bollag, diesen hartnäckigen Spürhund, hätte er wohl respektiert. »Vielleicht würde er, aber das werden wir nicht herausfinden. Amsler ist tot. Er ist bei einem Unfall …« Neuenschwanders Handy vibrierte. »Moment.« Er nahm den Anruf entgegen, Jonas war in der Leitung. »Chef, es hat einen Unfall gegeben auf der Wasserfallen. Demonstranten haben Bundesrätin Mangold angegriffen, sie ist einen Abhang hinuntergestürzt.«

Mein Gott! »Wie geht es Mangold?« Er beäugte Bollag über den Tisch, der einen Notizblock aus der Umhängetasche holte und in der Bewegung erstarrte. Bollag stierte Neuenschwander an.

»Das weiß ich nicht. Sie wurde ins Kantonsspital eingeliefert.« Jonas' Stimme klang gepresst, er stand unter Druck.

»Wo war denn der Personenschutz?«

»Offenbar war sie alleine unterwegs«, sagte Jonas.

»Huereverdammisiech, diese Vollidioten.«

Bollag drehte beide Handflächen nach oben, lehnte sich vor. »Was ist?«, formte sein stummer Mund.

Neuenschwander hielt einen Finger hoch, Jonas war noch dran. Im Hintergrund ertönte das Martinshorn, er musste unterwegs sein. »Der Polizeichef will, dass du die Untersuchung leitest.«

»Was weißt du über die Demonstranten?«

»Sie waren verschwunden, als die Kollegen ankamen.«

Eine Melodie ertönte. Hektisch griff Bollag in seine Umhängetasche, zog sein Handy heraus. Er überprüfte die Nummer, hielt es an sein Ohr, stand auf. »Was ist passiert?«, sprach er hinein. Er nickte mehrmals, wandte sich ab, die weiteren Worte konnte Neuenschwander nicht verstehen. Schließlich griff sich Bollag seine Umhängetasche und stürmte aus dem Café.

»Chef? Bist du noch dran?« Jonas wartete auf Anweisungen.

Wer hatte Bollag angerufen? Waren die Medien bereits informiert? Das würde einen schönen Zirkus geben. »Gut, ich übernehme das. Ich fahre gleich ins Spital.« Neuenschwander beendete das Gespräch und legte eine Zwanzigernote auf den Tisch.

Brigitte war hinter dem Tresen hervorgekommen, sie hielt ein Geschirrtuch in der Hand. »Ist es schlimm?«

»Das weiß ich nicht. Hör zu …«

Sie schnitt ihm das Wort ab. »Das besprechen wir später. Du hast Wichtigeres zu tun.«

Neuenschwander gab ihr einen flüchtigen Kuss und eilte aus dem *Café Mühleisen*. Diese Frau hatte einfach Klasse.

17

Wie eine breitbeinige Marmorstatue stand der Sicherheitschef vor der Tür zum Krankenzimmer. Bollag streckte die Hand aus. »Wie geht es ihr?«

Oberst Zollinger überlegte ein paar Sekunden, bevor er die Hand nahm. »Wie kommen Sie denn hierher?«

»Ich wohne im Stedtli. Vergessen?« Nachdem seine Beziehung zur Bundesrätin offiziell geworden war, hatte Bollag den Personenschützer in Liestal empfangen müssen, ihm seine Wohnung gezeigt und ein paar Sicherheitsanweisungen erhalten. Der Bundespolizist hatte mit abfälligen Bemerkungen über Journalisten durchblicken lassen, wie wenig er von Bollag hielt. Dieser konnte den arroganten Beamten ebenfalls nicht leiden. »Also, wie geht es ihr?«

»Den Umständen entsprechend gut.« Zollinger rückte keinen Zentimeter zur Seite. »Sie können nicht rein, der Arzt ist bei ihr.«

Bollag spürte das Blut in seinen Kopf steigen. »Wie zur Hölle konnte das passieren?«

»Das wird der Untersuchungsbericht zeigen. Der ist nicht für die Öffentlichkeit bestimmt. Und für Journalisten erst recht nicht.« Zollingers Blick war steinhart.

»Das tönt sehr selbstbewusst für jemanden, der seinen Job nicht gemacht hat.«

Zollingers Augen zogen sich zu Schlitzen zusammen, er tat einen Schritt nach vorn. »Sie werden hier bloß geduldet, Bollag. Sie sind nicht mit der Bundesrätin verheiratet oder verwandt. Ich kann Sie jederzeit rauswerfen lassen.«

Bollag wich keinen Millimeter zurück. »Ach, die Frau am Empfang hat ihre Anweisungen wohl von Ihnen erhalten. Sie versicherte mir, dass es im Kantonsspital Liestal keine Frau Mangold gebe und eine Bundesrätin mit Sicherheit nicht. Diese Zicke. Ich musste Petra auf dem Handy anrufen und der Dame das Telefon hinhalten, damit sie mir die Zimmernummer gibt.«

Zollinger lächelte süffisant. »Bundesrätin Mangold ist verletzt, für Interviews steht sie nicht zur Verfügung.«

»Sie eingebildeter Mistkerl. Wenn Sie Streit wollen, können …«

Die Tür zum Krankenzimmer öffnete sich einen Spalt. Heraus trat ein kleiner Mann, auf dessen Stirn der Schweiß glänzte. Zollinger machte einen Schritt zur Seite, und Bollag wollte sich an den beiden Männern vorbeizwängen.

Der Arzt streckte gebieterisch einen Arm aus. »Herr Zollinger, wer ist das?«

»Ein Bekannter von Bundesrätin Mangold. Ein Journalist.« Seine Stimme triefte vor Verachtung.

»Ein Journalist?« Der Arzt musterte Bollag von oben bis unten. »Auf gar keinen Fall. Die Bundesrätin ist nicht in der Lage, irgendwelche Fragen zu beantworten. Wenden Sie sich an unseren Mediensprecher. Wie sind Sie überhaupt hier reingekommen?«

Bollag schaute auf den Arm, danach ins Gesicht des Mannes. Noch einer, der sich mit ihm anlegen wollte. Er hielt seinen Zeigfinger dicht vor dessen Nase. »Frau Mangold wünscht meinen Besuch. Fragen Sie den da!« Er deutete mit dem Daumen in Richtung Zollinger.

Der Arzt sah unsicher vom einen zum anderen, bewegte den Arm jedoch nicht. Bollag ballte die Hände zu Fäusten.

»Max, bist du das?« Durch die angelehnte Tür drang Petras Stimme. »Komm bitte herein.«

Zollinger verschränkte die Arme und studierte die Kacheln auf dem Fußboden, der Arzt beobachtete ihn verwirrt.

Bollag schob ihn zur Seite, quetschte sich zwischen den beiden Idioten durch, betrat das Zimmer und schloss die Tür hinter sich. Es verschlug ihm den Atem – wie jedes Mal, wenn er sie sah. Petra hatte das dichte schwarze Haar zu einem Pferdeschwanz gebunden, die großen blauen Augen und der breite Mund strahlten. Gott sei Dank. »Wie geht es dir, Liebes?«

Petra saß aufrecht im Bett, die Matratze am Kopfende war

hochgestellt, die Decke zurückgeschlagen. Ihr schlanker Körper wirkte zerbrechlich in dem weißen Krankenhaushemd. Ein Pflaster klebte unter dem Kinn, ein Verband verbarg den linken Ellenbogen und das linke Fußgelenk. Er durchquerte das Zimmer, setzte sich seitlich auf das Bett und nahm ihre Hand. Sie war kühl.

»Alles in Ordnung, mach dir keine Sorgen.«

Er nahm Petra behutsam in den Arm und wiegte sie sanft. »Du hast mir einen verdammt großen Schrecken eingejagt.«

In dieser Position verharrten sie, bis sie sich schließlich aus der Umarmung löste. »Wolltest du da draußen gerade meinen Arzt verprügeln?«, fragte sie.

»Wer war das?«

»Dr. Dürst. Ein wenig übereifrig, aber nett. Sie überschlagen sich hier fast.« Mit der Hand wies Petra zu den prächtigen Blumenbouquets auf dem Nachttisch. Auf einem Tablett stand eine Auswahl von Getränken, daneben reihten sich ein Stapel Zeitungen, ein Radio und Pralinen aneinander.

Edle Möbel standen im geräumigen Zimmer, vier große Fenster und ein Balkon ließen viel Licht herein. Die Privatstation im neunten Stock glich eher dem Hilton als einem Spital. Bollag stand auf, trat ans Fenster. Er überschaute die Altstadt von Liestal, die Baudirektion, die Erziehungsdirektion, die Polizeizentrale, die Kantonalbank, das Regierungsgebäude und seine Redaktion – alles war innerhalb von fünf Minuten zu Fuß zu erreichen.

Er drehte sich zu Petra um. »Es scheint gewisse Vorteile zu haben, wenn man im Bundesrat sitzt. Oder bringt man hier alle Patienten so unter? Dann lasse ich mir gleich ein Bein brechen.« Er musterte das weiße Hemd und rümpfte die Nase. »Die Kleidung finde ich unpassend. Haben die hier nichts Rotes mit einem Schweizer Kreuz drauf?« Bollag setzte sich aufs Bett.

Petra verzog den Mund zu einem Lächeln, sie sah müde aus. Bollag ergriff erneut ihre Hand. »Danke, dass du mich gleich angerufen hast. Ich bin froh, dass ich davon nicht aus den Nachrichten erfahren habe.«

»Es hätte dich schön geärgert, wenn dir jemand diese Exklusivgeschichte weggeschnappt hätte.«

»Mach keine Witze, das ist eine ernste Sache. Was sagt der Arzt?«

Sie wedelte mit der Hand. »Es ist nichts Schlimmes. Ich habe einen verstauchten Knöchel, ein paar Schürfwunden und eine leichte Gehirnerschütterung. Er möchte mich zur Beobachtung über Nacht hierbehalten.«

»Tu bitte, was der Arzt sagt.«

»Das sagst ausgerechnet du?«

»Du kriegst eine Belohnung dafür.« Bollag griff in seine Umhängetasche und holte einen kleinen Beutel heraus. Er schwenkte ihn hin und her, der Inhalt purzelte durcheinander. »Meine Medikamente sind viel besser als alles, was du hier bekommst.«

»Du bist ein Schatz.« Sie griff nach dem Beutel, öffnete ihn, schüttelte eine Handvoll Gummibären heraus und steckte sich drei rote in den Mund. Petra aß immer nach Farbe.

Seit sie ihm ihre Schwäche für Fruchtgummis gestanden hatte, trug er stets einen Vorrat bei sich. »Weißt du, was das für Typen waren auf der Wasserfallen? Was wollten die?«

Sie zögerte. »Erkannt habe ich niemanden. Sie trugen Schilder mit Parolen. Da war irgendein Zeichen drauf, ein Pfeil oder so. Keine Ahnung, wer das war.« Sie schluckte schwer, suchte nach Worten. »Max, es gibt da etwas, das ich dir …«

Die Tür ging auf, der Arzt, dieser Dürst, betrat das Zimmer und beäugte Bollag skeptisch. Warum klopfte der nicht an? »Unsere Zentrale wird bestürmt mit Anrufen, Frau Bundesrätin. Die Medien möchten wissen, wie es Ihnen geht. Was sollen wir denen sagen? Und beim Empfang unten warten ein Herr Neuenschwander von der Polizei und ein Herr Sonderegger, der sagt, er sei Ihr Generalsekretär.«

»So viel zum Thema Erholung.« Petra stöhnte. »Wir müssen eine Medienmitteilung verschicken, bevor die Journalisten hier auftauchen.«

»Dafür ist es zu spät.« Dürst wies mit dem Kopf zum Fenster. »Das Schweizer Fernsehen und Tele Basel stehen draußen.«

Petra verzog den Mund zu einem schiefen Lächeln. »Deine Kollegen sind schneller, als ich dachte.« Sie straffte die Schultern. »Gut, ich kümmere mich darum. Schicken Sie mir bitte zunächst den Polizisten rauf, der hat bestimmt ein paar Fragen. Danach werde ich mit Herrn Sonderegger reden.«

»In Ordnung.« In der Tür drehte sich Dürst nochmals um. »Ach ja, da ist ein Herr Rieder. Er sagt, er sei ein Freund von Ihnen. Er liegt mit einem Kreuzbandriss in der Orthopädie und möchte Sie besuchen.«

Petra wehrte mit beiden Händen ab. »Bitte verschonen Sie mich.«

»Selbstverständlich.« Dürst nickte und verschwand durch die Tür.

Bollag traute seinen Ohren nicht. »Unser Rieder vom Tagblatt?«

»Genau der.« Petra erzählte vom Unfall auf der Wasserfallen und Rieders Anteil daran.

Je mehr er davon hörte, desto wütender wurde Bollag. »Also warst du wegen Rieder alleine unterwegs. Dieser Volltrottel.«

Sie legte ihm beruhigend eine Hand auf den Arm. »Die

Sache hat ihr Gutes. Für eine Weile wird er dich in Ruhe lassen. Apropos, du solltest zurück in die Redaktion. Du kannst nicht den Rest des Tags hier sitzen und mich anstarren.«

»Wieso nicht? Mir gefällt die Aussicht.« Er schaute sie von oben bis unten an.

Petra lächelte ihn verschmitzt an. »Warte ab, bis ich raus bin. Dann zeige ich dir das ganze Panorama.«

Zärtlich fuhr er mit dem Zeigfinger von ihrem nackten Fuß bis hoch zum Knie. »Ich kann es kaum erwarten.« Er gab ihr einen langen, intensiven Kuss. »Schade, dass wir das Zimmer nicht abschließen können. Dieser Dürst würde bestimmt im unpassendsten Moment reinplatzen.«

Sie strich über seine Wange. »Bestimmt … Und jetzt geh arbeiten.«

»Bist du sicher?«

»Ich bin froh, wenn du weg bist. Du lenkst mich bloß ab.« Spielerisch scheuchte sie ihn mit der Hand fort.

Bollag gab ihr einen Abschiedskuss, erhob sich und verließ das Zimmer mit einem Winken.

Im Flur sah er Neuenschwander vom Lift her kommen, der wollte ihm bestimmt ein paar Fragen über Petra stellen. Darauf hatte Bollag keine Lust, also ging er in die entgegengesetzte Richtung. Viel Arbeit stand ihm bevor. Zunächst hatte er ein Rendezvous mit einem Stier, danach würde er sich auf die Suche nach diesen verfluchten Demonstranten machen. Er nahm die Tür zum Treppenhaus, eilte die Stufen hinunter. Wenn er Pech hatte, würde er im Spital Susanne in die Arme laufen. Auf den Ärger konnte er verzichten.

18

Beim Blick in den Kühlschrank am Donnerstagmorgen entdeckte Bollag ein Stück Greyerzer, eine halbe Flasche Milch, zwei Büchsen Ziegelhof-Bier, ein Pilzrisotto und eine Viererpackung Mokka-Joghurt. Bollag brach ein Joghurt ab, riss den Deckel weg, holt einen Löffel aus der Schublade und setzte sich an den Küchentisch, auf dem dampfender Kaffee bereitstand. Er überflog seinen Artikel in der neusten Ausgabe des Tagblatts.

Eine Tonne geballter Kraft

Das weiß-braun gefleckte Fell ist sauber und geschoren, die Hörner sind geölt. Ueli blickt in die Kamera, schnaubt und schüttelt den gewaltigen Kopf. »Das ließe nicht jeder Stier mit sich machen«, sagt Eugen Graf und krault das 1.000-Kilo-Tier wie eine junge Katze. »Dieser hier hat die Ruhe weg.« Das ausgeglichene Gemüt ist der Grund, weshalb Ueli zum Siegerpreis des Eidgenössischen Schwingfestes auserkoren wurde. 50.000 Menschen werden ihm zujubeln, davon darf er sich nicht beeindrucken lassen.

Der starke Kaffee vertrieb seine Müdigkeit. Das Foto zum Artikel zeigte Ueli und Landwirt Graf auf einer Wiese über dem Hof in Oltingen. 30 Minuten hatte Bollag eingeplant für den Besuch, zwei Stunden war er geblieben und hatte zugehört. Er war fasziniert gewesen von einer Welt, die ihm gänzlich unbekannt gewesen war. Genau deswegen liebte er seinen Job.

Bollag steckte einen Löffel Joghurt in den Mund und faltete das Tagblatt zusammen. Von der Frontseite blickte ihm Petra beim Besteigen des Trottinetts auf der Wasserfallen entgegen. Hoffentlich hatte sie eine gute Nacht im Spital verbracht. Der Angriff auf sie hatte am Vorabend die Nachrichten in Radio und Fernsehen beherrscht, heute waren die Zeitungen voll davon. Im Tagblatt-Tageskommentar, den er im Spital geschrieben hatte, geißelte Lokalchef Rieder die Zunahme von Pöbeleien gegenüber Volksvertretern und begründete sie mit dem sinkenden Ansehen der Politik. Dass Rieder selbst zum Geschehen beigetragen hatte, verschwieg er wohlweislich. Dieser Idiot!

Bollag schmetterte den halb vollen Becher in den Abfalleimer unter der Spüle und stellte die Kaffeetasse unsanft in die Spülmaschine. In seiner kleinen Küche machte er ein paar Schritte hin und her, doch damit konnte er keinen Dampf ablassen. Also ging er hinüber in seinen Trainingsraum. Vom Dachbalken hing ein roter Boxsack, ein breiter Spiegel stand an der Wand.

Bollag nahm das Springseil vom Haken und wärmte sich damit auf. Stickige Luft füllte das Zimmer, über Nacht hatte es kaum abgekühlt. Nach drei Minuten rannen Schweißtropfen über seinen Rücken. Bollag zog die Handschuhe über und übte vor dem Spiegel: Haken, Jabs, Beinarbeit, Finten. Danach griff er den Boxsack an, der unter seinen Schlägen hin und her pendelte.

Stundenlang hatte er am Vorabend das Internet nach Hinweisen abgesucht. Wer hatte etwas gegen Petra, wie waren die Gegner organisiert, gab es irgendwo einen Pfeil als Symbol? Er war auf die Seite *petra-mangold.com* gestoßen, deren anonyme Urheber die Bundesrätin übel beschimpften. Sie hatten sogar Petras Terminplan veröffentlicht und riefen zum öffentlichen Protest auf. Ob Petra davon wusste?

Bollag schlug linke Jabs, wich nach rechts aus, trat vor und schlug im Geiste zwei Rechte gegen deren Bauch und Köpfe. »Diese Arschlöcher.«

Die Webseite hatte ihm zumindest eine Antwort geliefert. Jeder hatte wissen können, wann die Bundesräte auf ihrem Reisli wo sein würden. Aber wieso hatten die Demonstranten auf dem Weg ins Tal gewartet? Dass sie mit dem Trotti herunterfahren würde, hatten sie nicht vorhersehen können. Oder doch? Laut Petra hatte Bundesrat Cortesi sie dazu angestachelt. Bollag hatte Cortesis Hintergrund erforscht, der Justizminister war erzkonservativ und sehr katholisch, unterstützte zahlreiche Stiftungen und Vereine mit entsprechendem Hintergrund. Alles in allem war das aber nichts Neues.

»Cortesi«, keuchte Bollag. Er stellte sich den Justizminister als Gegner vor, schlug eine Dreierkombination in dessen Magen, wich zurück und setzte nach. Eine Linke zum Kopf, die Rechte in die Niere, ein rascher Schritt zur Seite, eine Rechte zum Kinn.

Das Bild von Cortesi verschwamm und wurde vom Gesicht Reto Gehrigs überlagert. Ein Feind aus Kinderzeiten, als Bollag elf Jahre alt gewesen und in die fünfte Klasse der Primarschule Bubendorf gegangen war. Reto war drei Jahre älter gewesen, ein Realschüler bereits.

Reto machte sich einen Spaß daraus, die Kinder der Primarschule zu plagen, manchmal allein, manchmal gemeinsam mit seinem 16-jährigen Bruder Markus. Groß und kräftig waren die beiden, mittelmäßig begabte Fußballer beim FC Bubendorf. Ihren Geldmangel glichen sie dadurch aus, dass sie Schülern das Sackgeld abnahmen. Wer sich wehrte, bekam ihre Fäuste zu spüren.

Der kleine Max Bollag fand das sehr ungerecht und wehrte sich heftig. Nachdem er ein weiteres Mal mit blutiger Nase nach Hause gekommen war, bat er seinen Vater um Hilfe. Dieser war in seiner Jugend Amateurboxer gewesen und arbeitete als Trainer im Boxclub Sissach. Er half Max nur allzu gerne.

Die ersten Wochen im Boxkeller der Primarschule Sissach waren hart. Stunde um Stunde musste er am Sandsack langweilige Übungen machen. Vater wollte ihm Technik beibringen, Max dagegen alles kurz und klein schlagen. Schließlich ließ ihn Vater zu einem Übungskampf gegen Toni di Luca antreten. Toni war ein Jahr jünger und einen halben Kopf kleiner als Max. Der schmächtige Toni deckte Max mit Schlägen ein, während der selbst kaum einen Treffer landete. Sein Vater ging dazwischen, bevor er verletzt wurde, und nahm ihn zur Seite: »Willst du dich prügeln oder boxen lernen?«

Beeindruckt schaute Max zum kleinen Toni hinüber. »Ich will boxen.«

In den folgenden Wochen und Monaten brachte Vater ihm die Grundlagen bei. Viele Stunden übte Max am Boxsack Schläge, Finten und Schritte. Mit der Zeit schlug er härter, kräftiger und schneller. Mittlerweile hatte er an die Sekundarschule in Liestal gewechselt und auch körperlich einen Sprung gemacht. Die Gehrig-Jungs sah er nie. Doch in den folgenden Sommerferien erwischte er Markus beim Fußballspielen mit ein paar Kollegen. Die standen herum und glotzten blöd, als Max ihm einen Zahn ausschlug und zwei Veilchen verpasste. Die Befriedigung, der er herbeigesehnt hatte, stellte sich allerdings nicht ein. Den Rest der Sommerferien verbrachte er halbherzig mit der Suche nach Reto Gehrig, der ihm jedoch nicht über den Weg lief. Jahre später erfuhr Max, dass Reto aus Angst die kompletten Ferien bei Verwandten in Chur verbracht hatte.

Das war über 32 Jahre her, und die Erinnerung ließ Bollags Schläge schwächer werden. Schweiß tropfte auf die Gummimatten. Nach der Rache an Markus hatte Bollag ab und zu einen Übungskampf bestritten, doch ihm hatte der Biss für das Boxen gefehlt. Das Training hingegen, die technischen Feinheiten, die Kameradschaft hatte er immer genossen und beibehalten. Es waren die einzigen Stunden gewesen, in denen er sich seinem Vater nahe gefühlt hatte. Dessen Todestag kam näher, bald würde er frische Blumen kaufen und das Grab in Bubendorf besuchen.

Er trank einen halben Liter Mineralwasser, duschte, zog sich an, hörte die Nachrichten um 8 Uhr und bekam Hunger. Also nahm er den Lift vom dritten Stock ins Erdgeschoss, trat hinaus in die Hitze und spazierte die Rathausstrasse hinunter zur *Bäckerei Finkbeiner*, wo er zwei Vollkorngipfeli und ein Pfünderli Brot kaufte.

Als er den Schlüssel ins Schloss seiner Haustür steckte, lugte aus dem Schlitz seines Briefkastens die Ecke eines Couverts hervor. Nanu, vor fünf Minuten war das nicht dort gewesen.

Er zog den dünnen weißen Umschlag heraus. Kein Absender stand darauf, nur eine Zeile, von Hand geschrieben: *Bundesrätin Petra Mangold.* Offiziell wusste niemand, dass Petra ihn regelmäßig in Liestal besuchte, trotzdem war das im überschaubaren Stedtli natürlich kein Geheimnis. Vielleicht war es eine Gute-Besserung-Karte, die Petra aufmuntern sollte. Oder aber eine erneute Drohung. Ob er den Sicherheitsdienst einschalten sollte? Nein, mit dem hochnäsigen Zollinger wollte er nichts zu schaffen haben.

Er befühlte das Couvert, es schien bloß Papier zu enthalten. Damit durfte er Petra jetzt nicht belästigen, sie brauchte Ruhe. Er klemmte sich das Couvert unter den Arm und fuhr mit dem Aufzug in den dritten Stock.

19

Kripo-Chef Neuenschwander stand in der Eigentumswohnung der Familie Dürst an der Arisdörferstrasse und fröstelte. Das lag nicht allein an der Klimaanlage. Das weiße Ledersofa, das Cheminée mit den sorgfältig drapierten Holzscheiten, die abstrakte Kunst an den Wänden – alles wirkte wie aus einem Heft für Innenarchitektur.

Neuenschwander und Jonas folgten Martina Dürst durch das Esszimmer. Glastüren und einige Stufen führten rechts hinunter in einen Nebenraum, in dem ein weißer Flügel stand. Das Panoramafenster im Hintergrund bot eine grandiose Aussicht über Liestal, das Waldenburgertal und die Juraketten. Den Platz davor dominierte ein ovaler Tisch aus Kirschholz, an dem problemlos zehn Gäste Platz fänden. Auf dem Tisch standen zwei Kannen und drei umgedrehte Tassen.

»Bitte nehmen Sie Platz.« Die Frau des Spitalarztes tapste mit nackten Füßen über die Fliesen aus weißem Marmor, sie trug abgeschnittene Jeans und ein weißes T-Shirt.

Neuenschwander zog einen Stuhl unter dem schön gemaserten Kirschholz hervor und ließ sich darauf nieder, Jonas nahm neben ihm Platz. »Danke, dass Sie sich kurzfristig Zeit für uns nehmen.«

Sie verzog den Mund, deutete ein Lächeln an. Die Frau überraschte Neuenschwander. Er hatte eine Schönheit mit straffem Körper und langen Haaren erwartet. Den Typ Frau halt, den sich ein Mann wie Brunner als Geliebte aussuchte. Martina Dürst hingegen war klein und ein wenig pummelig, sie hatte dunkelbraune, kurz geschnittene Haare und wirkte ziemlich unscheinbar. Sie entsprach eher dem Typ

Frau, der nach einer Schulaufführung ihrer Kinder selbstgebackene Kuchen verkaufte. »Was kann ich für Sie tun?«

»Wie ich Ihnen am Telefon mitgeteilt habe, untersuchen wir den Tod von Dr. Brunner. Im Verlauf der Ermittlungen ist uns zu Ohren gekommen, dass Sie ihn kannten«, sagte Neuenschwander.

Ihre Miene verdüsterte sich, sie schluckte. »Er war ein Kollege meines Mannes. Tee oder Kaffee?«

Neuenschwander winkte ab, Jonas ebenfalls.

Martina Dürst griff nach einer der beiden Kannen, drehte eine Tasse um und schenkte sich einen Tee ein. Ihre Hand zitterte leicht, sie half mit der anderen Hand nach.

»Wie gut kannten Sie Dr. Brunner?«, fragte Neuenschwander.

Sie brach ein Stück Würfelzucker entzwei, ließ eine Hälfte in die Tasse plumpsen, rührte den Tee um und fixierte ihn durch ihre altmodische Brille. Schließlich gab sie sich einen Ruck und seufzte. »Wenn Sie die Antwort darauf nicht wüssten, wären Sie gar nicht hier.«

Neuenschwander lehnte sich vor, faltete die Hände auf dem Tisch zusammen. »Sie sollten uns davon erzählen.« Jonas zückte Notizblock und Kugelschreiber, Neuenschwander bremste ihn mit einem leichten Kopfschütteln.

Langsam atmete sie aus. »Nicht alles stimmt, was man Ihnen möglicherweise über Michael erzählt hat.«

»Sagen Sie uns, wie er wirklich war.« Neuenschwander verlieh seiner Stimme einen warmen Klang, war ganz der väterliche Freund.

Mit dem Fingernagel zeichnete sie Linien auf den Tisch. »Ja, ich war mit ihm befreundet. Mehr als befreundet.«

»Wie haben Sie ihn kennengelernt?«

Sie zuckte mit den Schultern. »Es war normal, dass ich den Chef meines Mannes ab und zu gesellschaftlich traf.

Es gab Weihnachtsessen, Veranstaltungen im Spital, Spendenanlässe. Dort war Michael, wie ihn alle beschrieben hatten: laut, egozentrisch, taktlos. Ich fand ihn sehr unsympathisch.« Der Fingernagel hinterließ eine Spur im Lack.

»Wie sind Sie sich näher gekommen?«

Sie seufzte. »Wir haben zwei Kinder, Herr Neuenschwander. Sie sind acht und zehn Jahre alt und der einzige Grund dafür, dass ich bei meinem Mann bleibe. Konrad und ich … Wir leben zusammen, nicht miteinander.« Mit einer Armbewegung umfasste sie den ganzen Raum. »Das alles hier, dieser ganze Designer-Scheißdreck, das bin nicht ich.«

Neuenschwander war überrascht, ein solches Schimpfwort passte nicht zu dieser Frau.

Sie fuhr mit dem Finger den Rand der Tasse entlang. »Es ist im letzten November passiert. Wir hatten Konrads Kollegen zum Fondueessen eingeladen. Es hatte geschneit, einige der Ärzte hatten noch die Sommerpneus drauf, also mussten sie in ihren polierten Halbschuhen durch den Schnee zu uns hochmarschieren.« Sie lächelte, offenbar erfreute sie diese Erinnerung. »Der Abend verlief ganz okay. Ich tischte ihnen im Musikzimmer Kaffee und Schnaps auf, danach wollte ich mich für eine Minute zurückziehen. Dort hinten habe ich ein Büro, gleich um die Ecke.« Mit der Hand wies sie in den Flur. »Als ich mein Büro betrat, erschrak ich heftig, denn dort drin saß jemand im Dunkeln. Es war Michael, der aus dem Fenster starrte. Niemand hatte bemerkt, dass er verschwunden war. Ich fragte ihn, ob alles in Ordnung sei, aber er gab keine Antwort. Als ich vor ihn trat, sah ich Tränen über sein Gesicht laufen. Er saß einfach da und konnte mir gar nicht antworten.«

»Er weinte?« Ungläubig zog Jonas die Augenbrauen zusammen. Das war kein guter Moment für Unterbrechungen. Neuenschwander bewegte leicht den Zeigfinger, Jonas kapierte sofort.

»Unglaublich, nicht? Nach allem, was ich von ihm gehört hatte, war ich selbst am meisten erstaunt darüber. Er saß einfach da und weinte. Ich beugte mich zu ihm hinunter und fragte, was los sei. Er schaute mich einfach an. Dann griff er nach meiner Hand und hielt sie fest, ganz sanft. Ich setzte mich neben ihn und weiß gar nicht mehr, wie lange wir so verharrten. Nach einer Weile entschuldigte er sich, wischte die Tränen weg und verließ den Raum. Als ich mit frischem Kaffee zu den Gästen zurückkam, tat er, als sei nichts gewesen.«

Das klang wirklich nicht nach Brunner. »Wie ging es weiter?«

Leicht wiegte sie den Kopf, ihre Stimme war kaum vernehmbar. »Zwei Wochen lang geschah gar nichts. Dann, Mitte Dezember, stand Michael plötzlich mit einem großen Blumenstrauß vor der Tür. Es war spät, die Kinder waren im Bett und Konrad hatte Nachtschicht. Ich ließ ihn herein, bot ihm einen Kaffee an. Wir saßen hier an diesem Tisch, und er begann zu reden. Er erzählte mir von seiner geschiedenen Frau, vom Stress im Spital, seiner Forschung. Und er stellte mir Fragen über mich und mein Leben.« Sie schaute hoch, blickte Neuenschwander in die Augen. »Ich bin Psychologin, wissen Sie. Ich hatte einen Beruf, bevor ich Konrad heiratete.« Sie starrte auf ihre Finger, zwischen denen sie das halbe Stück Würfelzucker zerbröselte. »Zuerst dachte ich, das sei bloß eine Masche, mit der er mich ins Bett kriegen wollte. Ich kannte ja Michaels Ruf in der Klinik. Aber das war es nicht. Den ganzen Abend war er zurückhaltend, nett. Ich glaube, dass er bloß jemanden zum Reden brauchte. Michael war kein glücklicher Mann, er tat mir leid. Wir sprachen vielleicht zwei Stunden, dann bedankte er sich. Bevor er ging, fragte er, ob er mich wieder besuchen dürfe.«

»Er kam also zurück?«, fragte Jonas mit neutraler Stimme.

»Ja, zwei oder drei Wochen später. Konrad hatte erneut Nachtschicht. Michael war charmant, fiel nie aus der Rolle. Wir redeten lange miteinander, ich öffnete eine Flasche Wein.« Sie umklammerte ihre Tasse mit beiden Händen und stierte darauf. »Ich weiß, ich bin nicht gerade das, was man attraktiv nennt. Ich fühlte mich geschmeichelt, dass sich dieser charismatische Mann für mich interessierte.« Sie kniff die Lippen zusammen. »An diesem Abend schliefen wir zum ersten Mal miteinander … Ich weiß nicht, warum ich es tat, zuvor war ich nie untreu gewesen … Michael war wirklich an mir interessiert.« Sie hatte Tränen in den Augen, das Geständnis kostete sie viel Überwindung.

Sie sprach nicht weiter, Neuenschwander schob eine Frage nach. »Und danach? Trafen Sie sich öfters?«

Sie antwortete mit einem stummen Nicken.

»Wie häufig?«

»Ein oder zwei Mal pro Woche. Oft kam er hierher, wenn Konrad Nachtschicht hatte. Ab und zu bin ich zu ihm gefahren, wenn die Kinder in der Schule waren. Meistens unterhielten wir uns erst eine Weile, ehe wir miteinander schliefen. Ich hatte früher nicht geahnt, wie schön das sein kann.«

Jonas senkte den Blick, Neuenschwander steuerte auf den entscheidenden Punkt zu. »Weiß Ihr Mann von der Beziehung?«

Martina Dürst zögerte, schien einer inneren Stimme zu lauschen. »Vielleicht … Mindestens eine Person im Spital hat ja wohl Bescheid gewusst, sonst wären Sie nicht hier.«

»Haben Sie mit Dr. Brunner je über eine gemeinsame Zukunft gesprochen?«

»Nein, nie. Ich kann nicht einschätzen, was ich ihm bedeutet habe. Wenn er mich gefragt hätte …« Sie grub die Fingernägel in den Handrücken, wo sie Abdrücke hinterließen. »Keine Sekunde hätte ich gezögert. Ich hätte meinen Mann und meine Kinder augenblicklich für ihn verlassen. Ist das nicht schrecklich?« Tränen liefen ihr über das Gesicht, sie kramte ein Taschentuch aus den Jeans und schnäuzte sich.

In diesem Moment fiel Neuenschwander die Frau ein, die er vor Brunners Haus gesehen hatte. War sie ebenfalls eine seiner Geliebten gewesen? Er wählte seine Worte mit Bedacht. »Glauben Sie, dass sich Ihr Mann mit einer Trennung abgefunden hätte?«

Martina Dürst atmete tief durch. »Sie wollen wissen, ob ich Konrad einen Mord zutraue? Das ist Ihre wahre Frage, nicht? Ich stelle sie mir die ganze Zeit. Ich weiß es nicht. Konrad ist nicht gerade das, was man mutig nennt. Andererseits … Er kann sehr zornig werden … Vielleicht wäre er dazu fähig.«

20

»Meine Damen und Herren, darf ich um Ihre Aufmerksamkeit bitten?« Sicherheitschef Zollinger stand im Mittelgang des Busses und hielt sich mit einer Hand an der Gepäckablage fest. Die Gespräche verstummten. »Unser nächster Halt ist das Rathaus, dort erwartet Sie eine große Menschenmenge. Ich möchte Ihnen kurz das Szenario schildern.« Zollinger hielt ein kleines Whiteboard in die Höhe, auf das er verschiedene Rechtecke gezeichnet hatte.

Petra Mangold lehnte sich nach vorn und kniff die Augen zusammen, was den Druck in ihrer Stirn verstärkte. Am Morgen war sie aus dem Spital entlassen worden, Zollinger hatte sie durch eine Hintertür in eine Limousine mit verdunkelten Scheiben gelotst. Dass sie mit Kopfschmerzen aufgewacht war, hatte sie den Ärzten verschwiegen. Eine Nacht im Spital reichte ihr wirklich. Die Kolleginnen und Kollegen hatten sie herzlich begrüßt, als sie zum Frühstück im Basler *Hotel Drei Könige* zu ihnen gestoßen war. Danach hatte die Gruppe den *Novartis*-Campus besucht, auf dem der Pharmariese seine Ideen von einer modernen Arbeitswelt realisierte.

Mit einem Kugelschreiber wies Zollinger auf ein rotes Rechteck. »Der Bus wird direkt vor dem Rathaus in diesem abgesperrten Bereich anhalten. Rechts davon steht die Polizeimusik, sie wird zwei Stücke spielen. Hier links haben wir den Bereich für die Medien. Fotografen und Kameraleute dürfen sich allerdings frei bewegen. In der Mitte ist ein kleines Podium aufgebaut mit einem Rednerpult, einem Mikrofon und Lautsprechern. Der Stadtpräsident wird ein paar Worte sagen, danach Bundespräsident Sarasin.« Er blickte zur Bestätigung zu Sarasin, der mit einem Kopfnicken antwortete. »Das wird alles in allem etwa 20 Minuten dauern. Ich möchte Sie bitten, dass Sie sich nach diesem offiziellen Teil direkt ins Rathaus begeben. Danach …«

»Das geht nicht, Herr Zollinger.« Sarasin schnitt ihm das Wort ab. »Das ist ein Treffen mit der Basler Bevölkerung. Wir können nicht ankommen, winken und gleich verschwinden. Die Menschen wollen unsere Hände schütteln und mit uns reden. Ich finde, wir sollten uns die Zeit dafür nehmen.« Er schaute sich um und erntete zustimmendes Gemurmel von den übrigen Bundesräten. Mangold war der gleichen Meinung, obwohl sie sich müde fühlte.

Der Bus rollte über die Mittlere Brücke, Zollinger hob beschwichtigend eine Hand. »Ich gebe Ihnen bloß meine Empfehlungen. Sollten Sie sich zum Kontakt mit der Bevölkerung entschließen, haben wir ebenfalls Vorkehrungen getroffen.« Er malte mit dem Stift einen Kringel um den abgesperrten Bereich. »Die ersten zwei Reihen hinter dem Gitter bilden eine Pufferzone. Dort stehen ausschließlich Leute, die wir überprüft haben. Kantonsangestellte, Polizisten in Zivil oder Mitglieder Ihrer Parteien. Wer sich in den Reihen dahinter befindet, wissen wir nicht. Deswegen bitte ich Sie, unbedingt im abgesperrten Bereich zu bleiben. Falls Sie sich unter die Menschen auf dem Marktplatz mischen, können wir Ihren Schutz nicht garantieren.« Obwohl die Klimaanlage den Bus stark herunterkühlte, entdeckte Mangold Schweiß auf seiner Stirn. Das Reisli musste Stress pur sein für den Sicherheitschef und seine Kollegen.

»Ach, kommen Sie, Zollinger. Haben Sie etwa auch Scharfschützen auf den Dächern postiert?« Der Bundespräsident lächelte.

Die Miene von Zollinger blieb versteinert. »Gibt es Fragen?«

»Das alles ist völlig übertrieben.« Justizminister Cortesi wedelte mit der Hand. »Ich bin 20 Jahre im Bundesrat, und ich kann mich an keine einzige bedrohliche Situation erinnern. Unsere Reise sollte uns in Kontakt mit den Menschen bringen, stattdessen behandeln Sie uns wie Gefangene.«

Zollinger hob einen Finger zur Warnung. »Herr Bundesrat, mit allem Respekt, die Welt hat sich verändert in den letzten 20 Jahren. Es gab Angriffe auf Politiker in Ländern, die durchaus vergleichbar sind mit der Schweiz. Zudem sollte uns der Vorfall von gestern auf der Wasserfallen eine Warnung sein. Unsere Sicherheitsmaßnahmen mögen Ihnen übertrieben vorkommen, aber sie dienen allein Ihrem Schutz.«

»Nun ja, der vermeintliche Vorfall gestern.« Cortesi lächelte süffisant. »Außer unserer Kollegin Mangold hat diese Demonstranten ja niemand zu Gesicht bekommen.«

Augenblicklich war Mangold auf den Beinen, trat in den Mittelgang und stellte sich vor Cortesi. »Behauptest du, dass ich lüge?«

Cortesi lächelte weiterhin und sah sich nach Zustimmung unter den Kollegen um. Als niemand reagierte, zog er wie eine Schildkröte den Kopf ein. »Das war ein kleiner Scherz, werte Petra. Du solltest nicht gleich überreagieren.«

Typisch Cortesi. Er formulierte die Entschuldigung, dass sie wie ein Angriff daherkam. In diesem Moment stoppte der Bus vor dem Rathaus, die Bundesräte rafften ihre Sachen zusammen.

»Über solche Dinge scherzt man nicht, Lorenzo«, tadelte Finanzministerin Kölliker. Sie stand auf und legte Mangold eine Hand um die Schulter. »Unsere Petra hat viel durchgemacht.« Sie stellte sich neben Mangold und wartete, bis Cortesi aufgestanden war und sich auf den Weg zum Ausgang gemacht hatte. Dann brachte sie ihre Lippen dicht an Mangolds Ohr. »Lorenzo ist manchmal ein Rüpel, aber er meint es nicht so.«

Mangold war sich da nicht sicher, doch sie schluckte ihren Ärger herunter. Kölliker wollte ihr den Vortritt lassen, Mangold deutete jedoch auf ihre Sitzreihe. »Ich muss meine Tasche holen. Geh mal vor, Ursula.«

Sie ließ ein paar Mitarbeiter und Presseleute vorbei, ehe sie zurück zu ihrem Sitz ging, das Jackett vom Haken nahm und hineinschlüpfte. Plötzlich stand Zollinger neben ihr, mit einer schwarzen Tasche in der Hand. »Darf ich Sie kurz sprechen?« Er deutete auf den Sitz.

Mangold ließ sich darauf nieder, Zollinger setzte sich neben sie. Er öffnete den Reißverschluss der Tasche und zog eine Weste heraus. »Ich möchte, dass Sie das hier anziehen. Kevlar, wiegt bloß zwei Kilo. Unter Ihrem Jackett wäre sie praktisch unsichtbar.«

»Bei der Hitze?«

»Ich würde Ihnen dazu raten, ja.«

Mangold sah sich das schwarze Ding an. Die Weste war unhandlich und schwer, bestimmt würde sie darunter schwitzen. Doch die Demonstranten gestern hatten ihr Angst gemacht.

»Frau Mangold, beeilen Sie sich.« Vorn im Bus wedelte Generalsekretär Sonderegger mit der Hand, die Sitzreihen leerten sich.

Zollinger und Mangold erhoben sich, im Mittelgang streifte sie ihr Jackett ab und schlüpfte in die Weste. »Die passt sogar.«

Zufrieden lächelte er. »Wir haben Westen für alle Bundesräte mit ihren Maßen anfertigen lassen, für den Notfall. Bisher haben wir sie nie gebraucht.«

Sie zog das Jackett darüber und knöpfte es zu. Es spannte über dem Bauch, während das zusätzliche Gewicht auf ihre Schultern drückte. Sicher würden alle denken, sie hätte zugenommen. Und wenn schon …

Mangold schritt den Mittelgang entlang und setzte den Fuß auf die Treppe. Als sie ihren Kopf aus dem Bus steckte und die Hitze sie erfasste, brach Jubel aus. Sie sah sich nach dem Grund dafür um. Die Augen der Menschen waren auf sie gerichtet. Zögerlich nahm Mangold den letzten Tritt auf die Straße, wo bereits der Stadtpräsident mit ausgestreckter Hand und einem breiten Fotolächeln auf sie wartete. »Frau Bundesrätin, es ist mir eine Ehre. Ich hoffe, es geht Ihnen gut.«

Im abgesperrten Bereich der Medien traten sich die Journalisten auf die Füße, es waren deutlich mehr als am Vortag. Stimmen riefen herüber: »Frau Mangold, bitte ein kurzes Statement.« – »Ein Wort zu unseren Hörerinnen und Hörern. Wir sind live drauf.« – »Wie geht es Ihnen?« – »Konnten Sie die Angreifer erkennen?«

Die Fotografen und Kameraleute umkreisten Mangold und schossen Bilder. Der Bundespräsident und der Stadtpräsident stellten sich neben sie und lächelten in die Kameras, durch die Schuhsohlen spürte Mangold den heißen Asphalt. Ob die Angreifer hier waren? Sie durchforstete die Reihen der Zuschauer, sah lächelnde Gesichter überall. Vorn am Absperrgitter schoss ein Mann im Anzug Bilder mit seinem Handy, neben ihm winkten zwei ältere Damen, Hände streckten sich ihr entgegen. »Petra, Petra«, rief die Menschenmenge. Durch das Gitter schauten zwei kleine Kinder, die vor sich ein Plakat mit der Aufschrift *We love Petra!* hielten.

In ihrer politischen Karriere hatte sie einiges erlebt, doch das hier war unglaublich. Diese Menschen hatten sich wirklich Sorgen um sie gemacht, um eine Politikerin. Mangold schluckte den Kloß im Hals herunter, setzte ein Lächeln auf und winkte.

Bundespräsident Sarasin neigte den Kopf in ihre Richtung. »Fast könnte man meinen, dass *Sie* hier zu Hause sind.«

21

Nach jedem dritten Zug holte Bollag Luft. Er achtete auf die richtige Haltung der Arme und einen lockeren Beinschlag. Das Schwimmen tat gut, obwohl die vielen Hitzetage das 50-Meter-Becken im Liestaler Freibad *Gitterli* in eine lauwarme Badewanne verwandelt hatten.

Der Morgen war frustrierend gewesen. Er hatte sich bei der Polizei nach Neuigkeiten im Fall des toten Arztes erkundigt und online nach den Demonstranten geforscht – beides ohne Erfolg.

Als Bollag nach 400 Metern zu einer Wende ansetzte, saß eine Frau auf dem Startblock. Er stoppte, hielt sich am Beckenrand fest und schüttelte das Wasser aus den Haaren. Das musste Elvira Amsler sein. Neuenschwander hatte den Kontakt zur Witwe seines ehemaligen Chefs hergestellt. Sie hatte einem Gespräch in der Badi zugestimmt, wo sie an der Kasse arbeitete. Ihre Haut war dunkelbraun wie Leder, ihr Körper groß und schlank. Amsler mochte 20 Jahre älter sein als Bollag, dennoch war sie bestimmt besser in Form.

Sie lächelte. »Ihr Kraulstil ist nicht schlecht. Wenn Sie die Hüften ruhiger halten, kommen Sie schneller vorwärts.«

Er zog sich aus dem Wasser und setzte sich auf den Beckenrand. »Waren Sie Schwimmlehrerin?«

Sie streckte ihre Füße mit den gelben Flipflops ins Wasser. »Bin ich noch immer. Jeden Mittwochnachmittag unterrichte ich Kinder.«

Bollag nahm die Schwimmbrille vom Kopf, blinzelte in die Sonne und warf einen Blick auf die große Uhr beim Kiosk: 11.30 Uhr. »Haben Sie jetzt Zeit?«

»Ja, zehn Minuten. Über Mittag kommt der Ansturm.«

Gemeinsam spazierten sie über die heißen Betonplatten zur Rasenfläche. Bollag setzte sich auf sein Badetuch und bot ihr neben sich Platz an, doch sie ließ sich auf dem Gras nieder und umfing ihre Knie mit den Armen. »Was möchten Sie wissen über Hans?«

»Es geht um einen Fall, den er bearbeitet hat. Ein Junge, der vor 17 Jahren verschwunden ist.«

»Ach das. Tarik meinen Sie.«

»Sie erinnern sich daran?«

Amsler lächelte schief. »Wie könnte ich das vergessen?

Hans war richtig besessen von dem Fall.« Sie lehnte sich zurück, stützte sich auf ihre Arme und schaute über die glitzernde Wasserfläche. »Wir hatten selber keine Kinder, wissen Sie. Vielleicht war das der Grund. Bis zu seinem Tod hat ihm dieser Junge keine Ruhe gelassen.«

Eine Teenager-Diva stolzierte über den Rasen wie über einen Laufsteg, das Handy am Ohr. Sie ließ sich auf einem Badetuch beim kleinen Hügel neben dem Fußballfeld nieder. Dort, wo die coolen Typen abhingen. In seinen Jahren am Gymnasium Liestal hatte Bollag dort drüben komplette Tage verbracht.

»Neuenschwander hat mir gesagt, dass Ihr Mann bei einem Unfall ums Leben kam.« Wie es passiert war, hatte ihm der Kripo-Chef nicht erzählt.

»Ja, ein Verkehrsunfall mit Fahrerflucht. Den Verursacher hat man nie erwischt.« Sie drehte das Gesicht zum Himmel. »Es ist wirklich Ironie des Schicksals, dass ein Polizist auf diese Weise ums Leben kommen muss.«

»Wann war das?«

»Im Jahr, in dem Tarik verschwand. Deswegen kann ich mich sehr gut an diesen Fall erinnern.«

Im selben Jahr ein Unfall mit Fahrerflucht? »Wie ist es passiert?«

»Hans war beim Jassen mit Kollegen, einmal pro Woche haben sie sich in einem Restaurant in Sissach getroffen. Spät am Abend ist er beim Bahnhof über die Straße gegangen, das Auto hat ihn voll erwischt. Nicht einmal Bremsspuren hat man gefunden.« Ihre Hände gruben sich in das Gras.

»Gab es Zeugen?«

»Nein. Dank der Spuren konnten die Kriminaltechniker wenigstens feststellen, dass es ein dunkelblauer Opel war, ein 80er-Jahre-Modell. Die Kollegen von Hans waren überzeugt, dass sie den Kerl kriegen, sie haben intensiv gefahndet. Ohne Erfolg.«

»Und die Polizei zweifelte nie daran, dass es sich um einen Unfall handelte?«

»Sie meinen, ob ihn jemand umbringen wollte?« Sie riss eine Handvoll Gräser aus und ließ sie durch die Luft schweben. »Nun, das war ein Thema damals. Hans stand der Kripo vor, er hatte Feinde. Die Polizei grub alte Fälle aus und befragte ein paar Verdächtige. Mehr wurde nie daraus.«

»Und was denken Sie? War es ein Unfall?«

Sie zuckte mit den Schultern. »Ich habe Jahre gebraucht, um über seinen Tod hinwegzukommen, nächtelang habe ich gegrübelt. Schließlich habe ich meinen Frieden damit gemacht. Es spielt keine Rolle mehr, ob es ein Unfall oder Mord war. Hans kommt nicht zurück.«

Die Diva beim Hügel setzte eine übergroße Sonnenbrille auf und räkelte sich auf dem Badetuch. Dort drüben hatte Bollag zum ersten Mal ein Mädchen geküsst: Susanne Gloor. Sie war in der Parallelklasse gewesen, eine gute Schwimmerin im SC Liestal und seine erste Freundin. Susanne hatte ihm, der sich knapp über Wasser hatte halten können, das Schwimmen beigebracht. Heute arbeitete sie als Augenärztin im Kantonsspital Liestal.

Amsler folgte seinem Blick. »Kamen Sie als Kind hierher?«

»Und ob. Dort drüben bin ich quasi erwachsen geworden.« Drei Jahre waren Susanne und er ein Paar gewesen, bis er die Beziehung Knall auf Fall beendet hatte. Er fühle sich eingeengt, hatte er ihr gesagt. In Wirklichkeit hatte er ein Auge auf Nadine geworfen, seine spätere Freundin und mittlerweile Exfrau. Wie kaltblütig er Susanne damals abgesägt hatte, trieb ihm bis heute die Schamröte ins Gesicht. Trotzdem war es peinlich, wie er sich im Spital nach dem

Besuch bei Petra davongeschlichen hatte. Irgendwann würde er Susanne unter die Augen treten müssen.

Bollag streifte die letzten Wassertropfen mit der Hand von seinen Oberarmen. »Sie haben gesagt, dass Ihr Mann richtig besessen gewesen sei von Tarik. Gab es das öfter bei ihm oder war dieser Fall speziell?«

Amsler spitzte die Lippen. »Hans war mit Leib und Seele Polizist, er hat manchmal zu Hause gearbeitet. Aber die Sache mit diesem Jungen, die war extrem. Er brachte haufenweise Akten mit, studierte sie am Abend und über das Wochenende. Das tat er sonst nie.«

»Durfte er das denn? Ich meine, Akten mit nach Hause nehmen.«

»Eigentlich nicht. Er machte sich Kopien, deswegen merkte es niemand. Ich hätte das Zeugs längst wegwerfen sollen.«

Bollag beschirmte seine Augen mit der Hand. »Sie haben die Unterlagen noch?«

»Hans hatte alles in ein paar Schachteln verstaut. Nach seinem Tod brachte ich es nicht übers Herz, sie zu entsorgen. Also räumte ich sie in den Keller. Und die Einbrecher hatten wohl keine Verwendung dafür.«

»Welche Einbrecher?«

»Ach, das war ein paar Wochen nach seinem Tod. Die haben auf der Suche nach Wertsachen das ganze Haus durchwühlt.«

Das konnte kein Zufall sein. »Haben sie etwas geklaut?«

»Meinen Laptop und mein Portemonnaie.« Sie warf einen Blick über die Schulter zum Eingang der Badi, wo sich eine Schlange bildete. »Ich muss an die Arbeit.«

Gemeinsam standen sie auf, Bollag vom Badetuch und Amsler vom Gras. Er gab ihr die Hand zum Abschied. »Eine Frage. Diese Schachteln in Ihrem Keller – dürfte ich mir die ansehen?«

»Klar, unter einer Bedingung. Sie müssen den Kram mitnehmen. Ich bin froh, wenn ich ihn los bin.«

22

In der Gutsmatte stand Neuenschwander im Raum neben dem Vernehmungszimmer und beobachtete durch den Einwegspiegel Dr. Konrad Dürst. Der saß auf einem weißen Plastikstuhl, hatte die Hände auf dem Tisch übereinandergelegt. Die Neonröhre über ihm bestrahlte grell den kahlen Raum. Dürst kratzte sich nervös den linken Handrücken, zuckte zusammen, begutachtete die Schramme und leckte daran.

Neuenschwander blätterte im Dossier, das die Soko in aller Eile zusammengetragen hatte, bis zum Lebenslauf.

Dürst Konrad, Jahrgang 1964, geboren in Luzern

1984–1991 Medizinstudium in Zürich und Heidelberg
1992 Klinik für Chirurgie und Unfallchirurgie, Zürich
1997 Promotion zum Dr. med. an der Universität Zürich
2000 Anerkennung als Facharzt für Orthopädie und Traumatologie
Seit 2002 Orthopädie und Traumatologie, Kantonsspital Liestal
Seit 2009 stellvertretender Chefarzt, Orthopädie und Traumatologie, Kantonsspital Liestal

Die Karriere wies keine Brüche auf. Dürst mochte unsympathisch sein, dumm war er bestimmt nicht. Neuenschwander überflog die Seiten, stieß auf einen Auszug aus dem Strafregister. Im Rahmen einer Routinekontrolle war Dürst vor vier Jahren angehalten worden, er war ausgerastet und auf die Polizisten losgegangen. Die Blutuntersuchung hatte 1,3 Promille und Spuren von Kokain ergeben. Für mehrere Monate war er den Führerschein los gewesen.

Dürst im Zimmer nebenan massierte sich die Schläfen. Dieser Mann hatte eine dunkle Seite. Und er liebte Luxus: Er war Mitglied im Rotary Club, fuhr einen Lexus LS, spielte Golf und flog Propellermaschinen.

Neuenschwander hörte die Tür in seinem Rücken, das Schwergewicht Wagner steckte den Kopf in den Beobachtungsraum. »Heinz, wollen wir?«

Neuenschwander warf einen Blick auf die Uhr. »Wir haben ihn eine halbe Stunde schmoren lassen, er ist ziemlich nervös. Also los.«

Als sie gemeinsam das Verhörzimmer betraten, sprang Dürst sofort von seinem Stuhl auf. »Ich muss sagen, das ist unerhört. Ich stelle mich als Zeuge zur Verfügung, komme gleich nach dem Mittagessen hierher, und Sie lassen mich einfach in diesem Loch sitzen. Drei Operationen müssen deshalb verschoben werden.«

Betont langsam zog Neuenschwander den zweiten Stuhl unter dem Tisch hervor, stellte seine Tasche auf den Boden und setzte sich. »Bitte nehmen Sie Platz, Herr Dürst. Danke, dass Sie kurzfristig kommen konnten.«

Wagner stellte sich hinter den Arzt und lehnte sich mit dem Rücken gegen die Wand. Dürst sah von einem zum anderen, sein linkes Augenlid zuckte. Schließlich ließ er sich mit einem Knurren auf den Stuhl fallen und verschränkte die Arme vor der Brust. »Dr. Dürst, wenn ich bitten darf. Und ich erwarte, dass wir das hier schnell hinter uns bringen.«

Ganz im Gegenteil. Neuenschwander holte das Dossier, einen Notizblock und ein Aufnahmegerät aus seiner Tasche, legte beides umständlich auf den Tisch, fingerte an seinem Kugelschreiber herum und schob eine Minidisc-Kassette in das Gerät. Schließlich schaute er Dürst ins Gesicht. »Bevor wir beginnen, möchte ich Sie darauf hinweisen, dass Sie hier absolut freiwillig aussagen. Wenn Sie möchten, können Sie einen Anwalt hinzuziehen. Dieser Anwalt …«

Dürst schnellte nach vorn, stand halb aufgerichtet und ballte die Hände zu Fäusten. »Wollen Sie mich etwa beschuldigen?«

Neuenschwander hob beide Hände. »Wie kommen Sie denn darauf, Herr Dürst? Wir bitten Sie bloß um Ihre Hilfe. Aber wir wollen keinen Fehler machen und nach Vorschrift vorgehen. Dazu gehört, dass wir Sie auf Ihre Rechte hinweisen. Also nochmals: Sie können einen Anwalt zur Befragung hinzuziehen. Wenn Sie sich keinen Anwalt leisten können, werden wir einen für Sie aufbieten. Haben Sie das verstanden?« Das machte beinahe Spaß, Neuenschwander konnte sich ein Lächeln nicht verkneifen.

»Ich bin ja nicht blöd. Und einen Anwalt kann ich mir selber leisten, aber ich brauche keinen.« Der Arzt bleckte die Zähne. »Also, was wollen Sie von mir? Er schaute demonstrativ auf seine goldene Uhr. »In einer halben Stunde liegt ein Fußballer mit einem komplizierten Kreuzbandriss auf meinem Operationstisch. Das Team wartet.«

Er musste den Druck erhöhen. Neuenschwander fummelte am Rekorder herum, suchte den Einschaltknopf. »Sie haben nichts dagegen, wenn ich dieses Gespräch aufnehme, oder?«

Dürst wedelte mit der Hand. »Von mir aus.« Eine Weile

beobachtete er Neuenschwander, der so tat, als komme er nicht mit dem Gerät zurecht. Dürst verwarf die Hände, nahm es ihm schließlich aus der Hand, drückte den Einschaltknopf und legte es auf den Tisch. »Können wir endlich anfangen?«

Neuenschwander öffnete das Dossier, blätterte es durch, nahm einen Stapel Papiere heraus und hielt ihn in die Höhe. »Das hier sind Auszüge der Kantonalbank für das Konto, auf dem die Forschungsgelder von Dr. Brunner lagen. Hier können wir ablesen, woher das Geld kam und wohin es überwiesen wurde.«

Geräuschvoll stieß der Arzt Luft aus. »Na und?«

Neuenschwander suchte eine bestimmte Seite und legte sie vor Dürst auf den Tisch. »Am 8. Januar hat Brunner 20.000 Franken überwiesen. Hier.« Mit dem Finger wies er auf einen gelb markierten Eintrag. »Kennen Sie diesen Empfänger, Herr Dürst?«

Dürst warf einen flüchtigen Blick darauf. »Ich weiß nicht.«

Ach, der Herr Doktor hatte Gedächtnislücken. Neuenschwander setzte ein verblüfftes Gesicht auf. »Sie werden doch Ihr Privatkonto kennen?«

»Möglicherweise ist das mein Konto, ja.« Dürst räusperte sich, seine Augen irrten hin und her.

»Darf ich fragen, wofür dieses Geld war?«

Mit der Hand fuhr er durch die Luft. »Für meine Forschungen natürlich.«

Neuenschwander blätterte durch die Ausdrucke und legte drei davon auf den Tisch. »Letztes Jahr, 10. September, 12.000 Franken. 3. März, 15.000 Franken. Ach, und hier: 25. August vor zwei Jahren, 24.000 Franken. Das sind ziemlich hohe Summen, die Brunner auf Ihr Konto überwiesen hat. Woran forschen Sie denn?«

Dürsts Mundwinkel zuckten. »Auf verschiedenen Gebieten. Ich könnte Ihnen Fachbegriffe nennen, die würden Sie allerdings nicht verstehen.«

Den musste er von seinem hohen Ross holen. »Das ist eigenartig. Ihre Kollegen im Spital wissen nämlich gar nichts von irgendwelchen Forschungen. Sie meinen, dafür hätten Sie gar keine Zeit, wo Sie als Brunners Stellvertreter doch den ganzen Papierkram erledigt haben.«

Dürsts linkes Auge zuckte heftiger. »Das ist Verleumdung, natürlich forsche ich. Ich müsste in meinen Unterlagen nachsehen, wofür das Geld im Detail war.«

»Ach, diese Mühe können Sie sich sparen, Herr Dürst. Ein Kollege von mir ist gerade dabei, die Buchhaltung zu überprüfen.« Dürst öffnete den Mund zum Protest, Neuenschwander ließ ihn nicht zu Wort kommen. »Keine Sorge, die Spitalleitung ist damit einverstanden. Sie hat sogar einen externen Revisor zur Unterstützung angestellt. Der Direktor ist sehr interessiert daran, dass alle Fakten auf den Tisch kommen. Was meinen Sie, was bei der Überprüfung herauskommt?«

Dürst fixierte die Papiere, auf seiner Oberlippe bildeten sich Schweißperlen. »Sie verstehen das alles falsch.«

Neuenschwander holte zwei Fotos aus dem Dossier und legte sie auf die Bankauszüge. »Das ist Dr. Brunner. Oder besser gesagt das, was von Dr. Brunner übrig blieb.« Er beobachtete Dürsts Reaktion. Sein Blick blieb fest, der Atem ruhig. Das war nicht erstaunlich, als Arzt hatte Dürst bestimmt schon ähnliche Bilder gesehen. »Da muss jemand eine große Wut auf Ihren Chef gehabt haben.«

»Verbrennungen vierten Grades.« Dürst zuckte mit den Schultern. »Daraus lässt sich kein Maß an Wut ableiten.«

Wagner stieß sich von der Wand ab und kam um den Tisch herum. »Dieser Brandstifter hat sich große Mühe gegeben und einen speziellen Brandbeschleuniger verwendet.«

Neuenschwander legte ein weiteres Foto auf den Tisch, das einen roten und einen grünen Kanister zeigte. »Kennen Sie die?«

»Solche Kanister gibt es in jedem Baumarkt.«

Der Kripo-Chef holte ein weiteres Foto aus dem Dossier, auf dem Dürsts Garage mit diversen Gartengeräten, ein Stapel Winterreifen und zwei Paar Ski abgebildet war. Auf dem Boden in der Mitte standen die beiden Behälter.

Dürst riss die Augen auf, eine Mischung aus Verwirrung und Angst zeichnete sich auf seinem Gesicht ab. »Wie kommen Sie …? Das ist unerhört.«

Wagner lehnte sich vor, stemmte die Hände auf den Tisch. »Natürlich haben wir um Erlaubnis gefragt, bevor wir uns in Ihrer Garage umgesehen haben. Ihre Frau war sehr zuvorkommend. Und was denken Sie, was sich in Ihren Kanistern befindet?«

Neuenschwander schlug mit der Hand auf den Tisch, Dürst zuckte zusammen. »Diesel und Benzin.«

Dürst schnappte nach Luft, sein linkes Auge flatterte. Jetzt war er reif.

»Sie wussten, dass Brunner mit Ihrer Frau gepennt hat.« Wagner hielt ihm den Zeigfinger vors Gesicht.

»Sie konnten es nicht ertragen, dass Martina Sie verlassen wollte.« Neuenschwander verlieh seiner Stimme einen väterlichen Ton. »Da sind Sie ausgerastet.«

Wagner legte Dürst eine Hand auf die Schulter. »Hat sich Brunner mit dem Verhältnis gebrüstet? Hat er Sie damit gequält, Konrad?«

Erstarrt saß Dürst da und kniff die Lippen zusammen.

Neuenschwander zeigte ihm seine Handflächen. »Brunner war ein echt mieser Kerl, Sie konnten nicht anders. War es nicht so?«

Dürst biss sich auf die Lippen, stockte. Er flüsterte.

»Ich liebe meine Frau. Und Brunner, dieses Schwein …« Er bedeckte das Gesicht mit seinen Händen und verharrte eine Weile in dieser Position.

Neuenschwander stand auf, nun kam der entscheidende Moment. »Ich kann Sie verstehen, Martina ist eine wunderbare Frau. Erzählen Sie uns, was passiert ist.«

Dürst wischte sich mit den Fingerkuppen über die Augen. »Ich möchte einen Anwalt.«

23

In der *Fondation Beyeler* in Riehen sahen sogar die Damentoiletten elegant aus. Licht, aus kleinen runden Spots an der Decke, beleuchtete die Wände und Waschbecken aus grauem Marmor. Ihr Spiegelbild sah so schrecklich aus, wie Petra Mangold sich an diesem späten Nachmittag fühlte. Sie drehte den Wasserhahn auf, ein Schmerz durchzuckte ihre rechte Hand. Bis hinauf zu ihrer Schulter tat der Arm weh. In den letzten Stunden hatte sie mehr Hände geschüttelt als in den zwei Jahren zuvor.

Mangold spritzte sich kaltes Wasser ins Gesicht und tupfte es mit Papier aus dem Spender ab. In Basel hatten ihr die Menschen zugewinkt und zugejubelt, hatten sie umarmt und mit ihren Smartphones gefilmt und fotografiert. Auf dem Marktplatz hatte sie diese Aufmerksamkeit genossen, doch jetzt fühlte sie sich überrollt von den Erwartungen, die solch eine Zuneigung mit sich brachte.

Es klopfte energisch an der Tür, drei kurze Schläge. »Frau Mangold. Die anderen Bundesräte sitzen im Bus und warten. Bitte beeilen Sie sich.«

Ach, Sonderegger sollte sie in Ruhe lassen. Den ganzen Tag hatte sich ihr Generalsekretär in Gespräche mit Passanten eingemischt, Journalisten zur Eile angetrieben und Fotografen herumkommandiert.

Mangold holte eine Bürste aus ihrer Tasche und fuhr sich damit durch die Haare.

Sonderegger machte ihr das Leben schwer. Er bestimmte über ihren Terminkalender, über anstehende Geschäfte, ihre Freizeit. Letzten Sommer hatte sie mit ihm sogar abstimmen müssen, wann sie in Urlaub fahren durfte. Auf der holländischen Insel Ameland hatten sie dann drei Tage lang normale Touristen sein dürfen. Irgendein Schweizer musste sie erkannt und fotografiert haben, und der *Blick* hatte die Bilder abgedruckt: Sie im Bikini, Max in Badeshorts. Wenigstens konnte sich Max darin sehen lassen. Und wie!

Danach hatten sie viel Zeit in der Ferienwohnung verbracht, am Strand jeden misstrauisch beäugt und selten im Restaurant gegessen. Für die Medien, die vorschnell über ihre Beziehung spekuliert hatten, waren die Urlaubsbilder natürlich ein gefundenes Fressen gewesen. Also doch! Als sie mit Max nach Hause gekommen war, hatte jeder Bescheid gewusst.

Sonderegger klopfte energischer an die Toilettentür. »Frau Mangold? Sind Sie noch immer da drin?«

»Ja doch. Ich komme gleich.«

»Der Bus fährt bald ohne Sie ab.«

Na und? Sollte er doch. Mit Schminke und Lippenstift frischte Mangold ihr Gesicht auf, ein bisschen Parfum konnte nicht schaden. Die Öffentlichkeit konnte zur Last werden, das hatte ihr der heutige Tag erneut gezeigt. Die Menschen verfolgten die Bundesräte in den Medien, lasen die Interviews und Klatschgeschichten, sahen Bilder aus dem Urlaub. Sie nahmen teil an ihrem Leben und glaubten, selbst ein Teil davon zu sein. Was hatte sie sich alles anhören müssen: »Diese Farbe steht Ihnen nicht, Frau Bundesrätin.« – »Ihr geschiedener Mann gefiel mir besser als dieser Journalist.« – »Sie haben zugenommen. Sind Sie schwanger?« Unglaublich.

Im Spiegel checkte sie das erneuerte Make-up. Nicht übel. Mangold packte ihre Sachen zusammen, verließ den Waschraum und strebte am Museumsshop vorbei dem Ausgang zu. Ein letztes Mal warf sie einen Blick nach rechts in die wunderschönen Ausstellungsräume der *Fondation Beyeler* in Riehen, die Skulpturen und Gemälde kamen hier großartig zur Geltung.

Aus einer Nische bei der Garderobe tauchte plötzlich Sicherheitschef Zollinger auf und ging neben ihr her. »Sie schlagen sich gut, Frau Bundesrätin. Haben Sie nach wie vor Kopfschmerzen?«

»Wie kommen Sie darauf?«

»Ich habe gesehen, wie Sie eine Tablette geschluckt haben.«

»Ihnen entgeht gar nichts. Nein, alles in Ordnung.« Sie traten ins Freie, folgten rötlich-grauen Mauern in Richtung Ausgang. In dem kleinen Park davor standen die Bundesratskollegen in Grüppchen auf dem Gras und unterhielten sich mit Gemeinde- und Großräten, mit dem Museumsdirektor oder Behördenvertretern. Sie genehmigten sich einen Schluck, niemand war in Eile.

Ein stechender Schmerz fuhr Mangold durch die Stirn, sie griff sich an die Schläfe.

Zollinger senkte die Stimme. »Sie hätten einen Tag länger im Spital bleiben sollen, der Stress ist zu viel für Sie. Bald ist es vorbei, Sie müssen nur noch das Essen im *Restaurant Stucki* überstehen.«

»Das ist okay, solange ich dort keine Hände mehr schütteln muss. Ich glaube, mein Arm fällt gleich ab.« Mangold betastete ihre Schulter.

»Wie halten Sie es mit Interviews?« Er wies mit einem Kopfnicken nach vorn, von wo eine junge Frau mit einer Videokamera in der Hand auf sie zusteuerte. »Soll ich sie abwimmeln?«

Mangold stöhnte innerlich. Bestimmt hatte sie an diesem Tag mit über 20 Fernseh- und Radiostationen gesprochen. »Nein, lassen Sie.« Für diese jungen Journalistinnen empfand sie Mitleid – bestimmt würden sie zusammengestaucht, wenn sie mit leeren Händen in die Redaktion zurückkämen. »Ich schaffe das.«

Die große, schlanke Frau kam mit raschen Schritten näher. Sie trug ein hochgeschlossenes Kleid, die Haare straff zu einem Knoten gebunden. »Guten Tag, Frau Mangold. Esther Aebi von CTV. Darf ich Ihnen ein paar Fragen stellen?«

Das musste ein neuer Privatsender sein. Zum Glück hatte sie sich zurechtgemacht. »Nur zu, aber ich habe nicht viel Zeit.« Mangold straffte ihre Schultern und stellte sich auf den Rasen vor die breite Glasfront des Museums.

Aebi schaltete die Kamera ein und hielt sie mit der rechten Hand hoch. Sie kontrollierte das Bild auf dem aufgeklappten Bildschirm, fokussierte mit dem Daumen und sprach in das Mikrofon, das sie in der linken Hand hielt. »Wie gefällt Ihnen Basel, Frau Bundesrätin?«

Mangold wartete, bis ihr Aebi das Mikrofon entgegenstreckte. »Ausgezeichnet. Bundespräsident Sarasin hat uns heute viele Facetten des Stadtkantons gezeigt. Angetan haben es mir hier in der Fondation die wunderbaren Gemälde von Picasso und Cézanne. Und die Aussicht vom Basler Münster über die Altstadt war herrlich.«

Sonderegger stellte sich in Mangolds Blickfeld, von seinen Lippen las sie »Novartis«. Ja doch, das hatte sie nicht vergessen. »Sehr beeindruckt bin ich davon, wie dynamisch sich die Basler Wirtschaft entwickelt.«

»Mir fielen heute die vielen Kinder auf, die Ihnen zujubelten. Einige hatten selbstgemalte Schilder dabei. Offenbar lieben die Kleinen Sie, Frau Bundesrätin.«

»Das war wirklich schön.« Mangold lächelte breit. »Es hat mich sehr gefreut, derart herzlich begrüßt zu werden.«

Aebi zog die Augenbrauen hoch. »Mich überrascht Ihre Reaktion jetzt aber. Eigentlich mögen Sie Kinder ja gar nicht.«

Was sollte das denn? »Wie kommen Sie darauf? Natürlich liebe ich Kinder.«

»Wie leicht Ihnen das Lügen fällt, Frau Bundesrätin. Oder halten Sie das für normal für eine Politikerin?« Beinahe stieß sie das Mikrofon in Mangolds Gesicht.

War die Frau verrückt? Mangold sah sich nach Zollinger um.

»Beantworten Sie den Menschen in der Schweiz bitte eine Frage: Wieso wird Ihnen nicht jedes Mal übel, wenn Sie in den Spiegel schauen?«

Zollinger sprang zwischen sie und hielt die Hand vor das Objektiv. »Schalten Sie die Kamera aus. Sofort. Von welchem Medium sind Sie? Bitte zeigen Sie mir Ihren Presseausweis.«

Aebi machte zwei Schritte seitwärts und hielt die Kamera weiterhin auf Mangold gerichtet. »Frau Mangold: Wie können Sie sich von Kindern bejubeln lassen, wo Sie eines umgebracht haben?«

»Das reicht.« Zollinger packte die Frau am Arm und riss ihr die Kamera aus der Hand.

Die angebliche Journalistin schrie: »Warum schweigen Sie, Frau Bundesrätin? Die Schweiz wartet auf Ihre Antwort.«

Wer war dieses schreckliche Weib? Gehörte sie zu den Demonstranten auf der Wasserfallen? Mangold versuchte sich zu erinnern, ob sie sie schon mal gesehen hatte.

Aebi wand sich unter dem Griff Zollingers. »Nehmen Sie Ihre dreckigen Finger weg und geben Sie mir sofort die Kamera zurück! Als Vertreterin der Presse habe ich das Recht und die Pflicht, diese Mörderin anzuklagen!«

Zwei weitere Sicherheitsmänner rannten herbei und versuchten, ihre Arme zu packen. Sie schlug wild um sich. Aus der Distanz verfolgten die Bundesratskollegen und die Gastgeber das Spektakel.

»Überprüft ihre Papiere. Ich will wissen, wie sie in den abgesperrten Bereich gelangt ist.« Zollinger öffnete die Kamera und nahm den Speicherchip heraus.

»Die Aufnahme gehört mir. Wagen Sie es nicht!« Die Frau kreischte hysterisch. »Die Schweiz ist ein freies Land. Ich kann hingehen und aufnehmen, was ich will! Fassen Sie mich nicht an! Das werden Sie bereuen!«

Endlich führten die beiden Sicherheitsleute die Verrückte aus dem Park, ihr Gekreische verebbte. Zollinger fasste Mangold sanft am Arm. »Sind Sie in Ordnung?«

Angeführt von Ursula Kölliker strömten die Bundesräte auf Mangold zu. »Geht es dir gut?« – »Ein Skandal.« – »Wieso schirmt uns die Polizei nicht besser ab?« – »Für welchen Sender arbeitet diese Journalistin?« – »Unglaublich, dass man sich so etwas bieten lassen muss!«

Mangold nickte zu allem und konnte sich nicht entscheiden, ob sie lachen oder weinen sollte. Die Situation war wirklich bizarr gewesen. Vor einem kleinen Pavillon im Park stand Sonderegger, der die Szene aus der Ferne verfolgte. Wo war der denn gewesen, als sie ihn einmal nötig gehabt hatte?

24

Auf dem Parkett seines Wohnzimmers saß Bollag im Schneidersitz, den Sessel und den Metalltisch hatte er an die Wand gerückt, um mehr Platz zu haben. Um ihn herum stapelten sich Einsatzprotokolle, Befragungen, Karten und Fotos, die er in zwei Schachteln aus dem Keller von Elvira Amsler geschleppt hatte. Es mussten mehrere hundert Einzeldokumente sein, die in keiner Art und Weise geordnet waren. Entweder hatte Amsler bei seinen Nachforschungen ein undurchschaubares Ablagesystem gehabt oder – was Bollag plausibler schien – die Witwe hatte nach dessen Tod alles in die Schachteln geworfen.

In der ersten Stunde hatte Bollag Ordnung in das Chaos gebracht, in den nächsten drei Stunden war er die Zeugenbefragungen, Sitzungsprotokolle und Laboruntersuchungen durchgegangen. Was sein Interesse geweckt hatte, lag auf dem Sofa.

Bollag las sich immer weiter in die Sitzungsprotokolle der Polizeizentrale ein.

Amsler kritisiert, dass die Befragung der Rheinschiff-Kapitäne oberflächlich durchgeführt wurde. Zwei Männer seien befragt worden, viel zu wenige. Einer von ihnen hat erzählt, dass der Körper des Jungen wahrscheinlich in eine Schiffsschraube geraten und zerstückelt worden sei. Amsler verlangt eine Abklärung, ob das technisch möglich ist.

Schneebeli war für die Befragung der Kapitäne zuständig. Die seien immer unterwegs und schwer zu erreichen. Er habe einen halben Tag für zwei Befragungen aufwenden müssen. Danach habe er mit den Kollegen der Gendar-

merie in Kembs gesprochen und mit einer Patrouille erneut den Rhein abgesucht (zum vierten Mal!).

Amsler ordnet an, dass Schneebeli innerhalb von zwei Tagen im Institut für Rechtsmedizin nachfragt wegen der Schiffsschrauben.

Bollag ließ das Blatt sinken, der tote Kripo-Chef hatte also keine Nachlässigkeiten geduldet. Er ließ seinen Blick über die Dokumente schweifen, die er auf dem Sofa ausgebreitet hatte. Ähnlich gründlich hatte Amsler in Birsfelden Anwohner des Spielplatzes und Nachbarn der Familie Kaymaz befragen lassen. Die Polizisten hatten Namenslisten erhalten, die sie hatten abarbeiten müssen. Stichwortartig hatten sie die Aussagen erfasst.

Paul Oppliger, 45, Birsfelden, Bibliothekar: Oppliger joggte eine Runde (St. Alban–Wettsteinbrücke–Kraftwerk), sah Tarik und Meltem Kaymaz um ca. 14.10 Uhr auf dem Spielplatz beim Birsköpfli. Keine weiteren Menschen in der Nähe.

Maria Nydegger, 58, Nachbarin der Familie Kaymaz, Laborantin: Meltem und Altan sind sehr nett, haben den Jungen verwöhnt. Beide sind gut integriert. Stellen den Abfall nie zu früh an die Straße. Es gab nie Probleme, außer mit der Musik. Altan spielt Trompete, übt täglich (außer am Sonntag).

Manuel Gysin, 31, Nachbar der Familie Kaymaz, Automechaniker: Ist sehr zugeknöpft, misstrauisch, will keine Auskunft geben.

Gysins Verhalten hatte Amsler irritiert. *Wieso? Strafregister? Nachhaken!!* hatte er von Hand daneben geschrieben. Bollag sah den Stapel durch, fand keine weiteren Informationen über den Mechaniker. Ob die Abklärungen etwas erbracht hatten?

Bollags Nacken war nach dreieinhalb Stunden steif, er knetete die Muskelstränge, ein stechender Schmerz ließ ihn innehalten. Im Schwimmbad hatte er sich einen zünftigen Sonnenbrand eingefangen, weil er die Sonnencreme vergessen hatte. Wie konnte man nur so blöd sein!

Er stand auf, ging ins Bad und nahm eine Tube Feuchtigkeitscreme aus dem Wandschrank. Ein wenig davon drückte er in seine Handfläche und begab sich zurück ins Wohnzimmer. Während er die Creme in seinem Nacken verteilte, begutachtete er seine Sammlung von oben. Interessant waren die Adresslisten. Er nahm sie zur Hand.

Im Abstand von ein paar Wochen hatte sich Amsler von der Einwohnerkontrolle Birsfelden die Namen von Personen geben lassen, die aus der Gemeinde weggezogen waren. Wer von diesen Menschen in der Nachbarschaft der Familie Kaymaz gelebt hatte, den hatte die Polizei genauer unter die Lupe genommen. Vier Namen waren rot unterstrichen. Sie hatten in derselben Straße wie Familie Kaymaz gewohnt und Birsfelden wenige Wochen nach Tariks Tod verlassen.

Rita und Daniel Brandenberger
Alfredo Currenti
Ruth Frey
Vera und Thomas Loosli

Ruth Frey war nach Allschwil in eine größere Wohnung gezogen, Daniel Brandenberger hatte in Biel eine neue Stelle angetreten. Anscheinend ohne Erfolg waren die Nachforschungen über Alfredo Currenti und das Ehepaar Loosli geblieben. *Ausland?* stand unter ihren Namen in Amslers Handschrift.

Die Menge der kopierten Unterlagen war erstaunlich. Bollag verstand, was die Witwe Amsler gemeint hatte: Ihr Mann war tatsächlich besessen gewesen von dem Fall. Aus den Protokollen ging hervor, dass er sich in der Polizeizentrale mit seinen peniblen Anweisungen und Nachforschungen wenig Freunde gemacht hatte – zumal die Kollegen von einem Unfall ausgegangen waren.

Die fettigen Finger hinterließen Abdrücke auf dem Papier. Bollag legte die Adresslisten auf das knallrote Sofa, dessen Anblick ihn schmunzeln ließ. Seine Wohnung war mehr oder weniger eine Absteige gewesen, bevor Petra Stil reingebracht hatte. Mittlerweile fühlte sie sich wie ein Zuhause an.

Er setzte sich auf den Fußboden und wühlte sich weiter durch die Zeugenaussagen. Auf einem Protokoll hatte Amsler zwei dicke Ausrufezeichen neben den Text gesetzt.

Hilda Thüring, Holderbank, pensioniert: Frau Thüring meldete sich telefonisch bei der Einsatzleitzentrale, nachdem sie den Zeugenaufruf mit Tariks Foto in der Solothurner Zeitung gelesen hatte. Sie will den Jungen am Tag seines Verschwindens in einem Auto in Holderbank gesehen haben. Das Auto stoppte um circa 16 Uhr vor einem Fußgängerstreifen, der Junge saß auf der Rückbank, neben ihm eine Frau mit langen schwarzen Haaren, am Steuer ein Mann. Angaben zum Modell oder zum Nummernschild konnte Frau Thüring nicht machen.

Amsler hatte die Frau besucht und befragt, die Ergänzung war von Hand hinzugefügt.

Frau Thüring, 82 Jahre alt, sehr wacher Verstand. Habe ihr Fotos von Tarik gezeigt; sie ist überzeugt davon, dass sie ihn gesehen hat. Sie kann sich gut an den Jungen erinnern, weil er im Auto nicht angegurtet war. Darüber hat sie sich geärgert. Fahrzeug war in Richtung Balsthal/Oensingen unterwegs, eine dunkelblaue Limousine, sehr gepflegt, Kennzeichen unbekannt. Auto war um ca. 16 Uhr in Holderbank, Tarik verschwand zwischen 15 und 15.30 Uhr – könnte passen. Junge im Auto trug gelbes T-Shirt – passt. Warum Holderbank? Warum nicht über die Autobahn? Einwand: Frau Thüring trägt Brille mit starken Korrekturgläsern. Zuverlässige Zeugin?

Der Boden war zu unbequem, Bollag stand auf und machte ein paar Schritte. Die Aussagen von Frau Thüring wirkten glaubhaft, hatten sich allerdings nicht verifizieren lassen. Eine blaue Limousine? Er beugte sich hinunter und wühlte sich durch die Unterlagen, fand keine weiteren Informationen zur Frau oder zum Auto. Ob die alte Frau Thüring noch lebte? Wenn ja, musste sie fast 100 Jahre alt sein. Er holte seinen Laptop aus dem Schlafzimmer, loggte sich ins elektronische Telefonbuch ein. In Holderbank lebten zwei Familien mit dem Namen Thüring, keine Hilda. Vielleicht …

Es klingelte an seiner Wohnungstür, Bollag sah auf die Armbanduhr: 23.50 Uhr. Er stand auf, in dem Moment knackte das Schloss.

Die Tür schwang auf und Petra stand vor ihm. »Ich bin … Ich muss … Es tut mir leid, wenn …« Sie stotterte, ihr Gesicht war gerötet, unentwegt schüttelte sie den Kopf.

Nie zuvor hatte Bollag sie so gesehen. Er ging auf sie zu, nahm sie in den Arm.

Petra ließ den Koffer fallen, lehnte den Kopf an seine Schulter und brach in Tränen aus.

25

Mangold sprach zur Zimmerdecke. »Ich war 19 Jahre alt, hatte ein Zimmer in Bern, weil es in Zweisimmen kein Gymnasium gab. Es war Juni, ich hatte gerade die Matura bestanden. Marco war ein Junge aus meiner Klasse …«

Zunächst kamen die Worte stockend, Max ließ ihr alle Zeit der Welt.

»Ein lieber Kerl, schlaksig … sehr intelligent. Er half mir in Mathe, ich ihm in Französisch.«

Sie lagen in Kleidern nebeneinander im Dunkeln auf dem Bett und hielten sich an den Händen. Es war schwer für Mangold, nie hatte sie jemandem diese Geschichte erzählt.

»Wir feierten die Matura ausgelassen, nach dem offiziellen Teil in der Schule ging es bei einer Freundin weiter. Wir quatschten, tanzten, tranken – und am Ende landete ich mit Marco im Bett. Wir verhüteten, doch wir stellten uns wohl ungeschickt an. Das Kondom platzte.«

Max unterbrach sie nicht, stellte keine Fragen. Er hielt einfach ihre Hand und wartete, bis sie fortfuhr.

»Die Tage nach dem Fest verbrachte ich bei meinen Eltern. Ich fühlte mich schlapp, schlief viel. Klar, die Matura hatte Energie gekostet. Doch ich kam einfach nicht mehr richtig auf die Beine. Dann war mir am Morgen öfter übel. Als meine Periode ausblieb, ahnte ich es längst. Ich kaufte mir einen Schwangerschaftstest – er war positiv.«

Mangold fühlte, dass er sie anschaute. Sie öffnete die Augen und drehte sich auf die Seite, sein Gesicht war dicht vor ihrem. »Der positive Test warf mein Leben über den Haufen. Ich hatte mich auf die Matura gefreut, hatte Pläne für den Sommer. Ich wollte einen Monat bei einer Freundin in Kalifornien verbringen, einer ehemaligen Austauschschülerin. Das Ticket hatte ich bereits gekauft. Und im Herbst wollte ich in Bern mit dem Studium anfangen. Von einem Tag auf den anderen wurde das alles belanglos.«

Ihre Augen füllten sich mit Tränen. Er drehte sich weg, fingerte ein Taschentuch aus einem Päckchen auf seinem Nachttisch, gab es ihr. Mangold schnäuzte sich. »Nach ein paar Tagen vertraute ich mich meiner Mutter an, sie erzählte es meinem Vater. Meine Eltern fielen aus allen Wolken. Für sie war schnell klar, dass ich dieses Kind nicht bekommen durfte. Eine junge Frau ohne Ausbildung, unverheiratet. Was würden denn die Leute sagen! Auf Marco konnte ich nicht zählen. Wochenlang lief ich mit dieser Belastung herum und wusste nicht, was ich machen sollte. Der Druck wurde immer größer. Da waren meine Eltern, klar. Aber auch meine beste Freundin wandte sich ab, nachdem ich ihr von der Schwangerschaft erzählt hatte. Sie rief einfach nicht mehr an und behandelte mich wie eine Aussätzige.«

Mit dem Daumen strich Max über ihren Handrücken. »Sie wusste nicht, wie sie mit der Situation umgehen sollte.«

»Möglich.« Mangold setzte sich auf, trocknete mit dem Taschentuch die Tränen, lehnte sich mit dem Rücken gegen die Wand und zog die Knie unter das Kinn. »Schließlich besuchte ich mit meiner Mutter eine Beratungsstelle. Nach einem langen Gespräch vermittelte mir ein Arzt dort einen Termin im Berner Inselspital. Ein paar Tage später brachte mich Mami hin. Ich fühlte mich komplett isoliert, alles war mir egal. Ich wollte bloß, dass dieser Albtraum vorüber ist und ich mein altes Leben zurückbekomme.« Sie stockte, senkte die Stirn auf die Knie. Ihre Stimme war nur ein Flüstern. »Also habe ich das Kind abtreiben lassen.« Tränen füllten ihre Augen, liefen ihr über das Gesicht. So, jetzt war es heraus. Endlich.

Max setzte sich auf, gab ihr ein neues Taschentuch, legte den Arm um sie. Es fühlte sich gut an.

Erst nach einer Weile konnte Mangold weitersprechen. »Als ich aus der Narkose erwachte, saß Mami an meinem Bett und hielt meine Hand. Und die Ärzte und Schwestern behandelten mich sehr fürsorglich. Aber ich kam mir elend und dreckig vor. Körperlich hatte ich keine Beschwerden, doch ich fiel in ein tiefes Loch, wurde depressiv. Ich hatte mein altes Leben zurückgewollt, aber das gab es nicht mehr.« Sie machte eine lange Pause, schmiegte ihren Kopf an seine Schulter.

Er sagte nichts, lehnte seinen Hinterkopf gegen die Wand. Was dachte er?

Schließlich schaute sie ihm in die Augen. »Hasst du mich dafür?«

Er verzog den Mundwinkel zu einem Lächeln und strich ihr das Haar aus dem feuchten Gesicht. »Wie könnte ich dich hassen? Du warst 19 Jahre alt, eine sehr junge Frau. In deiner Situation hätte ich vermutlich gleich entschieden.«

»Ich war unglaublich einsam damals.« Mangold seufzte tief. »Ich wünsche mir oft, ich könnte heute mit dieser 19-Jährigen sprechen, ihr helfen … Ab und zu träume ich von dem Kind, dann läuft ein Mädchen mit ausgestreckten Armen auf mich zu. Bevor ich es hochheben kann, verschwindet es, und ich wache traurig auf.« Erneut kamen ihr die Tränen.

Max nahm sie in die Arme, zog sie fest an sich.

Mangold löste sich von ihm, setzte sich auf die Bettkante und schnäuzte sich. Anschließend drehte sie sich zu ihm hin. »Am 15. August wird es 20 Jahre her sein. Dieser Tag ist jedes Jahr der Horror für mich, dieses Mal wird es schlimmer werden. »Ich bin sicher, dass diese Drohungen mit der Abtreibung zusammenhängen.«

Max runzelte die Stirn. »Du meinst die Demonstranten auf der Wasserfallen?«

»Auch.« Sie erzählte ihm vom Ferkelkopf, von der Webseite, von der verrückten Journalistin.

Max machte große Augen, schüttelte den Kopf. »Auf diese Webseite bin ich selber gestoßen. Wieso hast du mir nicht früher von all dem erzählt?«

»Ich habe es versucht. Aber ich wollte, dass du die ganze Geschichte hörst. Und dafür hat sich nie die richtige Gelegenheit ergeben.«

»Hast du eine Ahnung, wer dahinterstecken könnte? Wer weiß überhaupt von der Abtreibung?«

»Da kommen einige Leute infrage. Es könnten alte Schulkollegen sein, damals ist viel getratscht worden. Ich bin sicher, dass am Gymnasium einige Bescheid wussten. Möglicherweise wissen es ein paar Leute in Zweisimmen, obwohl mich nie jemand darauf angesprochen hat. Dann sind da die Ärzte und Schwestern im Spital. Eigentlich ist es ein Wunder, dass das nicht bei meiner Wahl in den Bundesrat zum Thema wurde.«

Max schüttelte den Kopf und stopfte ein Kissen in seinen Rücken. »Das finde ich nicht. Selbst wenn die Medien von der Abtreibung erfahren hätten, wäre das nicht publik geworden. Du hast ja keine Straftat begangen, die Abtreibung ist nicht von öffentlichem Interesse. Deswegen frage ich mich … Diese Journalistin in Riehen – für wen arbeitet die?«

Mangold zog die Schultern hoch. »Ich weiß nicht recht. Es muss ein TV-Sender sein, sie hat sich als Journalistin von CTV vorgestellt. Das sagt mir nichts.«

Max sprang vom Bett auf, verschwand aus dem Schlafzimmer, kam mit dem Laptop zurück und setzte sich auf die Bettkante neben sie. »Mal sehen.« Mit der rechten Hand öffnete er den Browser, die linke Hand streckte er ihr entgegen. Darin lag ein Haufen Gummibärchen.

Es war eine liebe Geste. Obwohl sie keine Lust auf Süßigkeiten hatte, nahm sie drei gelbe Fruchtgummis.

Er klickte sich durch verschiedene Webseiten. »Das könnte es sein: CTV, Christus TV.«

Max balancierte den Laptop auf den Oberschenkeln, eine Reihe von Filmen dieses Senders ließen sich abspielen. Es waren Gottesdienste, Chorgesänge, Predigten, Gebete. Die Seite wirkte professionell, Links führten zu Bildern, Texten, Artikeln, einem Forum. Überall wurden Homosexuelle angeprangert, Sex vor der Ehe oder Geburtenkontrolle verurteilt und Abtreibungen mit Mord gleichgesetzt. »Unglaublich, in welcher Welt die leben.« Max klickte auf das Impressum.

Christus TV tritt ein für die Wahrung und Ausbreitung des katholischen Glaubens, für das Lebensrecht ungeborener Kinder, für die Bewahrung von Ehe und Familie.

Als Urheber war eine Adresse in Bulgarien angegeben, in Sofia. Max kratzte sich am Kinn. »Ein Name steht hier nicht. Wer da wohl dahintersteckt?« Er klickte auf den Button *News* auf der Seite.

CTV-Mitarbeiterin verhaftet

Riehen. Unsere Mitarbeiterin Esther Aebi wurde heute von der Polizei verhaftet, als sie sich für das Lebensrecht ungeborener Kinder einsetzte. Wie CTV exklusiv in Erfahrung gebracht hat, machte sich Bundesrätin Petra Mangold des Kindsmordes schuldig. CTV fragte die Bundesrätin, wie sie die Tötung eines Kindes mit ihrem Gewissen vereinbaren könne. Während die Babys im Mutterleib wehrlos sind, genießt Mangold den Schutz der Staatsgewalt. Unsere Mitarbeiterin wurde brutal abgeführt, das Filmmaterial beschlagnahmt. Unser Anwalt erwirkte am Abend die Freilassung der Lebensschützerin Esther Aebi.

Wer ein Kind im Mutterleib tötet, steht mit einem Bein im Höllenfeuer. Beten wir um die Bekehrung von Bundesrätin Petra Mangold!

»Diese Schweine!« Max klappte den Deckel des Laptops heftig zu, er rutschte von den Knien und krachte auf den Boden. »Das lassen wir uns nicht gefallen.«

Max hatte recht, irgendwo gab es eine Grenze. Sie musste sich zur Wehr setzen.

26

Fahles Morgenlicht drang am Freitagmorgen durch die Lamellen ins Schlafzimmer. Bollag lag mit Petra am Fußende des Bettes. Die Kissen und Decken hatten sie auf dem Boden verstreut, das Laken zerwühlt und sogar den Nachttisch verschoben. Langsam kam er zu Atem, sein Herzschlag beruhigte sich. Sie streckte sich neben ihm, die schwarzen Locken waren zerzaust, Schweiß glänzte auf ihrer Haut. Langsam drehte er sich ihr zu und fuhr sanft die Konturen ihres Körpers mit dem Zeigfinger nach, von den Schultern über die vollen Brüste, um die Blutergüsse auf den Rippen herum bis zur Hüfte. Petra war sehr weiblich, weich. »Du hattest recht. Das Panorama ist einzigartig.«

Sie öffnete die Augen, drehte sich behutsam, beugte sich dabei über ihn. Sie lächelte und studierte seinen Körper wie eine Speisekarte. »Meine Aussicht ist ebenfalls nicht schlecht. Aber du bist etwas – wie sagen die Boxer? – angezählt.«

»Vollkommen erledigt trifft es besser. Sex mit dir ist wie ein Triathlon. Langdistanz.«

Sie streichelte seine Brust mit den Fingern, spazierte mit ihnen zum Bauch hinunter, zu seinen Schamhaaren. »Dann haben wir jetzt aber erst zwei Disziplinen durch. Es fehlt noch der Abschluss.«

Er ließ den Kopf auf das Bett fallen. »Du bist unersättlich. Gib mir fünf Minuten.«

Grinsend deutete sie auf seinen Unterleib. »Das dauert bestimmt ein paar Stunden. Ein Ironman bist du nicht gerade.« Sie lachte und erstickte seinen Protest mit einem langen Kuss. Danach gab sie ihm einen Klaps auf die Hüfte und setzte sich vorsichtig auf. »Ich muss den nächsten Zug erwischen, sonst verpasse ich meine erste Sitzung.«

Bollag drehte sich zum Nachttisch, suchte seinen Wecker. Schließlich entdeckte er ihn auf dem Boden, er zeigte 7.10 Uhr. »Wir könnten zusammen duschen.«

Langsam stieg sie von der Matratze, öffnete ihren Koffer und nahm frische Unterwäsche heraus. »Ein verlockendes Angebot.« Sie kam zurück zum Bett, beugte sich zu ihm herunter, fuhr mit den Fingern durch sein Haar und küsste ihn. »Dann käme ich aber garantiert zu spät. Das würde der Direktor des Bundesamtes für Strassen gar nicht schätzen.«

»Deinem Sicherheitschef Zollinger wird es nicht gefallen, dass du den Zug nehmen willst.«

»Ich weiß. Aber es wäre völlig übertrieben, wenn ich einen Chauffeur mit Limousine nach Liestal kommen ließe.« Sie verschwand im Badezimmer.

Sekunden später hörte Bollag das Wasser rauschen. Widerspruch wäre zwecklos gewesen, in manchen Dingen war Petra stur wie ein Esel. Er raffte sich auf und schlüpfte in seine Boxershorts. In der Küche schaltete er die Kaffeemaschine ein, stellte zwei Mokka-Joghurts auf den Tisch, dazu Brot, Butter und Honig.

Als er zwei Tassen mit Kaffee füllte, setzte sich Petra bereits an den Tisch. Sie trug ein ärmelloses, rotes Sommerkleid, das knapp über den Knien endete und ihre Figur betonte. Ihre Haare waren feucht, die Wangen gerötet von der Dusche. Bollag kannte keine andere Frau, die sich dermaßen schnell zurechtmachen konnte. »Du siehst toll aus.« Er drückte seine Lippen auf ihren Scheitel und sog den Duft ein. »Wie geht es deinen Rippen?«

»Tun noch etwas weh, aber es geht schon.« Sie lächelte ihn an. »Heute früh haben sie mich jedenfalls nicht behindert.«

Das konnte er bestätigen. »Hast du einen anstrengenden Tag vor dir?«

»Nicht besonders. Am Morgen ein paar interne Sitzungen, am Nachmittag treffe ich mich mit Parlamentariern aus dem Tessin. Sie wollen mir die zweite Gotthardröhre schmackhaft machen.«

»Und? Werden sie das schaffen?«

»Nein, aus meiner Sicht spricht zu viel dagegen. Letztlich kann ich bloß einen Antrag in den Bundesrat bringen, die Mehrheit entscheidet. Kollege Cortesi zieht bestimmt längst die Fäden im Hintergrund, damit ich überstimmt werde.«

Bollag stellte die beiden Tassen auf den Tisch und setzte sich ihr gegenüber. »Und was machen wir mit den Abtreibungsgegnern? Die werden keine Ruhe geben.«

Sie goss Rahm in ihre Tasse und rührte um. »Was meinst du, wie sich die Medien verhalten werden?«

»Die Angriffe auf dich waren gestern überall präsent, auf dieser CTV-Webseite gibt es eine Erklärung dafür. Also werden sie es bestimmt aufgreifen.«

Sie strich sich mit einem Finger die nassen Haare hinter das Ohr. »Ich überlege, ob ich selber an die Öffentlichkeit gehen soll.«

»Wieso denn das?«

»Denk bloß an diese Webseite. Fundamentalisten sind überall auf dem Vormarsch. Die Frau soll gefälligst heiraten, Kinder kriegen. Du glaubst gar nicht, was ich mir alles anhören muss als geschiedene Frau: anonyme Briefe, Drohungen, Beschimpfungen. Extremisten verlieren ihre Hemmungen und kriechen aus den Löchern. Sogar Kollege Cortesi hat mich kritisiert.«

»Dieser Idiot. Was hat er gesagt?«

»Er hat gemeint«, mit den Fingern malte sie Anführungszeichen in die Luft, »dass mein Lebenswandel den Ansprüchen einer Bundesrätin nicht genügt.«

Cortesi, schon wieder. »Unglaublich. Aber es überrascht mich nicht, nach allem, was ich über ihn weiß.«

»Ich bin überzeugt davon, dass die Mehrheit der Schweizerinnen und Schweizer anders denkt. Vielleicht ist es an der Zeit, dass jemand sagt: Es reicht.« Petra ballte die Hand zur Faust.

»Das wäre mutig, und die Menschen würden dir zuhören. Aber du würdest dir neue Feinde machen.«

Sie nahm einen Schluck, lehnte sich zurück und streckte ihre schönen nackten Füße aus. Die feuerrot lackierten Zehennägel funkelten in der Sonne. »Und wenn. Seit ich in der Politik bin, suche ich nach Lösungen, mit denen alle leben können. Aber das funktioniert einfach nicht. Ich kann mich noch so anstrengen, es werden nie alle zufrieden sein. Und mittlerweile kann ich besser damit umgehen. Ab und zu muss ich halt Leute vor den Kopf stoßen. Dabei geht es um Respekt. Als Frau auf einem Chefposten muss ich den Respekt einfordern, der mir zusteht.«

»Du glaubst, dass es eine Geschlechterfrage ist?«

»Nicht nur, aber das spielt sicher mit. Kürzlich gab es diese Telefonumfrage. 3.000 Leute sollten Adjektive mit den Bundesräten in Verbindung bringen. Weißt du, was bei mir am meisten genannt wurde? Nett und hübsch.« Heftig stellte sie die Tasse auf den Tisch, Kaffee schwappte über den Rand. »Ich arbeite 60 Stunden in der Woche, bin die Chefin von 2.000 Angestellten und zuständig für sehr komplexe Projekte – und die Leute finden mich nett und hübsch. Ich hätte schreien können.«

Bollag beugte sich vor. »Ich habe das gelesen, ziehe aber andere Schlüsse daraus. An vierter oder fünfter Stelle wurdest du kompetent genannt. Bei einigen deiner Kollegen kam das gar nicht vor. Und dein Freund Cortesi wird in erster Linie als arrogant wahrgenommen, danach folgt redegewandt. Da finde ich nett und hübsch deutlich besser. Mit dieser Beschreibung kannst du in der Schweiz viel erreichen, wo doch alle wichtigen Vorlagen vors Volk kommen.«

»Das mag ja sein.« Petra lehnte sich zur Spüle hinüber, griff nach einem Lappen und wischte die Kaffeespritzer weg. »Trotzdem ist es frustrierend.«

Bollag schob seinen Stuhl zurück. »Apropos nett. Vielleicht hast du einen Verehrer im Stedtli.« Er holte das Couvert, das er gestern Morgen im Briefkasten gefunden hatte, von der Anrichte.

»Von wem ist das?«

»Keine Ahnung.« Er reichte es ihr.

Sie nahm ein Messer vom Tisch, schlitzte den Umschlag auf und zog mehrere A4-Blätter heraus. Petra faltete sie auseinander, ihre Hand fuhr zum Mund. »Mein Gott.«

Bollag trat hinter sie und warf einen Blick auf das oberste Papier. Das Blatt gehörte zu einer Krankenakte.

Inselspital Bern, Frauenklinik
Patient/in: Mangold, Petra
Behandlung: Abort

Auf die rechte obere Ecke war ein gelbes Post-it geheftet: *Wir werden für Ihren Rücktritt sorgen!*

Nachdenklich faltete Petra die Blätter zusammen und ließ sie auf den Tisch gleiten. »Du hast recht. Sie werden keine Ruhe geben.«

27

Bollag nippte in der Küche an der zweiten Tasse Kaffee. Vor 20 Minuten war Petra zum Bahnhof gehastet, seine Wut auf den anonymen Drohbriefschreiber hatte sich nicht gelegt. Wie zur Hölle waren diese Leute an die Krankenakte gekommen?

Er leerte die Tasse, stellte sie in die Spülmaschine, räumte Butter und Honig weg. Im Badezimmer stieg er aus seinen Shorts und stellte sich unter die Dusche. Er drehte die Temperatur auf lauwarm und ließ das Wasser auf seinen Körper prasseln.

Steckte dieser christliche Sender hinter den Drohungen? Bestimmt gab es einen Zusammenhang zwischen der Krankenakte und dieser durchgeknallten Journalistin. Er musste herausfinden, wer die Unterlagen aus dem Spital geschmuggelt hatte. Er stellte das Wasser ab, seifte sich ein, die sonnenverbrannten Stellen auf seinem Rücken schmerzten.

Er musste an Tarik dranbleiben. Die Beobachtungen der alten Frau in Holderbank deuteten darauf hin, dass der Junge vielleicht entführt worden war. Bollag hatte bereits ein paar Ansatzpunkte aus den Unterlagen des toten Kripo-Chefs Amsler herausgefiltert, mit denen sich etwas anfangen ließ.

Er drehte den Regler auf kalt und stellte den Wasserstrahl wieder an. Bollag hatte das Gefühl, dass sich sein Hirn zusammenzog.

Ihm stand ein langer Freitag bevor, den er nur überstehen würde, wenn er systematisch vorging. Also schön der Reihe nach. Am wichtigsten war Petra.

Wann war er gestern zur Bäckerei gegangen? Er hatte sich die Nachrichten angehört, es musste also ein paar Minuten nach 8 Uhr gewesen sein. Der Briefschreiber hatte das Couvert in den Briefkasten gesteckt, als Bollag beim Bäcker eingekauft hatte. Vielleicht hatte jemand im Stedtli etwas gesehen? Oder eine Angestellte der Gemeindeverwaltung auf dem Weg zur …

Verdammt! Er war ein Idiot. Bollag drehte das Wasser ab, stieg hastig aus der Dusche und schlug sich dabei den großen Zeh an. Es schmerzte höllisch, doch im Boxring hatte er schon Schlimmeres einstecken müssen.

Er humpelte ins Schlafzimmer und schaltete seinen Laptop ein. Während der Computer hochfuhr, eierte er zurück ins Badezimmer, holte ein Frottiertuch und trocknete sich notdürftig ab. Unterwegs hatte er eine nasse Spur hinterlassen, die er schnell aufwischte.

Er setzte sich auf das Bett, legte den Laptop auf die Beine und öffnete den Webbrowser. Bollag ging zu Google und tippte *Liestal Stadtverwaltung* ein.

Im vergangenen Herbst hatten Unbekannte die historische Fassade des Rathauses mit Graffiti beschmiert. Da dies nicht zum ersten Mal geschehen war, hatte der Stadtrat im

Winter eine Videokamera installiert. Diese Kamera überwachte die Straße direkt vor dem Rathaus und zeigte ein paar Gebäude weiter unten. Stadtverwalter Andreas Keller hatte kürzlich nach einer Medienorientierung Bollag gegenüber einen Spruch fallen lassen: *Wir können kontrollieren, wann Sie nachts nach Hause kommen.*

Bollag klickte weiter. Öffnungszeiten des Informationsschalters stachen ihm ins Auge: *8.00–11.30 Uhr*. Keine Telefonnummer. Verflucht, die Zeit lief ihm davon.

Die Bemerkung des Stadtverwalters hatte Bollag veranlasst, einen Artikel über Datenschutz zu schreiben – nicht zuletzt wegen Petras Besuchen bei ihm. Die Aufnahmen öffentlicher Überwachungskameras mussten nach 24 Stunden gelöscht werden. Bei den meisten geschah dies automatisch. Keller hatte damals beteuert, dass sich Liestal an die gesetzlichen Vorgaben halte.

Bollag schaute auf den Wecker auf dem Fußboden, es war 7.50 Uhr. Ihm blieben vielleicht zehn Minuten.

Die Webseite war in verschiedene Bereiche unterteilt: *Aktuelles, Bildung, Porträt, Politik, Kommunikation* – Kommunikation, das tönte nicht schlecht. Hier gab es ein Gästebuch und einen Newsletter. Keine Telefonnummer. Er ging zurück zur Startseite. Vielleicht war *Verwaltung* besser. Darunter fand er den *Informationsschalter*, endlich hatte er einen Namen und eine Nummer.

Himmelherrgott, wo war das verfluchte Handy? Er hatte es auf den Nachttisch gelegt. Den schob er zur Seite, es lag nicht darunter. Bollag ging auf die Knie, schaute unter das Bett, nahm die Kissen und Decken vom Boden und warf sie auf die Matratze. Dort!

Bollag robbte um das Bett herum, schnappte sich das Handy, eilte zum Laptop und tippte endlich die Nummer ein. Es klingelte … drei-, vier-, fünfmal. Das brachte nichts.

Bollag schnappte sich erneut den Laptop und überflog die Liste unter *Verwaltung*. *Buchhaltung, Hundewesen, Sozialhilfe, Stadtgärtnerei, Steuern.* Wieso, verdammt noch mal, war der Stadtverwalter hier nicht aufgelistet? Zurück zur Startseite, er klickte auf *Kontakt*. Dort fand er denselben Namen und dieselbe Nummer wie beim *Informationsschalter*. Wieder zurück.

7.55 Uhr, er hatte fünf Minuten.

Bei den *Zentralen Diensten* entdeckte er vier Personen, unter ihnen *Andreas Keller, Stadtverwalter*.

Bollag wählte die Nummer, er hörte den Rufton durchgehen. Viermal, fünfmal, sechsmal.

Er legte auf, schlüpfte in eine Hose, streifte ein T-Shirt über und eilte aus der Tür. Bollag nahm immer zwei Stufen auf einmal, der große Zeh schmerzte, zwei Stockwerke hinunter, er stolperte, fing sich gerade noch am Geländer auf.

Unten stürzte er hinaus in die Rathausstrasse, eilte aufwärts in Richtung Törli, bog nach rechts ab in die Salzgasse und hielt auf den Eingang des Rathauses zu. Laut keuchend zog er an der Tür.

Abgeschlossen, scheiße. Er drückte die Klingel. Nichts geschah.

7.58 Uhr.

Bollag presste seine Nase an das Türglas und schirmte die Augen mit beiden Händen ab. In der Empfangshalle war niemand zu sehen. Er hämmerte mit der Faust gegen die Scheibe. Endlich öffnete sich drinnen eine Tür zur Halle. Eine Frau sah zu Bollag und stemmte die Hände in die Hüften. Er ruderte wild mit den Armen. »Öffnen Sie die Tür! Es ist wichtig.«

Die Frau deutete bloß auf ihre Armbanduhr und verschwand hinter der Bürotür.

»Dumme Kuh!« Die Zeit lief ihm davon.

»Kann ich Ihnen helfen?«

Er fuhr zusammen und drehte sich um. Der Stadtverwalter. Bollag hatte ihn nicht kommen hören. Das passte zu einem Mann, der selbst im Hochsommer wie ein bleiches Gespenst mit Anzug und Krawatte durch die Gassen huschte. »Herr Keller, Gott sei Dank. Ich erkläre Ihnen gleich alles, zuerst muss ich eines wissen: Die Videokamera in der Rathausstrasse – werden die Aufnahmen wirklich nach 24 Stunden gelöscht?«

Keller straffte die Schultern. »Natürlich, wir halten uns an das Gesetz. Der Computer überschreibt die Daten automatisch. Sie haben darüber geschrieben.«

»Es geht nicht um den Artikel. In meinem Briefkasten lag ein Drohbrief an Frau Mangold. Jemand hat ihn gestern kurz nach 8 Uhr eingeworfen.«

Keller legte den Kopf schräg, betrachtete ihn wie einen exotischen Käfer. »Die Bundesrätin …« Er schaute auf die Uhr und schaltete schnell. »Verstehe.« Er fischte einen Schlüssel aus seinem Jackett und steckte ihn ins Schloss der Rathaustür.

Als sie aufschwang, spiegelte sich Bollag kurz im Glas: nasse, zerzauste Haare, ausgebleichte Jeans, T-Shirt, nackte Füße. Kein Wunder, dass ihm die Frau vom Empfang nicht geöffnet hatte.

Der Stadtverwalter eilte voraus quer durch die Empfangshalle. »Die Festplatte steht hier in meinem Büro.« Er schloss eine Tür auf, ließ seine Mappe auf den Boden fallen, trat vor einen hüfthohen Schrank. Ewig scheinende Sekunden nestelte er an seinem Schlüsselbund, fand endlich den passenden Schlüssel und öffnete die Schranktür.

Bollag stand dicht hinter Keller, zwei Geräte in der Form von DVD-Playern standen übereinandergestapelt. Er konnte sie surren hören – das Überschreiben …

Keller drückte einen Knopf auf der Vorderseite des unteren Gerätes. »So, das ist erst mal gestoppt.« Er blickte auf seine Armbanduhr. »Zwei nach acht, vielleicht haben Sie Glück.« Er hielt inne, kratzte sich am Kopf. »Eigentlich darf ich Ihnen diese Bilder nicht zeigen, wir nehmen den Datenschutz sehr ernst.« Er schien ein inneres Streitgespräch mit sich selbst zu führen. »Aber Bundesrätin Mangold und Sie … Kommen Sie, sehen wir uns das mal an.«

Bollag hätte ihn umarmen können. »Vielen Dank.«

Keller schritt hinter das Pult in seinem großzügigen Büro, der Blick durch das Fenster ging hinaus zum Fischmarkt. Unter dem Tisch schaltete er seinen Computer ein. Während der hochfuhr, schob Keller einen zweiten Stuhl hinter den Schreibtisch.

»Erwarten Sie nicht zu viel, die Kamera dient hauptsächlich zur Abschreckung. Wir haben die Qualität der Bilder reduziert, so brauchen wir weniger Speicherplatz. Sonst wäre die Festplatte innerhalb von wenigen Stunden voll. Leider sind die Aufnahmen deswegen nicht farbig. Das System nimmt etwa halb so viele Bilder pro Sekunde auf wie ein normaler Film.« Er setzte sich auf seinen Stuhl.

Bollag nahm daneben Platz.

Mit der Maus startete Keller ein Programm. »Ein Drohbrief bei uns im Stedtli? Unglaublich.«

Keller war sichtlich aufgeregt. Auf dem Bildschirm erschien vor Bollag ein Kalender. Keller klickte auf den 12. Juli und gab 7.30 Uhr ein. Es erschien eine Maske, sie blieb schwarz. Er wiederholte den Vorgang mit 7.50 Uhr, nach wie vor war kein Bild zu sehen.

»Das Überschreiben funktioniert einwandfrei.« Keller schien erfreut.

Verdammt. Bollag hätte viel für eine kleine Panne gegeben.

Keller tippte 8 Uhr ein, nun erschien die Rathausstrasse in der Maske. Das Bild war schwarz-weiß und unscharf, dennoch war die Fassade des Rathauses gut zu erkennen. Daran schloss sich der Interdiscount an, danach folgte Bollags Wohnhaus. Dessen Eingang selbst wurde nicht von der Kamera erfasst.

Mit der Maus schob Keller einen Regler zurück, bis die Maske schwarz wurde. Er bewegte ihn ein wenig vor, bis er die Rathausstrasse sah. Die Uhr am unteren Rand zeigte 7.58.05.

Er drückte auf Play, weit und breit war keine Menschenseele in Sicht. »Da.« Bei 7.59.35 Uhr erschien eine Gestalt vom unteren Bildrand her. Keller deutete mit dem Finger darauf.

Bollag hielt den Atem an. Der Mann stoppte vor dem Interdiscount, wandte sein Gesicht in Richtung Schaufenster, blickte die Straße rauf und runter, dann ging er in Richtung Regierungsgebäude davon. »Fehlanzeige.«

Die nächsten Minuten passierte gar nichts, der Timer zeigte 8.04 Uhr. Ein Mann trat aus Bollags Wohnhaus, schlenderte durch das Bild und verschwand am oberen Rand. Bollag tippte auf den Monitor. »Das bin ich auf dem Weg zur Bäckerei.«

Es verging eine Minute, zwei.

Keller schüttelte den Kopf. »Sind Sie sicher, dass …?«

In diesem Moment tauchte jemand auf, der Gestalt nach ein Mann, diesmal vom rechten Bildrand her. »Den kennen wir doch.« Bollag ging nahe an den Monitor. »Das ist der Kerl, der vorhin ins Schaufenster gestarrt hat.«

Wieder stoppte der Kerl vor dem Interdiscount, sah die Straße rauf und runter. »Entweder will er einen Fernseher kaufen, oder …«, sagte Keller.

Der Mann drehte der Kamera den Rücken zu, spazierte langsam bis zu Bollags Haus. Er stoppte genau auf Höhe der Briefkästen, machte einen raschen Schritt nach links, verschwand für zwei Sekunden vom Bildschirm, tauchte erneut auf und marschierte eilig in Richtung Regierungsgebäude davon.

Keller starrte Bollag an. »Der war's bestimmt.«

Keine Minute später tauchte Bollag in der Aufzeichnung auf und ging zurück ins Haus. Er hatte den Kerl also knapp verpasst. Schade, den hätte er gern in die Finger bekommen. »Können wir uns das nochmals anschauen?«

»Natürlich.« Keller ließ die Aufnahme rückwärts laufen und startete wieder, diesmal in Zeitlupe.

Der Mann war mittelgroß, nicht jung, trug Anzug und Krawatte – ganz der anständige Bürger auf dem Weg ins Büro.

»Wie gesagt, das ist leider nicht HD. Aber das Programm bietet ein paar Tools.« Keller stoppte die Aufnahme, als der Mann vor dem Interdiscount stand und sein Gesicht in Richtung Kamera drehte. Er zoomte das Bild heran, verbesserte den Kontrast und die Helligkeit. Nun war das Gesicht recht gut zu erkennen. Keller schaute Bollag an. »Kennen Sie den?«

Es krachte laut, als Bollag seine Faust auf das Pult schlug. »Und ob ich den kenne.«

28

Kripo-Chef Neuenschwander schritt eilig die Stufen hoch und schnaubte verärgert. Fünf Minuten hatte ihn die Ziege am Empfang warten lassen. Das junge Ding mit einem Diamanten in der Nase hatte ihn kritisch beäugt, seinen Ausweis unter die Lupe genommen und auf den Rückruf von Zollinger gewartet. Erst nach dessen Okay hatte sie ihn passieren lassen.

Beim Gedanken an Zollinger ballte Neuenschwander die Fäuste. Er hatte den Sicherheitschef bei drei Auftritten der Bundesrätin im Kanton Baselland getroffen und konnte ihn nicht leiden. Zu arrogant und zu ehrgeizig war der junge Schnösel. Alles wusste er besser. Diese Überheblichkeit hätte vor gut einem Jahr beinahe zu einer Katastrophe geführt. Nur dank des Einsatzes von Bollag und Neuenschwander hatte ein Attentat auf Bundesrätin Mangold verhindert werden können. Dass die beiden Zollinger wie einen Stümper hatten aussehen lassen, trug der ihnen nach.

Oben im ersten Stock schnaufte Neuenschwander fast wie eine Dampflokomotive. Er hielt ein paar Sekunden inne und sah sich um. Die Decken über dem schwarz-weißen Schachbrett der Bodenfliesen waren hoch. Mächtige Holztüren versperrten den Zugang zu den Büros. Beeindruckend. Bestimmt war dies die Absicht hinter der Architektur. Trotz der Hitze war es hier drinnen angenehm kühl. Er hörte ein Poltern und Stimmen vom Ende des Flurs, dort mussten sie sein.

Neuenschwander setzte sich in Bewegung. So wenig er Zollinger mochte, heute hatte dieser schnell auf die Neuigkeiten aus Liestal reagiert. Es war kurz vor 11 Uhr. Vor weniger als drei Stunden hatte Neuenschwander einen Anruf von Bollag erhalten. Anschließend hatte er sich das Video in der Stadtverwaltung angesehen und Zollinger gegen 9 Uhr informiert. Eine Stunde später war der Durchsuchungsbefehl unterschrieben gewesen.

Neuenschwander wünschte, in der Baselbieter Verwaltung ginge das ebenso schnell. Nach Zollingers Rückruf hatte er sich sofort ins Auto gesetzt und war nach Bern gefahren. Zuvor hatte er Bollag abwimmeln müssen. *Ich habe Sie auf die Spur gebracht, Neuenschwander, ich will mit dabei sein.* Einen Journalisten zu einer Durchsuchung mitzunehmen stand natürlich außer Frage. Bollag hatte geschäumt vor Wut.

Die Tür zu Büro Nummer 117 stand offen. Offensichtlich hatten die drei Männer in Anzügen, die sich dort aufhielten, den Raum in drei Bereiche geteilt. Einer von ihnen holte Gummibänder, Heftklammern und Scheren aus einer Schublade und legte sie feinsäuberlich auf dem Parkett aus. Daneben stapelten sich Bücher mit ledernem Einband, das breite Holzregal an der Wand war leer geräumt. Ein zweiter Bundespolizist durchwühlte den metallenen Papierkorb neben dem Tisch, während der dritte die Polster des Ledersofas auf ungewöhnliche Erhebungen und harte Stellen hin abtastete.

Das große Fenster am anderen Ende des Raumes ging hinaus auf eine nüchterne Hausfassade. Licht fiel auf den mächtigen Schreibtisch aus Mahagoni, der im Zentrum des Raumes thronte. Dahinter, im Sessel aus schwarzem Leder, saß der Chef des Bundessicherheitsdienstes: Zollinger. Er sah von seinem Computerbildschirm auf. »Haben Sie das Original mitgebracht?«

Neuenschwander nickte, holte eine CD-Hülle aus seinem Jackett und legte sie auf den Schreibtisch. Zollinger quittierte es mit einem Grunzen. Die Aufnahme auf der CD kannte dieser bereits, der Liestaler Stadtverwalter hatte das Video auf einen abgesicherten Server des Bundes hochgeladen.

Neuenschwander ging um das Pult herum und trat hinter Zollinger. Auf dem Bildschirm waren unterschiedliche Dokumente geöffnet: Texte, Webseiten, Bilder. »Etwas gefunden?«

Zollinger verneinte mit wiegendem Kopf und fuhr mit dem Mauszeiger über den Bildschirm. Er trug, ebenso wie seine Kollegen, Handschuhe aus Latex.

»Gar nichts?«

Unwirsch fegte Zollinger die Frage mit der Hand weg. »Verdammt, geben Sie uns etwas Zeit. Wir arbeiten dran. Ein Team von mir ist in der Wohnung.« Er griff nach einem Paar Latex-Handschuhen, das auf dem Tisch lag, und hielt es Neuenschwander hin. »Sie können uns gerne zeigen, wie ein Profi das macht.«

Neuenschwander sparte sich eine Erwiderung, nahm die Handschuhe und streifte sie über. Er musterte den Raum. Dunkle Holztäfelung bedeckte die Wände, drei Bilder mit Stillleben – tote Hasen, eine Fruchtschale, Musikinstrumente – verliehen ihnen ein wenig blasse Farbe. Stuck zierte die weiße Decke. In einer Aussparung im Bücherregal standen ein Fernseher und eine Stereoanlage, weiter rechts Getränke und Gläser in Reih und Glied. Neuenschwander ging hinüber und schaute sie sich genauer an: *Bushmills, Cragganmore, Auchentoshan*. Der Mann hatte ein Faible für Whisky.

Wo würde er etwas verstecken, wenn das sein Büro wäre? In einem Buch möglicherweise. Er drehte sich um und nahm einen dicken Wälzer vom Stapel auf dem Boden: *Historisches Lexikon der Schweiz, Band 3 – Basel bis Bümpliz.* Er blätterte es von vorn bis hinten durch, was mit den Latex-Handschuhen nicht einfach war. Anschließend legte er das Buch zurück auf den Stapel, der über einen Meter hoch war und bedrohlich wankte. Nein, diese Bücher hatte der Bundespolizist bestimmt alle durchgesehen.

Das leer geräumte Regal aus edlem Holz nahm die komplette Wand ein. Eine dunkle Abdeckung füllte die Fläche zwischen dem Fernseher und den Getränken, sie maß etwa 1×1 Meter. Eigenartig. Er fuhr mit den Fingern den Rand der

Platte entlang, rüttelte, zog, nichts bewegte sich. Der aseptische Geruch der Latex-Handschuhe stieg Neuenschwander in die Nase. Plötzlich, als er auf die Platte drückte, sprang sie klickend auf: ein Kühlschrank. Enttäuscht begutachtete er die darin ordentlich gestapelten Flaschen Mineralwasser, eine verschweißte Packung Appenzeller Käse, zwei Corona Extra.

»Das können Sie sich schenken, den haben wir bereits untersucht.« Zollinger warf ihm über den Rand des Monitors einen abschätzigen Blick zu.

Neuenschwander schloss die Tür des Kühlschranks und schaute den Männern bei der Arbeit zu. Es waren Profis, sie gingen akribisch vor. Denen würde bestimmt nichts entgehen. Er streifte die Handschuhe ab und legte sie auf den Schreibtisch. Zollinger war ins Studium der Dateien vertieft und reagierte nicht darauf. Neuenschwander machte ein paar zögerliche Schritte in Richtung Tür.

Moment. Etwas erinnerte ihn an …

Vor ein paar Jahren hatte er eine Hausdurchsuchung bei einem Drogendealer geleitet. Damals waren sie fast verzweifelt, weil in der Wohnung nichts zu finden gewesen war. Erst Fuego hatte sie auf die richtige Fährte gebracht. Der Spürhund war nicht vom Kühlschrank wegzubringen gewesen. Erst im dritten Anlauf hatten sie das Kokain gefunden. Es war, in kleine Plastikbeutel verpackt, in Eiswürfel eingefroren gewesen.

Neuenschwander ging zurück zum Schreibtisch, streifte die Handschuhe erneut über, öffnete den Kühlschrank und das kleine Gefrierfach darin. Es enthielt drei Plastikbeutel mit Eiswürfeln. Er holte sie heraus und hielt sie gegen das Licht. Außer gefrorenem Wasser enthielten sie nichts, soweit er das mit bloßem Auge erkennen konnte.

Er legte die drei Beutel auf das Regal und kratzte eine Schicht Eis weg, welche den hinteren Teil des Kühlfachs bedeckte. Und da, ganz hinten in einer Ecke, lag ein kleiner Beutel aus Plastik. Neuenschwander grub ihn aus dem Eis, hielt ihn gegen das Licht und grinste: Er enthielt einen Speicherstick. Er schloss das Gefrierfach sowie den Kühlschrank, holte den Stick aus der Tüte und trat vor Zollinger. »Ich glaube, den sollten wir uns ansehen.«

Die drei Bundespolizisten warfen sich stumme Blicke zu, einer von ihnen zuckte mit den Schultern.

Zollinger schaute hoch, zunächst skeptisch, dann betrachtete er ungläubig den silbrigen Stick, den Neuenschwander hochhielt. Er sah hinüber zum Kühlschrank, schließlich zu seinen Leuten. »Muss ich hier denn alles alleine machen, verflucht noch mal?«

Die Polizisten mieden seinen finsteren Blick.

Mit spitzen Fingern griff Zollinger nach dem Stick und schob ihn in den Computer.

Neuenschwander ging um das Pult herum. Nach ein paar Sekunden erschienen verschiedene Dateien auf dem Bildschirm. Zollinger klickte auf eine davon. Ein Photoshop-Dokument enthielt das Foto von Bundesrätin Mangold, ein zweites ein Fadenkreuz. Auf einem dritten Bild waren beide Elemente zusammengefügt worden. Dieser Sauhund.

Zollinger klickte auf ein Word-Dokument, es öffnete sich ein Flyer. Er stieß einen Pfiff aus, die großen Buchstaben unter dem Foto von Mangold ließen keinen Zweifel offen.

Weg mit Bundesrätin Mangold!
Eine Frau, die ein unschuldiges Kind ermordet hat!
Eine Frau, die das Volk belügt!
Eine Frau, die ihre Macht missbraucht!
Wir lassen uns das nicht länger gefallen!

»Was zur Hölle ist denn hier los?«

Neuenschwander und Zollinger schauten auf.

In der offenen Tür stand Generalsekretär Paul Sonderegger, stemmte die Hände in die Hüften und starrte ungläubig auf das Durcheinander. »Sind Sie übergeschnappt?«

Zollinger erhob sich, ging um den Schreibtisch herum und hielt ihm ein Stück Papier hin. »Wir haben einen Durchsuchungsbefehl für Ihr Büro hier im Bundeshaus Nord und Ihre Wohnung in Muri, unterschrieben vom Bundesanwalt.«

Sonderegger warf einen Blick auf das Papier und taxierte Zollinger abschätzig. »Ihren Wisch von diesem Richterlein könnten Sie sich sonst wohin stecken.« Seine Stimme wurde lauter. »Was bilden Sie sich ein, Sie kleiner Wachmann?« Er machte ein paar Schritte in sein Büro und streckte die Hand nach einem Aktenordner auf dem Schreibtisch aus, die edlen Lederschuhe klackten auf dem Parkett.

Zollinger stellte sich ihm in den Weg. »Fassen Sie nichts an.«

Mit hochrotem Kopf hielt ihm Sonderegger einen Finger vor das Gesicht. »Hochkant werden Sie rausfliegen, Sie Niemand. Dafür werde ich sorgen!« Die Stimme überschlug sich. »Danach können Sie froh sein, wenn Sie irgendwo Toiletten putzen dürfen.«

Mit einem Achselzucken nahm Zollinger den Ausbruch zur Kenntnis. Er drehte sich zu seinen Männern um, gab ihnen einen Wink mit der Hand. »Führt das Schwein ab.«

Neuenschwander hätte es nicht besser ausdrücken können.

29

Feinsäuberlich waren sie aufgereiht: Traktorenpneus, Lastwagenpneus, Autopneus, Motorradpneus – es mussten Tausende sein. Bollag starrte durch den Maschendraht und staunte ob der Menge und Vielfalt. Mehrere hundert Angestellte hatten diese Pneus bis in die 1990er-Jahre hergestellt. Dann hatte *Maloya* in Gelterkinden dichtmachen müssen. Übrig geblieben war ein Sammelsurium von ausgedienten Reifen.

Vergeblich hielt Bollag nach einem Tor Ausschau. Irgendwo auf dem Gelände spielte ein Radio oder ein CD-Player laute Musik. Also marschierte er das Gitter entlang auf der Suche nach der Geräuschquelle. Sein Ärger über Neuenschwander hatte sich nicht gelegt. Er war es schließlich gewesen, der Generalsekretär Sonderegger auf dem Video erkannt hatte. Einmal hätte Neuenschwander eine Ausnahme machen und ihn zur Durchsuchung mitnehmen können, immerhin ging es um Petra. Doch dieser sture Bock hatte nicht mit sich reden lassen.

Die Musik wurde lauter, nun erkannte Bollag das Stück: *Fortunate Son* von *Creedence Clearwater Revival.* Ein wütendes Lied über die Gegensätze zwischen Arm und Reich. Es passte zu Bollags Stimmung. Wenigstens schien Gysin einen guten Musikgeschmack zu haben – sofern es der Nachbar der Familie Kaymaz war, der die Musik hörte. Jener Manuel Gysin, der nach der Entführung von Tarik nicht mit der Polizei hatte reden wollen. Amsler hatte das in seinen Aktenkopien als verdächtig vermerkt.

Auf gut Glück war Bollag nach Birsfelden zu Gysins Wohnadresse gefahren. Pech, dass auf sein Klingeln niemand geöffnet hatte, und Glück, dass eine Nachbarin, die gerade vom Einkaufen zurückgekehrt war, ihm den Tipp mit Gelterkinden gegeben hatte. Dort arbeite Gysin als Sicherheitschef im Pneulager.

Das Tor zum Gelände hing schief in den Angeln, dahinter stand eine weitläufige Halle, die auf drei Seiten geschlossen war. Durch die offene vierte Seite sah Bollag mehr gestapelte Pneus und, in der hintersten Ecke, einen Campingwagen. Dort kam die Musik her.

Die Reifen des Campers waren platt, die Außenwände verdreckt, die vergilbten Vorhänge zugezogen. Auf einem klapprigen Liegestuhl davor schlief ein Mann in hellblauem Unterhemd. Zwischen dem Hemd und dem Bund der schwarzen Shorts quoll ein Stück weißer Bauch hervor.

Der Mann war Mitte 50, fettige Haarsträhnen hingen ihm in die Stirn. Bollag räusperte sich laut, der Mann regte sich nicht. Er trat vor den Liegestuhl, versuchte es erneut. Keine Reaktion. Die Hitze, die bereits im Freien unangenehm war, staute sich unter dem Dach der Halle. Auf einem Tischchen neben dem Liegestuhl lagen zerfledderte Automobilzeitschriften, daneben stand ein kugelförmiger CD-Player. Bollag drückte die Stopp-Taste, auf dem Bahngleis neben dem Pneulager ratterte ein Zug vorbei.

Der Mann im Liegestuhl schreckte hoch, grunzte und rieb sich mit dem Handrücken über die verschlafenen Augen. Er brauchte ein paar Sekunden, um sich zurechtzufinden. Schließlich taxierte er Bollag. »Was wollen Sie, verdammt noch mal? Das hier ist Privatgelände.«

»Ich suche Manuel Gysin.«

»Kenne ich nicht. Sind Sie von der Polizei?«

»Nein. Ich bin Journalist beim Tagblatt. Ich schreibe über Tarik Kaymaz.«

»Ach ja?« Der Mann stellte die Füße auf den Boden und

kratzte sich in der linken Achselhöhle. »Und? Was ist mit ihm?«

»Es könnte sein, dass Tarik gar nicht ertrunken ist.«

Der Mann griff sich zwei Büchsen vom Boden. *Prix Garantie Lager*. Eine nach der anderen schüttelte er, leer. »Und wieso denken Sie denn das?«

Offenbar wusste er ganz genau, wer Tarik war. Der Mann hier war Gysin selbst. Bollag überging die Frage. »Können Sie sich an damals erinnern? Es ist verdammt lange her.«

Zur Antwort zuckte Gysin mit den Schultern, stand auf. Selbst aus über einem Meter Entfernung war sein Bieratem zu riechen. Er räusperte sich, spuckte einen Klumpen Schleim auf den Boden und verschränkte die Arme.

Auf diese Weise kam Bollag hier nicht weiter, er brauchte eine andere Taktik. Er sah sich um. »Was geschieht eigentlich mit den Pneus?«

»Keine Ahnung. Vor Jahren hatten ein paar Klugscheißer die Idee, Strom daraus zu machen.«

»Ernsthaft?«

»Sie wären überrascht, wie viel Energie da drinsteckt. Mehr als in Kohle. Doch die sogenannten Experten hatten nicht an den Dreck gedacht, der beim Verbrennen in die Luft steigt.« Gysin grunzte. »Hätte denen gleich sagen können, dass das eine Schnapsidee ist. Es gab ein paar Tests, danach sind die verschwunden. Hab nie mehr was von denen gehört.«

Strom aus Pneus, das wäre vielleicht ein Artikel wert. Bollag verscheuchte den Gedanken. Aus der Gesäßtasche zog er sein Portemonnaie, klaubte eine Zwanzigernote heraus und wies damit auf die Bierbüchsen. »Ich spendiere Ihnen ein Sechserpack davon, wenn Sie mir ein paar Fragen beantworten.«

Gysin beäugte das Geld und leckte sich die Lippen. »*Ueli Bier* mag ich lieber. Am liebsten eine Harasse.«

Ach, der Herr war Feinschmecker. Bollag zog weitere 20 Franken heraus und hielt ihm das Geld hin.

Nach kurzem Zögern griff Gysin zu. »Kann mich sehr gut erinnern an damals. Die Polizei hat der ganzen Nachbarschaft die Hölle heißgemacht. Bestimmt ein Dutzend Mal haben sie bei mir geklingelt. Aber mit denen will ich nichts zu tun haben.«

Was hatte er zu verbergen? Aus der Umhängetasche zog Bollag ein Stück Papier, die Namen darauf hatte er mit gelbem Leuchtstift markiert. »Kennen Sie Alfredo Currenti? Der wohnte damals in Ihrer Straße. Er ist kurz nach Tariks Verschwinden ausgezogen.«

Der Herr der hiesigen Sicherheit zuckte mit den Schultern. »Im Quartier leben viele Leute. Wer es sich leisten kann, bleibt nicht lange.«

»Und das Ehepaar Loosli, Vera und Thomas?«

Gysin schnaubte. »Na, die werde ich mein Leben lang nicht vergessen. Gleich unter mir haben die gewohnt und sich immer beschwert, wenn meine Musik mal zu laut war. Und wehe, wenn mein Honda auf ihrem Parkplatz stand. Ihren Scheiß-Opel haben sie jeden Samstag auf Hochglanz poliert, am Sonntag sind sie damit zur Kirche gefahren.«

»Zur Kirche?«

»Waren voll auf dem Religionstrip, wollten mir tatsächlich eine Bibel schenken. Habe dankend abgelehnt.«

»Wissen Sie, was aus denen geworden ist?«

»Keine Ahnung. Würde mich wundern, wenn die noch verheiratet wären. Unter Leuten machten sie auf heile Welt, immer ein Lächeln in der Fresse, ›Guten Morgen, wie geht es Ihnen heute?‹ Dabei habe ich sie oft streiten gehört.«

»Sie wissen also nicht, wo sie heute leben?«

»Eine Weihnachtskarte haben die mir nicht geschickt.«

Bollag überlegte, viel war das nicht. »Was ist denn Ihrer Ansicht nach passiert mit Tarik?«

Gysin hob die Schultern. »Dachte immer, er sei ertrunken. Schade, war ein süßer Junge. Hab ihm ab und zu ein Sugus zugesteckt.«

Nein, das brachte wirklich nichts. Bollag wischte sich die schweißnassen Handflächen an den Hosen ab, hob eine Hand zum Gruß. »Danke.«

Gysin nickte, faltete die beiden Noten zu schmalen Streifen und steckte sie in den Bund seiner Shorts.

Bollag durchquerte die Halle und schlenderte auf das schief hängende Tor zu. Gysin hatte es sich erneut auf dem Liegestuhl bequem gemacht.

Plötzlich hielt Bollag inne. Er drehte sich um und rief über die Pneustapel hinweg: »Eine letzte Frage, Herr Gysin. Das Auto Ihrer Nachbarn, was war das gleich für eine Marke?«

»Haben Sie was an den Ohren? Ein Scheiß-Opel Senator, können Sie sich das vorstellen? Die sind in der Schrottkarre herumkutschiert, als ob sie in einem Rolls-Royce säßen.«

»Welche Farbe hatte der?«

»Dunkelblau.«

30

Kaum hatte sich Bollag auf einen freien Platz gesetzt, glitt eine Speisekarte über den Tisch und blieb vor ihm liegen. Sie war an vielen Stellen brüchig, die Schutzfolie löste sich ab.

»Das Tagesmenü ist Rindsgeschnetzeltes mit Polenta und Gemüse.« Die Bedienung stand neben ihm, sie war etwa 40, klein und kräftig. Mit einem billigen Kugelschreiber tippte sie auf ihren Bestellblock. »Beeilen Sie sich, ich habe nicht den ganzen Tag Zeit.«

Bollag nahm die Speisekarte vom Tisch und hielt sie ihr hin. »Das Tagesmenü ist in Ordnung. Und ein Mineralwasser.«

Sie machte einen Kringel auf ihren Block, schnappte sich die Karte und steuerte mit quietschenden Turnschuhen auf die Küche zu. Eine quadratische Öffnung hinter dem dunkelbraunen Tresen mit Zapfsäule gab den Blick auf den Koch frei, gekonnt wendete er Bratkartoffeln in der Luft.

Auf dem Rückweg von Gelterkinden hatte Bollag beim erstbesten Gasthaus haltgemacht. Großen Hunger hatte er nicht, er wollte nachdenken. Wieso hatte sich Neuenschwander immer noch nicht gemeldet? Die Hausdurchsuchung in Bern musste längst vorüber sein.

Er holte das Handy aus seiner Tasche und kontrollierte den Empfang. Das Display zeigte vier Balken. Verfluchter Neuenschwander. Bollag fühlte sich wie ein Rennpferd, das in eine Metallbox eingezwängt auf das Startsignal wartete. Bestimmt hatte Generalsekretär Sonderegger Helfer gehabt auf seinem Kreuzzug gegen Petra. Die wollte Bollag aufspüren. Bevor er loslegen konnte, brauchte er Informationen.

Mehr musste er auch über Gysin in Erfahrungen bringen, diesen komischen Vogel. Offensichtlich hatte der ein Problem mit der Polizei. Ob Neuenschwander mal im Strafregister nachforschen würde? Kaum. Es sei denn, Bollag könnte ihm etwas im Gegenzug anbieten. Den Namen desjenigen zum Beispiel, der den früheren Kripo-Chef Amsler überfahren hatte. Oder war der dunkelblaue Opel bloß ein Zufall? Er musste dieses Ehepaar Loosli aufspüren.

Bollag holte sein Handy aus der Umhängetasche, tippte auf die Tasten, fand Meltem Kaymaz in den Kontakten und rief sie an. Er ließ es fünfmal klingeln, die Mutter des verschwundenen Jungen hob nicht ab. Er lehnte sich zurück und schnaubte. Das war einer dieser Tage.

Anzeigen für Gipser, Elektriker und Transportunternehmen pflasterten das Tischset zu. Bollag musterte die Geweihe an den Wänden, die Plastikblumen. Und so etwas heutzutage … Doch die Tische waren alle besetzt, das Essen musste gut sein.

Jetzt mal systematisch, er musste die nächsten Schritte planen. Bollag brauchte eine Liste. In seiner Umhängetasche suchte er zwischen den Magazinen und Pressemitteilungen nach einem leeren Stück Papier. Da. Er zog das Blatt heraus, drehte es um. Nein, es war nicht leer. Diese Einladung hatte ihm Rieder aufgeschwatzt. Verdammt, der Ärztekongress am Sonntag. Um den Bericht darüber kam er nicht herum. Dabei wusste er nicht einmal, worum es ging.

Congress RDD
Mittenza, Muttenz, Sunday, July 15
08.45 h Introduction
»Let's talk about it«
Host: Paul Brown, Oxford, President FRDD (GB)
09.00 h Speech 1
»Fates behind statistics – portraits of patients«
Dr. Susanne Gloor, M.D., Liestal (CH)

Sieh an, Susanne würde auftreten. Interessant. Jahrelang war Bollag seiner Exfreundin ausgewichen. Vielleicht bot der Kongress die Gelegenheit für einen Neuanfang. Er könnte ja ein Interview für das Tagblatt mit ihr führen.

09.30 h Speech 2

»Helping the suffering: Possibilities and limits of Palliative Medicine«

Dr. Michael Brunner, M.D., Liestal (CH)

Bollag stutzte: Michael Brunner, der ermordete Arzt. Na, auf diesen prominenten Referenten würden die Organisatoren wohl verzichten müssen. Hut ab vor Susanne. Wenn sie gemeinsam mit dem auftreten durfte, gehörte sie zu den Vortragspromis. *Congress RDD.* Was hatte es damit auf sich? Englisch gehörte nicht zu seinen Stärken. Leider. Er musste …

Sein Mobiltelefon klingelte, Meltem Kaymaz war dran. »Entschuldigen Sie, ich wollte nicht vor meinen Kolleginnen sprechen. Haben Sie etwas herausgefunden?«

Die Bedienung stellte ein Glas Wasser vor Bollag und machte kehrt. »Ich brauche ein paar Informationen über Nachbarn von Ihnen. Kennen Sie Manuel Gysin?«

»Gysin? Wohnt der im Haus vis-à-vis? Ein komischer Typ?«

»Das wird er sein.«

»Den kenne ich bloß vom Sehen. Er fährt mit seinem Auto immer zu schnell durch das Quartier.«

»Er hat mir erzählt, dass er Tarik ab und zu Süßigkeiten zugesteckt hat.«

»Wirklich? Daran kann ich mich nicht erinnern.«

Bollag nahm einen Schluck Wasser, das klang nach einer Sackgasse. »Wie ist es mit Vera und Thomas Loosli? Die wohnen allerdings nicht mehr in Birsfelden.«

»An die erinnere ich mich gut. Sie lebten im selben Haus wie Gysin. Vera fand ich sehr nett. Wir waren zusammen im Damenturnverein, sie kam ab und zu auf einen Kaffee herüber.«

»Was war sie für eine Frau?«

»Glauben Sie, dass sie etwas mit Tariks Verschwinden zu tun hat?«

Bollag durfte ihr nicht zu viele Hoffnungen machen. »Wahrscheinlich nicht, ich gehe vielen Spuren nach. Mich interessiert, wo das Ehepaar abgeblieben ist. Offenbar ist es kurz nach Tariks Verschwinden weggezogen.«

»Sehr genau kann ich mich daran nicht erinnern. Die Wochen und Monate damals sind wie ein Brei in meinem Kopf.«

Bollag vernahm ein Räuspern, neben ihm stand die Bedienung mit einem dampfenden Teller. Er lehnte sich zurück, sie stellte das Essen auf den Tisch.

Bollag wartete, bis sie außer Hörweite war. »Wie war das im Turnverein mit Vera? Haben Sie sie dort besser kennengelernt?«

»Beim Training ein wenig, dafür umso mehr am Turnfest. Leider konnte ich selten mitgehen, Tarik war ja klein. Das Eidgenössische habe ich mir aber nicht entgehen lassen. Das war wie Urlaub.«

Bollag sah vor sich, wie sie am anderen Ende der Leitung lächelte. »Und Vera war mit dabei?«

»Einmal. Und wir haben uns ein Zelt geteilt.«

»Dann kannten Sie sie recht gut.«

»Wie gesagt, ich mochte sie. Sie hatte es nicht leicht im Leben. Die Mutter war früh gestorben, der Vater ein reicher Unternehmer. Er muss sehr autoritär gewesen sein, versuchte ihr ganzes Leben zu kontrollieren, aber Vera wollte auf eigenen Füßen stehen. Deswegen kam es zum Bruch.«

»Und Thomas?«

Es blieb still in der Leitung. Der Teller Rindsgeschnetzeltes duftete herrlich. Nun bekam Bollag doch Hunger. »Frau Kaymaz, sind Sie noch dran?«

Bollag hörte sie atmen, sie zögerte.

»Ich möchte nichts Schlechtes über andere Menschen sagen.« Ihre Stimme war leise.

»Vielleicht ist es wichtig.« Im Vorbeigehen ließ die Bedienung die Rechnung ohne ein Wort auf Bollags Tisch gleiten.

»Ich mochte Thomas nicht. Er war sehr konservativ, streng katholisch, dazu rechthaberisch und eingebildet. Für Muslime hatte er nur Verachtung übrig. Dass Vera und ich uns ein Zelt am Eidgenössischen teilten, musste sie ihm verschweigen. Der hätte getobt.« Meltem Kaymaz seufzte. »Eigentlich hatte ich Mitleid mit ihm. Er schien kein glücklicher Mensch zu sein. Ständig war er wütend auf alle und alles.«

»Wie ging Vera damit um?«

»Ich denke, dass sie sehr darunter gelitten hat. Sie sei vor ihrem Vater in die Arme eines Mannes geflohen, der ihrem Vater sehr ähnlich sei, hat sie mal gesagt. Geholfen hat ihr der Glaube. Sie war davon überzeugt, dass alles Gottes Wille sei. Deswegen trug sie es mit Fassung, dass sie keine Kinder bekommen konnte.«

Bollag hörte einen Signalton und warf einen Blick auf das Display. Eine Nachricht von Tanja. »Ach ja?«

»Es muss schwer für Thomas und Vera gewesen sein, sie wünschten sich sehnlichst Kinder. Und er hat natürlich ihr die Schuld daran gegeben. Auf die Idee, dass das an ihm liegen könnte, kam der gar nicht.«

In Bollags Liste der Verdächtigen rutschten die Looslis gerade ein paar Plätze nach oben.

Meltem sagte ein paar Sekunden lang nichts, sie schien seine Gedanken zu lesen. »Aber deswegen würden sie nie und nimmer … Vera war meine Freundin.« Ihr Atem beschleunigte sich.

Er durfte sie nicht in Aufregung versetzen, Meltem Kaymaz hatte viel durchgemacht. »Zurzeit weist nichts darauf hin, dass die Looslis in Tariks Verschwinden verstrickt sind. Es hat mich einfach stutzig gemacht, dass sie kurz danach weggezogen sind.«

Meltem Kaymaz schwieg erneut. Diese kluge Frau kaufte ihm das vermutlich nicht ab. Dennoch hakte sie nicht nach. Bollag bedankte und verabschiedete sich.

Erst die Angriffe auf Petra, dann dieser fundamentalistische Internetsender und jetzt dieses christliche Ehepaar ohne Kinder. Fast schien es, als ob … Nein, das war nun wirklich zu weit hergeholt. Mit der Linken griff er nach der Gabel, schaufelte eine Ladung Polenta darauf und tunkte sie in die Sauce. Mit der Rechten holte er Tanjas SMS auf das Display.

tagblatt soll verkauft werden! lg, t

Also hatte Verleger Pfister kapituliert, dieser Feigling. Das erklärte das komische Verhalten von Rieder. Klar hatte der gewusst, was sein Schwiegervater plante. Verfluchter Mist!

Bollag legte die Gabel zurück auf den Teller, der Hunger war ihm vergangen. In seinen Kontakten suchte er Tanjas Nummer und rief sie an.

31

Im Medienzentrum des Bundeshauses legte Petra Mangold ihren Kopf auf das Polster des Stuhls. Eine Visagistin band ihr eine Schürze um, griff nach einem Pinsel und trug Schminke auf. Es fühlte sich für Mangold an, als ob ihr Gesicht zugekleistert würde. Ihre Wut über den Vertrauensbruch in ihrem engsten Umfeld hatte sich nicht gelegt. Klar hatten sie und Generalsekretär Sonderegger das Heu nicht immer auf derselben Bühne gehabt, aber dass dieser Kerl sie derart hatte hintergehen können – unglaublich. Bestimmt war es Sonderegger gewesen, der diese Horde wildgewordener Fundis auf sie gehetzt hatte.

Gewisse Vorfälle im Bundesrat sah sie nun in einem anderen Licht. Diese Rede zum ersten August vor einem Jahr … Im Referat, das Sonderegger geschrieben hatte, war Bundesrat Philipp Etter ein Kranz gewunden worden, dem Vater der *Geistigen Landesverteidigung* im Zweiten Weltkrieg. Das hatte sie irritiert. Zum Glück hatte sie nachgeforscht und herausgefunden, dass der autoritäre Etter die Macht der Bundesräte auf Kosten des Parlaments hatte ausweiten wollen. Er war ein sehr umstrittener Politiker gewesen, das Loblied hätte Mangold in Schwierigkeiten gebracht. Sie hatte das Referat umgeschrieben und Sonderegger zur Rede gestellt. Dieser hatte sich entschuldigt für die Verfehlungen eines Mitarbeiters. Nun wusste sie, das war bestimmt kein Mitarbeiter gewesen. Sonderegger hatte sie vor aller Öffentlichkeit bloßstellen wollen.

Sie umklammerte die Lehne des Stuhles fest mit ihren Händen, sodass es schmerzte.

Die Visagistin stoppte den Pinsel in der Luft. »Wenn Sie Ihr Gesicht so verziehen, Frau Bundesrätin, kann ich kein vernünftiges Make-up auftragen. Bitte entspannen Sie sich.« Die Frau schaute mit gerunzelter Stirn auf Petra Mangold herunter.

»Tut mir leid.« Mangold lehnte den Kopf zurück gegen das Polster, ließ die Armlehnen los, schloss die Augen und atmete ein paarmal tief durch. Ja, sie musste zur Ruhe kommen, sonst würde dieser Auftritt im Schweizer Fernsehen ein Desaster. Sie wollte heute öffentlich Stellung beziehen gegen den zweiten Autobahntunnel durch den Gotthard.

Wenigstens hatte die ganze Sache auch positive Seiten: Sonderegger war weg, über den würde sie sich nicht mehr ärgern müssen. Und die Drohungen hörten nun hoffentlich auf. Jetzt galt es, schnell einen Nachfolger zu finden. Sobald Sondereggers Rücktritt bekannt würde, stünden die Anwärter Schlange. Natürlich würden die Grün-Demokraten fordern, dass Mangold jemanden aus den eigenen Reihen nominierte. Darauf konnte sie allerdings keine Rücksicht nehmen. Sie brauchte einen Profi, der sich mit den Spielchen hinter den Verwaltungskulissen auskannte.

»Frau Bundesrätin, können wir?« Der Regieassistent rief aus dem Gang in den Schminkraum.

Mangold schaute auf die Uhr über dem Spiegel, es war kurz vor 13 Uhr. Über Mittag hatte sich das einzige offene Zeitfenster in ihrem Terminplan finden lassen. Das Gespräch sollte am Abend in der Nachrichtensendung *10vor10* ausgestrahlt werden.

Die Visagistin betupfte ein paarmal mit einem Wattebausch ihr Gesicht und lächelte. »Fertig.« Sie entfernte die Schürze und half ihr beim Aufstehen.

Mangold betrachtete sich im Spiegel. Sie sah aus wie Frankensteins Monster. Mittlerweile wusste sie jedoch, dass die starken Scheinwerfer und die Kameras das ausgleichen würden. Sie richtete die weiße Bluse unter dem schwarzen Jackett, strich die schwarzen Hosen glatt. *Nett und hübsch* – so sahen sie die Menschen in der Schweiz. Heute wollte sie sich anders präsentieren, würdevoll und kompetent. Deswegen hatte sie sich für ein konservatives Ensemble entschieden. Sie nickte der Visagistin zu. »Gute Arbeit, merci.«

Der Regieassistent geleitete sie durch das Untergeschoss des Medienzentrums und fingerte an einem Funkgerät herum. »Keine Panik, Leute, sie ist auf dem Weg.«

Als sie das Studio betraten, saßen die Moderatorin Flurina Weibel und der Aargauer Ständerat Franz Heusser bereits in den dunkelblauen Sesseln. Weibel erhob sich und gab ihr die Hand, ihr Anblick irritierte Mangold: schwarze Hosen, weiße Bluse, schwarzes Jackett. Sie sahen aus wie Zwillinge. Was für ein Pech.

Weibel legte den Kopf schief, reagierte aber professionell und winkte jemanden von der Technik zu sich. Sie entfernte das Mikrofon von der Jacke, schlüpfte heraus und hielt es dem Ton-Mann hin, der es an die Bluse heftete.

Ja, das würde gehen. Dankbar lächelte Mangold.

Ein anderer Techniker befestigte ihr ein Mikrofon am Jackett, Heusser beobachtete sie und schmunzelte. Gut sah der Ständerat der Schweizer Konservativen Partei aus mit dem gebräunten Gesicht, dem schlohweißen Haar, dem dunklen Anzug und der roten Krawatte. Der Cary Grant aus dem Fricktal. Diesem scheinheiligen Politiker traute Mangold nicht über den Weg.

Weibel drückte eine Hand gegen ihr linkes Ohr und lauschte letzten Anweisungen der Regie, die Klimaanlage im Studio wurde heruntergefahren, der Lärm verebbte, die Scheinwerfer gingen an. Augenblicklich wurde es sehr warm. Das rote Licht über der Kamera leuchtete, Weibel lächelte in die Linse, ihr Gesicht erschien auf dem Monitor vor ihnen. »Guten Abend, sehr verehrte Damen und Herren. Technisch ist der Bau der zweiten Röhre am Gotthard also kein Problem.« Sie bezog sich auf den Beitrag, der vor dem Gespräch gezeigt werden sollte. »Nun wollen wir uns den Argumenten dafür und dagegen zuwenden. Zu diesem Zweck begrüße ich SKP-Ständerat Franz Heusser und Bundesrätin Petra Mangold im Studio.« Sie wandte sich dem Dauerlächler zu. »Herr Heusser, weshalb brauchen wir einen zweiten Autobahntunnel?«

»Es ist in erster Linie eine Frage der Sicherheit.« Viele Politiker beneideten den Ständerat für seine sonore Stimme. »Die wäre in zwei richtungsgetrennten Tunnels viel besser als heute. Unfälle mit dem Gegenverkehr sind sehr gravierend, weil es sich meistens um frontale Zusammenstöße handelt.« Er machte eine Kunstpause und nickte mit ernster Miene. »Die Zahlen zeigen, dass es im richtungsgetrennten Seelisbergtunnel fünf Mal weniger Unfälle gibt als im Gotthard.«

Das war ein bisschen übertrieben, Mangold kannte die Zahlen – und Heusser bestimmt ebenfalls. Doch als Bundesrätin wollte sie sich nicht mit ihm über Kleinigkeiten streiten. Und sie durfte nicht herausstreichen, dass die Sicherheit Heusser nicht die Bohne interessierte. Jede Maßnahme zur Beruhigung des Straßenverkehrs hatte der Inhaber der Transportfirma *Heusser & Söhne* im Parlament abgelehnt.

Weibel drehte sich ihr zu. »Frau Bundesrätin, sind Sie gegen mehr Sicherheit im Straßenverkehr?«

Die Hitze setzte ihr zu, Mangold spürte Schweißtropfen auf der Stirn. »Im Gegenteil. Die Sicherheit liegt mir sehr am Herzen. Es gibt ein einfaches Mittel zur Senkung der Unfallzahlen, das wir sofort anwenden könnten: Statt einen 1,5 Milliarden Franken teuren Tunnel zu bauen, müssten wir die Zahl der Lastwagenfahrten senken. Denn es sind in erster Linie Lastwagen, die für die schweren Unfälle verantwortlich sind.«

Heusser beugte sich vor und sein Finger schnellte in die Höhe. »Das stimmt überhaupt …!«

»Einen Moment, Herr Ständerat, ich bin nicht fertig. Das Volk hat uns mit der Alpen-Initiative den klaren Auftrag gegeben, den Schwerverkehr durch die Alpen von der Straße auf die Schienen zu verlagern. Deswegen investiert unser Land zwölf Milliarden Franken in den Bau des neuen

Bahntunnels durch den Gotthard. Ein zweiter Straßentunnel stünde diesem Auftrag diametral entgegen.« Das war gut, aber sie musste langsamer sprechen.

Weibel wandte sich dem Ständerat zu. »Herr Heusser?«

»Die Verlagerung des Verkehrs auf die Schienen sind Wunschträume einer idealistischen jungen Frau.« Seine Stimme triefte vor Hochmut, er lächelte väterlich in die Kamera. »Als Frau Mangold geboren wurde, saß ich bereits im Nationalrat. Als sie in der Primarschule eine Schulreise ins Bundeshaus machte, stand ich dem Parlament vor. Als Frau Mangold ausgelassen ihre Matura feierte und bestimmt mit einem Kater aufwachte, war ich zu Besuch bei Bill Clinton im Weißen Haus.«

Er schaute Mangold mit ernster Miene in die Augen. Was sollte diese Anspielung auf die Matura? Heusser wusste etwas. Das Bild auf dem Monitor zeigte weiterhin den Ständerat. Mangold nutzte die Gelegenheit, um die Stirn mit einem Taschentuch abzutupfen.

Heusser wandte sich der Kamera zu. »Es freut mich sehr, wenn sich junge Männer und Frauen für unser Land engagieren. Trotzdem fehlt der jungen Generation die Erfahrung, die unsereins gesammelt hat. Das führt zu kurzsichtigen Entscheidungen, die, aus der Distanz betrachtet, falsch sind. Ich bin sicher, dass auch Frau Mangold einiges in ihrer Vergangenheit heute anders machen würde.«

Heusser machte eine Pause und schaute sie an wie eine Katze, die mit einer Maus spielte. Dieser Mistkerl!

Er fuhr fort. »In der Regel können wir solche Fehler als Jugendsünden abtun.« Er hob einen Zeigfinger. »Anders sieht es aus, wenn Menschen zu Schaden kommen. Mit dem Bau des zweiten Gotthardtunnels können wir Menschenleben retten. Ich hoffe sehr, dass Frau Mangold auf die Erfahrung von gestandenen Politikern wie mir hört. Bestimmt wird sie dann Entscheidungen zum Wohl unseres Landes treffen.«

»Frau Bundesrätin?« Weibel lud sie mit einer Handbewegung zur Replik ein.

»In der Tat kann Ständerat Heusser auf eine lange Karriere als Politiker zurückblicken.« Mangold musste ihre Stimme im Zaum halten. »Menschen wie er haben die Geschicke unseres Landes in den vergangenen Jahrzehnten bestimmt. Doch die Gesellschaft entwickelt sich mit einer ungeheuren Dynamik, denken Sie bloß an das Verkehrswachstum oder den Klimawandel. Deswegen ist es an der Zeit, dass die alte Garde Platz macht. Über Projekte wie den Autobahntunnel müssen die Jungen entscheiden. Denn wir sind es, die mit den Folgen werden leben müssen.«

»Frau Bundesrätin, Herr Ständerat, ich danke Ihnen für dieses Gespräch.« Die rote Lampe an der Kamera erlosch, Weibel stand auf und gab ihnen beiden die Hand. Ein Techniker sprach die Moderatorin an und wies auf ein Problem mit einem Scheinwerfer hin.

Als die Fernsehleute außer Hörweite waren, stellte sich Heusser neben Mangold. »Glauben Sie ja nicht, dass Sie damit durchkommen. Wir haben Mittel und Wege …« Seine Augen waren nur noch Schlitze.

Betont gelassen entfernte Mangold das Mikrofon von ihrem Jackett. »Sie haben sich die Falsche ausgesucht, ich lasse mich nicht einschüchtern. Von Heuchlern wie Ihnen schon gar nicht.« Mangold drehte ihm den Rücken zu und schlenderte aus dem Studio.

Es kostete sie die größte Mühe.

32

Bollag zog die Schubladen seines Schreibtisches auf und suchte nach etwas Essbarem. Über den Hörer konnte er die Computertasten klicken hören. Ob Toni bereits mit der Recherche begonnen hatte?

»Du weißt, dass mich das meinen Job kosten kann?« Toni di Luca verlieh seinen Worten einen lockeren Ton, dennoch war sein Stress gut herauszuhören.

»Ich würde dich nicht darum bitten, wenn es nicht wichtig wäre.«

»Gib mir einen guten Grund, weshalb ich das für dich tun sollte.«

Er zierte sich also nur noch ein wenig. »Ich lasse dich immer gewinnen.«

Toni schnaubte. »Selten so gelacht, Bollag.«

Amazing Grace, eine Version mit Dudelsack, ertönte in der Warteschleife. Bollag grinste. Toni, der ihm damals im Boxclub Sissach eine Lektion erteilt hatte, war auch heute noch einen guten Kopf kleiner als er. Doch nach wie vor konnte er ihm jederzeit eine Tracht Prügel im Ring verpassen, wie Bollag bei verschiedenen Clubtrainings auf schmerzhafte Art hatte feststellen müssen.

Trotz 39 Grad draußen hatte Bollag eine Gänsehaut. Offenbar testete die Chefetage gerade mithilfe der Klimaanlage, ob Redaktoren bei Minustemperaturen besonders leistungsfähig waren. Die Dudelsäcke der Warteschleife gingen ihm auf die Nerven. Bollag betrachtete den Namen auf seinem Computermonitor.

Rang 1064: Vera Loosli, Liesberg: 39.10,2

Im Internet war Bollag auf eine Rangliste gestoßen, nachdem er vergeblich bei Facebook und in verschiedenen Telefonbüchern nach den Looslis gesucht hatte. 2011 hatte Vera am *Berner Frauenlauf* teilgenommen, 39 Minuten und 10 Sekunden hatte sie für die 5 Kilometer gebraucht. Ob das Ehepaar Loosli bis heute in Liesberg wohnte? Sein Anruf bei der Gemeindeverwaltung war zwecklos gewesen, die Dame hatte ihm keine Auskunft geben wollen. Also setzte Bollag seine Hoffnung auf Toni, der bei der Swisscom im Kundendienst arbeitete.

Endlich, *Amazing Grace* war zu Ende, er atmete auf. Für ein paar Sekunden war es still in der Leitung, dann begannen die Dudelsäcke von vorn. Bollag umklammerte den Hörer fester und blickte in den Newsroom hinüber, Tanja Schneider saß immer noch nicht an ihrem Platz. Fünf, sechs Kollegen trödelten herum, plauderten oder tranken Kaffee. Am frühen Nachmittag gab es keinen Grund zur Hektik, die Deadline war weit weg. Wo blieb Tanja bloß?

»Okay, die Nummer ist gesperrt.« Plötzlich war Toni wieder da, seine Stimme kaum vernehmbar. »Deswegen hast du sie nicht gefunden. Aber einen Thomas Loosli finde ich hier nicht, nur eine Vera. Sie ist seit knapp drei Jahren im Stutzweg gemeldet. Welche Nummer willst du, Festnetz oder Mobiltelefon?«

»Beide.«

Toni gab ihm die Nummern durch. »Du schuldest mir etwas.« Seine Stimme klang nun entspannter. »Am Dienstag im Training wirst du auf die Schnauze kriegen.«

»Ich werde da sein. Und mich nicht heftig wehren.«

»Wie witzig. Ich habe dich kürzlich beim Schattenboxen beobachtet. Dein Schatten hat gewonnen.« Es knackte in der Leitung.

Den Spruch kannte Bollag, er stammte von Muhammad Ali. In der Redaktion drüben war noch immer keine Tanja.

Sie musste etwas wissen, auf seinen Rückruf hatte sie jedoch nicht reagiert. Ob sich der Verlag mit der Renovation übernommen hatte? Sein Blick schweifte über die exklusiven Möbel im Newsroom. Bestimmt hatte das alles einen Batzen Geld gekostet.

Er musste sich konzentrieren, es gab viel zu tun. Bollag unterstrich die Festnetznummer auf seinem Schreibblock und wählte sie. Festnetz war ihm lieber als Mobiltelefon, beim Einkaufen oder Autofahren störte er die Leute nicht gern.

Im Flur klimperten Armbänder, er legte sofort auf und blickte hoch. »Tanja, wo warst du?« Er nahm sein Handy vom Pult und hielt es in die Höhe. »Deine Nachricht hat mir das Mittagessen versaut. Warum hast du dich so knapp gehalten?«

Tanja spazierte herein, nahm auf dem Stuhl vor seinem Schreibtisch Platz und schlug die Beine übereinander. »Ich war mit Helga beim Joggen oben auf der Sichtern. Sie musste pinkeln und hat sich kurz in die Büsche geschlagen. Mehr Zeit hatte ich nicht.«

Helga, die stets adrett gekleidete Sekretärin des Verlegers, pinkelte in die Büsche? Bollag verscheuchte das Bild. »Was hat sie dir erzählt?«

»Offenbar fährt Verleger Pfister dauernd auswärts zu Sitzungen, und ständig rufen Anwälte an. Einmal konnte Helga einen Blick auf einen Brief erhaschen, bevor ihn Pfister in ein Mäppchen steckte. *Offerte für die Übernahme der Tagblatt AG* stand da drauf. Der Briefkopf stammte von einer *MediaCom Holding*. Kennst du die?«

»Nie gehört.« Er rief Google auf, gab den Namen ein und überflog die Liste mit den Ergebnissen. »Eine Webseite haben die offenbar nicht.«

Bollag klickte auf den Link zum Handelsregister. »Die Holding gibt es erst seit einem halben Jahr, Aktienkapital eine Million, Sitz in Zug. Als Verwaltungsrat ist ein Dr. Paul Gubelmann eingetragen.« Bollag tippte den Namen ein. »Das scheint ein Anwalt zu sein, wahrscheinlich bloß ein Strohmann.«

»Wir können herumfragen, vielleicht kennt ihn jemand.« Tanja drehte sich um und schaute quer durch den Newsroom auf die Wanduhr. »Mist, Viertel nach zwei.« Sie sprang vom Stuhl auf. »Ich treffe mich mit einem Informanten aus der Baudirektion.«

»Deine Geschichte über das Justizzentrum? Weiß Rieder davon?«

»Wer? Der Name kommt mir vage bekannt vor.« Sie grinste, winkte zum Abschied und war weg.

Bollag fröstelte, holte einen Pullover aus der untersten Schublade seines Pults und streifte ihn über. Er blickte auf den Notizblock. Vera Loosli oder *MediaCom*? Loosli konnte der Schlüssel zum Rätsel Tarik sein. Er griff zum Hörer und wählte ihre Nummer. Es klingelte sechs-, siebenmal.

»Ja?«, hörte Bollag die zögerliche Stimme einer Frau.

»Bollag hier vom Tagblatt.« Er wartete auf einen Gruß, eine Frage. Doch es blieb still in der Leitung. »Hallo?«

Es dauerte ein paar sehr lange Sekunden. »Wie haben Sie mich gefunden?« Sie klang erschöpft, niedergeschlagen.

Das war eine eigenartige Frage. Als hätte sie mit seinem Anruf gerechnet. Kannte sie ihn? In seinem Kopf keimte ein Gedanke. »Sie haben den Artikel bei uns abgegeben, den anonymen Hinweis!«

Sie gab keine Antwort. Doch sie blieb dran, ihr Atem ging schwer.

Er hatte Angst, dass sie auflegen würde. »Wo ist Tarik?«, fragte Bollag trotzdem. Es folgten Sekunden der Stille.

»Tarik lebt nicht mehr«, antwortete Loosli schließlich.

Also war Tarik tot. Aber wieso hatte sie ihm den Artikel

geschickt und behauptet, dass er lebe? Möglicherweise war die Frau verrückt. »Ist er im Rhein ertrunken?«

»Nein … Heute heißt er Samuel.«

Natürlich, Entführer hätten Tarik bestimmt einen neuen Namen gegeben. Bollags Puls beschleunigte sich. »Geht es ihm gut?«

Erneut vergingen Sekunden, dann schluchzte sie. »Ich weiß es nicht. Sie haben ihn mir weggenommen.«

Ihr weggenommen? Und wer waren *sie*? Es gab viele Fragen, jeden Moment konnte sie auflegen. »Würden Sie sich mit mir treffen? Ich verspreche Ihnen absolute Diskretion.«

Keine Antwort.

Quer durch den Newsroom sah Bollag, wie der Sekundenzeiger über die Wanduhr spazierte. »Vielleicht kann ich Ihnen helfen.«

»Mir kann keiner mehr helfen.« Es klang nüchtern wie eine Feststellung.

Weshalb hatte sie ihm den Artikel geschickt? Es musste einen Grund dafür geben. »Und Tar… Samuel? Könnte ich ihm helfen?«

Wieder verstrichen die Sekunden. »Vielleicht.« Sie blieb in der Leitung, ihr Atem beruhigte sich.

Bollag biss sich auf die Zunge, ließ ihr Zeit zum Nachdenken.

»Keine Polizei, nur Sie alleine.« Jetzt tönte ihre Stimme fester. »Keine Notizen, kein Tonband, keine Fotos.« Sie stellte keine Fragen, sondern Bedingungen.

»Versprochen.«

»Kommen Sie an den Stutzweg 43 in Liesberg. Heute Abend. 19 Uhr.« Es klickte in der Leitung.

Mit feuchter Hand legte Bollag den Hörer auf. Entweder ging er hier einer Verrückten auf den Leim – oder er war einer ganz großen Sache auf der Spur.

33

Neuenschwander sah sich in den Spiegelwänden dabei zu, wie er den Raum durchquerte. Er marschierte vorbei an Laufbändern, Rudergeräten, diversen Kraftmaschinen und vielen Gewichten. Von außen hatte der quadratische Kasten der *Petkov Bau AG* im Münchensteiner Dreispitz-Quartier unscheinbar ausgesehen. Im Innern hingegen verströmten Marmor, vergoldete Türgriffe und erlesene Teppiche eine edle Aura. Nach zwei peniblen Sicherheitskontrollen war er in diesen privaten Fitnessraum im Untergeschoss gelangt.

»… neun … zehn … elf!« Breitbeinig stand der muskelbepackte Hüne, offenbar ein Privattrainer, am Kopfende der Bank und hielt seine Hände als Sicherung an der Langhantel. Unter ihm liegend stemmte Viktor Petkov das Gewicht hoch, seine Arme zitterten vor Anstrengung.

Der Bauunternehmer glich einem bekannten Gewichtheber aus der Sowjetunion, wie hieß der gleich? Neuenschwander kramte in seinem Gedächtnis. In den 70er-Jahren hatte er alle Gegner wie Schlappschwänze aussehen lassen.

»Los. Einmal noch.« Der Privattrainer trieb seinen Chef an.

Petkov senkte die Hantel bis knapp auf die Brust und wuchtete sie nochmals in die Höhe. Er grunzte triumphierend, als er die Hantel mit einem lauten Klirren in die Halterung rammte.

»130 Kilo, 6 Wiederholungen, echt krass, Viktor.« Der Trainer boxte ihm auf die Schulter.

Neuenschwander blieb ein paar Meter vor Petkov stehen.

Dem lief der Schweiß über das Gesicht, er wischte ihn mit einem Handtuch weg und setzte sich auf. »Sind Sie der Polizist? Ich habe nicht viel Zeit.«

Alekseyev, genau Vasily Alekseyev. So hatte der Sowjet-Gewichtheber geheißen. Petkov sah ihm mit seinen gelockten schwarzen Haaren und der mächtigen Wampe ähnlich. »Ich untersuche den Tod von Dr. Michael Brunner. Er ist am Dienstag ermordet worden.« Neuenschwander legte bewusst eine kleine Pause ein und wartete auf eine Reaktion.

Petkovs Miene blieb versteinert. Der Mann hatte die Ruhe weg.

»Von Freunden Brunners habe ich gehört, dass er ein Problem mit Glücksspiel hatte.« *Freunde* war übertrieben. Neuenschwanders einzige sichere Quelle war Brunners Stellvertreter Dürst gewesen. In der U-Haft hatte der inzwischen gebeichtet, dass er und Brunner regelmäßig gezockt hatten – Black Jack, Roulette, Poker. Brunner hatte für Dürst regelmäßig Gelder aus dem Forschungstopf abgezweigt, um dessen Verluste zu decken. Brunner selbst hatte offenbar weit tiefer im Schuldensumpf gesteckt, weshalb er – laut Dürst – Geld bei dem Bauunternehmer hatte leihen müssen.

Petkov zuckte mit keiner Wimper. »Und was hat das mit mir zu tun?« Er nahm eine Kurzhantel vom Gestell und schob zusätzliche Gewichte darauf.

Ja, das war die Gretchenfrage. »Mir ist zu Ohren gekommen, dass Herr Brunner Schulden bei Ihnen hatte. Ist das korrekt?«

Petkov gab seinem Trainer einen Wink mit dem Zeigfinger. Dieser raffte zwei Handtücher vom Boden zusammen, zog ab und verschwand durch eine Glastür. »Soso. Bestimmt hat das Ihnen dieser kleine Speichellecker Dürst gesteckt, nicht wahr?«

Nun setzte Neuenschwander sein Pokerface auf. Er teilte Petkovs Abneigung gegen Dürst. Leider hatten sie dieses Wiesel am Nachmittag aus der Untersuchungshaft entlassen müssen. In der Mordnacht hatte ihn um 1.55 Uhr die fest installierte Radarfalle beim Gubristtunnel auf der A 1 erfasst, als er auf dem Heimweg vom Casino in Baden gewesen war. Der Alarm wegen des Brandes in Brunners Villa war bei der Feuerwehr um 2.12 Uhr eingegangen – das hätte er nicht schaffen können. Wenigstens würde Dürst sich für die Unterschlagung von Forschungsgeldern verantworten müssen.

Petkov legte die Kurzhantel auf den Boden und das Handtuch um seinen muskelbepackten Nacken. »Nur mal angenommen, dass Brunner Schulden bei mir hatte. Wieso schert sich die Polizei um meine eventuellen Verluste?« Mit den Händen hielt er das Handtuch an beiden Enden fest.

Widerwillig zog Neuenschwander in Gedanken Samthandschuhe über, Petkov war ein mächtiger Mann. Sei es die Verbreiterung der Autobahn auf sechs Spuren bei Härkingen, der Neubau der Messe Basel oder das Justizzentrum in Muttenz – überall hatte die *Petkov Bau AG* ihre rot gekleideten Baukolonnen stehen. Zudem hatte die Firma in den vergangenen Jahren expandiert, mittlerweile gab es *Petkov Consulting*, *Petkov Media* und *Petkov Investments*. Der schwitzende Unternehmer war nicht nur Gönner des Theater Basel, des Roten Kreuzes und der Vogelwarte Sempach, er unterstützte zudem Parteien von links bis rechts, weshalb er zahlreiche Politiker mit Vornamen kannte. »Ich will ehrlich mit Ihnen sein, die Schulden sind mir vollkommen egal. Ich will herausfinden, wer Brunner ermordet hat.«

Petkov hob die Hantel vom Boden auf und trainierte seinen linken Bizeps. »Dabei kann ich Ihnen nicht helfen.«

»Ach, wirklich?«

Der Bizeps Petkovs schwoll bei jeder Pumpbewegung an. Für einen Mann in Neuenschwanders Alter waren die Muskeln äußerst beeindruckend. »Ich müsste ja schön blöd sein, wenn ich ihn umgebracht hätte. Es ist schwierig, Schulden bei einem Toten einzutreiben. Falls er wirklich Schulden bei mir hatte.«

Offenbar liebte der Herr Spielchen. Also gut. »Ein Mensch wie Brunner, was schätzen Sie, in welcher Höhe könnte so einer bei Ihnen überhaupt Schulden haben? Rein hypothetisch natürlich.«

Er schaute Neuenschwander an, hielt in der Bewegung mit der Hantel inne, nahm sie in die andere Hand. »Bei einem Spielsüchtigen wie Brunner wären das bestimmt 450.000 Franken.«

Neuenschwander hob eine Augenbraue. »So viel?«

Bei den letzten drei Übungen grunzte Petkov wie ein Wildschwein. Anschließend legte er die Hantel zurück in den Ständer, stand auf und wischte sich den Schweiß vom Gesicht. »Solche Typen sind wie Drogensüchtige, die können nicht klar denken. Sie betrachten jeden Verlust als vorübergehende Pechsträhne und sind überzeugt davon, dass es bald aufwärts geht.«

»Dennoch leihen Sie ihnen Geld, damit sie weiterspielen können.«

Petkovs Kopf schnellte herum, er machte zwei Schritte auf Neuenschwander zu und blieb dicht vor ihm stehen. »Mit Menschen wie Brunner verdiene ich kein Geld, im Gegenteil. Sie stecken manchmal in einer verzweifelten Lage, und ich helfe ihnen. Die Unterstützung meiner Mitmenschen beschränke ich nicht auf Spenden für Museen.« Er brachte seinen Zeigfinger vor Neuenschwanders Nase. »Untersuchen Sie ruhig, ob ich etwas mit Brunners Tod zu tun habe. Aber bringen Sie keine Gerüchte über mich in Umlauf. Das schadet dem Geschäft.« Er setzte ein falsches Lächeln auf und deutete mit dem Handtuch zur Glastür. »Den Weg hinaus finden Sie bestimmt alleine. Und grüßen Sie Theo von mir. Polizeidirektor Jauslin ist ein alter Freund.«

Ein Rauswurf gefolgt von einer Drohung, der Mann hatte Nerven. Seine plumpe Art ging Neuenschwander auf den Wecker. »Ich werde Sie durchleuchten, Petkov. Und wenn ich herausfinde, dass Sie in den Mord verwickelt sind, werden Ihnen alte Freunde nicht helfen können.«

34

Auf dem Dorfplatz neben der Gemeindeverwaltung von Liesberg stellte Bollag den Renault ab und stieg aus. Er zog die Umhängetasche über den Kopf und schloss das Auto von Mobility ab, das er beim Bahnhof Liestal gemietet hatte. Zwar hätte er einen Tagblatt-Polo nehmen können, doch auf dessen Motorhaube und Türen prangte riesengroß der Schriftzug *Tagblatt – für Sie unterwegs*. Noch mehr Aufmerksamkeit hätte er bloß auf sich ziehen können, wenn er laut hupend durch Liesberg gerast wäre.

Bollag marschierte die Straße hoch, am Schulhaus vorbei. Liesberg lag in der äußersten Ecke des Kantons Baselland. Lediglich fünf Fahrminuten von hier, im Kanton Jura, sprachen die Menschen Französisch.

Eine junge Frau rüttelte an der Tür des kleinen Dorfladens. Sie schüttelte den Kopf und stürmte davon. Die Öffnungszeiten standen auf einem Schild am Eingang: *15 Uhr–18.30 Uhr*. Sie hätte 15 Minuten früher kommen müssen.

Bollag bog in den Stutzweg ein, es ging steil bergauf. Schöne Einfamilienhäuser mit stattlichem Umschwung und Blick über bewaldete Hügel reihten sich aneinander, in einem Garten flatterte die Fahne des Kantons Bern. Bollag schmunzelte über das Überbleibsel aus der Zeit, als die 13 Gemeinden des Laufentals zu Bern gehört hatten. 1989 hatte sich die knappe Mehrheit der Bevölkerung für einen Wechsel zum Kanton Baselland entschieden.

Vor dem Wohnhaus von Vera Loosli blieb er stehen. Das zweistöckige Gebäude hatte einen dunkelbraunen Anstrich, ein gekiester Weg führte zwischen Büschen zur Haustür. Rechts an das Haus angebaut befand sich eine Garage.

Eine schwere Stille lag über dem Quartier, er hörte keine Autos vorbeifahren und keine Kinder einander durch die Gärten jagen. Dafür war es selbst am Abend zu heiß. Bollag öffnete das Gartentor, schlenderte zur Haustür und drückte die Klingel. Im Innern ertönte ein lautes Ding-Dong.

Er wartete.

Nochmals drückte er die Klingel, schließlich klopfte er an die Tür und wartete erneut. Drinnen rührte sich nichts. Irgendwo hinter der Garage knallte eine Tür zu. »Hallo? Frau Loosli?«

Bollag machte schnelle Schritte über die Steinplatten, durch das Fenster im Metalltor der Garage sah er auf einen dunkelgrünen Toyota Yaris.

Stufen aus roten Ziegelsteinen führten zwischen Haselsträuchern neben der Garage hinauf zur Rückseite. Da war niemand.

Oben breitete sich eine Grasfläche aus, in deren Mitte ein Pool in der Sonne glitzerte. Auf dem Wasser schwamm ein aufgeblasener Dinosaurier. Hinter steingeschmückten Rabatten bildete eine Hecke aus immergrünen Pflanzen den Abschluss. Ein schöner Flecken, am Hungertuch nagte Vera Loosli sicher nicht.

»Frau Loosli? Ich bin's, Bollag. Vom Tagblatt.«

Auf einem Ständer neben dem Gartensitzplatz hingen Jeans, T-Shirts und Socken, im Korb auf dem Boden lagen weitere Wäschestücke. Bollag befühlte ein T-Shirt, es war leicht feucht. Den Gartensitzplatz schmückten eine Liege, ein Tisch und ein Stuhl. Eine breite Schiebetür aus Glas stand einen Spalt offen.

Bollag nahm die Umhängetasche von der Schulter, legte sie auf den Stuhl, beschirmte an der Glasfront die Augen mit beiden Händen und schaute ins Wohnzimmer. Die Möblierung bestand aus einem kleinen Sofa, einem Tisch und einer Stehlampe.

Bollag zog die Schiebetür auf. »Frau Loosli?«

Er machte einen Schritt ins Wohnzimmer, auf dessen Boden ein Paar Birkenstock-Sandalen standen. Bestimmt schaute sie kurz bei einem Nachbarn vorbei.

Der Deckenfluter ragte hinter dem Sofa auf, eine Leselampe zweigte davon ab und reichte über die Sitzfläche. Taschenbücher bedeckten den niedrigen Glastisch: *Kirschroter Sommer*, *Du bist nie allein*, *Fesselnde Liebe*.

Bollag durchschritt das Wohnzimmer und lugte in den Flur. »Hallo?«

Eine Tür führte nach rechts in die Küche, auf deren Anrichte ein umgekippter Coop-Papiersack lag. Herausgerutscht waren ein Salat, ein WeightWatchers-Fertiggericht und ein Karton Milch. Das Lämpchen an der Kaffeemaschine leuchtete grün, betriebsbereit.

Bollag stand völlig still und atmete möglichst leise. Im Garten krächzten Vögel, die Wanduhr in der Küche tickte. Sonst hörte er nichts. Es klickte und Bollag schrak zusammen. Der Kühlschrank begann zu summen.

Bollag schnaubte. »Mensch!«

An der Kühlschranktür hingen Post-its mit Einkauflisten, eine Postkarte aus Rom, der Prospekt für eine Mittelmeer-Kreuzfahrt. Gelber Leuchtstift markierte das Datum im Oktober und den Preis von 3.250 Franken. Dieser Frau ging es definitiv nicht schlecht.

Er sollte hier nicht herumschnüffeln, das gehörte sich nicht. Doch seine Neugier trieb ihn weiter. Bollag machte ein paar Schritte durch den Flur, seine Slipper quietschten laut auf den Fliesen.

Durch eine angelehnte Tür links erhaschte er einen Blick in ein Büro. Er stieß sie mit der Hand auf. Den Platz unter dem Fenster nahm ein weißer Schreibtisch ein, drei von vier Schubladen standen halb offen. Schriftstücke, Stifte, Tassen, Fotos und Bücher bildeten ein wildes Durcheinander auf der Tischplatte. Außer einem Stuhl gab es keine weiteren Möbel, Umzugskartons stapelten sich an den Wänden.

Laut seinem Kumpel Toni hatte Loosli ihren Telefonanschluss vor drei Jahren angemeldet. Die Einrichtung entsprach jedoch nicht einem Menschen, der sich gemütlich eingerichtet hatte. Das sah eher nach Durchreise aus.

Am Ende des Flurs ging eine Tür links ab zu einem Raum mit Waschmaschine und Trockner, daneben lag ein WC. Die weißen Kacheln blitzten, der Geruch von Reinigungsmitteln stieg Bollag in die Nase. Rechts führte eine Treppe in das obere Stockwerk.

Von oben vernahm Bollag leise Geräusche. Er lauschte. Doch, da redete jemand. »Frau Loosli?« Er wartete, keine Antwort.

Sollte er oder sollte er nicht? Zögerlich setze er seinen Fuß auf die unterste Stufe. Er horchte, machte schließlich den nächsten Schritt, ging langsam nach oben.

Er vernahm definitiv die Stimme einer Frau.

»Hallo?«

Die Stimme kam aus einem Zimmer am Ende des Flurs. Schritt für Schritt näherte sich Bollag, zwei Türen rechts und eine Tür links waren geschlossen. Die Stimme wurde lauter, der Tonfall klang Hochdeutsch, die Worte konnte er nicht verstehen.

»Frau Loosli?«

Die Stimmen brachen ab. Mit den Knöcheln klopfte Bollag sanft an die angelehnte Tür. Niemand antwortete. Sein Puls beschleunigte sich, er gab der Tür einen leichten Stoß mit dem Fuß, sie schleifte über den Teppich und gab den Blick in den Raum frei. Dort stand ein Nachttisch mit Radio. *»Zum Wetter. Auch die nächsten Tage werden keine Entspannung an der Hitzefront bringen …«*

Bollag stieß den Atem aus. »Nachrichten, super.« Er kratzte sich am Hinterkopf und machte an den geschlossenen Türen im Flur vorbei kehrt. Rasch stieg er die Treppe hinunter, stockte vor der Tür zum Büro und machte drei Schritte in den Raum. Von Hand geschriebene Briefe lagen auf dem Schreibtisch. Vergilbte Farbfotos zeigten ein Holzhaus in verschiedenen Bauetappen, Aussichten in ein Tal, Männer beim Hämmern und Sägen, Frauen beim Kochen. Und Kinder, Mädchen und Jungs. Bollag beugte seinen Kopf über die Bilder, ein lachender Junge inmitten von Schafen fiel ihm ins Auge.

Tarik?

Vielleicht ja, vielleicht nein. Zu gern hätte Bollag die Unterlagen durchwühlt, die Briefe gelesen, doch wenn ihn Vera Loosli dabei erwischte, würde sie ihn zum Teufel jagen.

Er ließ alles liegen, durchquerte Flur und Wohnzimmer, ging hinaus auf den Gartensitzplatz. Es war fünf nach sieben, bestimmt würde Loosli bald zurück sein, schließlich waren sie verabredet. Er zog den kleinen Stuhl unter dem Tisch hervor und setzte sich.

Krähen veranstalteten ein Gezeter rings um den Pool. Eine flog auf vom Dinosaurier, eine Beute in den Krallen.

Bollag stutzte, stand auf, schlenderte über das Gras und trat an den Rand des Pools. Der grüne Dinosaurier trieb über die Wasserfläche, doch er war nicht allein. Eingeklemmt zwischen seinen mächtigen Hinterbeinen hing der schlaffe Leib einer Frau.

35

Der Bestatter schloss die Hecktür des Kombis, stieg ein und fuhr los. Neuenschwander atmete auf, als die Leiche von Vera Loosli endlich fortgeschafft worden war. Verdellisiech, zwei Tote innerhalb einer Woche. Er kannte Kollegen, denen Opfer nach vielen Jahren im Dienst nicht mehr an die Nieren gingen. Er empfand das Gegenteil: Je länger Neuenschwander diesen Job machte, desto weniger ertrug er den Anblick eines ermordeten Menschen.

Auf dem Weg nach Liesberg hatte er bei Brigitte zu Hause angerufen und das gemeinsame Abendessen abgesagt. Sie hatte verständnisvoll geklungen. »Ist in Ordnung, Heinz, das ist schließlich dein Job«, hatte sie gesagt. Er wusste, dass er ihr eine Antwort schuldete wegen seines Umzugs. Und zwar bald. Die Antwort würde Brigitte nicht gefallen.

Er marschierte die Steintreppe hinauf in den Garten. Die Kriminaltechniker in ihren weißen Schutzanzügen durchleuchteten den Pool und das Haus. Auf einem Stuhl vor der Schiebetür der Terrassenfront saß Bollag und schaute ihnen dabei zu. Er hatte eine Decke über die Schultern gelegt, seine Haare hingen feucht und zerzaust in die Stirn.

Bollag war ins Wasser gesprungen und hatte die Frau herausgezogen.

Dieser Bollag raubte Neuenschwander wirklich den letzten Nerv. Gab es irgendwo eine Leiche, befand der sich in der Nähe. Neuenschwander schlenderte um den Pool herum, blieb an der Hecke mit dem Rücken zum Haus stehen und schaute über die Wiesen. Und dann diese haarsträubende Geschichte von den Briefbotschaften um den wiederauferstandenen Jungen. Die Frau konnte genauso gut ausgerutscht, in den Pool gestürzt und ertrunken sein. Oder hatte ihr Tod wirklich etwas mit diesem alten Fall zu tun?

»Ich möchte Sie um einen Gefallen bitten.« Bollag stand plötzlich neben ihm und fuhr sich mit der Hand durch die Haare. »Bei meinen Recherchen bin ich auf einen Manuel Gysin gestoßen, einen Nachbarn der Familie Kaymaz. Könnten Sie abklären, ob der sauber ist?«

»Ich soll für Sie herumschnüffeln? Wie käme ich dazu?«

»Kommen Sie. Für Sie sind das bloß ein paar Mausklicks.«

»Sie trampeln wie ein Elefant durch das Baselbiet und machen überall Ärger. Und dabei soll ich Ihnen jetzt auch noch helfen?«

Bollag drehte beide Handflächen nach oben. »Ich suche keinen Ärger. Aber er findet mich, irgendwie.«

»Ja, darin sind Sie Weltmeister.« Neuenschwander konnte sich ein Lächeln nicht verkneifen.

»Wenn Sie mir helfen, werde ich Sie im Gegenzug über meine Recherchen auf dem Laufenden halten.«

»Sind wir hier auf dem Bazar, oder was?« Doch er durfte Bollag nicht unterschätzen, der hatte ihm mehrmals wichtige Tipps geliefert. »Also gut. Ich werde sehen, was ich machen kann. Wenn es der Ermittlung dient.«

»Danke.« Bollag wandte sich zum Gehen, drehte sich nochmals um. »Da ist noch etwas. Ein Geräusch. Als ich draußen klingelte, knallte eine Tür hinter dem Haus zu. Zumindest hörte es sich so an.«

»Sie meinen, da war jemand?«

Bollag zog die Schultern hoch. »Denkbar. Nachdem ich das Geräusch gehört hatte, bin ich in den Garten gegangen. Gesehen habe ich niemanden.«

»Und deswegen sind Sie ins Haus eingebrochen.«

»Die Schiebetür stand offen.«

»Das macht keinen Unterschied.«

»Wollen Sie mich etwa verhaften?« Bollag schnaubte. »Ich hatte eine Verabredung mit Frau Loosli. Sie sollten lieber ihren Mörder suchen. Und Leute auf Tarik ansetzen.«

Nun war es aber genug. »Stärnesiech, Sie haben wirklich Nerven. Ich lasse mir von Ihnen nicht sagen, wie ich meine Arbeit erledigen soll. Woher weiß ich denn, dass Sie die Frau nicht selbst umgebracht haben? Seien Sie froh, dass ich Sie nicht mit auf den Posten nehme.«

Bollag verwarf die Arme. »Das ist lächerlich. Ich gehe jetzt.«

»Nein, Sie bleiben. Wir müssen das Protokoll aufnehmen.«

»Darauf warte ich seit über einer Stunde. Ich muss arbeiten, in der Redaktion ist bald Abschluss.« Eine SMS ging ein, Bollag holte sein Handy aus der Umhängetasche. »Sehen Sie, die werden ungeduldig.«

»Mir kommen die Tränen. Sie sind als Zeuge hier, nicht als Journalist. Es ist mir schnurz, ob Sie Ihren Abschluss …«

»Ich brauche einen Fernseher.« Bollag starrte auf sein Mobiltelefon, drehte den Kopf zum Haus, lief im nächsten Augenblick an Neuenschwander vorbei quer über den Rasen zur Terrasse und verschwand durch die Schiebetür.

Was war denn nun los? Neuenschwander setzte sich in Bewegung. Die Leute von der Spurensicherung würden an die Decke gehen, wenn er Bollag auf Beweisen herumtrampeln ließ. Er durchquerte das Wohnzimmer, suchte in der Küche und im Büro. Kein Bollag.

Da hörte er die laute Stimme von Kriminaltechniker Akim Oecal aus dem oberen Stock dröhnen. Neuenschwander eilte die Stufen hoch.

»… fällt Ihnen ein? Wir arbeiten hier.« Akim stand breitbeinig im Flur und hielt Bollag am Arm fest.

Bollag schüttelte ihn ab, schaute kurz durch die geöffneten Türen in alle Räume und betrat einen davon.

Akim wollte ihm folgen, doch Neuenschwander hielt ihn zurück. »Ich kümmere mich um ihn.« Dann betrat er das Zimmer, in dem ein alter Röhrenfernseher auf einem niedrigen Tisch stand. Bollag fummelte daran herum, Neuenschwander stellte sich hinter ihn. »Bollag, verdammi, raus hier.«

»Kann nicht.« Mit der Linken griff der Journalist nach der Fernbedienung auf dem Fernseher, mit der Rechten hielt er Neuenschwander sein Mobiltelefon hin. »Diese SMS habe ich gerade erhalten. Von Petra.«

Von Bundesrätin Mangold? Neuenschwander griff nach dem Telefon.

Schau dir 10vor10 an. lg, petra

»Was ist denn so wichtig an einer Nachrichtensendung?« Neuenschwander warf einen Blick auf seine Armbanduhr, die Sendung musste soeben begonnen haben. Er drehte sich zu Akim um, der nach wie vor im Flur stand. »Wie weit seid ihr hier?«

»Eigentlich durch. Aber wofür hält sich dieser Kerl?« Akim stemmte die Hände in die Hüften.

»Ich sorge dafür, dass er verschwindet.«

Zögerlich nickte Akim. Mit grimmiger Miene stampfte er davon. Neuenschwander schloss die Tür. »Wie lange dauert das denn noch?«

Bollag drückte die Tasten der Fernbedienung. »Ja, ja.«

Endlich erschien ein Bild auf dem Fernseher, hektisch zappte Bollag durch die Kanäle.

»Halt. Das war eben Klapproth von *10vor10*«, sagte Neuenschwander.

Eilig schaltete Bollag zurück.

Auf dem Fernsehschirm blickte Moderator Klapproth ernst. »... nicht wie angekündigt einen Bericht über die zweite Röhre am Gotthard. Aus aktuellem Anlass senden wir ein Liveinterview mit Bundesrätin Petra Mangold. Sie wird sich zu den Vorkommnissen der vergangenen Tage äußern. Ich gebe live ab ins Bundeshausstudio zu Flurina Weibel.«

Bollag setzte sich auf den Boden und starrte gebannt auf den Bildschirm. Da es sonst keine Möbel im Zimmer gab, stellte sich Neuenschwander neben ihn. Das Bild wechselte, Mangold und Weibel saßen einander in blauen Sesseln gegenüber.

»Frau Bundesrätin, vor zwei Tagen sind Sie von Demonstranten im Kanton Baselland angegriffen worden, Sie haben sich bei einem Sturz verletzt. Wie geht es Ihnen heute?«

»Es geht mir sehr gut, danke. Meine Rippen schmerzen ein wenig, doch das ist keine große Sache.« Mangold sah abgekämpft aus. Neuenschwander fand ihr Lächeln verkniffen.

»Die Bundespolizei hat seit dem Vorfall intensiv ermittelt. Gibt es neue Erkenntnisse, wer hinter dem Angriff steckt?«

»Nein, die Untersuchungen laufen. Es ist nicht sicher, wer diese Demonstranten waren. Klar ist hingegen, was sie wollten.«

»Das wissen Sie?« Weibel klang überrascht.

»Ich wusste es von Anfang an.« Das Gesicht von Mangold füllte nun den Bildschirm aus. »Es gab in den letzten Tagen ein paar Vorkommnisse, die jeden Zweifel beseitigt haben. Der Grund für die Demonstration liegt in meiner Vergangenheit.« Sie machte eine Pause.

Neuenschwander sah deutlich, wie die Bundesrätin Luft holte.

»Es gibt Situationen im Leben, die jeden Menschen vor schwierige Entscheidungen stellen. Ich befand mich im Alter von 19 Jahren in einer solchen Situation. Kurz nach meiner Matura wurde ich ungewollt schwanger. Ich entschied mich damals dazu, die Schwangerschaft abzubrechen. Dagegen haben die Demonstranten protestiert.«

Mangold hatte also ein Kind abgetrieben. Darum der ganze Aufstand.

Weibel nahm ihm die Frage aus dem Mund. »Was hat Sie damals dazu bewogen?«

»Über die Gründe möchte ich mich nicht in der Öffentlichkeit äußern.« Sie sprach mit fester Stimme. »Das geht nur mich und meine Familie etwas an. Aber ich versichere Ihnen, dass es die schwierigste Entscheidung meines Lebens war. Es vergeht kaum ein Tag, an dem ich nicht darüber nachdenke.«

»Wieso gehen Sie heute damit an die Öffentlichkeit?«

»Dafür gibt es zwei Gründe. In den vergangenen Jahren ist der Druck konservativer Kreise auf die Fristenlösung immer größer geworden. Frauen, die eine Schwangerschaft abbrechen, müssen sich heute dafür rechtfertigen oder sich gar als Mörderinnen bezeichnen lassen. Ich will diesen Frauen Mut machen.« Mangold hielt inne, setzte einen Zeigfinger auf ihre Brust. »Ich selber war in den letzten Tagen großem Druck ausgesetzt. Es gab Drohungen, dass den Medien Details über meinen Schwangerschaftsabbruch zugespielt werden könnten. Diese Drohungen waren verknüpft mit einem Geschäft des Bundesrats. Darauf wollte man Einfluss nehmen.«

Weibels Mund stand offen. »Sie wurden erpresst?«

»Man hat es jedenfalls versucht.«

Die Journalistin wollte nachhaken, Mangold stoppte sie mit einer Handbewegung. »Um welches Geschäft es sich handelt und wer hinter den Drohungen steckt, werde ich nicht öffentlich machen. Zumindest vorerst nicht. Die Untersuchungen der Bundesanwaltschaft laufen.«

Weibel brauchte ein paar Sekunden für die nächste Frage. »Diese Ereignisse … Bestimmt haben sie Ihnen zugesetzt … Haben Sie in den vergangenen Tagen überlegt, Ihr Amt niederzulegen?«

Mangold nahm sich Zeit für die Antwort. »Ja, das habe ich. Und ich bin zum Schluss gekommen, dass ich dem Druck auf keinen Fall nachgeben werde. Ich vertraue darauf, dass mich die Menschen in diesem Land danach beurteilen werden, ob ich meine Aufgaben erfülle oder nicht. In einem Jahr werde ich mich wie alle anderen Bundesräte der Wiederwahl im Parlament stellen. Die National- und Ständeräte haben ein gutes Gespür für die Stimmung in der Bevölkerung. Sie werden diese Stimmung aufnehmen und entscheiden, ob ich mein Amt weiterhin ausüben darf oder nicht.«

»Frau Bundesrätin, ich danke Ihnen für dieses Gespräch.«

»Heilandsack.« Neuenschwander musste diese neuen Informationen erst mal verarbeiten.

Bollag rappelte sich vom Boden auf, schaltete den Fernseher aus und massierte sich den Nacken.

Ob er von der Abtreibung gewusst hatte, fragte sich Neuenschwander.

Bollag wandte sich ihm zu. »Haben Sie etwas aus Bern gehört wegen Sonderegger?«

Natürlich, Mangolds Generalsekretär, bestimmt hing das alles zusammen. »Nein, nichts.« Neuenschwander bezweifelte, dass sie ihn informieren würden. So wenig wie Sicherheitschef Zollinger ihn leiden konnte.

»Kommen Sie jetzt.« Neuenschwander nahm den Türgriff in die Hand und drehte sich nochmals um. »Das war verdammt mutig von Frau Mangold.«

Bollag nickte stumm.

»Richten Sie ihr bitte aus, dass ich jederzeit für sie stimmen würde.«

36

Verdammter Idiot! Wie hatte er nur so blöd sein können?

Kies knirschte unter Bollags Füßen. Er spazierte am Samstagmorgen zwischen den Häuschen der Schrebergartensiedlung Scheuerrain in Birsfelden entlang und konnte an kaum etwas anderes denken. Eine gute Stunde hatte er am Vorabend mit Petra am Telefon gesprochen, hatte angeboten, nach Bern zu fahren. In seinem Kopf spulte er das Gespräch ein weiteres Mal zurück.

»Nein, nein, das ist nicht nötig. Es wäre zwar schön, wenn du hier wärst. Aber es ist spät und ich bin erledigt. Morgen früh habe ich ein paar Termine, und am Nachmittag komme ich nach Liestal.«

»Bist du sicher?«

»Ganz sicher. Ich freue mich auf morgen.«

»Ich mich auch. Schlaf gut … Ich liebe dich.«

Es folgte einer dieser langen Momente peinlicher Stille. Nie zuvor hatte Bollag Petra gegenüber von Liebe gesprochen, doch in dem Augenblick hatte es sich richtig angefühlt. Diesem kurzen Augenblick. Er hätte einfach die Klappe halten sollen. Stattdessen hatte er sein Grab tiefer geschaufelt: *»Sorry, das ist mir einfach rausgerutscht. Bitte vergiss es gleich wieder.«*

Die folgenden Sekunden hatten sich wie Minuten angefühlt, ihre Stimme war ganz leise geworden. *»Soso … Können wir morgen darüber reden?«*

»Klar, kein Problem.«

Dann hatte sie aufgelegt.

Volltrottel! Wie hatte er Petra bloß so überfahren können? Es würde ihn nicht überraschen, wenn sie keine Lust mehr auf das gemeinsame Wochenende hatte. Das war zu schnell, zu viel, zu eng.

Sein Ziel mit den Fahnen der Schweiz und der Türkei kam in Sicht. Sie bewegten sich leicht im Wind. Natürlich machte Petras Auftritt in *10vor10* große Schlagzeilen an diesem Morgen. Ihr Gesicht prangte von den Titelseiten der *Neuen Zürcher Zeitung*, der *Berner Zeitung*, der *Basler Zeitung*, des *Tages-Anzeigers* und des *Blick*.

Nur das Tagblatt hatte es vermasselt. Wieder einmal. Die Geschichte der Bundesrätin kam lediglich als Einspalter unten auf Seite eins daher. Als Aufmacher hatte Rieder bringen lassen: *Liestal eröffnet neuen Erlebnisweg.* Das Tagblatt entwickelte sich zur Lachnummer der Nation.

Vor dem Gartentor der Familie Kaymaz blieb er stehen, entdeckte jedoch niemanden im Garten. Er hatte sich nicht angemeldet, weil er überzeugt gewesen war, dass die Familie am Wochenende sowieso hier anzutreffen sei. Er öffnete die Pforte, ging die paar Schritte zum Häuschen, klopfte an die Tür.

Altan Kaymaz streckte seinen Kopf aus dem Fenster. »Ach, Sie sind das. Was ist?«

»Ich muss mit Ihnen reden. Ist Ihre Frau hier?«

»Nein, Meltem und Selin sind beim Einkaufen. Moment.« Er öffnete die Tür, blieb im Innern stehen. Kaymaz trug ein T-Shirt des FC Basel, Shorts und Adiletten – genau wie beim letzten Besuch. »Wollen Sie einen Espresso?«

»Nein danke.« Bollag klopfte sich auf den Bauch. »Ich habe gerade gefrühstückt.«

Kaymaz trat aus dem Gartenhaus mit einer filigranen Tasse in seiner mächtigen Hand. Er setzte sich an den Gartentisch und lud Bollag mit einer Geste dazu ein, es ihm gleichzutun. »Und? Haben Sie etwas herausgefunden?«

Bollag zog die Umhängetasche über den Kopf, holte sein Handy heraus und setzte sich. »Vielleicht. Ich möchte Ihnen etwas zeigen.« Er tippte mehrmals auf den Bildschirm, bis er die Fotos fand, die er gestern im Haus von Vera Loosli gemacht hatte.

Nachdem er die Frau aus dem Wasser gefischt und die Polizei alarmiert hatte, war Bollag auf die Suche nach einem Frottiertuch gegangen. Im WC im Erdgeschoss hatte er sich notdürftig abgetrocknet, danach hatte er sich die Unterlagen im Büro nochmals angeschaut. Dass er davon ein paar Bilder mit seinem Handy geschossen hatte, musste Neuenschwander ja nicht erfahren.

Bollag wählte das Foto mit den drei Kindern aus. »Können Sie sich bitte den Jungen rechts ansehen? Moment.« Er vergrößerte das Gesicht des Kindes ein wenig und reichte das Handy über den Tisch.

Kaymaz hielt das Telefon etwa 20 Zentimeter von der Nase entfernt, streckte es auf Armeslänge weg, brachte es näher. Die buschigen Augenbrauen zogen sich zusammen. »Ich kann … Ich muss meine Lesebrille holen.« Er stand auf und verschwand im Häuschen.

Es dauerte. Bis Bollag begriff.

Er erhob sich, warf einen vorsichtigen Blick durch die Tür. Den einzigen Raum des Gartenhauses füllten ein kleiner Tisch mit Sitzbank und zwei Stühlen, eine Anrichte mit Kochplatte und eine Liege. Darauf saß Kaymaz, den Kopf in beide Hände vergraben. Neben ihm auf einer bunten Decke lagen das Handy und eine randlose Brille.

Bollag trat über die Schwelle. »Ist alles in Ordnung?«

Kaymaz blickte hoch, sein Gesicht war von Tränen überströmt. Mit dem Handrücken wischte er sie weg. Einen Moment später nahm er das Handy behutsam in seine rechte Hand, setzte mit der linken die Brille auf und schaute auf das Foto. »Das ist Tarik, mein Junge.« Er sah Bollag in die Augen. »Wie ist das möglich?«

»Sind Sie sicher, dass es Tarik ist?«

Erneut betrachtete Kaymaz das Bild lange, nahm schließlich die Brille ab und wies mit dem Bügel darauf. »Dieser Junge ist etwas älter. Aber ja, ich bin mir sicher.« Er holte ein Taschentuch aus einer Schublade und schnäuzte sich. Langsam stand er auf, der mächtige Mann füllte fast den ganzen Raum aus. »Ich muss … Meltem ist in Basel … Kann ich das Foto haben?« Linkisch blieb er mitten im Zimmer stehen.

»Ich kann es auf Ihr Mobiltelefon senden.« Bollag nahm ihm das Handy ab. »Bitte schauen Sie sich zuerst ein paar weitere Bilder an.« Er wählte das Foto einer Frau aus. »Kennen Sie die?« Er hielt Kaymaz den Bildschirm hin.

Der setzte die Brille auf und brachte sein Gesicht nahe an das Handy. »Ich weiß nicht. Sollte ich?«

»Das ist Vera Loosli. Sie war mal eine Nachbarin von Ihnen.«

»Nein, die erkenne ich nicht.« Er schaute Bollag über den Rand seiner Brille an. »Ist Tarik bei ihr?«

»Die Frau ist tot.« Die Details behielt Bollag für sich, er wollte Kaymaz nicht beunruhigen. Ihm wurde es zu eng in dem stickigen Häuschen, er trat ins Freie und setzte sich an den Gartentisch.

Kaymaz folgte und ließ sich auf dem Stuhl gegenüber nieder.

Bollag zeigte ihm weitere Fotos: eine Gruppe von Menschen beim Hausbau, ein Bauernhof, ein Tal zwischen Bergketten. »Wissen Sie, wo das ist?«

Kaymaz betrachtete die Bilder lange, kniff die Augen zusammen. »Das sieht nach den Jurabergen aus. Ist Tarik dort?«

An den Jura hatte Bollag auch gedacht. »Das weiß ich nicht. Ich habe diese Fotos im Haus von Vera Loosli geschossen, aber ich kann mir keinen Reim darauf machen« Er zuckte mit den Schultern. »Wenn Sie mir Ihre Handynummer geben, sende ich Ihnen die Bilder.«

Kaymaz diktierte ihm die Nummer, und Bollag verschickte die Fotos.

Nachdem das erledigt war, streckte Bollag Kaymaz die Hand hin. »Danke für die Bestätigung.«

Kaymaz umschloss Bollags Hand mit seinen Pranken und hielt sie fest. »Ich möchte Sie um Entschuldigung bitten. Bei Ihrem ersten Besuch war ich sehr unhöflich. Es tut mir leid.«

Bollag winkte ab. »Keine Ursache. Ich kann mir nicht vorstellen, was Sie alles durchgemacht haben.«

»Ich weiß jetzt, dass Tarik … Selbst wenn wir ihn nicht finden … Er lebt … Das gibt mir Hoffnung.« Kaymaz schluckte schwer, packte Bollag an den Schultern und zog ihn zu sich heran. Seine Stimme brach. »Sie haben die Hoffnung in mein Leben zurückgebracht. Tanrı seni korusun.«

Bollag schnappte nach Luft, erst nach ein paar Sekunden ließ ihn Kaymaz los. »Was heißt das?«

»Gott beschütze dich.«

Auf dem Weg zurück zu seinem Auto schienen ihm *Tanrı seni korusun* schöne Abschiedsworte. Auf jeden Fall besser als *Ich liebe dich*.

37

Neuenschwander stand schwer bepackt mit zwei Einkaufstaschen an Brigittes Türschwelle in der Liestaler Sichternstrasse. Im Kopf hakte er die Einkaufsliste nochmals ab: vier Gipfeli, dunkles Brot, Butter, frischer Orangensaft, eine Melone, Erdbeeren, Parmaschinken, Greyerzer. Und, als Zugabe, Baselbieter Honig, den er an diesem Morgen bei seinem Nachbarn erstanden hatte. Ja, das dürfte reichen.

In diesem Moment öffnete Brigitte: »Willst du hier draußen Wurzeln schlagen?«

Sie sah atemberaubend aus in der blauen Bluse, den weißen Shorts und den Ledersandalen. Neuenschwander hob die beiden Taschen in die Höhe. »Ich hoffe, du hast Hunger.«

»Seit wann kaufst du denn für uns ein?« Sie machte einen Schritt zur Seite, ließ ihn eintreten.

»Alles für einen leckeren Brunch.« Zum Glück kam er endlich aus der Sonne. Neuenschwander ging gleich nach draußen zum schattigen Gartensitzplatz. Dort stellte er die Taschen auf einen Stuhl und packte aus.

»Glaub ja nicht, dass ein feines Essen mein Hirn vernebelt. Heute erwarte ich ein paar Antworten von dir.« Mit der Hüfte lehnte sie an der offenen Schiebetür und hatte die Arme verschränkt. »Willst du bei mir einziehen oder nicht?«

Neuenschwander hielt inne, den Käse in der Hand. Er hatte befürchtet, dass sie ihm keine Atempause gönnen würde. »Es tut mir leid.«

»Was?«

Er legte die Käsepackung neben die Melone auf den Tisch und hob kapitulierend die Hände. »Dass ich mich falsch verhalten habe. Ich hätte von Anfang an ehrlich sein sollen.« Neuenschwander ging auf sie zu, legte seine Hand auf ihren Arm.

Sie rührte sich zunächst nicht. »Das ist ein guter Anfang.« Die weißen Fransen fielen Brigitte in die Stirn, als sie den Kopf schief legte.

Sanft zog er sie am Arm hinaus auf die Terrasse. Zunächst widerstrebend folgte ihm Brigitte und setzte sich auf einen Stuhl. Neuenschwander stellte die Taschen auf den Boden, rückte den zweiten Stuhl zurecht und ließ sich ihr gegenüber nieder. Er lehnte sich vor und legte seine Hände auf ihre braun gebrannten Knie. »Ich mag dich, Brigitte. Sehr. Und ich bin gerne mit dir zusammen. Aber ich bin wie ein alter, knorriger Baum. Ich brauche Platz, damit ich meine Äste ausstrecken kann. Deswegen … möchte ich lieber nicht mir dir zusammenziehen.« So, jetzt war es raus. Nun würde sie ihn zum Teufel schicken.

Sie nahm die Melone vom Tisch und betrachtete sie von allen Seiten. Dann legte sie die gelbe Frucht in ihren Schoß, faltete die Hände darüber und schaute hinab. »Und wieso hast du das nicht von Anfang an gesagt?« Sie sprach ganz leise.

»Weil ich dich nicht verletzen wollte.«

Mit dem Zeigfinger strich sie über die raue Schale der Melone. »Es ist ja nicht so, dass ich dich unter Druck setzen wollte. Ich hätte es einfach praktischer gefunden.«

»Ich weiß.«

»Du bist ein fürchterlicher Sturkopf.«

»Ich weiß.«

»Du verdienst mich nicht.«

»Ich weiß.«

»Und wie geht es weiter mit uns?« Zum ersten Mal schaute sie ihm in die Augen.

Er nahm ihre Hände in seine. »Ich würde gerne weiter mit dir zusammen sein und oft hierherkommen.« Er griff in sein Jackett, nahm ein Couvert heraus. »Und vielleicht könnten wir zwei für ein paar Tage wegfahren.« Er hielt ihr den Umschlag hin.

An der Haustür klingelte es.

Sie nahm den Umschlag, öffnete ihn und las. »Eine Woche Wellness im Schwarzwald?« Brigitte hob eine Augenbraue. »Und du meinst, dass du es so lange mit mir in einem Zimmer aushältst?« Spöttisch verzog sie den Mund.

Es klingelte ein zweites Mal.

»Ich bin sicher, dass ich das kann. Es würde mir sogar gut gefallen.«

Nun läutete der Störenfried Sturm.

Brigitte seufzte, hielt die Reservation in die Höhe und schmunzelte. »Deine Schuldgefühle werde ich schamlos ausnützen. Massage, Sauna, Wandern, Kaffee und Kuchen, ich will das volle Programm.« Sie strich Neuenschwander mit der Hand über die Wange. »Merci.« Dann stand sie auf und verschwand im Haus.

Neuenschwander atmete auf. Zum Glück hatte er am Morgen das Reisebüro am Fischmarkt aufgesucht, die hatten ihm ein Hotel in Schluchsee empfohlen. Dort eine Woche auf der faulen Haut zu liegen, war gar nicht sein Ding. Aber er hatte Brigitte gegenüber einiges gutzumachen. Und irgendwann musste er seine Überstunden ja abbauen.

Sie würden Mitte August, nach den Sommerferien, fahren.

Hoffentlich hatte er diesen verfluchten Fall um den toten Arzt bis dahin gelöst. Falls er nicht sogar zwei Fälle bewältigen musste. Noch wartete er auf den Bericht des Gerichtsmediziners. Wenn Vera Loosli tatsächlich ermordet worden war, würde seine kleine Soko an ihre Grenzen stoßen.

Er nahm die Taschen vom Boden und packte die Gipfeli, den Orangensaft und die Erdbeeren aus.

Und zudem beschäftigt ihn dieser Manuel Gysin aus Birsfelden, der Nachbar der Familie Kaymaz. Am frühen Morgen hatte er dessen Namen im Büro ins Strafregister eingegeben und war tatsächlich fündig geworden. In einer landesweiten Aktion gegen Kinderpornografie hatten sie Gysin 2007 erwischt. Er hatte Bilder von nackten Jugendlichen aus dem Internet heruntergeladen und war mit einer Geldstrafe davongekommen.

Der Parmaschinken duftete herrlich, als Neuenschwander ihn aus dem Papier wickelte. Kein Wunder, hatte Gysin in den 1990er-Jahren nicht mit der Polizei kooperieren wollen. Bestimmt hatte der schon damals Dreck am Stecken gehabt. Sie mussten Gysin in die Zange nehmen, vielleicht hatte er etwas mit dem Verschwinden des Jungen zu tun. Und fairerweise würde er Bollag über das Ergebnis der Recherche informieren müssen. Das hatte jedoch Zeit bis Montag.

Brigitte sprach im Haus mit einem Mann, die Stimmen wurden lauter. »Heinz, der Herr Zollinger will zu dir.« Sie trat in den Garten, den Bundespolizisten im Schlepptau.

Der hatte ihm gerade noch gefehlt. »Was tun Sie denn hier?« Neuenschwander erhob sich.

Zollinger trug trotz der Hitze Anzug und Krawatte. »Ich hole Sie ab.«

»Wie bitte?«

»Sie müssen mit mir nach Bern kommen. Sofort.«

Das wäre ja noch schöner. »Wieso?«

»Sonderegger will Sie sprechen.«

Mangolds Generalsekretär? »Mich?«

»Warum er Sie sehen will, ist mir ein Rätsel. Seit der Verhaftung gestern blieb er stumm wie ein Fisch. Heute Morgen behauptete er plötzlich, dass er Informationen über eine Verschwörung in den höchsten Kreisen habe.« Zollinger schaute zunächst die Erdbeeren auf dem Tisch an, dann Brigitte. »Darf ich?«

»Selbstverständlich.« Sie beobachtete ihn aufmerksam. »Möchten Sie einen Kaffee?«

Ein gemütliches Frühstück mit dem, das fehlte Neuenschwander gerade noch. »Dafür hat Herr Zollinger bestimmt keine Zeit.« Er wandte sich an den Bundespolizisten. »Mit Sonderegger hatte ich nie zu tun. Den habe ich gestern zum ersten Mal getroffen.«

Zollinger lächelte Brigitte an und nahm sich eine Erdbeere. »Danke für das Angebot, aber in Bern wartet der Bundesanwalt.« Er drehte den Kopf Neuenschwander zu. »Können wir?« Dann steckte er sich die Erdbeere in den Mund und wandte sich zum Gehen.

Als ob Neuenschwander mit seinen beiden Toten nicht genug am Hals hatte. Entschuldigend hob er die Schultern, Brigitte schmunzelte. Mit der Hand wies er auf die Einkäufe. »Ich werde mich beeilen.« Neuenschwander nahm sich ein Gipfeli, gab ihr einen Kuss auf die Wange und folgte Zollinger durch das Haus. »Goppeletti. Wehe, wenn Sonderegger uns veralbert.«

38

»Mein linkes Bein hat sich gerade bewegt.« Tim Regenass streckte einen schweren Stiefel unter dem Pult hervor. In der dunkelgrünen Uniform sah er zum Schießen aus. Die obligatorischen drei Wochen Wiederholungskurs pro Jahr saß er als Büroordonnanz in der Kaserne Liestal ab. Wie dieser Hypochonder es je durch die Musterung und die Rekrutenschule geschafft hatte, war Bollag ein Rätsel.

»Es wäre schlecht, wenn du es nicht bewegen könntest.«

»Es hat gezuckt. Von selbst. Könnte das ein Fuchsbandwurm sein? Seit ein paar Wochen schleicht ein Tier durch unseren Garten.«

Ständig las Regenass medizinische Fachmagazine und Onlineartikel. Und wenn er eine neue Krankheit oder ein neues Medikament entdeckte, ließ er seine Freunde per Mail daran teilhaben. Zu denen zählte er Bollag, weil der sich als einer der wenigen beim Tagblatt nicht über Tims Neurosen lustig machte.

»Keine Sorge, Fuchsbandwurm ist das bestimmt nicht. Soweit ich weiß, treten die Symptome erst nach Monaten auf. Und du hättest Organschäden.«

»Mir geht es wirklich nicht gut.« Tim setzte eine Leidensmiene auf. »Vielleicht ist es ein Tumor, der auf den Ischias drückt. Dann wäre bald Schluss.«

»Sterben müssen wir alle irgendwann.« Bollag schlug einen väterlichen Ton an. »Wer mir allerdings ständig Schrottmails schickt, den bringe ich selber um. Also hör auf damit.« Er mochte den schmalen Jungen mit dem großen Kopf. Vor drei Jahren hatte er zwei Monate als Volontär beim Tagblatt verbracht und Talent bewiesen. Eine feste

Anstellung hatte jedoch nicht zur Diskussion gestanden, weil Tim ständig krank gewesen war – oder geglaubt hatte, krank zu sein. Wenn er mal aus dem Bett kam und nicht im Wiederholungskurs steckte, arbeitete er jetzt als freier Journalist.

Bollag ging um den Schreibtisch im karg möblierten Kasernenbüro herum, stellte sich neben ihn und deutete mit dem Finger auf den Bildschirm. »Kannst du dir bitte die Fotos anschauen?«

Tim klickte sich durch die Bilder, die ihm Bollag von seinem Handy geschickt hatte. Er ging sie mehrmals durch und legte den Kopf schief. »Ich würde auf die zweite Jurakette tippen.« Niemand kannte sich in den Bergen der Nordwestschweiz so gut aus wie Tim. Zur Stärkung der Abwehrkräfte hatten ihn seine Eltern jahrelang auf Wanderungen über sämtliche Hügel der Region geschleppt.

»Kannst du das eingrenzen?«

Tim holte Google Earth auf den Bildschirm, zoomte, verkleinerte das Fenster und platzierte es neben die Fotos. Nun verschob er das Satellitenbild Schritt für Schritt, vergrößerte und verkleinerte es. Schließlich spitzte er die Lippen und machte ein schmatzendes Geräusch. »Schau mal, die Alpen in der Ferne hinter dieser Bergkette.« Mit dem Finger wies er auf ein Detail. »Und dieser Einschnitt hier. Das ist zweifellos die Klus bei Balsthal.« Er klickte zum nächsten Bild. »Und dieser mächtige Bauernhof dort hinten, der steht auf dem Güggel. Die führen eine gute Bergwirtschaft.«

»Das ist im Kanton Solothurn, nicht?«

»Jep.«

Bollag klopfte ihm auf die Schulter. »Merci, das werde ich mir anschauen.« Er ging um das Pult herum und öffnete die Bürotür. »Sitzt du eigentlich den ganzen Tag nur rum?«

»Wo denkst du hin? Häufig helfe ich drüben im Lazarett

aus. Gestern hatte ich ein langes Gespräch mit dem Militärarzt. Hast du schon mal von Akromegalie gehört?« Er hielt eine Hand vor sein Gesicht. »Da wachsen die Hände, die Füße und der Kopf übermäßig. Verantwortlich dafür ist ein Tumor in der Hirnanhangdrüse. Der …«

»Mach's gut, Tim.« Bollag tippte sich mit zwei Fingern an die Stirn.

Er eilte durch die langen Gänge. Seit 150 Jahren standen Rekruten in dieser Kaserne stramm, sie lag einen Katzensprung von der Altstadt entfernt. Im Innenhof machten sich junge Männer bereit zum Antreten, sie kontrollierten gegenseitig den Sitz von Mütze und Krawatte.

Bollag schritt hinaus auf die Kasernenstrasse, vorbei am Denkmal für die Opfer des Bauernaufstandes. *Dem Andenken an die am 24. Juli 1653 für das Volk gestorbenen Baselbieter.* Sieben Männer aus Baselland waren damals hingerichtet worden, weil sie sich gegen die Herrschaft und die hohen Steuern der Basler Herren aufgelehnt hatten. Wegen solcher Geschichten wehrten sich auch heute noch viele Baselbieter gegen eine Fusion mit dem Kanton Basel-Stadt.

Auf dem Weg in Richtung Törli kontrollierte Bollag sein Handy. Neuenschwander hatte sich noch immer nicht gemeldet. Nichts über Sonderegger, nichts über Gysin. Bestimmt gönnte sich der Kripo-Chef kein freies Wochenende, das würde nicht zu ihm passen. Wieso meldete er sich nicht?

Plötzlich spürte er ein eigenartiges Kribbeln im Nacken. Bollag blieb stehen und sah sich um. Hinter ihm auf dem Trottoir gingen junge Eltern mit zwei Kindern in die entgegengesetzte Richtung, eine alte Dame mit einem Einkaufstrolley kam ihm entgegen. Keiner von ihnen beachtete ihn. Bollag ließ seinen Blick über die Autos gleiten, die an der Straße parkiert waren. Ein schwarzer VW Golf scherte aus der Reihe, machte eine Wende und fuhr davon.

Hatte der Fahrer ihn beobachtet? Bollag kramte in seinem Gedächtnis. Nein, diesen Wagen kannte er nicht.

Er schlenderte weiter in Richtung Stedtli, holte sich in der *Bäckerei Degen* ein Käsesandwich und ein Mineralwasser. Vor dem *Café Mühleisen* machte er zwei Schritte auf die Fahrbahn. Ein Motor heulte auf, aus dem Nichts schoss schwarzes Blech von links auf Bollag zu. Der Golf! Sein Hirn war wie ausgeknipst, er stand still. Eine einzelne Person hinter dem Steuer, die Motorhaube hatte am Rand Rost angesetzt, die Radioantenne stand schief …

Bollag raffte seine ganze Energie zusammen, drehte sich weg, machte zwei Schritte nach links, doch das Auto zog nach. Er holte Anlauf, setzte zum Sprung an und landete hinter einem Pflanzentrog aus Beton.

Die Reifen des Autos quietschten. Bollag lag auf dem Asphalt und spürte den Luftzug des Wagens, sah ihn um die Ecke in die Büchelistrasse verschwinden. Neben seinem Gesicht nahm er die Räder eines Trolleys wahr.

»Junger Mann? Verstehen Sie mich?« Die alte Dame beugte sich zu ihm hinab und streckte einen Arm aus.

Ein paar Leute stießen dazu und redeten durcheinander. »War der besoffen?« – »So ein Idiot.« – »Bestimmt ein Ausländer.« – »Ja, ein Honda, ich bin ganz sicher.«

Bollag setzte sich auf, schaute ins besorgte Gesicht der alten Dame, sein Herz raste. »Ja, es geht schon. Nur ein paar Schrammen.« Er stand auf, drehte sich zu den Schaulustigen um. »Hat jemand die Autonummer erkennen können?«

Die Umstehenden schüttelten ihre Köpfe. Zwei junge Typen mit Stachelfrisuren richteten ihre Mobiltelefone auf Bollag.

»Idioten, hört auf zu filmen.« Er machte zwei Schritte auf die Jungs zu. Schnell steckten sie ihre Handys weg und eilten davon. Bestimmt bedauerten die, dass ihn der Golf nicht erwischt hatte. Die Gaffer zerstreuten sich bereits.

»Ihr Schutzengel hat gut aufgepasst.« Die Dame stellte sich neben Bollag und blickte ihn von unten an. »Beinahe hätte Sie das Auto überfahren. Einfach schrecklich, diese Raser. Völlig verantwortungslos. Und schuld daran sind die Eltern. Die setzen ihren Kindern einfach keine Grenzen mehr.«

Bollag dankte der Dame, wischte sich den Schmutz von der Hose und machte ein paar unsichere Schritte in Richtung Stedtli.

Kripo-Chef Amsler war auf der Suche nach Tarik bei einem Unfall mit Fahrerflucht getötet worden. Und der Golf hatte vor der Kaserne auf Bollag gewartet.

Nein, ein verantwortungsloser Raser war das nicht gewesen. Der Kerl hatte versucht, ihn umzubringen.

39

Männer, Frauen und Kinder in Badebekleidung kamen Petra Mangold auf dem Uferweg entgegen. Weiter oben, beim Schönausteg, sprangen andere in die Aare und ließen sich bis zur Badi im Berner Marziliquartier treiben. Mangold beneidete sie. Wie gern würde sie sich ihnen anschließen. Doch sie musste ins Bundeshaus Nord, Akten durchsehen, Briefe unterschreiben, Sitzungen vorbereiten.

Niemand erkannte sie als Bundesrätin. Baseballmütze, dunkle Brille, Caprihosen und das Ameland-T-Shirt machten sie beinahe unsichtbar. Sie hätte sich mit dem Dienstwagen ins Büro chauffieren lassen können, doch sie wollte in Ruhe nachdenken. Über Sonderegger. Über die Drohungen. Über die Tatsache, dass nun jeder im ganzen Land von ihrem Schwangerschaftsabbruch wusste. Und über Max.

Sie verlangsamte ihren Schritt, als sie durch die Badi kam. Dicht an dicht lagen die Menschen an diesem heißen Samstagmorgen auf ihren Frottiertüchern, sprangen in die Becken, cremten sich mit Sonnenschutz ein, spielten Fußball oder Frisbee. Und über allem thronte das imposante Bundeshaus.

Ach, Max. Völlig überrumpelt hatte er sie mit seiner Liebeserklärung. Nun konnte sie es nicht länger hinausschieben, sie musste sich mit der Beziehung auseinandersetzen. Welche Gefühle hegte sie für ihn? Wollte sie gemeinsam mit diesem Mann alt werden?

Mangold schritt die Marzilistrasse zwischen Quartierhäusern zur Drahtseilbahn hoch. Eine der roten Kabinen des 130 Jahre alte Bähnlis fuhr gerade ab, drei Minuten würde sie auf die nächste warten müssen. Das Bundesamt für Justiz auf der anderen Straßenseite warf lange Schatten, der moderne Bau wirkte wie ein Fremdkörper.

Angst. Ja, das war es. Sie hatte Angst, enttäuscht zu werden. Schon immer hatte Mangold nur wenigen Menschen vertraut. Wenn sie einmal Vertrauen zu jemandem gefasst hatte, war es tief und absolut. Wie bei Dani, ihrer ersten Liebe. Später dann Exmann. Ein paar Jahre lang war es wunderbar mit ihm gewesen, doch je höher sie in den Machtzirkeln aufgestiegen war, desto mehr hatte er sich abgeschottet. Er hatte nicht das Anhängsel einer erfolgreichen Politikerin sein wollen, zumal seine eigene Karriere als Anwalt ins Stocken geraten war. So war ihre Trennung und Scheidung nur folgerichtig gewesen.

Geräuschlos fuhr die Kabine in die Talstation ein. Mangold ließ einem pummeligen Teenager mit Kinderwagen den Vortritt, dann stieg auch sie zu.

In ihre Arbeit hatte sie sich gestürzt und das Gefühlsleben auf Eis gelegt. Bis sie Max begegnet war. Ihr Herz machte einen kleinen Sprung beim Gedanken an seine schwarzen Locken und den Blick aus den braunen Augen, in denen sie sich verlieren konnte. Max hatte ihre Gefühle aus dem Winterschlaf geweckt.

Der Teenager nahm ein Baby aus dem Wagen und hielt es hoch. Das Kleine gluckste fröhlich. Herrlich. Ein Kind, ja. Im nächsten Jahr wurde sie 40, sie musste sich bald entscheiden. Bestimmt wäre Max ein guter Vater. Wollte er überhaupt Kinder?

Ihre Beziehung hatte sich langsam entwickelt, was vor allem an ihr gelegen hatte. Überall in Bundesbern lauerten Fallstricke, weswegen sie Abstand zu den meisten Menschen hielt. Und zu Medienleuten ganz besonders. Nach und nach hatte sie jedoch Vertrauen zu Max gefasst, sich ihm gegenüber geöffnet. Und mittlerweile gab es keinen Gedanken mehr, den sie ihm nicht zu sagen wagte, keine Emotion, die sie nicht mit ihm teilen wollte. Wenn sie ihn nach mehreren Tagen der Trennung wiedersah, spürte sie ein starkes Gefühl von Ganzheit.

Oben auf der Kleinen Schanze verließ Mangold die Drahtseilbahn und marschierte durch die Bundesgasse, vorbei am Medienzentrum. Vermutlich hatte ihr gestriger Auftritt dort drüben einigen Staub aufgewirbelt. Im Büro würde sie als Erstes die Zeitungen durchsehen.

Vor dem Parlamentsgebäude erblickte Mangold drüben in der Kochergasse ein halbes Dutzend Journalisten und Fotografen. Sie warteten vor dem Haupteingang zum Bundeshaus Nord, ihrem Büro. Offenbar hatte das Interview ordentlich für Aufsehen gesorgt. Denen wollte sie nicht in die Arme laufen.

Mangold zog sich die Mütze tiefer ins Gesicht, bog ab nach links, marschierte an der Nationalbank vorbei und dann rechts in die Amthausgasse.

Mensch, Max. Wie sehr mochte sie seine Art, sich zu bewegen, seine sanften Hände. Zweifellos war sie verliebt. Reichte das? Wie lange würde das anhalten? *Hör endlich auf, du dumme Kuh!* Wieso musste sie immer alles hinterfragen?

Nach einer weiteren Abzweigung erreichte sie die Inselgasse. Dort öffnete Mangold mit dem Schlüsselkärtchen die Schleuse zu einem Innenhof, durchquerte ihn und betrat das Bundeshaus Nord durch den Hintereingang. Es gab viel zu tun, sie musste umschalten auf den Büro-Modus. Auf dem Weg die Treppe hinauf verdrängte sie die Gedanken an Max.

Oben huschte ihre Sekretärin Monika mit einer Kanne Kaffee durch den Flur. Sie trug das weiße Haar offen, das hatte Mangold selten bei ihr gesehen. »Was tust du denn hier?«

»Gut, dass du kommst, Petra. Das Telefon läutet ununterbrochen. Wir kommen gar nicht nach.«

»Wir? Wer ist wir?«

Mit der Kanne wies Monika auf zwei offen stehende Türen. Mangold schaute an ihr vorbei in die beiden Büros. Dort saßen ihre persönliche Mitarbeiterin, der Pressechef und seine Stellvertreterin, die Stabchefin und der Leiter des Rechtsdienstes an Telefonen. Alle waren in Gespräche vertieft und sahen hoch. Mangold winkte ihnen zu.

Monika stellte im ersten Raum die Kanne auf das Pult der Stabchefin, kam wieder heraus. »Ich habe gestern *10vor10* gesehen. Ich bin so stolz.« Sie nahm Mangold in die Arme, hielt sie kurz fest. »Da habe ich mir gedacht, dass heute bestimmt einiges los sein wird und bin ins Büro gekommen. Die anderen dachten das Gleiche.«

Mangold war gerührt, sie räusperte sich. »Wer ruft denn an?«

Gemeinsam schritten sie durch den Flur in Mangolds Vorzimmer. »Alle. Politikerinnen, Journalisten, einfache Leute. Es scheint, als ob die ganze Schweiz gestern vor dem Fernseher saß.« Das Telefon auf Monikas Schreibtisch klingelte. »Ein paar wenige lästern über deinen Auftritt, neun von zehn wollen dir gratulieren. Schau mal in deine Mailbox. Sie läuft bestimmt über.« Monika hob den Hörer ab.

Durch die Verbindungstür ging Mangold in ihr Büro, überall standen Blumenbouquets: Lilien, Sonnenblumen, Rosen, Chrysanthemen. Und ein Geschenkkorb mit Blumenkohl, Lauch und Karotten. Sie zog ein kleines Couvert aus dem Gemüse. Auf ihrem Schreibtisch klingelte das Telefon. Mangold ging um das Pult herum und hob ab.

In den nächsten zwei Stunden sprach sie mit Journalisten aller Sonntagszeitungen sowie verschiedenen Radio- und Fernsehstationen. Mangold beriet einen Teenager, der ungewollt schwanger geworden war und über eine Abtreibung nachdachte. Sie sprach zwei Frauen Mut zu, die ähnliche Erfahrungen wie sie selbst gemacht hatten. Sie nahm die Einladung zu einer Podiumsdiskussion über die Fristenlösung an. Und sie hörte einem Frauenarzt zu, der wiederholt bedroht worden war.

Auf Reaktionen hatte Mangold gehofft, aber dieses Ausmaß war für sie unvorstellbar gewesen. Plötzlich war sie zu einer Vorreiterin für die Rechte der Frauen geworden. Daran würde sie sich zuerst gewöhnen müssen.

Mittag war bereits vorüber, als Mangold einen der unzähligen Anrufe entgegennahm und die tiefe Stimme eines Mannes aus dem Hörer drang. »Du Hure bist wohl stolz auf dich. Aber Gott vergisst nicht. Und wir auch nicht. Wir verfluchen den Tag, an dem du zur Welt gekommen bist. Du wirst deine verdiente Strafe bekommen und in der Hölle schmoren. Der Tag der Rache ist nah.«

Die Härchen an Mangolds Armen stellten sich auf. Es klickte, der Mann hatte aufgelegt.

Mangold atmete durch. Nur ruhig, damit hatte sie ja gerechnet. Was war das für ein mutiger Kerl, der nicht mal seinen Namen nannte? Mit Typen wie dem konnte sie es aufnehmen. Wenn nötig, würde sie es mit der ganzen Welt aufnehmen.

40

Bollag ließ den Tagblatt-Polo auf den letzten hundert Metern das Sträßchen hinab mit abgestelltem Motor ausrollen. Am gegenüberliegenden Berghang erstreckte sich die erste Jurakette, dazwischen zog sich ein Bach wie ein gerader Strich durch das Tal. In der Ferne konnte er die Klus bei Balsthal erkennen.

Er steuerte in die Einmündung eines Waldwegs und hielt hinter einem Dickicht. Hier war das Auto von der Zufahrt zur Siedlung nicht zu entdecken.

Bollag ließ das Fenster heruntergleiten. Ein paar Vögel zwitscherten, ansonsten war es totenstill. Er befand sich auf über 1.000 Meter Höhe und die Bäume spendeten Schatten, trotzdem war es bestimmt 30 Grad heiß.

Die Umhängetasche lag auf dem Beifahrersitz, er holte das Handy heraus. Kein Balken war auf dem Display zu sehen, hier oben gab es keinen Empfang. Bollag glitt aus dem Auto, griff sich seine Umhängetasche, schloss ab und folgte einem Pfad in den Wald hinein.

In ein bis zwei Kilometern Entfernung, so hatte ihm ein Bauer in der Bergwirtschaft Güggel erzählt, sei eine große Lichtung in den Wald gehauen. Dort wohnten die Mitglieder dieser religiösen Sekte, etwa 20 Leute. Mit diesen komischen Nachbarn wollte der Mann nichts zu tun haben. Die Informationen hatte ihm Bollag regelrecht aus der Nase ziehen müssen. Der kleine Bauer mit dem braun gebrannten Gesicht war mit Worten ähnlich freigiebig gewesen wie andere Leute mit Hunderternoten.

Zunächst wollte sich Bollag einen Überblick über die Siedlung verschaffen. Danach würde er das weitere Vorgehen planen.

Er schlug sich quer durch den Wald, wich Gestrüpp aus, sprang über Stämme und duckte sich unter Ästen weg. Schnell war ihm heiß in der dunkelblauen Jacke und der schwarzen Jeans, die er zur Tarnung übergezogen hatte. Der Schweiß lief ihm in Strömen über Gesicht und Rücken. Hin und wieder stoppte er, lauschte. Nein, es gab keine verdächtigen Geräusche, niemand beobachtete ihn.

Einsam war es hier oben. Vor einer guten Stunde war er in Liestal losgefahren, nach 30 Kilometern hatte er Balsthal erreicht. Nach zehn weiteren Kilometern einer schmalen Bergstraße folgend war er auf dem Brunnersberg angekommen. Danach hatte er den Polo auf dem Bergkamm über schmale Wege durch eine unwirtliche Gegend gesteuert. Nur hin und wieder waren einsame Bauernhöfe in weiter Entfernung auf Bergkuppen in Sicht gekommen. Oft hatte er angehalten und die Karte, den Ausdruck von Google Earth und die Fotos studiert, bis er die richtige Abzweigung gefunden hatte.

Unter den Bäumen wurde es heller, und Bollag verlangsamte seinen Schritt. Dort vorn befand sich wohl eine Wiese.

Geduckt schlich er zum Waldrand und kauerte sich hinter einen umgestürzten Baum. Vor ihm erstreckte sich den Hang hinunter eine offene Fläche, die auf allen Seiten von Wald umgeben war. Mitten drin, etwa hundert Meter entfernt, standen mehrere Gebäude in einer Art Karree. Bollag holte einen Feldstecher aus der Umhängetasche.

Ein Fort wie aus einem amerikanischen Western, das war sein erster Gedanke. Drei Gebäude bildeten ein U, jedes war vielleicht 20 Meter und zwei Stockwerke hoch. Die vierte Seite direkt vor Bollag bestand aus einer Wand aus Pfählen, in deren Mitte ein zweiflügliges Holztor hing. Ein Feldweg mit einem Grasstreifen in der Mitte führte aus dem Wald auf der linken Seite zu diesem Tor. Wenige schmale Fenster durchbrachen die Fassade der Häuser, Solarpanels bedeckten die Dächer. Dazwischen ragte auf einem der Dächer eine Konstruktion in die Höhe, ein Glockenturm.

In einem Abstand von 20 Metern umgab das Fort ein hoher Zaun, der mit Stacheldraht gekrönt worden war. Im Grasstreifen lagen zwei Dobermänner im Schatten eines Busches, die Köpfe aufgerichtet.

Von seinem erhöhten Standort aus konnte Bollag hinter den Holzpfählen einen Innenhof zwischen den Gebäuden erkennen. An einer Leine hingen Wäschestücke, Hühner pickten Futter auf. Kein Bewohner war in Sicht. Unter einem Vordach standen ein staubiger Geländewagen mit Ladefläche und dahinter – ein schwarzer Golf.

Wer zum Teufel waren diese Leute? Falls Tarik tatsächlich dort unten lebte, würde Bollag schwer an ihn herankommen.

Das Gebell der Hunde ließ ihn aufhorchen. Bollag hob den Feldstecher und schwenkte hin. Sie standen nun direkt am Zaun, spitzten die Ohren in seine Richtung. Etwas glitzerte oben im Glockenturm. In einem schmalen Fensterschlitz tauchten zwei Hände auf, die ein Fernglas hielten.

Augenblicklich duckte Bollag sich hinter den Baumstamm. Scheiße. Das war kein Glockenturm. Dort oben hielt jemand Wache. Hatte der ihn entdeckt?

Sachte hob Bollag seinen Kopf über die Kante des Stamms. Zwei Männer eilten über den Innenhof auf den Geländewagen zu, öffneten die Türen. Bollag stopfte den Feldstecher in seine Tasche und huschte geduckt durch das Laub zurück in den Wald. Die Hunde bellten jetzt aufgeregter. Verdammt, dass die Tiere ein derart feines Gehör hatten.

Sobald er vom Wachturm aus nicht mehr gesehen werden konnte, stand er auf und rannte los. Diesmal nahm er keine Rücksicht auf Gestrüpp und Äste, sie schrammten an seinen Wangen und Händen entlang, er stolperte über eine Wurzel, fiel hin, rappelte sich auf und lief weiter.

Nach wenigen Minuten fand Bollag seinen Polo wieder. Er warf die Tasche hinein, kletterte auf den Fahrersitz. In der Ferne hörte er einen Motor aufheulen. Bollag ließ den Wagen an, steuerte aus dem Versteck auf die Zufahrtsstraße und gab Gas. Die Reifen schleuderten den Kies weg. Er bretterte den Weg zurück, warf Blicke in den Rückspiegel und fürchtete, dass dort jeden Moment der Geländewagen auftauchte. Doch mehr als Staub sah er nicht.

Oben auf dem Hügelkamm bog er in das Teersträßchen nach Brunnersberg ein, es bot gerade genug Platz für den Polo. Zäune säumten die Wiesen links und rechts. Nach ein paar hundert Metern schaute er in den Rückspiegel. Dort hinten erhob sich eine dicke Staubwolke, dann sah er den Geländewagen auf die Teerstraße einbiegen.

Bollag verpasste eine Kurve, lenkte gegen, die Hinterräder brachen aus, er geriet auf die Wiese, streifte mehrere Zaunpfosten, brachte den Polo zurück auf die Straße, wobei die Wagennase kurz auf dem Teer aufsetzte.

Augenblicklich trat er das Gaspedal wieder durch. Nach

ein paar hundert Metern raste er am *Restaurant Alpenblick* vorbei, der Tacho zeigte 70, 80 Stundenkilometer.

Nun wagte er keinen Blick mehr zurück, links säumten dicke Baumstämme die Straße, rechts fiel der Hang steil ins Tal ab. Die Reifen quietschten in den engen Kurven, mit den Rädern kam er dem Abhang mehrmals gefährlich nahe.

Doch er schaffte es bis hinunter, raste aus dem Wald, fuhr durch die kleine Siedlung Höngen und hatte bald darauf die ersten Häuser von Balsthal erreicht. Erschöpft hielt Bollag vor der Chäsi an. Er behielt die Straße im Auge, wartete zwei Minuten, drei. Vom Brunnersberg kam kein Auto hinter ihm her gefahren.

Bollag stieg aus, streifte die Jacke ab, das T-Shirt war durchnässt. Hatte er überreagiert? Gut möglich. Nach dem Angriff in Liestal musste er jedoch auf alles gefasst sein.

In der Chäsi kaufte er sich ein kühles Mineralwasser, das er draußen in einem Zug leerte. Bollag ging um den verdreckten Polo herum, der diverse Dellen und einen verschobenen Kühlergrill hatte. Mann, der Chefredaktor würde an die Decke gehen. Wenigstens lag Lokalchef Rieder im Spital. Für den wäre das demolierte Auto ein gefundenes Fressen und eine Steilvorlage für einen Rauswurf.

Im Wageninnern klingelte das Handy, er holte es heraus.

»Bollag, verdammt, wo treibst du dich herum? Ich versuche ständig, dich zu erreichen.«

Rieder, ausgerechnet. »Es ist Wochenende. Ich habe frei.«

»Von wegen. Wir haben eine Abmachung, vergiss die nicht. Morgen gehst du zu den Ärzten.«

Mist, den Kongress hatte er wieder total vergessen. Er schlug sich mit der flachen Hand an die Stirn. »Weiß ich doch.«

»Ich erwarte einen knackigen Artikel für die Montagsausgabe.« Rieder hatte die Verbindung unterbrochen.

Bollag schmetterte die leere PET-Flasche in einen Abfalleimer. Er war einer Superstory auf der Spur, Petra kam zu Besuch nach Liestal. Und er musste wertvolle Stunden bei einem Ärztekongress vergeuden. »Verfluchte Scheiße.«

Er stieg ins Auto, steuerte durch Balsthal und hatte plötzlich eine Idee. Bollag kannte eine Person, die ihm jetzt weiterhelfen konnte. Falls sie ihm nicht die Tür vor der Nase zuschlug.

41

Das Regionalgefängnis von Bern lag mitten in der Stadt am Bollwerk. Neuenschwander kannte den orangefarbenen Bau mit schmalen Fenstern von zwei beruflichen Besuchen. Er stoppte seinen VW Passat hinter Zollingers BMW vor der Schranke, wo dieser dem Wachmann den Ausweis entgegenstreckte. Sekunden später öffnete sich die Barriere. Neuenschwander folgte in seinem eigenen Wagen, der Wachmann winkte ihn durch. Sie fuhren in den Innenhof.

Neuenschwander stellte sein Auto auf den freien Parkplatz neben Zollingers Dienstwagen und stieg aus. Der schaute über das Wagendach herüber. »Ich habe von unterwegs angerufen, sie erwarten uns.«

Gut, Neuenschwander wollte das hier möglichst schnell hinter sich bringen.

Sie gingen über den Hof, klingelten an der Stahltür und meldeten sich über die Sprechanlage an. Es klickte und sie betraten das Gefängnis, in dem sie von einem Aufseher in

Zivil empfangen wurden. Der Mann, gebaut wie ein Panzerschrank, begrüßte sie mit einem Kopfnicken und kontrollierte die Ausweise. »Legen Sie Ihre Jacken und den Inhalt der Hosentaschen auf das Fließband.« Auf einem Monitor begutachtete er sorgfältig die Röntgenbilder.

Der Typ war ja extrem pingelig, Neuenschwanders Geduld ging zur Neige. »Dauert das lange? Wir sind Polizisten.«

»Wir haben Regeln, die sind für alle gleich.« Der Wachmann wandte den Blick nicht vom Monitor.

Zollinger grinste, Neuenschwander biss sich auf die Zunge.

Endlich nickte der Wachmann zufrieden, geleitete sie zu einer Stahltür, tippte ein paar Zahlen in ein Nummernschloss und führte sie in den Zellentrakt. Durch ein kleines Fenster sah Neuenschwander Häftlinge, die auf und ab spazierten, Pingpong oder Schach spielten. Der Wachmann wies mit einem Kopfnicken auf ein Fenster in der linken Wand. »Dort ist das Besuchszimmer.« Er steckte den Schlüssel in eine weitere Stahltür, gab einige Ziffern ein und verschwand.

Neuenschwander drehte sich zu Zollinger um. »Wie läuft das ab?«

»Ich warte hier draußen. Sonderegger hat klargemacht, dass er mit Ihnen allein reden will.«

»Der treibt nur seine Spielchen mit Ihnen.«

»Möglich. Wenn nichts dabei rauskommt, habe ich bloß Ihren Samstag ruiniert.«

Neuenschwander grunzte, bei Gelegenheit würde er sich revanchieren.

Das Mobiliar des Besuchszimmerchens bestand aus einem abgewetzten Tisch mit grüner Platte und zwei Stühlen auf gegenüberliegenden Seiten. Der grün-schwarze Boden aus Linoleum war übersät mit Brandlöchern. Kritzeleien und Sprüche zierten die ehemals weißen Wände.

Neuenschwander zog einen Stuhl unter dem Tisch hervor, setzte sich, lehnte sich zurück und verschränkte die Arme. Für Menschen wie Sonderegger empfand er nichts als Verachtung. Eitle, machthungrige Karrieretypen, die ihre Interessen auf Teufel komm raus durchsetzten. Was ging bloß im Kopf von einem Kerl vor, der seine Chefin dermaßen hinterging?

Die Stahltür an der gegenüberliegenden Wand öffnete sich und Sonderegger wurde hereingeführt. Er hatte wenig gemein mit dem eleganten Generalsekretär aus den Medien; das Gesicht war fahl, die Wangen eingefallen, die grauen Haare unfrisiert.

Geschah ihm recht, dachte sich Neuenschwander. Schon oft hatte er erfahren, was ein Gefängnis aus Menschen machte. Die geschlossene Tür, der fremdbestimmte Tagesablauf, der fehlende Kontakt zur Außenwelt – die U-Haft stopfte fast jedes Großmaul.

Sonderegger setzte sich zögerlich an den Tisch. Er trug Jeans, ein schwarzes T-Shirt ohne Logo und billige Turnschuhe. Respekt, der Kerl kapierte rasch. Luxusklamotten hätten ihn unbeliebt gemacht bei den Mithäftlingen.

Neuenschwander wollte schnell zur Sache kommen. »Sie haben mich hergebeten?«

»Sie haben sich ziemlich Zeit gelassen.«

Das tönte wie eine Herausforderung, Neuenschwander hatte jedoch keine Lust auf Spielchen. »Was wollen Sie ausgerechnet von mir?«

Mit dem Daumen wies Sonderegger auf Zollinger, der vor dem Fenster stand und sie beobachtete. »Der Wachmann soll verschwinden.«

»Sie sind im Bezirksgefängnis, nicht im Bundeshaus.«

Die Muskeln an Sondereggers Kiefer spannten sich. »Ich traue niemandem in Bern. Wenn die falschen Leute erfahren, was ich mit Ihnen bespreche, werde ich nicht mehr lange leben. Ich erwarte, dass Sie meine Informationen vertraulich behandeln.«

Was der erwartete, war Neuenschwander herzlich egal. »Worum geht es?«

Sonderegger senkte die Stimme. »Ich besitze eine umfangreiche Datenbank mit Dossiers. In meinen 30 Jahren in Bern habe ich Informationen gesammelt, viele Informationen. Über Politikerinnen und Politiker. Ich schlage Ihnen einen Deal vor.« Er wartete auf eine Reaktion.

Neuenschwanders hielt seine Miene bewusst ausdruckslos.

Sonderegger reckte einen Daumen in die Luft. »Erstens: Ich verlange, dass man mich augenblicklich aus der Untersuchungshaft entlässt.« Der Zeigefinger folgte. »Zweitens: Ich will, dass die Bundesanwaltschaft keine Anklage gegen mich erhebt.« Er hob den Mittelfinger. »Drittens will ich ehrenhaft und mit einer angemessenen Entschädigung aus dem Bundesdienst entlassen werden.«

Beinahe hätte Neuenschwander laut gelacht, der Kerl war wirklich dreist. »Soso, Kronzeuge wollen Sie spielen. Was beinhalten denn diese Dossiers?«

»Das werde ich Ihnen sagen, sobald meine Forderungen erfüllt sind. Ich will die Zusicherung schriftlich haben, unterschrieben von Justizminister Cortesi.«

Der Typ überschätzte sich völlig. »Glauben Sie wirklich, dass Bundesrat Cortesi blöd genug ist für einen Blankoscheck? Da müssen Sie handfestes Material bieten.«

»Vergessen Sie's.« Sonderegger winkte ab. »Weitere Informationen gebe ich erst, wenn ich das Papier in der Hand halte. Und mein Angebot ist begrenzt, es gilt für 24 Stunden. Danach spiele ich die Dossiers den Medien zu.«

Ach, jetzt drohte der Herr mit den Medien. Neuenschwander hatte die Nase voll. »Mein Besuch war reine Zeitverschwendung.« Er stand auf und stützte sich mit beiden Händen auf der Tischplatte ab. »Soweit ich das sehe, bieten Sie nichts als heiße Luft.« Er wandte sich zum Gehen, streckte die Hand nach dem Türgriff aus.

Sonderegger seufzte. »Also gut, setzen Sie sich hin.«

Neuenschwander drehte sich um und lehnte sich gegen die Tür. Er schaute demonstrativ auf seine Uhr. »Sie haben zwei Minuten.«

Sondereggers Unterkiefermuskeln bebten. »Es gibt mächtige Unternehmer in diesem Land, die Einfluss auf die Politik nehmen. Ich war der Vermittler für diese Leute.« Er stieß die Worte zwischen den Zähnen hervor.

»Was soll das heißen?«

Sonderegger hielt sich mit beiden Händen am Tisch fest, die Knöchel traten weiß hervor. »Sind Sie schwer von Begriff?« Er verwarf die Hände. »Geld, was sonst? Es gibt immer Politiker, die nicht genug davon haben können. Und es gibt Wirtschaftskapitäne, die mehr als genug haben. Sie geben den Politikern etwas ab, im Gegenzug erwarten sie Gefälligkeiten.«

»Wollen Sie behaupten, dass Politiker ihre Stimme verkauft haben?«

Sonderegger machte ein unflätiges Geräusch mit den Lippen. »Haben Sie gedacht, dass im Bundeshaus nur Heilige herumlaufen?«

»Um wie viele Politiker geht es?«

»Genug, um eine Abstimmung in eine gewünschte Richtung kippen zu lassen.«

»Und das können Sie beweisen?«

»Ich habe Aufzeichnungen über Personen, Beträge, Geschäfte und Banküberweisungen.«

Wenn das stimmte, war ein Riesenskandal vorprogrammiert. Dieses Angebot würde sich der Bundesanwalt bestimmt anhören. Eines verstand Neuenschwander allerdings nicht. »Und was hat das mit Bundesrätin Mangold zu tun?«

Sonderegger machte eine wegwerfende Handbewegung. »Ach, diese Zicke. Hat keine Ahnung von Politik und meinte, sie könne mich herumkommandieren. Jemand spielte mir halt die Information über die Abtreibung zu, ich nutzte sie für meine Zwecke.« Er zuckte mit den Schultern. »Leider habe ich Mangold unterschätzt.«

Diesem Kotzbrocken ging es allein um seine eigenen Interessen. Neuenschwander stand auf. »Ich werde Ihr Angebot den Bundesbehörden unterbreiten.« Ohne eine weitere Bemerkung verließ er den Besuchsraum. Länger als unbedingt nötig wollte er diesen Dreckskerl nicht anschauen müssen.

42

Einen Kilometer außerhalb von Langenbruck parkierte Bollag sein Auto gegenüber dem ehemaligen Kloster Schönthal. Er nahm die Umhängetasche vom Beifahrersitz, stieg aus und genoss die Ruhe vor den verwitterten Mauern. Die abgeblätterte Fassade der Klosterkirche gab den Blick frei auf die mächtigen Steine darunter. Im 12. Jahrhundert war das Kloster erstmals erwähnt worden, später war es zweckentfremdet worden und beinahe in Vergessenheit geraten.

Das Kloster lag in einem schmalen Tal, eingerahmt von einem Wald und einem Feld. Die Straße geradeaus führte hoch auf die Belchenfluh.

Gerade als Bollag auf den Eingang zuschritt, wurde die Pforte von innen geöffnet. Susanne Gloor hatte ein schwarzes Trägershirt und weiße Shorts an, was ihre sportliche Figur betonte. Seine Exfreundin vom Gymnasium trug die dunkelblonden Haare kurz. Ihr Mann, ein bekannter Architekt, hatte das Kloster in den 1990er-Jahren gekauft und instand gesetzt.

Susanne zog die Augenbrauen in die Höhe. »Was tust du denn hier?« Ihre Stimme klang heiser.

»Ich hatte Lust auf ein Sandwich mit Erdnussbutter und Bananen.« Es war unhöflich, nach all den Jahren unangemeldet hier aufzutauchen. »Machst du die noch?« Wenigstens hatte sich Bollag bei der Kneipp-Anlage in Langenbruck ein wenig frischmachen können.

Susanne tippte mit der Spitze ihres Turnschuhs in den Kies und stemmte eine Hand in die Hüfte. »Lass dir etwas Besseres einfallen, sonst kannst du gleich wieder gehen.«

Wie früher, sie kam sofort zur Sache. »Ich war in Balsthal und dachte, dass ich auf dem Heimweg schnell vorbeischauen könnte. Ich brauche deinen Rat.«

Sie verschränkte die Arme. »Wenn du meinen professionellen Rat willst, kannst du am Montag ins Spital kommen. Sprechstunde ist von 9 bis 11.«

Auch das war unhöflich, aber konsequent. Typisch Susanne. »Es geht nicht um meine Gesundheit. Es geht um das hier.« Er fischte die Einladung zum Ärztekongress aus der Tasche und hielt sie Susanne hin. »Ich muss morgen darüber berichten, dein Name steht hier drauf. Was für ein Kongress ist das eigentlich genau?«

Sie warf einen kurzen Blick auf das Blatt zum Congress RDD. »*Congress of the European Federation for the Right to Die with Dignity*. Ist dein Englisch gleich schlecht wie vor 20 Jahren?«

Bollag nickte. »In etwa.«

Sie deutete mit der Hand den Wald hinauf. »Ich gehe eine Runde mit meinem Hund. Wenn du willst, kannst du mitkommen.«

»Gerne.«

Mit geschmeidigen Bewegungen schritt Susanne um die Klosterkirche herum und an einer modernen Schiebetür aus Glas vorbei, eine Leine hielt sie in ihrer Hand. Als sie auf den Zwinger zuging, stieß der schwarze Labrador darin ein langgezogenes Jaulen aus. Freudig sprang er am Gitter hoch. »Ja, Caruso, wir gehen gleich.«

Der Name passte wie die Faust aufs Auge.

Sie öffnete den Zwinger, nahm den Hund an die Leine und kam auf Bollag zu. Susanne war nach wie vor eine gut aussehende Frau, auch wenn sich um ihre Augen und den Mund ein paar Falten gebildet hatten. Sie überquerten die Landstraße, Susanne warf einen abfälligen Blick auf den ramponierten Polo. »Mit solchen Schrottkarren lassen die euch durch die Gegend fahren? Das ist nicht gerade Werbung für das Tagblatt.«

»Heute Morgen sah er besser aus. Das ist eine lange Geschichte.« Ihre Taille war schlank, die Arme und Beine braun gebrannt. »Schwimmst du regelmäßig?«

»Dreimal pro Woche.«

»Man sieht, dass du gut in Form bist.«

Das Kompliment zauberte ein scheues Lächeln auf ihr Gesicht. Sie führte den Hund auf einen schmalen Pfad, der sich in den Wald schlängelte. »Was willst du über den Kongress wissen?«

Es ging über Treppen den Hang hinauf, Bollag kam ins Keuchen »Was bedeutet dieser Titel?«

Sie zog einen Mundwinkel nach oben. »Morgen berichtest du über den Kongress und hast absolut keine Ahnung?

Arbeiten alle so beim Tagblatt?« Sie hüpfte fast die Stufen hinauf. »Wir setzen uns dafür ein, dass jeder Mensch über sein Leben und Sterben selbst entscheiden soll.« Caruso zog die Leine straff.

Bollag blieb stehen und schaute zu ihr fünf Stufen hoch. »Du meinst Sterbehilfe?«

»Klar. Was hast du denn gedacht?«

Himmel, gar nichts hatte er gedacht. Susanne vergrößerte den Abstand, Bollag eilte ihr nach. In der letzten Woche war er total auf den verschwundenen Jungen fixiert gewesen. Und Petras Erpressung hatte eine zusätzliche Belastung bedeutet. Das waren allerdings keine Entschuldigungen dafür, dass er keinen Blick in andere Zeitungen geworfen hatte. Bestimmt hätte er dort Vorberichte lesen können. Es war ein Kongress für Sterbehilfe, verflucht noch mal. Er selbst hätte das Für und Wider in einer Vorschau darlegen müssen.

»Wer organisiert den Kongress?«

Die Muskeln an Susannes Waden spannten sich bei jedem Schritt an. »Der Schweizer Verband für Humanes Sterben. Sie erwarten ein paar hundert Teilnehmer aus ganz Europa.« Am Ende der Treppen im Wald erreichten sie eine schmale Lichtung, die sich flacher vor ihnen erstreckte. »Ich soll über meine Erfahrungen als Sterbebegleiterin berichten.« Susanne ließ den Hund von der Leine, er rannte voraus.

»Und was macht eine Sterbebegleiterin?«

»Eine dumme Frage.« Sie verdrehte die Augen. »Ich begleite Menschen in den selbstbestimmten Tod.«

Die Lichtung weitete sich, und sie gelangten auf eine große Wiese, die sich bis ins Tal ausbreitete. Auf ihr verteilt standen verschiedene Kunstwerke: eine Art Globus aus Stein, ein riesiger Ring aus rostigem Eisen, eine Ansammlung menschlicher Figuren. »Wow«, brachte Bollag hervor.

»Beeindruckend, nicht?« Ihre Augen leuchteten.

Tatsächlich. Es war beeindruckend, wie sich die Objekte in die sanft geschwungene Landschaft zwischen den Wäldern einfügten. Bollag hatte verschiedene Medienberichte über den Skulpturenpark gelesen, den Susanne und ihr Mann rings um das Kloster Schönthal anlegten. Dafür luden sie regelmäßig Künstler aus der ganzen Welt ein, die Werke für die Umgebung schufen. »Wie viele Kunstwerke habt ihr inzwischen?«

»Gut 30. Wenn du zwei Stunden Zeit hast, kann ich sie dir alle zeigen.«

Ja, das würde ihm gefallen. Und es wäre die Gelegenheit, über Jugendsünden zu reden. Bollag schaute auf seine Uhr, es war bereits halb fünf. Petra wollte um sechs Uhr in Liestal sein. »Heute geht das leider nicht. Ich habe einen Termin.«

Susanne steckte zwei Finger in den Mund und pfiff. Mit riesigen Sprüngen kam Caruso quer über die Wiese angerannt. Wenn sie enttäuscht war, überspielte sie es gut. Susanne ließ sich auf ein Knie nieder und kraulte ihn am Hals. »Guter Junge.«

Bollag dachte an die unbeschwerte Susanne, die am Gymnasium viel gekichert hatte. »Wieso begleitest du Menschen in den Tod?«

Sie stand auf, der Hund rannte davon. »Kannst du dich an meine Mutter erinnern? Sie litt schwer an Parkinson. Es war unwürdig, wie sie sterben musste. Deswegen …«

»Und wie läuft das konkret ab, wenn du jemanden begleitest?«

»Das ist ein langer Prozess. Wer sich das Leben nehmen will, muss so einiges abklären und viele Gespräche hinter sich bringen. Wir begleiten nur Menschen, die eine hoffnungslose Prognose oder große Beschwerden haben. Sind alle Hürden überwunden, kann der Sterbewillige den Tag seines Abschieds bestimmen. Dann nehme ich mir Zeit, besuche ihn, schaffe eine würdige Atmosphäre. Und ich bereite das Medikament vor. Das muss er oder sie aus eigener Kraft zu sich nehmen. Nach wenigen Minuten schläft der Mensch ein; es ist ein völlig schmerzloser Tod.«

Wer wünschte sich das nicht? Sie spazierten die Wiese hinunter und machten vor der rostigen Eisenskulptur Halt. Sie maß bestimmt drei mal fünf Meter und bestand aus einem Ring, den ein vertikaler und ein horizontaler Balken durchbrachen. »Das gefällt mir. Es passt gut hierher.«

»Das finde ich auch.« Susanne legte eine Hand auf das Eisen, das Wärme abstrahlte. »Es heißt *Soglio* und stammt von Nigel Hall. Weiter oben haben wir noch ein zweites Werk von ihm. Wenn du um die Objekte herumgehst, verändern sie sich mit jedem Blickwinkel.«

Als sie weiterspazierten, machte Bollag die Probe. Tatsächlich sah das Kunstwerk nun völlig anders aus. »Dein toter Kollege Michael Brunner steht als Referent auf dem Programm der Tagung. Kanntest du ihn gut?«

Ihr Gesicht verdüsterte sich. »Mit dem hatte ich nichts zu tun.«

Die Antwort war sehr rasch gekommen, zu rasch. »Ihr habt als Kollegen im selben Spital gearbeitet.«

Sie sah hinüber zum Waldrand, wo Caruso seine Schnauze im Dreck vergrub. »Das Kantonsspital ist ein riesiger Laden, da kennst du nicht jeden.«

So wie sie angestrengt seinem Blick auswich, musste mehr dahinterstecken. »Komm schon, Susanne. Ich kenne dich besser.«

Sie blieb stehen, starrte auf ihre Turnschuhe und schielte kurz zu ihm hoch. »Ich will nicht, dass du darüber in der Zeitung schreibst.«

Er nickte. »Versprochen.«

»Ich erschrak, als ich seinen Namen auf dem Kongressprogramm las, und wollte meine Teilnahme sofort absagen. Eine der Organisatorinnen ist eine gute Freundin von mir. Sie hat mich überredet, trotzdem aufzutreten.«

»Weshalb wolltest du absagen?«

»Weil Brunner ein kohleschwarzes Schaf war. Er zog unsere Sterbebegleitung in den Schmutz. Wir sind alles Freiwillige und machen das gratis. Brunner hingegen soll bis zu 20.000 Franken dafür kassiert haben. Und er hat die Abklärungen nicht seriös vorgenommen, hat psychisch kranke Menschen in den Tod begleitet.« Sie verzog die Miene. »Oder Sterbetouristen.«

»Wieso wurde er als Referent zum Kongress eingeladen?«

»Weil er einen bekannten Namen hatte. Als Orthopäde genoss er ja weltweit einen guten Ruf. Davon versprachen sich die Organisatoren Publicity.«

Nun ja, für Schlagzeilen hatte Brunner gesorgt in der vergangenen Woche. »Könnte sein Tod mit Sterbehilfe zu tun haben?«

»Das war mein erster Gedanke. Es kommt recht häufig vor, dass wir bedroht werden.«

»Von wem?«

»Meist sind es religiöse Fanatiker. Du weißt, ich bin katholisch erzogen worden. Die Beichten, die Kerzen, der ganze Prunk … Das ist ein guter Nährboden für Fundamentalisten. Für sie ist das Leben ein heiliges Gut und so weiter. Die wehren sich mit allen Mitteln dagegen, dass man einem schwer kranken Menschen das Sterben erleichtert.« Ihre Stimme wurde lauter. »Aber einen Abtreibungsarzt zu töten oder ein Sterbehospiz in die Luft zu sprengen, das geht für die in Ordnung.« Sie atmete ein paarmal durch und beruhigte sich.

Beinahe hörte sie sich an wie Petra. Bestimmt würden sich

die beiden auf Anhieb gut verstehen. »Du denkst also, dass Fundamentalisten hinter Brunners Tod stecken könnten?«

»Auf jeden Fall. Es gibt genug Gruppen oder Sekten, denen ich das zutraue.«

Offenbar hatte sie ihre Erfahrungen gemacht – wie Bollag seine. »Beim Güggel oberhalb von Balsthal gibt es eine religiöse Gemeinschaft, die in einer Art Festung lebt. Kennst du die?«

»Bestimmt meinst du die *Lanze Gottes.*« Susanne schnaubte. »Und ob.«

Bollag war ganz Ohr. »Und?«

43

Im Rapportraum der Gutsmatte wies Neuenschwander mit einem Kugelschreiber auf die Karte des Muttenzer Dorfkerns, die der Beamer an die Wand warf. Mit seiner verschachtelten Architektur stellte das Kongresszentrum Mittenza eine besondere Herausforderung dar. »Ihr platziert euch an diesen drei Eingängen hier, hier und hier. Dazu kommt ein Mann direkt vor den Saal.«

Die jungen Polizisten hörten ihm aufmerksam zu, obwohl sie den Schwarzen Peter gezogen hatten: Urlaubsverbot im Juli und Dienst am Wochenende. Neuenschwander wusste wie sie, dass ihnen ein kniffliger Einsatz bevorstand. Wenn sich Sterbehelfer irgendwo zu Konferenzen trafen, ließ der Ärger mit militanten Gegnern nicht lange auf sich warten. Das würde in Muttenz nicht anders sein. »Die Lebensschützer haben eine Demonstration angekündigt.« Korporal Stirnimann blähte die Backen auf, Aspirantin Gruber nagte an ihrer Unterlippe. »Wenn diese Leute genügend Abstand halten, ist das kein Problem. Falls ein Wirrkopf aber ins Mittenza eindringen will, nehmt ihr ihn sofort fest. Bei Problemen könnt ihr mich jederzeit auf dem Handy erreichen. Und wenn es wirklich bedrohlich wird, fordert ihr Verstärkung an. Verstanden?«

Die sechs Köpfe seiner Ordnungstruppe nickten gleichzeitig.

Neuenschwander grübelte, etwas hatte er noch sagen wollen. »Gut.« Es fiel ihm nicht mehr ein. »Geht nach Hause und schlaft ein wenig. Dienstantritt ist um 6.30 Uhr.«

Die Stühle scharrten über den Boden, der Korporal, die drei Polizisten sowie die zwei Aspiranten erhoben sich und rafften ihre Unterlagen zusammen.

Neuenschwander reckte einen Arm in die Höhe. »Moment. Da ist noch etwas.« Die Mannschaft hielt inne. »Es wird heiß morgen, gegen 40 Grad. Trotzdem dulde ich keine saloppe Kleidung. Das Hemd bleibt bis oben hin zugeknöpft, die Krawatte sitzt.« Streng beäugte er den jungen Stirnimann, der die Ärmel seines Hemdes wieder mal hochgerollt hatte. »Ohne Ausnahme. Abtreten!«

In der letzten Reihe stand Jonas auf und kam auf Neuenschwander zu. »Einen Knopf hättest du ihnen gönnen können«, raunte er.

»Dann hätten wir am Montag ein Bild davon in der Zeitung.« Nein, Nachlässigkeiten kamen nicht infrage. Mit dem Kinn wies er auf die Mappe, die Jonas in der einen Hand hielt, in der anderen befand sich eine Büchse Cola. »Ist das der Bericht der Gerichtsmedizin?«

Jonas hielt ihn in die Höhe. »Es besteht kein Zweifel, Vera Loosli wurde umgebracht. Der Gerichtsmediziner ist sich sicher, dass sie bereits tot war, als sie in den Pool geworfen wurde. Soll ich die Soko aufbieten?«

Neuenschwander streckte die Hand nach dem Bericht aus und schaute dabei auf die Wanduhr. Halb sechs. »Gönnen wir ihnen besser einen freien Samstagabend. Viel können wir heute sowieso nicht mehr tun. Morgen will ich die Soko um 11 Uhr hier sehen.« Er schlug die Mappe auf und blätterte den Bericht des Gerichtsmediziners durch bis zur Zusammenfassung.

Schürfungen über dem mittleren Halsbereich und blutige Frakturen an Schildknorpel und Zungenbein weisen auf einen Tod durch Erdrosselung hin.

Ein weiterer Mord. Nun würde die Soko an ihre Belastungsgrenze stoßen. Er musste mit dem Personaldienst abklären, ob sie jemanden aus dem Urlaub zurückrufen konnten. Sonst würden einige Kollegen bald schlappmachen. »Klär bitte bei Astrid ab, ob sie ein Problem mit der Sonntagsarbeit hat. Ich will nicht, dass es wieder Ärger mit der Familie gibt. Notfalls machen wir die Besprechung ohne sie.«

»Wird gemacht, Chef. Brauchst du mich noch? Sonst bin ich weg.«

Der Tonfall ließ Neuenschwander aufhorchen. »Hast du was vor?«

Eine leichte Röte stieg Jonas ins Gesicht. »Eine Verabredung …«

»Doch nicht mit der kleinen Juristin?«

Jonas' Gesicht rötete sich stärker. »Du hast mir ja befohlen, mich um Frau Mäder zu kümmern. Ich habe sie in der Gutsmatte herumgeführt. Zum Dank hat sie mich ins Kino eingeladen.«

Neuenschwander grinste. »Viel Spaß.«

Jonas wandte sich zum Gehen, drehte sich nochmals um.

»Beinahe hätte ich es vergessen. Die Zentrale hat mir vorhin einen Anruf durchgestellt von einem Herrn Kaymaz. Sagt dir der Name etwas?« Er gestikulierte mit der Coladose durch die Luft.

Klang türkisch. Neuenschwander schüttelte den Kopf.

»Der Mann fragte, ob wir einen alten Fall neu aufrollen wollen. Da doch nun Beweise aufgetaucht seien, dass sein Sohn lebt. Der soll vor ein paar Jahren verschwunden sein.«

Neuenschwander runzelte die Stirn. Ach, Bollags Geschichte. »Hat der Mann gesagt, was für Beweise das sein sollen?«

»Offenbar hat unser Freund Bollag irgendwo Fotos aufgetrieben.«

Verdelli, hatte ihn Bollag nicht auf dem Laufenden halten wollen? Journis war einfach nicht zu trauen. »Dieser Kerl raubt mir den letzten Nerv. Wo hat er denn diese Fotos her? Etwa aus dem Haus von Loosli? Wenn er die gestern dort geklaut hat, kann er was erleben.« Neuenschwander marschierte aus dem Rapportraum. »Dem werde ich die Hölle heißmachen.«

Jonas schritt neben ihm her und wies mit der Büchse auf die Mappe. »Auf dem Schreibtisch der Loosli lagen ziemlich viele Bilder herum. Ein paar davon stecken da drin.« Er nahm einen Schluck.

Mit dem Ellenbogen öffnete Neuenschwander die Tür zu seinem Büro und klaubte den Packen unsortierter Fotos aus der Mappe. In großem Bogen breitete er sie auf dem Schreibtisch aus und setzte sich davor. »Alte Aufnahmen von Bergen, Häusern, Familien, Männern, Frauen und Kindern. Und was sagen die uns Neues?«

Jonas stellte sich neben Neuenschwander und fischte ein Foto von einer Frau und einem Kind heraus. »Das ist Vera Loosli. Vielleicht geht es um den Jungen neben ihr.«

Sie sahen glücklich aus auf dem Foto. Der Knabe war vielleicht zehn Jahre alt. Neuenschwander kramte in seinem Gedächtnis, nein, der kam ihm nicht bekannt vor. »Die Sache mit dem verschwundenen Jungen ist verdammt lange her. Ob das dieser Tarik ist?« Sie mussten die alten Unterlagen heraussuchen. Neuenschwander wollte das Foto zur Seite legen, als er sich die Frau genauer anschaute. Sie hatte ihren Arm um die Schulter des Jungen gelegt. »Die gleicht … Bin ich jetzt verrückt geworden?«

»Kennst du sie?« Jonas beugte sich vor.

Neuenschwander kramte die Lupe aus der obersten Schublade seines Pultes und nahm Vera Loosli genauer in Augenschein. Sie war groß, hatte breite Hüften, das schwarze Haar straff nach hinten gekämmt. »Huereverdellisiech.«

»Was ist?«, fragte Jonas.

Auf dem Foto mochte sie ein paar Jahre jünger sein, dennoch hatte Neuenschwander keinen Zweifel. Es handelte sich um dieselbe Frau, die nach dem Brand bei Brunner an jenem Morgen hinter der Absperrung gestanden und geweint hatte. Was hatte Loosli mit Brunner zu schaffen? Hätte er sich die Leiche gestern doch näher angeschaut. Dann wären sie dieser Frage viel früher nachgegangen. »Was weißt du inzwischen über sie?«

»Nicht viel. In der Wohnung gab es außer den Fotos nichts Persönliches, und die Gemeinde Liesberg hat keine vollständigen Unterlagen. Offenbar mahnte die Gemeindeverwaltung Loosli mehrfach. Vergeblich. Deswegen konnten wir keine Verwandten ausfindig machen.« Jonas stellte die Büchse auf Neuenschwanders Tisch. »Heute habe ich jemanden in Birsfelden auftreiben können, der dort im Archiv nachgeschaut hat. Das ist dabei herausgekommen.« Er holte ein Blatt Papier aus der Mappe und legte es vor Neuenschwander.

Vera Loosli-Petkova
Geboren am 17. November 1969 in Basel
Zivilstand: verheiratet mit Thomas Loosli

»Petkova? Jetzt sag mir nicht, dass die mit Viktor Petkov verwandt ist.«

»Petkov? Du meinst den Baulöwen? Keine Ahnung.«

Das durfte nicht wahr sein. Die Morde an Brunner und Loosli hingen zusammen, möglicherweise hatten sie es mit einem Serientäter zu tun. »Der Kinoabend fällt aus. Ruf die Soko zusammen, ich will sie in zwei Stunden hier haben. Vollzählig.« Neuenschwander raufte sich die Haare. »Was bin ich für ein Idiot.« Mit beiden Fäusten hieb er auf das Pult, die Büchse Cola hob ab, kippte zur Seite und ergoss ihren Inhalt über die Unterlagen. »Heilanddonnerwätter.«

44

Das kalte Wasser prasselte auf Bollags Kopf. Er schloss die Augen und alles schien weit weg. Der verschwundene Junge, die Leiche im Pool, das Attentat, Susannes Erfahrungen mit den durchgeknallten Sektenmitgliedern. Er freute sich auf Petras Besuch und auf ein unbeschwertes Wochenende.

Als er die Augen öffnete und seine verdreckten Kleider auf dem Boden vor der Dusche liegen sah, kehrte die Gegenwart zurück. Bollag stieg aus der Kabine, trocknete sich ab. Er schlüpfte in Shorts und zog ein T-Shirt über. Die schmutzigen Kleider ließ er nicht herumliegen, sondern warf sie gleich in den Wäschekorb. Schließlich erwartete er Besuch.

In der Küche stellte er eine Flasche Weißwein in den Kühlschrank und knipste die Kaffeemaschine an. Danach setzte er sich an den Küchentisch, auf dem der Laptop surrte. Dank Susanne hatte er nun endlich einen Namen für diese Verrückten: die *Lanze Gottes*. Nochmals überflog Bollag den Artikel, den er auf der Webseite von Infosekta entdeckt hatte:

Die Lanze Gottes ist eine religiöse Glaubensgemeinschaft, welche die Bibel wortwörtlich auslegt. Die Taufe im Erwachsenenalter ist für die Mitglieder von zentraler Bedeutung. Erst durch sie wird der »Sünder« zum wahren Christen. Vor der Taufe muss jedes Mitglied eine Prüfung bestehen und sämtliche Sünden seit der Geburt beichten.

Die Mitglieder der Lanze Gottes leben streng abgeschottet von der »sündhaften Außenwelt«. Das Leben gilt für sie als Strafe Gottes und muss in Demut ertragen werden. Ihrer Ansicht nach führt der Teufel den Menschen ständig in Versuchung. Zu seinen Mitteln gehören Bücher, Spiele, Gesänge oder schöne Kleider. Auch die Empfängnisverhütung oder Religionen wie der Islam oder das Judentum sind nach Meinung der Sekte Werkzeuge des Teufels.

In der Schweiz gibt es etwa fünf Gemeinden der Lanze Gottes in den Kantonen Bern, Jura und Solothurn. Weitere Gemeinden existieren im Süddeutschen Raum und Nordamerika. Genaue Zahlen sind nicht bekannt.

Das Lämpchen der Kaffeemaschine leuchtete grün, er stellte eine Tasse unter den Auslauf und drückte den Startknopf. Die Maschine surrte.

Kein Wunder, dass sich diese Fanatiker oben auf dem Jura

wie in einer Festung verschanzten, wenn sie die ganze Welt als Feindesgebiet betrachteten.

Mit der vollen Tasse setzte er sich vor den Laptop und klickte auf das kleine Foto unter dem Text. Es erschien das Bild einer Lanzenspitze, die mit Goldfolie umwickelt war.

Die Heilige Lanze enthält angeblich das Stück eines Nagels vom Kreuz Christi. Sie ist der älteste Bestandteil der Reichskleinodien der Könige und Kaiser des Heiligen Römischen Reiches. Die Mitglieder der Lanze Gottes haben sie zu ihrem Symbol gemacht.

Was hatte Petra erzählt? Die Demonstranten auf der Wasserfallen hätten einen Pfeil auf ihre Plakate gezeichnet gehabt. Möglicherweise war es diese Lanze gewesen.

Der Kaffee duftete aromatisch, Bollag nahm einen Schluck.

Susanne war eine tolle Informationsquelle gewesen, endlich machte er Fortschritte. Da der *Verband für Humanes Sterben* regelmäßig bedroht wurde, sammelte er laufend Informationen über seine Gegner. Laut Susanne hatte ein Aussteiger aus der *Lanze Gottes* berichtet, dass der sogenannte Älteste das Jüngste Gericht bald kommen sah und einen radikalen Kurs beschritt.

Er nahm einen weiteren Schluck. In der Spüle stapelten sich zwei Töpfe und eine Bratpfanne. Er holte sie heraus und ließ heißes Wasser einlaufen.

Und Vera Loosli? Die Fotos in ihrem Haus deuteten darauf hin, dass sie ein Mitglied der Gemeinschaft gewesen sein könnte. Und mit ihr Tarik. Irgendwann musste sie ausgestiegen sein. Was hatte sie am Telefon gesagt? »Sie haben ihn mir weggenommen.« Also war Tarik womöglich bis heute dabei. Hatte die Sekte Vera als Abtrünnige umgebracht?

Vielleicht. Wer einen muslimischen Jungen entführte und als Christ aufzog, musste ziemlich meschugge sein.

Bollag goss ein paar Tropfen Spülmittel in das Wasser und versenkte einen Topf darin. Sollte er die Polizei informieren?

Er holte die Umhängetasche aus dem Flur und fischte sein Handy heraus. Das Display gab nichts her, Neuenschwander hatte sich nicht gemeldet. Scheibenkleister. Sie hatten abgemacht, Informationen auszutauschen. Vielleicht sollte er den ersten Schritt machen. Bollag tippte eine Textnachricht:

Brunner war Sterbehelfer. Möglicherweise Motiv für Täter. Bollag.

Er wählte Neuenschwanders Mobilnummer in seinen Kontakten aus und schickte die SMS ab. Erledigt.

Er nahm eine Spülbürste zur Hand und schrubbte. Der Spinat war angetrocknet, er hätte den Topf einweichen sollen. Wehe, wenn Neuenschwander ihm jetzt nicht ein paar Tipps rüberschob. Schließlich hatte Bollag gerade tolles Material für Seite 1 aus den Händen gegeben. In normalen Zeiten hätte er sich lieber eine Hand abgehackt, doch mit dem Verschwinden von Tarik, dem Tod von Vera Loosli und den Angriffen auf Petra hatte er Stoff für mehr Exklusivgeschichten, als ihm lieb war. Alle Details über diese anderen Storys musste er Neuenschwander ja nicht auf dem Silbertablett servieren.

Bollag stellte den sauberen Topf umgekehrt auf die Abtropffläche, ließ heißes Wasser nachlaufen und griff nach der Bratpfanne. Es klingelte an der Haustür. Er blickte auf die Uhr unter dem Herd, 17.40 Uhr, und lächelte. Petra hatte sich ein bisschen früher von ihrem Papierkram losreißen können. Wie schön.

Er eilte in den Flur, warf einen Kontrollblick ins Wohnzimmer. Es sah ganz passabel aus. Dann drückte er den Türöffner für das Erdgeschoss, öffnete die Wohnungstür einen

Spalt und ging zurück in die Küche, um das Wasser abzudrehen.

Nach einer Minute hörte er, wie sich die Wohnungstür öffnete. »Hast du deinen Schlüssel vergessen?«

Petra gab keine Antwort. Bollag machte zwei Schritte in Richtung Flur und …

Zwei Männer standen auf der Schwelle zu seiner Küche, schwarze Hosen, weiße Hemden, schwarze Jacketts. »Sie müssen sich in der Wohnung geirrt haben.«

Der eine sah mit dem Flaum auf den Wangen aus wie ein Milchgesicht, er war kräftig und musste seinen Scheitel unter dem Türrahmen einziehen. Sein Kollege reichte ihm knapp bis zur Schulter, die Sonne hatte das runzlige Gesicht über dem grauen Bart gegerbt. Er lächelte freundlich wie der Samichlaus. »Wir stören ungern.«

Nein, Bollag wollte weder spenden noch an einer Umfrage teilnehmen. »Es tut mir leid, ich habe keine Zeit. Würden Sie bitte …« Er machte eine Geste in Richtung Wohnungstür.

Der Alte lächelte unentwegt, als seine rechte Hand in die Jacketttasche glitt. Als er sie herauszog, hielt er eine Pistole mit viereckigem Lauf darin. Ein Taser! Erschrocken machte Bollag einen Schritt rückwärts und streckte die Hände vor.

Samichlaus richtete die Elektroschockpistole auf ihn, zögerte keine Sekunde und drückte ab. Zwei winzige Metallharpunen schossen auf Bollag zu und drangen in die Haut ein, über die Führungsdrähte entluden sich 50.000 Volt aus der Waffe in seinen Körper.

Bollag fühlte sich hochgehoben und herumgeschleudert wie in einem wilden Fahrgeschäft an der Basler Herbschtmäss. Er landete auf dem Küchentisch, riss Kaffee und Laptop herunter und mit sich zu Boden. Alles an ihm zuckte unkontrolliert. Schließlich blieb er erschöpft liegen wie nach einem K.-o.-Schlag in der zehnten Runde.

Während Samichlaus die Harpunen aus Bollags Haut zupfte, nahm Milchgesicht eine Spritze aus der Jacketttasche und entfernte die Schutzkappe.

Weder mit Händen noch Füßen konnte sich Bollag wehren, als der Junge die Nadel in seinen Nacken stieß. Er spürte, wie sich irgendein Zeugs von seinem Hals aus in den Körper ergoss. Wenig später erschlafften alle Muskeln und sein Sichtfeld verengte sich wie ein Lasso. Dann zog sich die Schlinge zusammen und riss ihn hinab in die Dunkelheit.

45

Chauffeur Marco Lardi steuerte den brandneuen Hybrid-Mercedes die Büchelistrasse hinunter und hielt auf einem Parkplatz unterhalb der Berufsschule. Er wandte sich an Mangold auf dem Beifahrersitz. »Ich bringe Sie gerne in die Altstadt, Frau Bundesrätin.«

»Vielen Dank, das ist nicht nötig.« Mangold empfand es als peinlich genug, dass sie sich mit dem Auto nach Liestal hatte chauffieren lassen. Sicherheitschef Zollinger hatte darauf bestanden, nachdem sie ihm vom Drohanruf berichtet hatte. »Bis zur Haustür müssen Sie mich nicht fahren, die paar Schritte kann ich zu Fuß gehen.«

Lardi gurtete sich ab, Mangold war schneller. Sie öffnete die Tür, stieg mit ihrer kleinen Tasche in der Hand aus und holte sich ihren roten Rollkoffer vom Rücksitz. »Ich fahre morgen Mittag zurück und werde Sie rechtzeitig anrufen.« Sie schloss die hintere Autotür.

»In Ordnung, Frau Bundesrätin.« Er nickte zum Abschied.

Die Limousine rollte vom Parkplatz, und Mangold spazierte den Neuweg hinauf. Zwei Jungs kickten einen Ball gegen die Mauer der ehemaligen Ziegelei. Max hatte ihr erzählt, dass in den Gebäuden 400 Jahre lang Ziegelsteine für Bau und Unterhalt der Basler Stadtmauer gebrannt worden waren. Als die Mauer Mitte des 19. Jahrhunderts der Expansion der Stadt hatte weichen müssen, war die Ziegelei stillgelegt und in die Brauerei Ziegelhof umgewandelt worden. Hier lebten eben pragmatische Leute, auch wenn die Brauerei mittlerweile geschlossen war.

Der Rollkoffer ratterte über den Asphalt in der Rosengasse, sie spürte die gespeicherte Hitze unter ihren Sandalen. Gegen 19 Uhr an einem Samstagabend wirkte das Stedtli wie ausgestorben. Mochte manch einer das trist nennen, Mangold liebte diese Ruhe. Hier brauchte sie keine Verkleidung. Zwar hatten die Einwohner zu Beginn gestaunt, als eine Bundesrätin durch die Gassen spaziert war. Spätestens nach der Geschichte im Blick über ihren Urlaub mit Bollag auf Ameland hatten sie begriffen. Und sie respektierten ihre Privatsphäre.

Beim Gedanken an das Abendessen knurrte ihr Magen, am Mittag hatte sie bloß einen Salat gegessen. Mangold hatte alle Zutaten für ein feines Curry in den Rollkoffer gestopft, auf Max' Küchenausstattung war in der Beziehung kein Verlass. Sie freute sich auf das gemütliches Essen und die Nacht mit ihm.

Beim Blumenhaus Büchi schaute sie zu den Fenstern der Wohnung hoch. Mangold holte den Schlüsselbund aus der Jackentasche und querte die Rathausstrasse. Im Eingang von Max' Wohnhaus stieß sie beinahe ein Mann um, der den Blick starr zu Boden hielt. »Aufgepasst!«

Der Mann hob den Kopf.

»Ach! Herr Neuenschwander?«

Das Gesicht des Kripo-Chefs hellte sich auf. »Frau Bundesrätin. Entschuldigen Sie.« Er wies mit dem Daumen die Hausfassade hinauf. »Ich wollte zu Bollag, aber der ist nicht da.«

»Nicht?« Das war eigenartig. »Vielleicht ist er kurz raus. Kommen Sie, ich habe einen Schlüssel.« Sie schloss die Haustür auf. »Allzu lange wird das ja bestimmt nicht dauern, oder?«

Neuenschwander zögerte. »Ich will wirklich nicht stören.« Er gab sich einen Ruck und folgte ihr. »Aber es ist wichtig. Kommen Sie, ich nehme Ihnen den Koffer ab.«

Bevor sie protestieren konnte, hatte er ihn bereits in der Hand. Seine Miene erschien düster, die Augenbrauen bildeten einen Strich. »Meine Güte, welche Laus ist Ihnen denn über die Leber gelaufen?«

»Ach … Ich stecke in einer schwierigen Ermittlung. Und Bollag taucht überall auf und macht meinen Kollegen und mir das Leben schwer.«

Sie erreichten den ersten Stock, Neuenschwander schnaufte. Mangold schielte zum Lift. »Ja, Max kann recht beharrlich sein.«

Neuenschwander blieb zwei Stufen unter ihr stehen und schaute nach oben. »Beharrlich? Eher starrköpfig wie ein Pitbull, der sich in etwas verbissen hat.«

Mangold lachte auf. Ja, das passte. Der Kripo-Chef hätte sich allerdings selbst genauso beschreiben können. Sie hatte Neuenschwander immer mal wieder bei offiziellen Anlässen erlebt und zudem einiges über ihn gehört. Er galt zwar als ausgezeichneter Polizist, aber auch als Dickkopf.

Im zweiten Stock schwitzte Neuenschwander, obwohl die dicken Mauern das Haus gut isolierten. Er verlagerte den Koffer von der linken in die rechte Hand. »Ich habe Sie gestern im Fernsehen gesehen. Hut ab!«

»Danke.« Mangold suchte nach dem Wohnungsschlüssel. »Ich hatte nicht wirklich eine Wahl. Sonderegger und seine Kumpane haben mich ja praktisch dazu gezwungen. Ich habe gehört, dass Sie ihn heute besucht haben.«

»Als Mittelsmann hat er mich benutzen wollen. Er will auspacken, wenn er straffrei davonkommt. Ob der Bundesanwalt darauf eingeht, weiß ich nicht.« Neuenschwander holte ein zusammengefaltetes Taschentuch aus dem Jackett und wischte sich damit über das Gesicht.

Es war tatsächlich ein Taschentuch aus Stoff. Lange her, seit Mangold das zum letzten Mal gesehen hatte. Im dritten Stock steckte sie den Schlüssel in das Schloss von Max' Wohnung. »Hat Sonderegger über mich gesprochen?« Sie wandte Neuenschwander den Blick zu und schob die Tür auf.

Er zögerte einen Moment. »Nur, dass er Sie unterschätzt hat. Alles andere war Geschwätz. Typen wie Sonderegger … Was ist denn hier los?«

Kleidungsstücke waren im Flur verstreut, der Wäschekorb lag verkehrt herum, das Schuhregal stand schief im Weg. Mangold machte einen Schritt in die Wohnung, Neuenschwander packte sie am Arm und zog sie zurück. »Warten Sie.«

Behutsam stellte er den Koffer ab, hielt einen Finger hoch und bedeutete ihr damit, dass sie im Treppengeschoss warten solle. Dann griff er unter seine Jacke und zog seine Waffe heraus.

Mangold stellte sich seitlich neben die Tür und lugte um die Ecke in den Flur. Mit kleinen Schritten rückte Neuenschwander vor, presste seinen Rücken an die Wand neben der Küche und schaute hinein. Langsam bewegte er sich den Flur hinunter, verschwand im Schlafzimmer, huschte wieder heraus und betrat den Trainingsraum.

Schließlich kam er zurück zur Eingangstür. »Niemand mehr da.«

Mangold stieg über Socken und T-Shirts. Mein Gott, wo war Max?

Neuenschwander steckte die Waffe in das Holster. »Es sieht aus, als ob jemand die Wohnung durchsucht hat. Wann hatten Sie das letzte Mal Kontakt mit Bollag?«

»Spät gestern Abend haben wir telefoniert. Und vor einer halben Stunde habe ich ihm ein SMS geschickt, dass ich mich ein wenig verspäten werde.« Sie zog ihr Handy aus der Tasche und schaute darauf. »Er hat nicht geantwortet.« Erschrocken schlug sie sich die freie Hand vor den Mund. In der Küche standen alle Schranktüren offen, der Tisch war umgekippt, Splitter einer Tasse lagen in einem See aus Kaffee. »Was ist hier bloß passiert?« Sie machte zwei Schritte in den Raum hinein, streckte die Arme nach dem Laptop auf dem Boden aus.

»Bitte nichts anfassen.« Neuenschwander stand hinter ihr, das Handy am Ohr. »Ich biete die Spurensicherung auf.« Er wandte sich ab, sprach in das Mobiltelefon. »Hallo, Akim … Ich weiß, es ist Samstagabend. Wir haben hier einen Notfall …« Er verschwand im Flur.

Mangold stand in der Küche und fühlte sich völlig hilflos. Ob es Max wohl gut ging? Ein kalter Schauer lief ihr über den Rücken. Möglicherweise hatte das hier mit dem Anrufer vom Mittag zu tun. Was hatte der gesagt? Sie konnte keinen klaren Gedanken fassen.

Mit dem Handy in der Hand kam Neuenschwander zurück. »Meine Kollegen werden bald hier sein.« Er stutzte, hielt sich das Handydisplay dicht vor die Nase, holte seine Lesebrille aus der Innentasche seines Anzugs, las etwas. »Verdori, ich sollte das wirklich öfter anschauen. Dieser Fall wird immer verworrener.« Er hielt ihr das Handy entgegen. »Vor einer guten Stunde habe ich eine Nachricht bekommen. Von Bollag.«

46

Alle zwei Sekunden fiel ein kalter Tropfen auf seine Wange.

Platsch, platsch, platsch.

Bollag lag auf der Seite, zusammengerollt wie ein Fötus, auf feuchtem Boden. In seinem Kopf drehte sich alles, er wollte erbrechen. Es ging nicht.

Platsch, platsch, platsch.

Flüssigkeit lief von der Schläfe über die Wange hinab in seinen Mundwinkel. Wasser, kaltes Wasser. Er wollte es abwischen, konnte jedoch seine Hände nicht bewegen. Etwas hielt sie auf seinem Rücken zusammen. Er hob den Kopf, brachte einen Ellenbogen unter den Körper, drückte sich damit vom Boden weg. Als er aufrecht saß, wurde der Seegang in seinem Kopf stärker. Bollag lehnte sich mit dem Rücken gegen die Wand und schloss die Augen. Nach ein paar Sekunden fühlte er sich ein bisschen besser.

Licht von nebenan drang in den Raum ohne Fenster. Er maß etwa vier auf vier Meter. Die Wände waren von Schimmel überzogen. Bollag begriff, dass er zwischen Müll saß. Der Boden war übersät mit alten Tagblatt-Ausgaben, zersplitterten Flaschen mit dem *Feldschlösschen*-Etikett, Coop-Tüten, verrosteten Ravioli-Dosen. Möglicherweise hatten hier Obdachlose gehaust.

Ob es Tag oder Nacht war? Hatte er das Bewusstsein für ein paar Stunden oder eine Woche verloren? Nein, eine Woche bestimmt nicht. So lange hätte er in diesem kalten Loch nicht überlebt. Bollag blickte an sich hinab, er trug Shorts und T-Shirt, keine Schuhe oder Socken. Die Körperseite, auf der er gelegen hatte, war schmutzig und feucht. Ihn fröstelte.

Platsch, platsch, platsch. Das Wasser tropfte ihm auf die Schulter.

Er rutschte zur Seite. Die Tür in den Nebenraum stand halb offen, weiße Farbe blätterte ab. Schritte hallten, weiche Sohlen auf Beton, Werkzeug klapperte. Er drehte sich zur Seite, stützte die linke Schulter gegen die Betonwand, brachte das linke Knie unter den Körper, setzte den rechten Fuß auf den Boden, kam langsam hoch. Erneut überrollte ihn der Schwindel, beinahe knickten seine Beine ein. Mit der Schulter lehnte er sich gegen die Wand und atmete durch.

»Ich stelle die Zeit auf 9.15 Uhr ein, alle werden im Saal sein.« Die Stimme klang tief, herrisch und sehr nah.

Bollag fuhr zusammen.

Plastik raschelte im Nebenraum. »Schau nach, ob er wach ist.«

Schritte näherten sich, die Tür ging ganz auf, die Gestalt war etwa zwei Meter groß, kräftig: Milchgesicht.

Der Junge kam herein. »Ja, er ist wach. Er ist sogar aufgestanden.« Milchgesicht hatte dichtes schwarzes Haar, dicke Augenbrauen. Irgendetwas an ihm …

»Endlich. Du hättest ihm nicht eine so starke Dosis geben dürfen. Uns bleibt nicht mehr viel Zeit.«

Bollag erinnerte sich an den Moment in seiner Küche, der Laptop, die *Lanze Gottes*, die beiden Männer, die Elektroschockpistole, die Spritze. Milchgesicht trat näher, begaffte ihn wie ein Tier im Zoo, setzte etwas auf, das er wohl für einen finsteren Blick hielt.

So ein Bubi. »Was willst du von mir, Arschloch?« Die Worte kamen kaum hörbar über seine Lippen, Bollags Stimmbänder schienen eingerostet.

Milchgesicht ging um ihn herum. Bollag senkte den Oberkörper, als ob er sich übergeben müsse. Er wartete, bis der Junge stehen blieb, sprang drei Schritte vor und rammte seinen Kopf in Milchgesichts Magen. Mit Genugtuung hörte Bollag, wie er die Luft ausstieß. Der Junge fiel nach hinten, landete auf dem Hosenboden, Dosen schepperten. Milchgesicht schnappte nach Luft.

»Ich habe dir gesagt, dass du dem nicht über den Weg trauen darfst.« Samichlaus stand in der Tür, den Taser in der Hand. Die Kiefer unter dem grauen Bart mahlten, der Mund verzog sich zu einem bösartigen Grinsen.

»Nein, nicht.« Bollag machte mehrere Schritte rückwärts bis zur Wand. Glas schnitt in seine rechte Fußsohle. Ein stechender Schmerz raste durch den Fuß und das Bein, da erwischten ihn die Harpunen, der Stromstoß durchfuhr seinen Körper und überdeckte alles. Er fiel um wie ein entwurzelter Baum, zappelte im Müll. Es dauerte ein paar Sekunden, dann blieb er liegen ohne jede Kraft.

Samichlaus zog Milchgesicht auf die Beine. Sobald der Junge zu Atem gekommen war, ging er auf Bollag zu. »Auge um Auge …« Mit voller Wucht trat er ihm in den Magen.

Bollag übergab sich auf den Boden, glaubte, daran zu ersticken.

»Das reicht.« Samichlaus packte Milchgesicht an der Schulter. »Lass dich nicht von deiner Wut leiten. Ein zorniger Mann ist ein dummer Mann.« Er ließ ihn los. »Hilf ihm hoch.«

Milchgesicht zog Bollag am Arm in die Senkrechte und lehnte ihn mit dem Rücken gegen die Wand. Ein Rest Kotze rann über Bollags Kinn und das T-Shirt. Die beiden Mini-Harpunen brannten in seiner Brust.

Samichlaus trat vor ihn. »Das geschieht mit Leuten, die uns ausspionieren. Das mögen wir nicht.«

Bollag japste nach Luft, spuckte auf den Boden, räusperte sich. »Was? Ich?«

»Schenken Sie sich Ihre Spielchen, Bollag.« Er hob den

Elektroschocker hoch, ein feines Lächeln zeichnete sich auf seinem Gesicht ab. »Oder wollen Sie noch eine Dosis? Wir wissen genau, dass Sie hinter uns her sind. Die Mitglieder unserer Gemeinde beten und arbeiten, führen ein friedliches, gottgewolltes Leben.«

Also doch, die beiden gehörten zur *Lanze Gottes*. Bollag deutete mit dem Kinn auf die Drähte, die mit der Pistole verbunden waren. »Ein gottgewolltes Leben sieht für mich anders aus.«

Samichlaus trat einen Schritt näher. »Weshalb verfolgen Sie uns?«

»Ich weiß nicht, wovon Sie reden.«

Samichlaus grinste hässlich, als ob er auf diese Antwort gehofft hatte. Er schaute auf die Elektroschockpistole und betätigte den Abzug. Ein neuer Stromstoß raste durch Bollags Körper, er fiel zwischen rostige Büchsen und vergilbte Magazine, wand sich auf dem Boden in Glasscherben. Als er endlich wieder Luft bekam, half Milchgesicht ihm hoch.

Der Alte stand nach wie vor mit dem Finger am Abzug da. »Ich wiederhole meine Frage. Wieso haben Sie uns ausspioniert?«

Bollag lehnte den Hinterkopf gegen die Wand, lange würde er das nicht aushalten. Er biss sich auf die Innenseite seiner Wange, bis er den Geschmack von Blut im Mund hatte. Dann schüttelte er den Kopf und wappnete sich für den nächsten Stromstoß.

Samichlaus betrachtete Bollag wie einen ungezogenen Bengel. Er hielt Milchgesicht einen Finger vors Gesicht. »Lass dir das eine Lehre sein. Menschen, die von Satan besessen sind, haben einen starken Willen.« Er warf einen Blick auf den Elektroschocker, dann auf die Uhr, drückte einen Hebel an der Pistole. Bollag zuckte zusammen, aber nur der Behälter für die Harpunen spickte heraus. »Fessle ihn. Und zwar so, dass er nicht fliehen kann.« Dann verschwand der Alte durch die Tür.

Milchgesicht sah sich um. An der Wand über Bollag verliefen zwei Rohre, aus dem unteren tropfte Wasser. Mit beiden Händen umfasste Milchgesicht es, rüttelte daran und hängte sich schließlich mit seinem ganzen Gewicht an das Rohr. Offenbar zufrieden mit dem Test griff er Bollag von vorn unter die Arme, stellte ihn auf die Beine und maß mit den Augen die Distanz zum Rohr ab.

Dieser Trottel, das war viel zu hoch.

Milchgesicht ließ Bollag auf den Boden kippen und schritt durch die Tür. Die beiden Männer murmelten im Nebenraum, wo kurze Zeit später ein Hammer schlug und eine Säge surrte.

Nach wenigen Minuten tauchten Milchgesichts Füße erneut vor Bollag im Müll auf. Der Junge hielt ein Messer in der Hand, die Klinge funkelte im Licht über Bollags Augenbraue.

Er wollte ihn umbringen, fuhr es Bollag durch den Kopf. Kampflos würde er nicht abtreten. Die kurze Pause hatte ihm neue Kräfte gegeben. Er schloss die Augen zu Schlitzen, drehte sich leicht auf den Rücken, stöhnte laut auf wie ein ausgeknockter Boxer. Als Milchgesicht bis auf einen Meter herangekommen war, ließ er die Beine vorschnellen und traf den Jungen oberhalb der Knie. Milchgesicht knickte ein, das Messer flog durch die Luft und prallte von der Wand neben der Tür ab. Rasch setzte sich Bollag auf, rutschte auf seinem Hintern vor, wollte mit den Beinen nachtreten.

»Stopp!« Samichlaus stand im Eingang, richtete den frisch geladenen Elektroschocker auf Bollag. Mit verächtlicher Miene betrachtete er das wimmernde Milchgesicht. »Ist es nicht genug, dass du bei der ersten Prüfung versagt hast? So wirst du nie ein Gläubiger.« Er machte zwei Schritte, Papier raschelte. »Hol das Messer aus dem Dreck.«

Milchgesicht kam auf die Beine und suchte hinkend den Boden ab. Er fand das Messer neben dem Türrahmen, kam auf Bollag zu, hob die Klinge. Bollag schlug wild mit den Beinen aus, Milchgesicht verpasste ihm einen Tritt in die Rippen. Instinktiv drehte sich Bollag weg, da traf ihn Milchgesichts Fuß im Nacken und blieb dort. Bollag hörte, wie er sich in seinem Rücken bückte, Zeitungen raschelten. Er wappnete sich für den Messerstich und biss die Zähne zusammen.

Plötzlich verschwand der Druck des Kabelbinders, seine Hände waren frei. Milchgesicht hatte das Plastik durchgeschnitten. Vielleicht konnte er die Gelegenheit nutzen … doch der Fuß in seinem Nacken drückte ihn nach wie vor zu Boden.

Samichlaus beobachtete ihn genau, er hielt den Elektroschocker in der einen und ein Drahtseil in der anderen Hand. Er reichte es Milchgesicht, der den Fuß von Bollags Nacken nahm.

Bollag setzte sich auf, Samichlaus behielt ihn im Visier. Milchgesicht fädelte zwei Metallklemmen auf das Drahtseil. Dann wickelte er es einmal um Bollags rechtes Handgelenk, führte das lose Ende durch eine Klemme und straffte das Seil so stark, dass es in Bollags Haut schnitt. Mit einem kleinen Schraubenschlüssel zog er die beiden Muttern der Klemme an.

Samichlaus machte eine auffordernde Bewegung mit dem Taser. »Stehen Sie auf.«

Mühsam kam Bollag auf die Knie, stellte einen Fuß auf den Boden. Wenn er jetzt hochschnellte und zuerst den Alten …

»Denken Sie nicht mal dran.« Samichlaus streckte den Elektroschocker mit beiden Händen vor.

Milchgesicht half Bollag hoch, führte das Drahtseil über

das untere Rohr, zog daran, packte Bollags linken Arm und fixierte das zweite Handgelenk in gleicher Weise wie das rechte. Nun war Bollag mit halb erhobenen Händen an das Rohr gefesselt, Dreck rieselte auf seine Stirn, die Augen, den Mund.

Samichlaus kontrollierte die Drahtfesseln, während Milchgesicht am Seil rüttelte. Der Alte nickte zufrieden. »Das hält, bis wir zurück sind. Dann werden wir unser Gespräch weiterführen. Komm, Samuel, wir sind spät dran.«

»Ja, Vater.«

Samichlaus ging voran. Milchgesicht kontrollierte, ob sein Vater außer Sicht war. Anschließend lächelte er diabolisch, rammte seine Faust zu schnell für jeden Abwehrreflex in Bollags Magen und folgte dem Alten.

Es dauerte eine gefühlte Ewigkeit, bis Bollag wieder zu Atem kam. Als der Sauerstoff endlich sein Hirn erreichte und er klar denken konnte, verschwanden die letzten Zweifel: Der Junge, das Milchgesicht, war Tarik Kaymaz.

47

Der eine Mann war klein und stämmig, der andere ein Brocken. Beide trugen schwarze Anzüge und torkelten ein wenig die Rathausstrasse entlang mit der schweren Last in ihrer Mitte. Der besoffene Kerl in der Mitte hatte die Arme links und rechts um die Schultern seiner Freunde gelegt und ließ sich von ihnen nach Hause schleppen. So sollte es für Unbeteiligte aussehen. Nur genaue Betrachter würden stutzen, weil der Betrunkene keine Schuhe trug. Aber wer schaute am späten Samstagnachmittag genau hin bei Säufern?

»Bestimmt ist Bollag 85, 90 Kilo schwer. Die werden ihn nicht weit getragen haben.« Neuenschwander stoppte die Aufnahme der Überwachungskamera, die der Liestaler Stadtverwalter Andreas Keller vor einer halben Stunde vorbeigebracht hatte. Das Video räumte die letzten Zweifel aus: Bollag war verschleppt worden.

»82 wiegt er knapp.« Mangold knetete ein Taschentuch in ihrer Faust. Sie gab sich sichtlich Mühe, die Fassung zu bewahren, doch ihr Gesicht war aschfahl. Neben ihr im Rapportraum der Gutsmatte saß Sicherheitschef Zollinger, eine Reihe davor hatte sich die Mini-Soko vollzählig versammelt: Astrid Flückiger, Roger Wagner und Jonas Schaub. Heute waren sie alle hellwach.

Auch Neuenschwander teilte ihre Aufregung. So war es immer, wenn die Ermittlung in einem schwierigen Fall die entscheidende Phase erreichte. Diese Momente liebte er an seinem Beruf. Gleichzeitig plagte ihn sein schlechtes Gewissen, weil er sich so gut fühlte, wo doch ein Menschenleben auf dem Spiel stand.

Mit einem Bleistift trommelte Astrid gegen ihren Mund. »Die beiden Entführer könnten ein Auto bei der Allee parkiert haben. Dort steht dieser Imbissstand. Vielleicht hat der Verkäufer etwas gesehen.« Wenn sie zu Hause einen Streit wegen der Zusatzschicht hatte ausfechten müssen, ließ sie es sich jedenfalls nicht anmerken.

17.56.22 zeigte die Uhr am unteren Rand des Bildschirms an, Jonas deutete mit dem Finger darauf. »Um diese Zeit war der Imbiss bestimmt offen.«

Neuenschwander hatte sich dort selbst schon spätabends ein Schnitzelbrot geholt. »Gute Idee. Kümmerst du dich darum, Astrid?«

Sie nickte und legte den Bleistift neben ihre Notizen. »Was ist mit der Nachricht, dass Brunner Sterbehelfer …«

Neuenschwander hob eine Hand. »Moment, dazu kommen wir gleich. Schön der Reihe nach.« Er zog die Kappe von einem Filzschreiber und trat vor das Flipchart, auf das er mittig *Bollag* schrieb und ein bisschen weiter unten links *Vera Loosli* hinzufügte. Mit einem Strich verband er die beiden Namen. »Bollag bekommt einen Tipp, dass ein verschwundener Junge am Leben sein soll. Die Spur führt ihn zu Vera Loosli. Jonas, was wissen wir über die Frau?«

»Sie ist tatsächlich die Tochter von Viktor Petkov, dem reichen Baulöwen. Vor 19 Jahren heiratet sie Thomas Loosli. Das Paar wohnte eine Weile in Birsfelden, ehe es plötzlich von der Bildfläche verschwand. Ich habe bis jetzt nicht herausgefunden, wo es die nächsten Jahre verbrachte. Vor vier Jahren tauchte Vera Loosli allein in Liesberg auf.«

Unter *Loosli* schrieb Neuenschwander *Petkov* auf die Tafel und verband die beiden Namen mit einer Linie. »Und Thomas Loosli?«

Jonas drehte beide Handflächen nach oben. »Bisher weiß ich praktisch nichts über den. Keine Ahnung, wo er sich aufhält.«

Rechts auf die Tafel fügte Neuenschwander *Michael Brunner* hinzu. »Nun wird es interessant. Offenbar kannte Loosli den Arzt näher, sonst hätte sie nicht am Tag seines Todes vor dessen Haus getrauert.«

»Bist du dir sicher, dass sie es war?« Die Miene des Schwergewichts Wagner zeigte Skepsis.

»Ziemlich sicher.«

»Dann war sie bestimmt seine Geliebte. Dieser Arzt hat nichts anbrennen lassen.« Wagner sah sich nach Zustimmung bei seinen Kollegen um.

»Möglich.« Neuenschwander verband *Loosli* und *Brunner* mit einer Linie, über die er ein Fragezeichen setzte. Ein zweiter Strich führte von *Petkov* zu *Brunner*. »Wir wissen, dass Brunner Geldprobleme hatte. Und Menschenfreund Petkov hat ihm geholfen.«

Wagner tippte sich an die Schläfe. »Wie wäre es mit dieser Hypothese: Petkov hilft dem spielsüchtigen Arzt aus der Patsche, als Dank bumst der die Tochter seines Wohltäters. Aus Wut fackelt der Bauunternehmer Brunner ab wie eine Kerze am Christbaum.«

Typische ungehobelte Ausdrucksweise von Wagner. Verdori, Roger, sie hatten hohen Besuch. Mit einem Schielen wies Neuenschwander auf die Bundesrätin hin. »Wieso sollte sich der Vater darüber ärgern? Seine Tochter war schließlich erwachsen.«

Wagner machte große Augen und hob die Schultern. »Vielleicht war Loosli ja schwanger und Brunner wollte nichts von dem Kind wissen.« Er wandte sich an Jonas. »Was sagt der Gerichtsmediziner?«

Jonas klopfte mit dem Knöchel auf den Bericht. »Keine Schwangerschaft.«

»Was hast du denn da für eine Sauerei gemacht?« Wagner deutete auf die Papiere, die von der Cola braun verfärbt waren.

Jonas winkte ab. »Frag nicht.«

Zollinger in der hinteren Reihe stieß Luft durch die Nase aus und rutschte unruhig herum. Offensichtlich wollte er etwas loswerden. Neuenschwander ließ ihn hier zwar dabei sein, aber zu melden hatte er nichts. Er hielt sein Handy in die Höhe. »Dann ist da dieses SMS von Bollag, eingegangen um 17.35 Uhr. Astrid hat es angesprochen, offenbar arbeitete Brunner als Sterbehelfer. Was wolltest du vorhin sagen, Astrid?«

Astrid kratzte mit dem Fingernagel einen imaginären Fleck von der Tischplatte. »Bei der Befragung im Spital hat mir niemand davon erzählt. Auch Brunners Stellvertreter Dürst nicht.«

»Niemand macht dir einen Vorwurf.« Dennoch war es verdammt ärgerlich, dass Bollag ihnen einen Schritt voraus gewesen war. Statt sich an die Polizei zu wenden, hatte er auf eigene Faust ermittelt. Nun steckte er deswegen in großen Schwierigkeiten.

Roger Wagner hob einen Finger zur Warnung. »Diesem Dürst traue ich nicht weiter, als ich pissen kann. Ich finde es sehr praktisch für ihn, dass er ausgerechnet in der Brandnacht in diese Tempokontrolle auf der Autobahn geriet. Vielleicht verarscht der uns und saß gar nicht im Auto. Im Spital sollten wir Dürst morgen nochmals in die Zange nehmen.« Er sah Astrid an, sie nickte.

Richtig, Dürst durften sie nicht aus den Augen verlieren. »Macht das heute noch«, forderte Neuenschwander. »Falls Looslis Mörder Bollag entführt haben, dürfen wir keine Zeit verlieren.«

Jonas sah hoch. »Was ist eigentlich mit Bollags Handy? Können wir das orten?«

»Nein, die Swisscom bekommt kein Signal. In der Wohnung war es nicht zu finden, also bleiben wir dran.« Neuenschwander klatschte in die Hände. »Genug geredet, beginnen wir mit der Arbeit. Astrid und Roger, ihr nehmt euch den Besitzer der Imbissbude und Dürst vor. Jonas, du gehst zur Familie Kaymaz. Frag sie, wer auf den alten Fotos von Loosli abgebildet ist. Wir müssen wissen, was Bollag herausgefunden hat.« Hätte Bollag bloß mit offenen Karten gespielt, wäre der Fall vielleicht schon gelöst. So viel zum Thema Zusammenarbeit mit einem Journalisten. »Und ich werde dem Baulöwen Petkov einen Besuch abstatten.«

Alle rafften ihre Papiere zusammen und brachen auf. Die Wanduhr hinten im Rapportraum zeigte 22.41 Uhr.

»Was kann ich tun?« Bundesrätin Mangold war zu ihm nach vorn gekommen.

Neuenschwander hatte aus dem Bauch heraus entschieden, dass sie bei der Besprechung dabei sein durfte. Damit hatte es sich. »Am besten gehen Sie erst einmal zurück in die Wohnung. Wir setzen uns ein mit allem, was uns zur Verfügung steht.«

Mangold schien enttäuscht, widersprach allerdings nicht.

Zollinger baute sich neben der Bundesrätin auf. »Ich wollte Sie nicht vor Ihren Mitarbeitern kritisieren, aber Ihre sogenannte Soko ist ja ein schlechter Witz. Ich halte es für offensichtlich, dass Bollags Entführung mit den Drohungen gegen Bundesrätin Mangold zusammenhängt. Deswegen werde ich Verstärkung anfordern, in einer Stunde haben Sie zehn Leute vom Bundessicherheitsdienst hier.«

Mit gerunzelter Stirn musterte ihn Mangold von der Seite.

Was für ein aufgeblasener Heini. Dieser Fall gehörte seiner Truppe, nicht dem Bundessicherheitsdienst. Natürlich hätte sich Neuenschwander mehr Leute gewünscht, auf eingebildete Bundesbeamte, die alles an sich rissen, konnte er allerdings gut verzichten. »Danke für das Angebot, im Moment kommen wir gut allein zurecht.«

»Das war kein Angebot, Neuenschwander. Ich werde meine Leute …«

»Wir sollten die Baselbieter Polizei arbeiten lassen.« Mangold hatte ihrem Sicherheitsmann eine Hand auf den Arm gelegt. »Herr Neuenschwander ist ein hervorragender Ermittler, ich habe volles Vertrauen in ihn und seine Leute.«

Ein schönes Lob, Neuenschwander lächelte die Bundesrätin an.

Zollinger schüttelte den Kopf. »Ihr Vertrauen in Ehren, aber …«

Mangold schnitt ihm mit einer Handbewegung das Wort ab. »Falls sich in den nächsten Stunden neue Anhaltspunkte ergeben, können wir Verstärkung aus Bern anfordern.« Sie wandte sich zum Gehen. »Kommen Sie, Herr Zollinger.«

Der Bundesheini richtete seinen Zeigfinger auf Neuenschwander, er konnte es nicht sein lassen. »Wenn Sie das verbocken, wird es Ihren Kopf kosten.«

Ach, der sollte ihm einfach den Buckel runterrutschen.

48

Bollags Hände am Drahtseil baumelten vor seinem Gesicht, das Kabel schnitt ihm in die Handgelenke. Er hob die Arme hoch zum Rohr, der Druck ließ nach. Mit dem Rücken lehnte er sich gegen die Wand und lauschte.

Kein Laut, sie mussten wirklich weg sein.

Vor vielleicht einer halben Stunde waren Tarik und der Alte aus dem Raum nebenan verschwunden. Vorher hatte Bollag sich nicht gerührt aus Angst, dass sie ihn hören und zurückkommen könnten. Einen weiteren Stromstoß würde er nicht verkraften. Er nahm die primitiven Handschellen in Augenschein. Das Kabel war ein paar Millimeter dick, etwa 50 Zentimeter lang und bestand aus einer Vielzahl von Drähten, die ineinander verwickelt waren. Mit dem Blick tastete er sie genau ab und suchte einer Schwachstelle. Hier und da hatte das Kabel Rost angesetzt, doch es schien intakt. Bollag wickelte das Seil um die Hand und hängte sich mit seinem ganzen Gewicht daran. Außer Schmerzen brachte das nichts.

Das Kabel schnürte die Handgelenke ein, unmöglich konnte er seine Hände da hindurchzwängen. Er tastete die Klemmen ab, bewegte sie hin und her. Nein, sie ließen sich nicht lockern. Eine der Muttern nahm er fest zwischen die Finger, versuchte sie zu drehen. Sie rührte sich nicht. Er probierte es an der anderen Klemme, drückte und drehte, bis sein Daumennagel in der Mitte brach.

Herrgottnochmal! Sein Daumen blutete, er steckte ihn in den Mund. Die beiden Kerle mochten Arschlöcher sein, handwerklich waren sie verflucht geschickt.

Bollags rechter Fuß tat weh. Er hob ihn hoch und begutachtete die Fußsohle. Da war ein zwei Zentimeter langer Schnitt. Bei all dem Dreck hier musste er den so schnell wie möglich desinfizieren. Genau, ein Antiseptikum und ein Pflästerchen drauf – als ob er keine anderen Probleme hatte.

Er stellte sich auf die Zehenspitzen, verlagerte sein Gewicht auf den linken Fuß. Das Wasserrohr hatte einen Durchmesser von zehn Zentimetern, verlief quer durch den Raum und verschwand auf beiden Seiten in der Wand. Bollag legte seine Hände darum, rüttelte daran. Es gab kaum nach. Mit den Drahtschlingen rutschte er einen Meter seitwärts das Rohr entlang, versuchte es nochmals. Das gleiche Resultat.

Bollag hinkte durch den Unrat weiter, testete das Rohr auf seiner ganzen Länge. Da war nichts zu machen. Frustriert lehnte er sich in die Ecke.

Seine spärliche Kammer in der Redaktion kam ihm plötzlich wie das Paradies vor. Wie gern säße er in diesem Augenblick an seinem Pult und würde eine Story schreiben. Tarik lebte! Bestimmt würden ihm die Eltern Auskunft geben, er könnte alte Fotos einbauen, mehr über die *Lanze Gottes* herausfinden, die Verbindung zum toten Kripo-Chef Amsler aufzeigen. Es wäre ein Knüller.

Und wer war der zweite Folterknecht? Vielleicht Thomas

Loosli. Was hatte Meltem Kaymaz über Loosli gesagt? Er sei rechthaberisch und eingebildet. Das würde passen. Man müsste sadistisch hinzufügen. Bollag zu quälen, hatte ihm Spaß bereitet. Ein Schauder ergriff ihn, als er an den Elektroschocker dachte. Vielleicht waren die beiden auf dem Rückweg hierher? Irgendwie musste er hier rauskommen. »Denk nach, verflucht noch mal.«

Das Rohr war solide verankert, die Fesseln wurde er nicht los. Bollag sah nach oben, hielt eine Hand hoch. Das Drahtseil rutschte über das Rohr und machte ein ratschendes Geräusch. Er fuhr mit den Fingern über die ineinander gewickelten Drähte, die eine raue Struktur bildeten. Mit beiden Händen fasste er das Seil und bewegte es auf und ab, auf und ab. Das Surren auf dem Rohr tönte fast … wie eine Säge. Doch sie machte einen Höllenkrach. Der Schall übertrug sich bestimmt auf das ganze Gebäude. Und wenn dort draußen ein Sektenheini saß, käme der bald angerannt.

Egal, er musste es riskieren. Bollag zog das Seil straff, bewegte die Hände auf und ab, begann mit der Arbeit.

Moment, er durfte nicht kopflos vorgehen.

An einer Stelle hatte das Rohr getropft, vielleicht hatte es dort einen kleinen Riss. Er bewegte sich seitwärts zurück, tastete das Rohr ab, fand das Leck. Nein, einen Riss spürte er nicht. Aber wenn Wasser rauslief, musste es ja beschädigt sein.

Erneut stellte sich Bollag in Position, packte das Seil und fing an. Auf und ab, auf und ab. Er zählte die Bewegungen, kam bis 100, hielt inne, tastete mit den Fingern das Rohr ab. Die Stelle, an der das Seil über das Rohr gescheuert hatte, war heiß geworden. Das war immerhin ein Anfang.

»Weiter so«, sprach er sich selbst Mut zu.

Er machte sich an die Arbeit. Auf und ab, auf und ab. Scheiße, seine Handgelenke waren empfindlicher als das Rohr.

Die Haut riss mit jeder Bewegung weiter auf. Bollag ignorierte den Schmerz, konzentrierte sich stattdessen auf den Rhythmus. Die Hände bewegten sich im Takt, er stellte sich eine Treppe in einem hohen Turm vor. Mit jeder Stufe kam er dem Ziel näher. Auf und ab, auf und ab. Schweiß lief über sein Gesicht, über den Nacken, den Rücken. Die Muskeln in seinen Oberarmen ermüdeten, schmerzten. Und die Handgelenke taten so weh, dass er eine Pause einlegen musste.

Brachte das überhaupt etwas? Er tastete nach oben, spürte eine winzige Kerbe.

»Ja!«

Von oben tröpfelte eiskaltes Wasser auf seinen Kopf. Und er stand darunter und schwitzte. »Na, wenn es nichts Schlimmeres ist.«

Bollag betrachtete seine Handgelenke, Blut sickerte unter dem Draht hervor. Er schlang das Kabel in Schlingen um beide Hände und machte weiter.

Eins, zwei, drei, vier, fünf …

Er erhöhte das Tempo, 100, 150, 200, das Blut tröpfelte langsam über die Unterarme. Bei 1.300 hatte es die Ellenbogen erreicht. Seine Handgelenke taten unglaublich weh, sodass er aufschrie. Bollag stoppte, tastete das Rohr ab. Das Kabel hatte sich ein paar Millimeter tief hineingefressen.

»Gut gemacht!«, lobte er sich selbst.

Bollag wickelte das Seil erneut um die Hände, einzelne Drähte stachen ihm in die Finger. Die Reibung hatte sie zerrissen. Dann machte er weiter. Er dachte an die Sklaven im alten Ägypten, die Steine für die Pyramiden zurechtgehauen hatten. Oder an die Gefangenen auf römischen Galeeren. Bis in den Tod hatten sie schuften müssen. Im Vergleich dazu war das hier ein Spaziergang.

Bei 2.500 zitterten die Muskeln an Armen und Schultern stark, und er musste eine kurze Pause einlegen. Er spürte den Puls in seinen Handgelenken, schaute nicht hin. Wenig später fing er wieder an.

Petra ... mit ihr würde er bald Urlaub machen. In Ameland am Strand liegen, in einem Blockhaus in Finnland Bücher lesen, mit einer Harley quer durch die USA brettern.

Bei 5.491 hatte er das Rohr fast einen Zentimeter tief angesägt. Seine Handgelenke waren offene Wunden, das Blut hatte die Oberarme erreicht, sein Oberkörper schmerzte wie nie zuvor in seinem Leben. Diese Sektenbastarde, die ihm das hier antaten ... Er würde es ihnen heimzahlen.

Bollag brauchte eine Pause, nur ein, zwei Minuten, dann würde er weitersägen. Er lehnte sich gegen die Wand, legte den Kopf nach hinten, schloss die Augen.

Und sackte einfach weg.

49

»Was wollen Sie?«, ertönte eine blecherne Stimme.

»Mit Herrn Petkov sprechen. Ich bin von der Polizei.« Neuenschwander musste sich aus dem Fenster des VW Passat lehnen, damit er den Knopf der Sprechanlage drücken konnte.

»Halten Sie Ihren Ausweis in die Kamera.«

Er fingerte den Dienstausweis aus dem Portemonnaie und streckte ihn vor die Linse.

»Warten Sie.«

Eine Wand aus Beton, die mit Stacheldraht gekrönt war, schirmte das Gelände links und rechts des schmiedeeisernen Tors ab. In dessen Zentrum waren in einen Kreis die

Buchstaben *VP* hineingewoben. Das Licht von Scheinwerfern blendete Neuenschwander, er kniff die Augen zusammen. Sapperlot, wie lange dauerte das denn noch? Er mahnte sich zur Geduld, musste diplomatisch vorgehen, denn hier hatte er nichts zu melden. Zwar war Leymen auf drei Seiten umgeben von der Schweizer Grenze – und sogar das 10er-Tram der Baselland Transport AG legte hier einen Halt ein –, trotzdem befand er sich in Frankreich.

Geschlagene fünf Minuten später meldete sich die Stimme wieder. »Fahren Sie vor bis zum Haus.«

Es klickte, ein elektrischer Motor sprang an und das Tor glitt zur Seite. Neuenschwander folgte der gekiesten Zufahrt durch einen Wald und an einem Weiher vorbei. Überall standen Lampen und Scheinwerfer. Als das Landhaus in Sicht kam, stieß er einen Pfiff aus: Versailles im Kleinformat. Das Gebäude war verwinkelt, hatte kleine Türmchen, Erker und Balkone. Es war nach Mitternacht, in den hell erleuchteten Panoramafenstern funkelten Kristalllüster.

Als er vor dem Eingang aus dem Passat stieg, kamen ihm zwei muskelbepackte Männer entgegen. Mit ihren kurz geschorenen Haaren sahen sie aus wie Zwillinge. Sie stellten sich ihm in den Weg. »Ausweis!«

Erneut zückte Neuenschwander sein Kärtchen.

Die Zwillinge nahmen sich Zeit mit der Inspektion, bevor sie endlich den Weg freigaben. Neuenschwander marschierte zur Haustür, die von einem Mann geöffnet wurde, der ihn um einen Kopf überragte. Neuenschwander kannte ihn aus dem Fitnessraum. Der Privattrainer war also auch Leibwächter. Noch einer. Man sollte doch annehmen, dass so ein Wohltäter ausschließlich Freunde hatte.

»Hier durch, bitte.« Der Trainer ging mit geschmeidigen Schritten voran durch weite Räume, die dekoriert waren wie in einem Märchenfilm: viel Gold, Samt und funkelnde

Materialien. Eine Doppeltür führte in eine Bibliothek, der Leibwächter trat zur Seite.

Dunkle Einbände füllten die Wände des Raumes vom Boden bis zur Decke, geordnet nach Größe und Farbe. Das sah nach schwerer Kost aus.

Am anderen Ende der Bibliothek lag Viktor Petkov in einem dunkelblauen Adidas-Trainingsanzug ausgestreckt auf einer Chaiselongue aus schwarzem Leder, sein Blick war auf einen riesigen Plasmabildschirm geheftet. Darauf waren Kinder zu sehen, die im Kreis um einen bunt dekorierten Kuchen saßen, auf dem sieben Kerzen brannten.

Neuenschwander durchquerte die Bibliothek, Petkov drückte die Fernbedienung und fror das Bild ein. »Es ist spät.« Er klang müde, sein ganzer Körper schien geschrumpft seit der Begegnung im Fitnessraum.

»Entschuldigen Sie, dass ich Sie jetzt noch störe. Ich muss Ihnen leider eine traurige Nachricht überbringen.«

Petkov starrte weiter auf den Bildschirm.

»Ihre Tochter Vera ist gestern ums Leben gekommen.«

Petkov zeigte weiterhin keine Reaktion. Er wusste also Bescheid. »Darf ich Ihnen ein paar Fragen stellen?«

Als Petkov nickte, drückte er das breite Kinn auf die muskulöse Brust. Er stemmte sich mit beiden Händen hoch, machte eine Vierteldrehung und stellte die Füße auf den Perserteppich. »Haben Sie etwas herausgefunden?«

Neuenschwander setzte sich neben Petkov. »Der Gerichtsmediziner hat vor wenigen Stunden festgestellt, dass es sich um Mord handelt. Unsere Untersuchungen laufen erst an.«

Petkov machte eine wegwerfende Bewegung. »Das heißt, Sie haben nichts.«

Es klang nicht wie ein Vorwurf, eher wie eine Feststellung. Neuenschwander wünschte, es wäre anders. »Wir wissen, dass Vera vor Jahren in Birsfelden gewohnt hat. Dann verschwand sie von der Bildfläche, bis sie in Liesberg auftauchte. Wissen Sie, wo sie in der Zeit dazwischen lebte?«

Petkov quetschte die Fernbedienung in seiner Pranke, das Blut wich aus seinen Knöcheln. »Vera war … Haben Sie eine Tochter, Neuenschwander?«

»Nein.«

»Väter und Töchter, das ist eine komplizierte Geschichte.«

Philosophische Betrachtungen waren ein Einstieg, vielleicht brachte er ihn auf diese Weise zum Reden. »Das kann ich mir vorstellen. Wie war das bei Ihnen?«

Petkov hob die Schultern. »Was ich mochte, das hasste sie. Politik, Sport, Musik, egal was. Wenn mich etwas interessierte, lehnte sie es sofort ab. Nie habe ich herausgefunden, ob sie es ernst meinte oder ob Veruschka mich bloß ärgern wollte.« Er betrachtete das eingefrorene Bild auf dem Plasmaschirm, im Zentrum der Gruppe saß ein Mädchen mit einer Krone auf dem hochgesteckten Haar. »Damals wurde sie sieben Jahre alt. Ich habe ihr eine Puppenstube geschenkt. Mit kleinen Zimmern, Möbeln, Lampen. Vera hatte sie sich lange Zeit gewünscht, sie war überglücklich. Ein paar Tage später hatten wir einen belanglosen Streit. Am selben Abend stand die Puppenstube hier auf meinem Schreibtisch.« Mit der Fernbedienung wies er auf das mächtige Pult. »Völlig unbeschädigt stand die kleine Welt einfach da.«

»Sie hat sie Ihnen zurückgegeben?«

Eine Träne rann über seine Wange. »Und sie hat nie mehr damit gespielt.« Er wischte mit dem Handrücken über sein Gesicht. »So war Vera, stur und konsequent. Sie wollte ihren eigenen Weg gehen, möglichst weit weg von mir. Mit 18 ist sie ausgezogen und mit radikalen Gruppen in Kontakt gekommen. Sie hat an Demonstrationen teilgenommen, Scheiben zertrümmert, Autos angezündet. All das Zeug, das junge Leute halt so machen.«

Der hatte eine eigenartige Vorstellung von jugendlichem Zeitvertreib. »Hatten Sie damals regelmäßig Kontakt zu ihr?«

»Nein. Aber ich habe ihr jeden Monat Geld auf ein Konto überwiesen. Und ich«, Petkov wedelte mit der Hand, suchte den passenden Ausdruck, »habe mich informieren lassen.«

»Sie ließen Ihre Tochter überwachen?«

»Was hätte ich denn tun sollen? Sie war schließlich mein einziges Kind.« Zum ersten Mal hob er die Stimme. Er ließ die Fernbedienung auf die Chaiselongue fallen und schob die Hände tief in die Taschen des Trainingsanzugs. »Damals hatte ich Hoffnung, dass sie eines Tages zurückkäme. Doch dann hat sie diesen Fanatiker Loosli kennengelernt.«

»Was war mit ihm?«, fragte Neuenschwander.

»Haben Sie von der *Lanze Gottes* gehört?«

Hatte darüber nicht mal etwas in einem Bericht gestanden? »Der Name kommt mir bekannt vor.«

»Das ist eine Ansammlung von Wirrköpfen. Sie sehen das Leben auf der Erde als Strafe, die sie erdulden müssen. Jeder muss Buße tun, sonst schickt ihn Gott in die Hölle. Dort leiden sie ewige Qualen und so weiter. Alles ein riesiger Haufen Scheiße.«

Genau, in einer Akte der Solothurner Kollegen hatte Neuenschwander etwas in der Art gelesen. »Was für Leute sind in dieser Sekte?«

»Meist handelt es sich um große Familien. Die Gemeindemitglieder sind entweder Gläubige oder Ungläubige. Die Gläubigen haben ihre Sünden bekannt und eine Prüfung bestanden. Ihnen winkt das Paradies, sie bestimmen alles in der Gemeinschaft. Die Ungläubigen sind die Außenseiter, die Jungen sowie fast alle Frauen. Ihnen droht die Hölle.«

Petkov hatte sich gut informieren lassen. »Und Vera hat daran geglaubt?«

»Sie muss den Verstand verloren haben.« Petkov verwarf die Arme. »Loosli muss ein sehr charismatischer Mann sein. Offenbar wuchs er in dieser Sekte auf, verließ sie als junger Mann und kehrte später mit Vera zurück. Ich war überzeugt, dass sie es dort nicht lange aushalten würde. Ich lag falsch.«

»Also wohnte sie all die Jahre dort, in dieser Sekte?«

»Ja. Aber ich wusste nie genau, wo. Die verschiedenen Gemeinden leben sehr abgeschottet. Selbst für mich war es schwierig, an Informationen zu kommen.«

»Wie haben Sie es geschafft?«

Petkov schnaubte. »Geld öffnet viele Türen.«

Neuenschwander tastete sich auf schwieriges Gelände vor. »Hatte Vera Kinder?«

Petkov starrte auf den Bildschirm. »Nicht dass ich von Enkeln wüsste.«

Die Antwort hatte Petkov sehr schnell gegeben, zu schnell. »Es ist Ihnen also nie zu Ohren gekommen, dass sie einen Sohn hatte?«

»Nein, das ist mir neu.« Petkov setzte ein erstauntes Gesicht auf. Er war ein miserabler Schauspieler.

Neuenschwander fragte nicht nach. Petkov wusste von dem Jungen, da war er sich sicher, doch weitere Fragen würden nichts bringen. Er erhob sich, machte ein paar Schritte über den weichen Teppich. »Offenbar verließ Vera die Sekte vor ein paar Jahren.«

Nun schaute Petkov hoch. »Es war ein Freudentag für mich, als ich das erfuhr. Und sie ließ sich in Liesberg nieder, nur 20 Kilometer von hier. Ich hatte erwartet, gehofft, dass nun alles in Ordnung kommt.« Sein Blick schweifte durch die Bibliothek, blieb am Bildschirm hängen. »Aber sie hat sich nicht gemeldet. Nie. Einmal wollte ich sie besuchen, sie schlug mir die Tür vor der Nase zu. Danach gab es keinen Kontakt mehr, nichts mehr.«

Die Tochter hatte das Band durchschnitten. »Woher kannte Vera Ihren Geschäftspartner, den toten Arzt, Michael Brunner?«

Abrupt drehte Petkov den Kopf, runzelte die Stirn. »Brunner? Den kannte sie bestimmt nicht.«

Diesmal schien die Reaktion echt. »Haben Sie eine Vermutung, wer Ihre Tochter umgebracht haben könnte?«

»Das weiß ich nicht.« Seine Miene zeigte auf einmal eine grimmige Entschlossenheit. »Noch nicht.« Er drückte auf die Fernbedienung, und das Mädchen mit der Krone blies die Kerzen aus.

»Ich warne Sie, Petkov. Selbstjustiz ist ein schweres Delikt. Machen Sie keinen Blödsinn.«

»Ich habe keine Familie, niemanden mehr.« Er sprach zum Bildschirm. »Was sollte mich davon abhalten?«

»Ich.«

Petkov starrte ihn an, erwiderte jedoch nichts.

Aus dem Nirgendwo tauchte plötzlich der Fitnesstrainer auf und geleitete Neuenschwander zum Ausgang. Sie mussten den Täter rasch finden. Wenn ihn Petkov in die Finger bekam, würde es keine Gerichtsverhandlung geben.

50

Fahles Licht drang durch die Vorhänge, irgendwo im Stedtli bellte ein Hund. Petra Mangold lag seitlich auf dem Bett und drückte das Kopfkissen gegen ihren Körper. Es roch nach Max. Sie versuchte sich vorzustellen, wo er war, wie es ihm wohl ging. Nur mit Shorts und T-Shirt bekleidet lag er irgendwo in einem Loch, gefesselt, hungrig, misshandelt. Vielleicht sogar tot.

Mangold setzte sich auf, der Wecker zeigte 4.55 Uhr. Sie durfte sich nicht verrückt machen. Vor vier Stunden waren die Experten der Spurensicherung gegangen, danach hatte sie sich vergeblich bemüht, ein wenig zu schlafen.

Sie rappelte sich auf und schaltete das Licht in allen Räumen ein. Auf dem Boden im Flur stand der Korb, in dem Max seine frisch gewaschenen Kleider meist einfach liegen ließ, bis er sie anzog. Mehrfach hatte sie ihn dazu gedrängt, die Sachen zusammenzulegen und ordentlich wegzuräumen. Wie hatte sie bloß so kleinlich sein können?

Im Badezimmer fischte sie die Scherben des Rasierwasserfläschchens aus dem Waschbecken und ordnete die überall herumliegenden Tuben und Döschen in die Schränke ein. Im Wohnzimmer legte sie die Polster zurück auf das Sofa und räumte die verstreuten Papiere zurück in den Schreibtisch. In der untersten Schublade schimmerte etwas Rotes zwischen Briefumschlägen. Der Pass von Max.

Das Foto zeigte ihn mit Dreitagebart und längeren Haaren, er schaute missmutig in die Kamera. Mit dem Daumen strich sie darüber. Es wäre schrecklich, wenn sie nie mehr mit ihm sprechen, ihn nie wieder in ihre Arme schließen könnte.

Sie musste auf andere Gedanken kommen. Max war überzeugt davon, dass Sport nahezu alle seelischen Probleme löste. Im Trainingsraum wärmte sie sich mit ein paar Dehnübungen auf und schnappte sich das Springseil. Sie sah im Spiegel, wie das T-Shirt in Größe XL schlaff an ihrem Körper herabhing. *Springsteen Wrecking Ball Tour*. Max hatte es sich letztes Jahr bei einem Konzert in Zürich gekauft.

Aber es stimmte nicht, das mit dem Training. Nicht für

sie. Mangold ließ das Springseil fallen und ging mit schnellen Schritten zurück ins Wohnzimmer, wo sie mit dem Schienbein gegen die scharfe Kante der offenen Schreibtischschublade stieß. »Autsch.« Der Knauf fiel ab und rollte unter den Sofatisch.

Mangold ließ sich auf das Sofa fallen und betrachtete ihr schmerzendes Schienbein. Eine rote Beule wölbte sich über dem Knochen. Sie fühlte, wie sich ihre Augen mit Tränen füllten, und legte sich zur Seite auf die Polster. Unter dem Tisch entdeckte sie den Knauf und holte ihn mit dem ausgestreckten Arm hervor. Er war aus Buchenholz wie das Pult und das Bücherregal.

Als sie Max zum ersten Mal in Liestal besucht hatte, war seine Einrichtung eine Mischung aus Brockenstube und IKEA gewesen. Sie hatte ihn sanft ermuntert, sich das eine oder andere hübsche Möbelstück zu kaufen. Nun standen da ein Sofa mit rotem Stoffbezug und ein Glastisch mit Metallrahmen, dazu das Büchergestell und der Schreibtisch aus heller Buche. Und an den Wänden hingen Schwarz-Weiß-Fotos von Landschaften. Liestal war zu ihrem zweiten Zuhause geworden, sie verbrachte ihre freie Zeit lieber hier als allein in ihrer Wohnung in Bern.

Mangold drehte den Knauf zwischen ihren Fingern. Max, der miserable Handwerker, hatte ihn bestimmt nicht richtig angeschraubt. Der Gedanke brachte sie zum Lächeln. Nein, einfach hier sitzen und warten, das ging nicht. Sie musste etwas unternehmen. Sie setzte sich auf, griff nach dem Handy auf dem Sofatisch und wählte die Nummer von Max.

»Der Teilnehmer ist zurzeit leider nicht erreichbar. Bitte hinterlassen Sie …«

Sie legte auf. Ob die Polizei etwas herausgefunden hatte? Vielleicht war Neuenschwander schon im Büro. Sie gab die ersten Ziffern seiner Telefonnummer ein, hielt inne. Fünf Uhr morgens, das war ja viel zu früh. Der brauchte seinen Schlaf.

Einige Bücher auf dem Regal waren umgekippt, sie stand auf und stellte die alte Ordnung wieder her. Hinter dem Lautsprecher der kleinen Stereoanlage entdeckte sie zwei identische, eingebundene Fotobücher: *Petra und Max.* Mangold klappte den Deckel auf.

Das Buch enthielt eingescannte Konzerttickets, Speisekarten, Zeitungsartikel, Bahnbillets, Quittungen und Werbezettel sowie dazu passende Bilder und kurze Texte. Sie hatte Max aufgezogen, weil er all diesen Krimskrams gesammelt und nicht einfach in den Müll geworfen hatte. Jetzt verstand sie.

Auf der letzten Seite fand sie einen Fragebogen, den sie vor ein paar Monaten in einer Frauenzeitschrift entdeckt hatte. *Welches ist der größte Fehler ihres/r Geliebten?*

Aus Jux hatte sie ihn gebeten, darauf zu antworten. Max hasste solche Befragungen, doch ihr zuliebe hatte er nachgegeben.

Sie mag Rosamunde Pilcher und ABBA.

Er musste das Heft aufgehoben und irgendwann den kompletten Bogen ausgefüllt haben.

Was ist ihrem/r Geliebten peinlich?

Sie ist gerührt, wenn sie die Schweizer Nationalhymne hört.

Wovor fürchtet sich ihr/e Geliebte/r?

Vor dem Alleinsein im Alter.

Was mögen Sie besonders an ihrem/r Geliebten?

Sie behandelt Regierungschefs und Obdachlose mit dem gleichen Respekt.

Oh, Max. Es schnürte ihr die Kehle zusammen. Sie sackte auf dem Sofa zusammen, die Tränen rannen über ihre Wangen. Wie sehr sie sich nach ihm sehnte. »Ich liebe dich.«

Ihr Handy klingelte, hastig griff Mangold danach. Das Display zeigte: *Max.*

Endlich. »Ich habe mir solche Sorgen gemacht. Geht es dir gut? Wo bist du?«

»Hören Sie jetzt genau zu.« Die fremde Stimme ließ Mangold zusammenfahren. Der Mann klang nüchtern, abgeklärt. »Wenn Sie Ihren Freund wiedersehen wollen, halten Sie sich exakt an meine Anweisungen. Ich werde sie nicht wiederholen.«

Sie riss sich zusammen. »Wer sind Sie? Wo ist Max?«

»Mund halten, zuhören! Kommen Sie heute um 9 Uhr nach Muttenz ins Mittenza. Begeben Sie sich in den großen Saal. Mischen Sie sich unter die Menschen und warten Sie ab. Wir werden Sie kontaktieren und Ihnen weitere Anweisungen geben. Kommen Sie alleine, ohne Polizei. Sonst werden Sie Ihren Freund nie mehr wiedersehen.«

»Bevor ich etwas tue, will ich mit ihm …«

Es klickte, die Verbindung war beendet.

51

Bollag glaubte, Schritte zu hören, und schreckte hoch. Stechende Schmerzen strahlten von den Handgelenken in seinen ganzen Körper aus. Er zitterte, ihm war eisigkalt. Ganz vorsichtig dehnte er die steifen Glieder, richtete sich auf. Das Blut war bereits verkrustet. Wie lange war er weggetreten gewesen?

Absätze trafen in einiger Entfernung auf harten Boden, kamen näher. Jemand befand sich im Nebenraum, Samichlaus und der Elektroschocker.

Bollag stand ganz steif, hielt den Atem an, schaute zur Tür und zum Rohr hoch, griff hastig danach, tastete die Kerbe ab.

Die Schritte wurden leiser, gingen eine Treppe rauf. Bollag horchte, holte Luft. Kein Geräusch mehr, sie waren weg. Er packte das Seil, machte zehn schnelle Sägebewegungen, lauschte, sägte erneut, stoppte. Da kamen die Schritte wieder näher, die Treppe herunter, lauter und langsamer diesmal, als ob die Person ein Gewicht schleppte. Ein großer Schatten schlich über die Seitenwand seines Gefängnisses. Es tönte blechern, das Gewicht landete auf dem Boden. Die Tür öffnete sich, die Silhouette einer großen Person zeichnete sich ab im Licht des Nebenraums.

Tarik.

Er kam herein, inspizierte Bollags Fesseln, schaute nach oben, runzelte die Stirn. Der Junge schwitzte und schnaufte, sein Gesicht war gerötet. Langsam schüttelte er den Kopf, verschwand und tauchte nach ein paar Sekunden mit einem Kanister in der Hand wieder auf. Er öffnete den Verschluss und begann, den Inhalt auf den Boden zu gießen. Ein beißender Benzingeruch stieg Bollag in die Nase.

Panisch sah ihm Bollag dabei zu. »Du musst das nicht tun. Du darfst das nicht tun. Hörst du?«

Der große Kerl machte unbeirrt weiter, verteilte immer mehr Benzin auf dem Boden, tränkte die alten Zeitungen geradezu damit.

Ein kalter Schauer kroch Bollag von den Nieren über die Wirbelsäule bis hoch zum Nacken. »Hast du schon einen Menschen getötet? Das ist es bestimmt nicht, was Gott von dir verlangt.«

Der Kanister gluckerte und war leer.

»Der alte Mann … Er … Er ist nicht dein richtiger Vater. Und Vera Loosli, die … die ist nicht deine Mutter.« Bollag hörte sich schreien.

Nun sah Tarik endlich zu ihm her, sein Gesicht verzerrte sich zu einer Grimasse, er glich einem Wahnsinnigen. »Wage es nicht, den Namen meiner Mutter in den Mund zu nehmen.«

Bollag mühte sich um einen sanften Klang seiner Stimme. »Es tut mir leid, aber Vera ist tot. Jemand hat sie umgebracht.« Der Benzindampf machte das Atmen schwer.

Der Junge ließ den Kanister fallen, stieß einen Schrei aus und machte drei schnelle Schritte auf Bollag zu. »Du lügst.« Er versetzte Bollag eine Ohrfeige. »Weißt du, wer bald tot sein wird? Deine berühmte Freundin. Mit all den anderen Sündern wird sie zur Hölle fahren.«

Oh Gott, nicht Petra. Sie durften ihr nichts tun. Bollag riss sich zusammen. »Ich war in Liesberg, im Haus von Vera. Gestern. Ich habe sie gefunden, sie lag tot im Pool. Hat dein Vater dir das nicht erzählt?«

Tariks Augen weiteten sich, er bleckte die gelben Zähne, ballte die Hände zu Fäusten und holte aus.

»Frag dich, weshalb hat er das nicht?«

Tarik schloss die Augen. Nach ein paar Sekunden schüttelte er den Kopf. »Ich falle nicht herein auf deine List, Satan.« Er sah Bollag ins Gesicht, gefasster jetzt. »Der Herr gibt mir Kraft. Diese Prüfung werde ich bestehen.« Langsam ging er rückwärts und stieß mit einer Ferse gegen den Kanister, der laut schepperte.

»Vera und Thomas haben dich entführt, als du ein kleines Kind warst. Als du Tarik warst. Hörst du mich, Tarik?«

Mit dem Fuß schob Tarik den Kanister zur Seite, Glasscherben klirrten. Er hob eine vollgesogene Zeitung vom Boden auf, seine Hände zitterten.

»Deine richtigen Eltern heißen Meltem und Altan, sie haben dich all die Jahre verzweifelt gesucht.«

Tarik schien abgetaucht in seine eigene Welt. Er legte die Zeitung auf der Türschwelle ab und verschwand im Nebenraum.

»Ich werde mich nicht rösten lassen wie ein Schwein über dem Feuer.« Die Benzindämpfe reizten Bollags Kehle, er hustete, riss an den Drahtseilen, spürte jetzt keine Schmerzen mehr.

Nach ein paar Sekunden tauchte Tarik wieder auf, diesmal hatte er eine kleine Schachtel in der Hand. Er nahm ein Streichholz heraus, hielt es in die Höhe, sein Arm schlotterte. »Der Menschensohn wird seine Engel aussenden, und sie werden aus seinem Reich alle zusammenholen, die andere verführt und Gottes Gesetz übertreten haben, und werden sie in den Feuerofen werfen.« Die Stimme war brüchig, er atmete stoßweise, schaute Bollag an. »Es tut mir leid.« Dann rieb er mit dem Streichholz an der Schachtel entlang, entfachte eine kleine Flamme. Mit der anderen Hand hob er die durchtränkte Zeitung vom Boden auf.

»Tarik, nein!«

Bollag drehte ihm den Rücken zu, wickelte das Drahtseil ein weiteres Mal um seine Hände, stellte die Füße gegen die Wand und drückte mit aller Kraft dagegen. Das Seil spannte sich an seinen Handgelenken, das Rohr knirschte.

In seinem Rücken fauchte ein Sturmwind, ein Blitz folgte, Bollag spürte die Hitze. »Hier werde ich nicht verrecken!« Er schrie sich die Wut und den Schmerz aus dem Leib und drückte mit seinem ganzen Gewicht und seiner Kraft von der Wand weg.

Und plötzlich riss das Seil entzwei.

Mit dem Rücken stürzte Bollag in die Flammen. Er drehte

sich auf den Bauch, rappelte sich auf und sprang durch die Feuerwand.

Hart landete er im Nebenraum auf dem Betonboden. An der gegenüberliegenden Wand sah er Tariks Beine auf Steinstufen nach oben verschwinden. Auf allen vieren kroch Bollag ihm hinterher, der Boden war übersät mit zertretenen weißen Kügelchen und leeren Plastiksäcken. Mit dem Kopf stieß er gegen ein blaues Plastikfass.

Der Rauch sammelte sich an der Decke, Bollag hielt sich dicht über dem Boden, damit er überhaupt atmen konnte. Das Feuer entzündete neben Bollag die an den Wänden gestapelten Holzbretter. Irgendwo weiter oben im Gebäude krachte eine Metalltür ins Schloss.

Bollag legte die Hände auf den kalten Stein der Treppe, sie führte steil hinauf, der Ausgang war versperrt. Stufe für Stufe kroch er höher, die Hitze brannte auf seiner Haut. Oben warf er sich gegen die Metalltür. Sie war fest verschlossen.

»Du Hurensohn.«

Mehrfach ließ er die Schulter gegen die Tür krachen. Da – ja – wirklich, das Metall war nicht massiv, es gab bei jedem Stoß ein wenig nach. Bollag legte sich auf den Rücken, stemmte beide Beine gegen den unteren Teil der Tür. In der linken Ecke bog sich das Metall nach außen. Zunächst war es ein kleiner Spalt, kühle Luft streifte seine Zehen. Also trat Bollag fester zu mit den Fersen, der Spalt zwischen Tür und Wand wurde größer.

Bollag drehte sich um auf den Bauch, zwängte seinen Kopf durch die Öffnung. Er spuckte und hustete, saugte die frische Luft ein, spürte die Hitze an seinen Beinen und Füßen. Mit aller Kraft zwängte er sich vorwärts, brachte einen Arm hinaus, eine Schulter, dann die andere und den Bauch. Das Metall schrammte über seine Haut.

An der Hüfte blieb er hängen.

Er fand keinen Halt mehr mit den Füßen, sie zappelten im dichten Qualm hinter ihm. Bollag drehte sich ein wenig seitwärts, stemmte seine Hände gegen die Außenseite der Tür, wand und wand sich, drückte, bis er die Hüftknochen durchgequetscht hatte.

Er war frei.

Auf dem Rücken liegend saugte Bollag die Luft in tiefen Atemzügen ein, Rauch quoll aus dem Spalt und den Ritzen der Tür. Sein ganzer Körper war taub und wund zugleich. Er musste schleunigst weg von hier.

Wo war er?

Er sah sich um. Er befand sich in einer Lagerhalle, in der sich auf unzähligen Paletten Säcke vom Boden bis zur Decke stapelten. Kein Tarik und auch sonst niemand.

Bollag rappelte sich auf, stolperte auf einen Schimmer Tageslicht am anderen Ende der Halle zu. Erst musste er sich selbst in Sicherheit bringen. Und dann Petra.

52

Mit 100 Stundenkilometern raste Assistent Jonas Schaub in Richtung Solothurn. Am frühen Sonntagmorgen herrschte kaum Verkehr, deswegen fuhren sie zu dritt ohne Sirene und Blaulicht.

Auf dem Beifahrersitz saß Neuenschwander und balancierte Akten auf seinen Knien. Keine zwei Stunden hatte er geschlafen, stattdessen hatte er die Mitglieder der Soko angetrieben und mit Polizeistellen in verschiedenen Kantonen gesprochen. »Dieser Thomas Loosli scheint die zentrale Figur zu sein. Er besitzt einen schwarzen VW Golf.«

Jonas nahm seinen Blick nicht von der Straße. »Und der Imbissbudenbesitzer in Liestal ist sich sicher, dass es ein Golf war?«

Neuenschwander blätterte zur Aussage des Mannes, den Astrid und Roger gegen Mitternacht aus dem Bett geholt hatten, und las die Zeilen. »Er sagt aus, dass die drei Typen am späten Samstagnachmittag an seinem Stand vorbeigetorkelt sind. Zwei von ihnen sahen aus wie Pfarrer, der dritte war halbnackt und schien sturzbetrunken. Da gibt es keinen Zweifel.« Mit dem Finger fuhr er dem Eintrag nach. »Sie sind in der Allee in einen schwarzen Golf gestiegen. Der Verkäufer machte sich Gedanken, ob der Fahrer nicht auch zu viel Promille intus hatte. Das Auto hatte ein Solothurner Kennzeichen, die Nummer hat er sich nicht gemerkt.«

Natürlich hatte Astrid eine Anfrage an die Kantonspolizei Solothurn geschickt und – mit Hinweis auf Bundesrätin Mangold – um eine schnelle Antwort gebeten. Keine Stunde später war die Liste der Fahrzeughalter per Mail eingetroffen. 48 schwarze VW Golf waren im Kanton registriert, der Name eines Besitzers hatte gleich herausgestochen: Thomas Loosli.

Gerade fuhren sie durch Balsthal, das eingekeilt zwischen zwei Bergketten lag. Neuenschwander schaute die rechte Flanke hoch. Irgendwo dort oben musste der Güggel sein, wo Loosli wohnte. Die Reifen quietschten in einer Kurve, er hielt sich an der Armlehne fest. »Welchen Eindruck hattest du vom Ehepaar Kaymaz?«

»Sie wirken glaubwürdig. Dass Tarik auf dem Video zu sehen ist, steht für sie außer Frage. Und ich muss zugeben, es besteht tatsächlich eine gewisse Ähnlichkeit zwischen dem jungen Mann und Altan Kaymaz. Ob aber der Alte

Thomas Loosli ist, können sie nicht bestätigen. Der trug in früheren Jahren keinen Bart.«

»Mir reicht, was wir haben.« Neuenschwander kratzte sich am Kinn. Dank Jonas' Besuch bei Familie Kaymaz wussten sie nun einiges über das Ehepaar Loosli, über dessen religiösen Eifer und unerfüllten Kinderwunsch. Die Informationen passten mit der Entführung des Jungen vor 17 Jahren zusammen. Sackzemänt, wie hatten sie das damals nur übersehen können? Die Antwort auf diese Frage würde er in Amslers alten Unterlagen suchen müssen.

»Und was ist mit diesem Petkov?« Zollinger schob den Kopf zwischen den beiden Vordersitzen hindurch nach vorn. Er hatte sie so lange genervt, bis die Polizisten ihn mitgenommen hatten. So konnten sie ihn zumindest für eine Weile ruhigstellen. Wie sie alle hatte Zollinger wenig geschlafen – das sah man ihm auch an.

»Ich vermute, dass Petkov von dem Kind wusste und nichts gesagt hat, weil er seinen Enkel schützen will.« Neuenschwander lockerte den Sicherheitsgurt, der ihm die Luft abschnürte. »Langsam fügen sich die Puzzleteile zusammen. Wir haben hoffentlich genug Material, damit die Solothurner Kollegen einer Durchsuchung des Sektengeländes zustimmen. Bollag wird bestimmt dort oben gefangen gehalten.«

Gern hätte Neuenschwander die Elitetruppe der Baselbieter Polizei, die Barrakudas, bei dem bevorstehenden Einsatz dabeigehabt. Dafür hätte er allerdings das Einverständnis der Kollegen im Nachbarkanton gebraucht, die wiederum über eigene Spezialisten verfügten: die Sondereinheit Falk. Deren Chef erwartete sie in Solothurn.

Nach Balsthal folgte die Klus, verrußte Industriehallen zeugten von deren bewegter Vergangenheit. Fast 200 Jahre lang hatte das Eisenwerk *von Roll* Wohlstand in diese Gegend gebracht. Nun lagen die meisten Hallen brach.

Neuenschwander brauchte mehr Informationen über die *Lanze Gottes*. Er blätterte durch den Stapel Papiere, den die Solothurner Kollegen ihnen gemailt hatten. Die Gemeindepolizei und die Sozialbehörde in Balsthal führten dicke Dossiers über die Sekte.

Die Gruppe von etwa 20 Personen lebt völlig abgeschottet auf einem Gelände nahe dem Güggel. Ein Ältester steht der Gemeinschaft vor, er bestimmt die Regeln. Er wird als Gesandter Gottes betrachtet, sein Wort gilt ohne Wenn und Aber. Die Gemeinde ist aufgeteilt in Gläubige und Ungläubige. Der Älteste bestimmt, wer ein Gläubiger werden darf. Einige Mitglieder der Gemeinde bleiben ihr ganzes Leben lang Ungläubige, sie leiden unter einer schrecklichen Todesangst.

Dieser Älteste musste eine unvorstellbare Macht über die Gemeinde besitzen. Neuenschwander reichte ein paar Seiten nach hinten. »Zollinger, lesen Sie das mal.« Er blätterte vor zu einem Bericht der Sozialbehörde. Eine Balsthaler Lehrerin hatte dort ihre Sorgen über die Kinder der *Lanze Gottes* zu Protokoll gegeben.

Die Grundhaltung der Gemeinschaft lautet: Bete und arbeite. Die Kinder dürfen nicht einfach spielen, denn dann würden sie Gottes Zeit verschwenden. Sie dürfen die Schule besuchen, aber nicht an Schulanlässen teilnehmen, weder beim traditionellen Weihnachtssingen in der Kirche noch bei den Feiern zum Schulabschluss nehmen sie teil. Befragt nach dem Grund dafür, erzählen sie, dass die »Welt« die Wahrheit nicht kennt. Sie dürfen nicht an solche Anlässe gehen, weil sie dort »vergiftet« werden könnten.

Die Kinder wachsen auf ohne Bücher, ohne Bilder, ohne Musik. Selbst christliche Musik ist verboten. Zu Hause müs-

sen sie strenge Regeln befolgen, Körperstrafen sind an der Tagesordnung.

Der arme Tarik. Wenn der Junge in dieser Sekte seine Kindheit verbracht hatte, hatten sie dort einen anderen Menschen aus ihm gemacht. Einen Menschen, der vermutlich unter Verfolgungswahn litt.

Die Klus öffnete sich, vor ihnen lag das weitläufige Mittelland. Jonas bremste hart am Dorfeingang von Oensingen.

Neuenschwander nahm die Mappe unter dem Stapel Papiere hervor und holte die Fotos heraus. Einige der Bilder, die sie bei Vera Loosli gefunden hatten, hielten den Aufbau der Gebäude in den Jurabergen fest. Die werkelnden Menschen hantierten mit Betonmischern, Sandsäcken und Stahlträgern.

Neuere Fotos der Kantonspolizei Solothurn zeigten ein Gelände, das durch einen hohen Zaun gut gesichert schien. Neuenschwander hielt Zollinger die Aufnahmen hin. »Markant ist dieser Glockenturm. Der bietet wohl eine gute Aussicht und könnte als Wachposten dienen.«

»Da werden wir nicht einfach reinspazieren können.« Zollinger schaute ihm über die Schulter und deutete zwischen den Sitzen hindurch mit dem Finger auf die Mauern. »Das sieht mir nach stahlverstärkten Fenstern aus. Und von diesem Turm aus knallen gute Schützen auf eine Distanz von 200 Metern jede Maus ab.«

Leider hatte er recht. »Diesen Einsatz müssen wir mit den Solothurner Kollegen sehr genau planen. Doch uns läuft die Zeit davon.«

»Sie denken an Bollag.«

Neuenschwander presste die Zähne aufeinander. »Diese Typen sind verrückt. Falls er am Leben ist, wird er es vermutlich nicht mehr lange bleiben.«

Jonas umklammerte das Lenkrad mit beiden Händen und beschleunigte beim Dorfausgang von Oensingen auf 150 Stundenkilometer.

53

Die grauen Öltanks ragten zehn Stockwerke hoch auf und waren mit einer Vielzahl von Rohren verbunden. Stahltreppen führten an ihrer Außenseite in die Höhe. Hinter Bollag lag die rauchende Halle, rechts türmten sich die Tanks und links, in einiger Entfernung, reihten sich mehrere Gleise nebeneinander zu einem Fächer auf.

Irgendein Industriekomplex. Wo zur Hölle war er?

Die Gleise führten bestimmt zu einem Bahnhof, doch ein hoher Zaun aus Maschendraht versperrte ihm den Weg. Und klettern konnte Bollag beim besten Willen nicht.

Er folgte einer Teerstraße in die andere Richtung, zwischen den Tanks hindurch. Maschinen brummten, es roch nach Diesel und Benzin, Menschen entdeckte er keine. Bollag versuchte zu rennen, kam jedoch nur langsam vorwärts. Die Schnittwunde an seinem Fuß tat weh. Und die stacheligen Enden des zerrissenen Drahtseils schlugen gegen seine Oberschenkel. Er nahm sie in die Hände.

Nach etwa 100 Metern tauchte ein Streifen Wasser zwischen Hallen und Tanks auf. Dann erkannte Bollag den Bug eines Schiffes, den Ausleger eines Krans in der Höhe.

Der Rhein.

Mit vorsichtigen Schritten tänzelte er zwischen dem Schotter über drei Gleise, bis er schließlich auf einem Mäuerchen über einem Uferweg stand. Der Rhein machte hier eine Biegung, gegenüber in Deutschland stand ein blaues Fabrikgebäude mit gelben Fensterrahmen, das er vage kannte. Entweder befand er sich im Hafen von Birsfelden oder Muttenz. So weit, so gut.

Er musste Petra warnen, die Polizei informieren. Die Kerle hatten etwas geplant, töteten Menschen. Bollag brauchte ein Telefon. Hinter ihm lagen nur Hallen und Tanks, links verengte sich die Anlage. Die Straße, die Gleise und ein Wald liefen in einem Spitz zusammen. *Hafenbahn BL* stand auf einem kleinen, roten Gebäude. Das kannte er, dort vorn hatte er mal bei einer Pressekonferenz im Winter gesessen, im *Restaurant Auhafen*. In Muttenz, das an die Stadt Basel grenzte.

Er humpelte darauf zu.

Die Schweizerischen Rheinhäfen hatten damals ihr Jahresergebnis präsentiert, er konnte sich noch an den Pressetext erinnern. *Über 10 Prozent aller Schweizer Importe werden in den Rheinhäfen in Basel, Birsfelden und Muttenz umgeschlagen. Getreide, Benzin, Diesel, Heizöl, Stahl, Düngemittel.*

Unvermittelt blieb Bollag stehen. Düngemittel und Öl, daraus ließen sich Bomben bauen. Dieser irre McVeigh hatte in den 1990ern in Oklahoma City ein Bundesgebäude damit in die Luft gejagt. Und Breivik in Norwegen hatte eine ähnliche Mischung verwendet.

Bollag humpelte schneller. Die Kügelchen in seinem Verlies, möglicherweise war das Dünger gewesen. Und das blaue Fass. Mischte man Ammoniumnitrat und Heizöl im richtigen Verhältnis, brauchte man bloß einen Zünder. Und bumm! Die Anleitung dafür konnte jeder Idiot im Internet herunterladen.

Das Restaurant im hintersten Winkel des Auhafens stand eingezwängt zwischen Schienen. Ein Anker und zwei Rettungsringe hingen unter dem Giebel des Häuschens. Bollag rüttelte an der Tür, schaute durch die Scheibe ins Innere. Eine Tafel informierte über das Tagesmenü von gestern. *Schweinsschnitzel Saltimbocca, Risotto, Gemüse 18,50 CHF*

Kein Mensch weit und breit. Die Sonne stand nicht sehr hoch, es musste früh sein. »Scheißdreck.«

Die Schienen trennten das Restaurant vom Rhein und dort, auf dem Uferweg, entdeckte er einen Mann, der seinen Schäferhund spazieren führte. Bollag humpelte auf ihn zu und winkte von oben hinab. »Hallo! Ich brauche Ihre Hilfe! Haben Sie vielleicht ein Handy?«

Der korpulente Rentner im hellblauen, ärmellosen Hemd riss die Augen auf und blieb stehen. Er zog die Leine straff. »Verschwinde.«

»Es ist ein Notfall.« Ein schmaler Grasstreifen führte zum Uferweg, Bollag rutschte auf dem Hintern hinunter.

»Natürlich, bei Drögelern wie dir ist es immer ein Notfall. Nicht mal in Ruhe spazieren kann man. Ihr kotzt mich an.« Er spuckte auf den Boden.

Bollag schaute an sich herunter. Ruß und Dreck klebten an seinem Körper, verkrustetes Blut bedeckte Arme und Füße, die Boxershorts und das T-Shirt waren zerrissen. Und außerdem trug er noch die Fesseln aus Drahtseil. Was sollte der Mann auch denken? Zur Beschwichtigung hob er beide Hände. »Ich bin nicht auf Drogen. Es geht um Leben und Tod. Ich muss Ihr Telefon benutzen. Unbedingt.« Langsam wankte er auf den Rentner zu.

»Hannibal!« Der Alte zog einmal kräftig an der Leine, und der Schäferhund fletschte die Zähne. »Hau ab, sonst rufe ich die Polizei.«

Bollag lachte auf, behielt die Hände in der Höhe. »Tun Sie das! Los, rufen Sie die Polizei. Wir müssen sie warnen.«

»Warnen? Wen? Wovor?«

»Vor einem Bombenanschlag.« Aber er wusste ja nicht einmal, wo … Der Rhein, die Öltanks, der Hafen, Muttenz. Und ganz in der Nähe tagten die Sterbehelfer. Für die christlichen Fanatiker der *Lanze Gottes* gab es kein besseres Ziel. »Im Mittenza. Es ist ein Bombenanschlag im Mittenza geplant.«

»Ja genau, und morgen kommt das Christkind.« Der Mann schnaubte verächtlich und marschierte an Bollag vorbei, der Hund bellte und geiferte ein paarmal. »Alkis wie du machen mich krank. Such' dir eine Arbeit, statt ehrliche Leute zu belästigen.«

Bollag fühlte sich wütend und ohnmächtig zugleich. So, wie er aussah, würde er kaum Hilfe bekommen.

Zehn Meter den Fluss runter führte eine Betontreppe zum Rhein. Bollag wankte hin, nahm die Stufen, setzte sich, tauchte die Füße in den Fluss. Mit hohlen Händen schöpfte er Wasser, wusch sich damit notdürftig das Gesicht, die Arme und Beine, benetzte vorsichtig die Handgelenke.

Irgendwo hinter sich hörte er den Motor eines Autos. Hastig kletterte er die Stufen hoch, bis er über die Böschung blicken konnte. Ein kleiner Ford fuhr das Ufersträßchen entlang. Bollag nahm die restlichen Stufen hinauf.

Der Fiesta hielt auf den Parkplätzen vor dem Restaurant. Ein Pärchen stieg aus, schlug die Autotüren zu und beobachtete den Rauch, der über den Hallen aufstieg.

Er wankte über die Gleise. »Ich brauche Hilfe.«

Die Frau entdeckte ihn zuerst. »Oh, mein Gott.« Sie hielt ihre Hand vor den Mund und starrte seine Fesseln und Wunden an.

Bollag hatte keine Zeit für Diskussionen, mit gesenktem

Kopf und erhobenen Fäusten schritt er auf den Fahrer zu. »Du musst mir helfen.«

Die kurzen Haare des jungen Burschen standen wie Stacheln in die Höhe, er hob eine Hand. »Chill, Mann, es ist alles cool.«

»Nichts ist cool, ich brauche ein Auto. Und du fährst … Bitte.«

54

»Ist sie das?« Die ältere Dame mit den blauen Haaren klammerte sich an die Haltestange und beugte sich zum Busfahrer hinüber.

»Ich bin mir nicht sicher. Sie sieht ihr zumindest ähnlich. Aber die würde nicht den 60er nehmen.« Der Fahrer, ein älterer Herr mit Stirnglatze und dünnen Augenbrauen, warf einen Blick in den Rückspiegel.

»Natürlich fährt die Bus. Das habe ich in einem Artikel gelesen. Ist doch eine Grüne.« Die Dame saß ganz vorn und tuschelte, dennoch war ihre Stimme im halben Passagierraum zu hören.

Vor dem Seitenfenster zogen die Häuser von Muttenz vorbei. Petra Mangold hatte sich gleich neben dem hinteren Ausstieg niedergelassen. Trotz Baseballmütze und Sonnenbrille hatte sie der Fahrer lange beäugt, als sie ihm um Viertel vor acht am Bahnhof Muttenz ihr Generalabonnement gezeigt hatte. In seinen Augen war die Frage zu lesen gewesen: Ist sie das oder ist sie das nicht?

Der Bus hielt bei der Haltestelle Dorf, stattliche Häuser mit hohen Giebeln und Lukarnen säumten die Hauptstrasse. Mit unsicheren Schritten stieg die alte Dame die zwei Stufen zum Ausstieg hinab. Zwei Männer in Anzügen überholten den Bus auf dem Trottoir, sie trugen Aktentaschen in den Händen. Weiter oben hatte sich eine kleine Menschenmenge versammelt. Dort musste das Mittenza sein.

Als die Dame draußen war, drehte sie sich nochmals um. »Ciao, Guschti.«

Der Busfahrer hob eine Hand. »Sälü, Gretli. Sag Xaver einen Gruß von mir.« Er warf einen Blick in den Rückspiegel und schloss die Tür.

Noch immer rang Mangold mit sich. Sollte sie nicht doch die Polizei informieren? Möglicherweise könnte die das Handy von Max orten. »Kommen Sie alleine, ohne Polizei.« Die Anweisung am Telefon war unmissverständlich gewesen. Würde sie Neuenschwander oder Zollinger anrufen, ließen die sie keinen Schritt mehr allein machen. Unmöglich. Das Leben von Max stand auf dem Spiel.

Ihre Armbanduhr zeigte 8.50 Uhr. Der Bus fuhr an, die alte Dame starrte ihr durch das Seitenfenster nach. Mangold erhob sich, bei der nächsten Haltestelle musste sie raus. Ihr Alleingang konnte sie in Schwierigkeiten bringen, das wusste sie. Möglicherweise hatten es Max' Entführer auf sie abgesehen. Vor dem Anschlag im letzten Jahr hätte sie so etwas in der Schweiz für unmöglich gehalten. Doch auch hierzulande, das hatte sie lernen müssen, irrten einige Verrückte herum.

Abrupt hielt der Bus vor dem Mittenza, einem verschachtelten Gebäudekomplex mit dicken, weiß gestrichenen Mauern und hohen Satteldächern. Mangold eilte die Stufen hinunter. Als sie vorn um den Bus herumgehen wollte, sprach sie der Fahrer durch die offene Tür an. »Junge Frau, Sie haben etwas liegen lassen. Auf dem Sitz.«

Mangold sah an sich herunter – Himmel! Ihre Tasche! Sie hatte ihre Tasche mit dem Handy vergessen. Rasch stieg sie ein, eilte durch den Bus nach hinten, griff nach der Tasche und hetzte zurück nach vorn. »Sie sind mein Retter, vielen Dank.«

»Sagen Sie mal, sind Sie nicht Bundesrätin Mangold?« Seine dünnen Augenbrauen schnellten in die Höhe.

Zeit für eine Diskussion über die Verkehrspolitik der Schweiz hatte sie nun wirklich nicht. Mangold lächelte gequält. »Passiert mir dauernd, dass ich mit der verwechselt werde.«

Er grinste. »Klar, jetzt, wo ich Sie mir genauer anschaue – Sie sind viel jünger und hübscher als die Bundesrätin.«

Sie lächelte, winkte ihm kurz zu und sprang die Stufen hinunter. Draußen wartete sie, bis der Bus den Weg frei machte. Wie hatte sie nur ihr Handy liegen lassen können? Sie biss sich auf die Unterlippe. Beinahe hätte sie es vermasselt. Mangold überquerte die Straße. Hinter einer Absperrung beim Dorfbrunnen hielt eine Gruppe Demonstranten Schilder in die Höhe. »Du sollst nicht töten, du sollst nicht töten …«

Ein alter Mann mit kahlem Schädel und gerötetem Gesicht befand sich mitten unter ihnen. Den kannte sie doch! Der Kerl von der Wasserfallen. Hatten diese Leute sie hierher gelockt? Nur zu gern würde sie die zur Rede stellen. Aber das war nicht der richtige Moment.

Sie drehte den Demonstranten den Rücken zu und folgte den Kongressteilnehmern über Kopfsteinpflaster zwischen zwei Gebäuden hindurch. Sie sah sich nach dem üblichen Banner um. Es hing über dem Saaleingang: *Federation for the Right to Die with Dignity.* Sterbehilfe! Kein Wunder, hatten sich diese Fundamentalisten hier versammelt.

Mangold stellte sich in die Warteschlange vor dem Glasportal. Eine junge Frau, die mit ihrem 60er-Jahre-Outfit dem Musical *Hair* entsprungen schien, kontrollierte die Einladungen. Neben ihr hielt ein Polizist Wache. Petra Mangold musste da einfach rein. Irgendwie. Die Schlange kroch vorwärts, die Menschen um sie herum waren vorwiegend ältere Semester. Klar, bei einer solchen Konferenz.

»Ihre Einladung, bitte.« Der Hippie streckte ihr die Hand entgegen.

»Ich habe leider keine, aber …« Mangold zog Baseballmütze und Brille ab, neigte der jungen Frau ihren Kopf zu und senkte die Stimme. »Ich bin Bundesrätin Petra Mangold. In meinem Fall können Sie bestimmt eine Ausnahme machen.«

Unsicher musterte der Hippie ihr Gesicht, schnitt eine Grimasse. Sie drehte sich zum Polizisten um, einem feschen Burschen. Er trat einen Schritt vor. »Kann ich bitte Ihren Ausweis sehen?«

Mangold griff in ihre Tasche, holte ihr Portemonnaie heraus und reicht dem Polizisten ihre Identitätskarte.

Er musterte den Ausweis, dann salutierte er zackig. »Bitte sehr, Frau Bundesrätin, treten Sie ein.«

Zwischen zwei älteren Herren zwängte sie sich durch den Eingang und stand in der Lobby. Vom Boden über die Wände zu den Tragsäulen strahlte alles in Weiß, schiefe Winkel und Glas dominierten, die hohe Decke war mit Holz verschalt. Rechts führte eine Rampe in den ersten Stock. 70er-Jahre, schätzte Mangold.

Die Menge drängte in eine Richtung, sie folgte dem Strom bis in den großen Saal. Die Holzdecke über den weißen Wänden stieg steil in die Höhe, schwarze Stühle reihten sich auf dem Parkett aneinander. Die Reihen waren bereits gut gefüllt. Im Scheinwerferlicht auf der Bühne standen vier leere Sessel und ein Stehpult, darüber hing ein Banner: *The Winding Road to a Good Death*.

Unschlüssig stand Mangold vor den Stühlen. Sie musste gut sichtbar sein, falls jemand nach ihr suchte. Also schritt sie in die erste Reihe zu den Plätzen für die Ehrengäste und setzte sich an den Rand.

Es dauerte nicht lange, bis sich die Leute in ihrer Sitzreihe umdrehten und miteinander tuschelten. Schließlich kam ein Schwergewicht mit wulstigen Lippen und ausgestreckter Hand auf sie zu. »Frau Bundesrätin, es ist mir eine Ehre. Theo Jauslin, Justizdirektor des Kantons Baselland. Leider hat mir niemand Ihr Erscheinen angekündigt, sonst hätten wir eine festliche Begrüßung geplant.«

Oh Gott, auch das noch. Mangold stand auf, gab ihm die Hand. »Keine Ursache, Herr Regierungsrat, ich bin eher privat hier.«

Jauslin hob den Arm, winkte, weitere Ehrengäste kamen auf sie zu, reihten sich nebeneinander auf. »Darf ich Ihnen meine Frau vorstellen? Und den Gemeindepräsidenten von Muttenz? Und Landrat …«

Mechanisch schüttelte Mangold Hände, währenddessen suchte sie den Saal ab. Worauf in aller Welt wartete der Entführer?

55

Bollag drehte sich auf dem Beifahrersitz um zum Fahrer. »Entschuldige, wie heißt du eigentlich?«

»Kuno.« Der junge Mann steuerte den Fiesta vom *Restaurant Auhafen* weg über die schmale Uferstraße. Sein Blick blieb auf den Rückspiegel geheftet.

»Also Kuno, die abgemachten 100 Franken bekommst du, wenn du mich in weniger als 10 Minuten ins Mittenza bringst. Und keine Sorge, deine Freundin wird hier auf dich warten. Jetzt konzentrier dich auf die Straße und fahr schneller.« Wassertropfen fielen von Bollags Kinn, Händen und Unterarmen auf den Beifahrersitz. Die Ziffern am Armaturenbrett zeigten 8.55 Uhr. »Geht die genau?«

»Zwei oder drei Minuten nach.« Der alte Mann mit dem Hund spazierte mitten auf der Straße vor ihnen, Kuno trommelte mit den Daumen auf das Lenkrad. »Kann dieser Grufti nicht schneller gehen?«

Unter dem Ausleger eines mächtigen Hafenkrans kroch das Auto vorwärts. Das war nicht zum Aushalten, er musste Kuno antreiben. »Ich weiß, ich sehe beschissen aus, aber ich will es noch mal erklären: Ich heiße Bollag und bin Journalist beim Tagblatt. Fanatiker haben mich gefangen gehalten, sie planen einen Anschlag.« Er streckte beide Hände vor über das Handschuhfach und ließ Kuno wieder das zerrissene Drahtseil und die Wunden sehen.

Der junge Mann schaute vom Draht in Bollags Augen und zurück. »Jetzt kapiere ich endlich. Sie sind doch der Typ vom Tagblatt, der etwas mit einer Bundesrätin hat! In *20 Minuten* habe ich ein Bild von Ihnen gesehen.«

»Genau der. Und Bundesrätin Mangold schwebt in Lebensgefahr. Also drück jetzt auf die Hupe und gib Gas.«

Kuno ließ den Motor aufheulen und den Wagen dicht hinter den Alten rollen. Der drehte sich um und zeigte ihnen den Stinkefinger, der Hund bellte. Doch der Mann zog ihn ein wenig zur Seite. Der Fiesta überholte und bog nach hundert Metern vom Uferweg nach rechts auf eine Straße ab, die an riesigen Tanks vorbei aus dem Hafen und zwischen Lagerhallen bergan führte.

In der Ferne ertönte eine Sirene, kurz darauf kam ihnen ein Löschzug der Feuerwehr mit blinkenden Lichtern entgegen. »Na, endlich.« Bollag drehte sich auf seinem Sitz um und sah ihm nach. Auf der Rückbank lag eine schwarze Sporttasche vom *SV Muttenz*.

Kuno schaltete einen Gang hoch, der Fiesta nahm Fahrt auf. »Was für Fanatiker waren das?«

»Christliche Fundamentalisten.« Bollag hatte keine Zeit für lange Erklärungen. »Hast du ein Handy?«

Kuno neigte seinen Oberkörper nach links, hob den Hintern und holte es mit seiner rechten Hand aus der Gesäßtasche der Jeans. Er hielt es Bollag hin.

Der tippte 117 ein, es klingelte zwei Mal.

»Polizeinotruf, Schmutz.«

»Ich heiße Max Bollag, das ist ein Notfall. Fundamentalisten planen einen Bombenanschlag auf den Kongress der Sterbehelfer in Muttenz. Alarmieren Sie Ihre Kollegen, holen Sie die Leute aus dem Mittenza. Schnell.«

»Woher wissen Sie von dem Anschlag?« Frau Schmutz sprach mit einer hohen Stimme.

»Das ist eine lange Geschichte, dafür habe ich keine Zeit.«

Beim Kreisel an der Rheinfelderstrasse nahm Kuno nur wenig Gas weg, Bollag klammerte sich am Haltegriff über der Beifahrertür fest. Kuno zwängte den Fiesta dicht vor einen heranbrausenden Lieferwagen und bog nach rechts in die Rheinfelderstrasse ab.

»Von wo rufen Sie an?«, fragte Frau Schmutz vom Polizeinotruf.

»Aus einem Auto. Ich bin auf dem Weg ins Mittenza.«

»Und wer plant diesen Anschlag?«

»Herrgott.« Das dauerte viel zu lange. »Verbinden Sie mich mit Kripo-Chef Neuenschwander. Er kennt mich.« Sie rasten an langen Baumreihen vorbei, die schnurgerade Rheinfelderstrasse führte durch den Hardwald.

»Major Neuenschwander ist im Einsatz und zurzeit nicht erreichbar. Ich werde ihm eine Nachricht übermitteln. Bitte geben Sie mir Ihre Adresse.«

Scharf bog Kuno nach links ab, an einem roten Schild mit weißem Balken vorbei.

Bollag rasselte seine Adresse herunter. »Alarmieren Sie die Einsatzkräfte vor Ort, schicken Sie einen Krankenwagen und die Feuerwehr.«

»Wann genau soll dieser Anschlag stattfinden?«, fragte Frau Schmutz in einem entnervend abgeklärten Tonfall.

»Jetzt. Beeilen Sie sich.« Er legte auf. »Das ist doch eine Einbahnstraße?«

Kuno biss sich auf die Unterlippe. »Es ist der schnellste Weg.« Er beschleunigte weiter, zwei Velofahrer strampelten rechts vor ihnen eine Steigung hoch.

Scheinwerfer blitzten auf, eine Hupe tönte wie ein Ozeandampfer. Ein Lastwagen. Kuno zog den Kopf zwischen die Schultern und ging nicht vom Gas. Er hielt auf die Lücke zwischen LKW und Radfahrern zu.

»Das ist zu eng, da kommst du nicht durch.« Er stemmte beide Hände gegen das Armaturenbrett. »Scheiße!«

Die Druckluftbremse des LKW jaulte, Kies und Staub flogen auf. Im letzten Moment wich der LKW nach links aus. Ein Schauer aus Steinen prasselte gegen die Karosserie des Fiesta, als der sich gerade so durchquetschte.

Bollag drehte sich um, der LKW hielt schief mit zwei Rädern im Graben neben der Straße, ein Velofahrer lag auf dem Boden, der andere zeigte ihnen den Vogel.

»Mann, das war knapp.« Kunos Stirn glänzte.

Verdammt knapp. Sie passierten die Brücken über die Autobahn und die Gleise des Güterbahnhofs. »Hast du Sportsachen in der Tasche drin?« Bollag wies mit dem Daumen zum Rücksitz.

»Meinen Trainingsanzug.«

»Kann ich mir den ausleihen?«

»Am Nachmittag habe ich eigentlich einen Fußballmatch.« Er spitzte die Lippen. »Okay, muss wohl sein. Aber ich will ihn zurückhaben.«

»Versprochen.« Bollag holt die Tasche zu sich und schmiss Badetuch, Fußballschuhe, Turnschuhe und Duschgel nach hinten. Schließlich zog er eine schwarze Hose mit weißen Streifen, ein rot-schwarzes Oberteil und die Turnschuhe heraus. Vor dem Seitenfenster glitt der Bahnhof von Muttenz vorbei.

Er warf die Sporttasche in den Fonds, schlüpfte mit einem Bein in die Trainingshose. Der Wagen schlingerte in einer Kurve, er hielt sich am Griff über der Tür fest. Bollag steckte das zweite Bein hinein und wurde gegen den Schaltknüppel gedrückt. Dann stemmte er sich mit dem Rücken gegen die Lehne und zog die Hose hoch.

Kuno bretterte die Bahnhofstrasse rauf, umkurvte den großen Kreisel bei der Coop und bog zwischen Häusern mit Satteldächern und modernen Betonbauten in die Muttenzer Hauptstrasse ein.

Bollag nahm die zerfransten Enden des Drahtseils in seine Hände und schlüpfte in die Trainingsjacke.

Kuno gab Gas, der Motor heulte auf. Eine junge Frau auf dem Fußgängerstreifen brachte sich mit raschen Schritten gerade noch in Sicherheit.

Kurz darauf kam der Fiesta mit quietschenden Reifen vor dem Mittenza zum Stillstand. Die Ziffern der Uhr am Armaturenbrett standen auf 9.03, Kuno lächelte triumphierend. »Wann bekomme ich mein Geld?«

Bollag zog den Reißverschluss der Jacke zu. »Super gemacht, Kuno.« Er bückte sich hinunter und schlüpfte in die weißen Turnschuhe. »Sorry, die muss ich mir auch ausleihen. Du bekommst sie in ein paar Tagen zurück. Mit den 100 Franken.« Sie waren eine Nummer zu groß.

Bollag schnürte die Turnschuhe notdürftig, stieß die Beifahrertür auf und sprintete los.

56

»Wir gehen folgendermaßen vor.« Der Einsatzleiter der Kantonspolizei Solothurn fuhr sich mit Daumen und Zeigfinger über den Schnurrbart und wies mit der Hand auf das vergrößerte Satellitenfoto, das vor ihnen auf dem Tisch lag. Neuenschwander las lieber noch einmal das Namensschild auf der Brusttasche: *Markus Kummli*. Die Hecktür der Kommandozentrale, eines umgebauten Transporters, stand offen. Schlanke Birken ragten davor in die Höhe, Vögel zwitscherten. 400 Meter entfernt, außer Sicht, lag die Siedlung der *Lanze Gottes*.

»Zurzeit schwärmen meine Männer aus. Auf mein Kommando werden sie von vier Seiten vorrücken.« Mit dem Finger zeichnete Kummli Linien auf das Foto. »Sie werden Stellung beziehen hinter dieser Scheune, dem Baum, dem Felsbrocken und diesem Hügel hier. Sobald sie in Position sind, werden wir Kontakt mit den Bewohnern aufnehmen.«

»Wie wollen Sie das machen? An der Tür klingeln?« Zollinger klang spöttisch. Auch die Solothurner Kollegen hatten sein Angebot mit der Verstärkung aus Bern abgelehnt.

Kummli erhob sich halb und holte ein Megafon aus einem Regal, das an der Decke über ihnen befestigt war. »Damit. Wir haben unsere Lektion gelernt.«

Neuenschwander wusste, worauf der Kollege anspielte. In den vergangenen Monaten waren Polizisten wiederholt bei ähnlichen Einsätzen verletzt worden. Die Zustellung eines simplen Räumungsbefehls hatte einen Mann im Kanton Bern gar das Leben gekostet.

Mit dem Kopf wies Zollinger durch die Hecktür, in Richtung Siedlung. »Und wenn die nicht reagieren?«

»Meine Männer haben Blendgranaten und Tränengas dabei. Wenn es sein muss, werden wir die Sekte ausräuchern.« Kummli schaute auf die roten Ziffern der Digitaluhr, die in die Wand des Transporters eingelassen war. »Es ist 9 Uhr, in fünf Minuten legen wir los. Noch irgendwelche Fragen?« Herausfordernd schaute er Zollinger an, der schüttelte den Kopf.

Alles schien gut vorbereitet zu sein. Dennoch hätte sich Neuenschwander mehr Männer gewünscht als die acht Spezialisten der halben Sondereinheit Falk. Doch der Kanton Solothurn bekam den Urlaubsmonat Juli ebenfalls zu spüren. Durch den Wald tönte Gebell. »Was ist mit den Hunden?«

»Wenn sie uns in die Quere kommen, werden wir sie erschießen. Ich hoffe, dass wir das vermeiden können.«

Kummli rollte das Foto zusammen, nahm das Funkgerät vom Tisch und sprang durch die offene Hecktür auf den weichen Waldboden. Trotz des schwarzen Kevlar-Anzugs und der dicken Schutzweste bewegte er sich geschmeidig.

Im Laufschritt kam Jonas über den Waldweg angerannt. »Die Polizeizentrale in Solothurn meldet, dass die Swisscom ein Signal von Bollags Handy aufgefangen hat. Es kam um 6.10 Uhr aus Balsthal. Nach 55 Sekunden war das Signal weg.«

»Unten im Tal? Dann waren sie auf dem Weg hier rauf.« Neuenschwander nahm den Zettel, den ihm Jonas hinstreckte. »Und diese Nummer wurde angerufen? Wem gehört die?«

»Das wissen wir nicht. Die Swisscom beruft sich auf Datenschutz und will eine richterliche Verfügung. Wir könnten die Nummer anwählen.«

Neuenschwander kratzte sich am Hinterkopf. »Und wenn wir die Entführer warnen?«

Kummli zuckte mit den Schultern. »Die Nummer ist unwichtig. Wir haben genügend Hinweise, dass Mitglieder dieser Sekte den Journalisten entführt haben. Also los.« Er marschierte über einen schmalen Pfad zwischen Sträuchern hinweg, Neuenschwander und Zollinger folgten ihm.

Nach der Besprechung am frühen Morgen hatten die Solothurner schnell reagiert, das musste Neuenschwander ihnen lassen. Innerhalb einer Stunde hatte der Durchsuchungsbefehl auf dem Tisch gelegen und die Falken waren aufmarschiert. Dass die Kollegen seit einiger Zeit ein wachsames Auge auf die Tätigkeiten der *Lanze Gottes* gerichtet hatten, war bestimmt kein Nachteil gewesen.

Nach 200 Metern lichtete sich der Wald, Kummli hob eine Hand. Sie kauerten sich auf den Boden, robbten vorwärts. Trotz Anzug und Krawatte maulte Zollinger diesmal nicht. Neuenschwander hatte zum Glück immer Ersatzkleidung im Auto dabei.

Hinter einem umgestürzten Baumstamm bezogen sie Stellung, niedrige Büsche bildeten eine natürliche Grenze zwischen Wald und Wiese. Mit dem Feldstecher suchte Neuenschwander das Gelände ab. Die Berichte waren nicht übertrieben, das Camp der Fundamentalisten sah wirklich aus wie eine Festung. Hinter den Fenstern regte sich nichts, möglicherweise saßen am Sonntagmorgen alle beim Gottesdienst. Im umzäunten Außenbereich rannten zwei Hunde von einer Ecke zur anderen, sie horchten und bellten. Bestimmt hatten sie Witterung aufgenommen.

»Falke eins an alle. Seid ihr in Stellung?« Leise sprach Kummli in das Funkgerät.

Immer zu zweit waren die Männer ausgeschwärmt. Ein Team nach dem anderen bestätigte, dass es am Waldrand Position bezogen hatte.

»Verstanden. Vorrücken.«

Nichts regte sich zwischen den Häusern, trotz des Gebells. Neuenschwander wurde unruhig. »Mir gefällt das nicht. Die müssen die Hunde gehört haben. Wieso kommt niemand nachschauen?« Mit dem Feldstecher beobachtete er, wie zwei schwarz gekleidete Falken mit kurzläufigen SIG 716 in den Händen geduckt vom Waldrand über die Wiese huschten.

Plötzlich bebte die Erde aufgrund einer Explosion, die so laut war, als ob die Hölle losbräche. Im Glockenturm tauchten mehrere Gestalten auf und schossen mit Schnellfeuergewehren in alle Richtungen. Neuenschwander hörte die Kugeln einschlagen, Borke splitterte von Stämmen. Gemeinsam mit Zollinger und Kummli duckte er sich flach auf den Boden, Kugeln zischten über sie hinweg.

»Rückzug, Rückzug!«, schrie Kummli in das Funkgerät.

Lange Sekunden ratterten weitere Gewehrsalven über

die Wiesen, unvermittelt kehrte Stille ein. Vorsichtig hob Neuenschwander seinen Kopf über den Baumstamm. Die Gestalten auf dem Glockenturm verschwanden so schnell, wie sie aufgetaucht waren.

»Falke eins an alle. Meldung! Seid ihr in Ordnung?«

»Falke zwei an Falke eins. Geri hat einen Streifschuss an der Schulter abbekommen.«

»Falke drei an Falke eins. Alles in Ordnung.«

»Falke vier an Falke eins. Alles in Ordnung.«

Danach war es ruhig. Kummli wartete ein paar Sekunden, ehe er erneut die Taste des Funkgeräts drückte. »Falke fünf, Meldung machen!« Es blieb still. Er kniete sich hin, suchte mit dem Feldstecher die Wiese ab. »Verflucht noch mal, denen muss etwas passiert sein.«

Kummli stand auf, setzte einen Fuß auf den Baumstamm, da knackte das Funkgerät. »Falke fünf an Falke eins. Ich habe Bruno in Sicherheit schleppen müssen. Er ist auf eine Mine getreten. Eine verfluchte Mine! Diese Arschlöcher. Es hat ihn schwer erwischt.«

Neuenschwander schlug mit der flachen Hand gegen einen Baumstamm. Sie hatten die Kerle unterschätzt, das hätte nicht passieren dürfen. Mit einer reduzierten Sondereinheit würden sie diese Festung nicht stürmen können, sie brauchten mehr Spezialkräfte und Panzerwagen.

Mit hochgezogenen Augenbrauen und zum Himmel gedrehten Händen starrte Zollinger ihn an. Schon klar, der hatte recht gehabt. Aber jetzt, verdamisiech, sollte er besser die Klappe halten.

57

»Mör-der, Mör-der, Mör-der!« Eine Gruppe von rund 20 Menschen skandierte das Wort. Einige von ihnen hielten Schilder in die Höhe und marschierten im Kreis um den Dorfbrunnen. Bollag zwängte sich zwischen ihnen durch, kletterte über das Absperrgitter und eilte auf das Mittenza zu. Durch Schiebetüren aus Glas gelangte er ins Hotel und ins Restaurant, vor dem ein Schild mit einem roten Pfeil darauf stand. *Kongress RDD: Großer Saal*

Dort hinten!

Die Glasscheiben des Restaurants entlang rannte Bollag auf den Saaleingang zu, wo ein junger Polizist Wache stand. »Es ist eine Bombe im Mittenza. Räumen Sie das Gebäude. Sofort!«

Der Polizist streckte bloß seine Hand vor, die andere ging zum Waffenholster an seinem Gürtel. »Mann! Bleiben Sie stehen.«

Bollag verlangsamte den Schritt und stoppte zwei Meter vor dem Polizisten. Er zeigte ihm seine leeren Handflächen. »Sie müssen das Gebäude räumen.« Hatte die Einsatzzentrale denn keine Meldung gemacht?

Der Polizist betrachtete ihn vom Scheitel bis zur Sohle und hielt Abstand wie von einem tollwütigen Fuchs. »Keinen Schritt weiter.« Mit der Hand drückte er einen Knopf am Mikrofon auf seiner Schulter. »Ich brauche Unterstützung beim Haupteingang.«

Eine Uhr an der Wand zeigte 9.05 Uhr. Das wurde eng, verdammt eng. Bollag rammte den Polizisten mit der Schulter, sodass er rücklings krachend gegen einen Flügel der Glastür stürzte. An ihm vorbei preschte Bollag durch den zweiten offenen Flügel in die Lobby. Menschen in kleinen

Gruppen plauderten an Stehtischen. Alle drehten den Kopf zu Bollag herüber. »Raus hier! Los!«, brüllte er sie an.

Mit den Armen ruderte Bollag in Richtung Ausgang. Hinter einer niedrigen Mauer führte rechts eine Rampe hoch, er blieb im Erdgeschoss und spurtete an der Garderobe vorbei. Gleißendes Licht von der Fensterfront auf der rechten ließ den Marmorboden stahlen, links stützten massive weiße Pfeiler eine Empore. Geradeaus versperrte eine breite, geschlossene Holztür den Weg. *Kongress RDD* stand auf einem Schild. Dort musste es sein.

Zwei Polizisten tauchten hinter den Pfeilern auf und kamen mit raschen Schritten auf Bollag zu. Beide hielten Waffen in den Händen, die sie zu Boden gerichtet hatten. Der Mann bewegte sich seitwärts zur Fensterfront, die Frau blieb vor einem der Pfeiler stehen. »Stopp.« Ihre Stimme klang hell und fest.

Es war zum Verrücktwerden. Bollag ballte die Fäuste. »Schaffen Sie die Leute raus. Gleich wird hier eine Bombe hochgehen!« Aus den Augenwinkeln registrierte er, dass die herumstehenden Menschen das Spektakel interessiert verfolgten.

Der Polizist beim Fenster führte eine Hand zum Ohr, schien zu lauschen. »Haben Sie die Einsatzzentrale angerufen?«

Bollag nickte und schaute zur Saaltür, schätzte seine Chancen für eine Flucht nach vorn ab.

»Keine gute Idee.« Die Polizistin vor ihm hob einen Finger. Mit der Pistole wies sie auf eine Tür hinter den Pfeilern. »Kommen Sie mit. Wir haben ein paar Fragen.«

Mit drei raschen Schritten rückwärts drängte sich Bollag zwischen Zuschauer, machte kehrt und rannte in die Lobby, wo die Menschen auseinanderstoben. Er hechtete über das Mäuerchen, rappelte sich auf und eilte die Rampe hoch. Die Turnschuhe quietschten.

Unter ihm zwängten sich die Polizisten durch die Menschenmenge, nun waren es drei von ihnen. Mit Handzeichen verständigten sie sich, zwei hefteten sich an Bollags Fersen, einer blieb unten.

An der Rampe oben angekommen bog Bollag nach rechts ab und eilte über die Empore in Richtung Saal. Unten im Gang rannte ein Polizist auf gleicher Höhe. Ein Vorhang versperrte den Weg, Bollag riss ihn zur Seite, dahinter befand sich eine Tür. Er öffnete sie und stand nun auf einer Empore im großen Saal. Unter ihm links lag das Podium, die Sitzreihen rechts das Parkett hinauf waren gut gefüllt.

»... im Extremfall mit Schlafmitteln, das heißt einer palliativen Sedation, sodass er schlafend sterben könne. Ich habe ihm also versprochen, dass er nicht ersticken müsse und ein Team organisiert ...« Im Licht der Scheinwerfer stand Susanne auf der Bühne und sprach in ein Mikrofon.

Bollag zögerte keine Sekunde. Er beugte sich über die Brüstung der Empore, holte Luft und rief: »Hier ist eine Bombe versteckt! Räumen Sie den Saal! Sofort«

Alle Köpfe im Publikum drehten sich in seine Richtung. Auf der Bühne beschirmte Susanne die Augen mit einer Hand und starrte zur Empore hoch. Die Menschen rührten sich nicht.

Bollag formte einen Trichter mit seinen Händen. »Susanne, schaff die Leute raus! Schnell!«

»Max? Ist das ...« Susanne schaute sich nach allen Seiten um, entschied jedoch rasch. »Sehr geehrte Damen und Herren, wir unterbrechen die Versammlung für eine halbe Stunde. Bitte verlassen Sie jetzt den Saal. Please leave the building. Now.«

Es blieb ein paar Sekunden ruhig, dann setzte Gemurmel ein. Die Menschen sahen sich unschlüssig an. Endlich rafften einzelne Teilnehmer ihre Unterlagen zusammen und standen auf, die anderen taten es ihnen nach, zwängten sich durch die Sitzreihen und strömten dem Ausgang zu. Das ging langsam, viel zu langsam.

»Max!«

Bollag zuckte zusammen.

»Max, hier bin ich.«

Dort unten, am Rand der vordersten Stuhlreihe, stand Petra und winkte. »Wieso, um Himmels willen, bist du hier? Raus, schnell! Gleich fliegt alles in die Luft!« Starke Hände schlossen sich von hinten um seine Arme und hoben ihn fast in die Höhe. Scheiße, die beiden Polizisten hatten ihn eingeholt.

»Der aufgeregte Herr kommt ganz ruhig mit uns.« Die junge Polizistin links von ihm sprach wie eine Pflegerin in einer psychiatrischen Klinik.

Bollag stemmte sich gegen den Beamten in seinem Rücken. »Lassen Sie mich, ich muss …«

Die Polizisten waren stärker. Bollag zappelte, als sie ihn mit sich schleiften, und schrie der Frau ins Gesicht. »Ist Neuenschwander hier? Ich heiße Bollag und arbeite beim Tagblatt. Er wird mir glauben.« Sie zogen ihn bereits durch die Tür der Empore aus dem Saal.

»Bollag?« Die Frau blieb stehen und musterte ihn. »Waren Sie das im letzten Jahr in Sissach? Als ein Scharfschütze auf Bundesrätin Mangold schoss?«

Er nickte heftig. »Ja, das war ich. Endlich kapiert hier mal jemand was.«

Sie schaute zurück in den Saal und ihm wieder ins Gesicht. »Also ist Ihre Warnung echt? Ich dachte, Sie gehörten zu den verrückten Demonstranten dort draußen.« Die Polizistin beugte sich zu ihrem Kollegen. »Peter, warte einen Moment.« Sie ließ Bollags Arm los, ging zurück in den Saal und lehnte sich über die Brüstung. »Markus, mach sofort die Türen ganz auf. Und treib die Leute an. Alle müssen raus!«

Bollag schüttelte den Arm des zweiten Polizisten ab, eilte zurück und trat neben sie.

Unten bei der offenen Saaltür stand der Polizist, den Bollag beim Eingang angerempelt hatte. Er warf einen skeptischen Blick nach oben, öffnete dann aber den zweiten Türflügel.

»Meine Damen und Herren, das ist keine Übung. Bitte beeilen Sie sich.« Die Stimme der Polizistin schallte laut durch den Saal. Endlich bewegte sich die Menge schneller, Menschen begannen zu drängeln, einzelne kreischten hysterisch.

Mit ausgebreiteten Armen stand Petra unten auf dem Parkett. Bollag winkte mit der Hand in Richtung Lobby. »Schnell, geh unten durch. Wir treffen uns beim Ausgang.«

Im Laufschritt nahm er den Weg zurück aus dem Saal, am Vorhang vorbei, über die Empore, die Rampe hinab. Unten vor der Garderobe streckte ihm Petra die Arme entgegen. »Ich bin so froh, dich zu sehen. Geht es dir gut?«

Bollag packte ihre Hände und zog sie in Richtung Ausgang. »Alles in Ordnung. Jetzt müssen wir erst mal raus hier.« Bollag schob den zweiten Flügel der Eingangstür nach außen, drückte den Türstopper hinunter und fixierte ihn. Nun strömte eine große Menschenmenge aus dem Mittenza. »Schnell, schnell.« Im kleinen Innenhof versammelten sich die Kongressteilnehmer unschlüssig, Bollag winkte wie ein Verkehrspolizist. »Nicht stehen bleiben. Gehen Sie weiter zur Kirche. Los, weg von hier.«

In der Ferne heulten Sirenen.

Nun traten auch zwei Polizisten aus dem Gebäude. »Weitergehen, bis zum Kirchplatz weitergehen. Das ist keine Übung, Leute. Macht schon.« Sie trieben die Menschen an.

Hinter den Scheiben entdeckte Bollag ihre Kollegin, die einen älteren Herrn am Arm stützte und zum Ausgang geleitete, wo sie sich umdrehte und zurück ins Innere eilte.

Langsam bewegte sich die Menge weg vom Mittenza, Petra und Bollag folgten dem Strom, Hand in Hand.

»Was ist bloß mit dir passiert?« Sie schaute ihn von oben bis unten an, entdeckte die Drahtseile um die verwundeten Handgelenke. »Mein Gott.«

»Ich werde dir alles erzählen. Aber wir müssen weiter weg.« Er legte seinen Arm um ihre Schultern, um keinen Preis der Welt würde er sie loslassen. Fahrzeuge mit blinkenden Lichtern kamen angefahren, Feuerwehrleute sprangen heraus, ein Polizeiauto bremste mit quietschenden Reifen. Zwei Männer in dicker Schutzkleidung stiegen aus, sie rannten in das Mittenza hinein.

Vor der Kirche drängten sich die Menschen immer dichter. »Unerhört, so etwas!« – »… bestimmt diese Fanatiker …« – »… bloß ein Scherz …« Der Verkehr kam zum Stillstand, Autos hupten.

Bollag führte Petra abseits der Menge. Dann schlang er seine Arme um sie und zog sie fest an sich. »Bin ich froh, dass dir nichts passiert ist.« Er sah sich um. »Hoffentlich liege ich nicht falsch mit der Bombe. Sonst werden sie mich teeren und federn.«

Sie befreite sich aus der Umarmung, legte beide Hände auf seine Wangen und zog seinen Kopf zu sich herab. »Ich liebe dich«, flüsterte sie und gab ihm einen leidenschaftlichen Kuss.

Die Anspannung der vergangenen Stunden löste sich von Bollag wie eine Schlammkruste unter der heißen Dusche. Die Erde bebte unter seinen Füßen. Einen Sekundenbruchteil später folgte ein lauter Knall.

58

Durch die Frontscheibe starrte Samuel auf den Bahnhof von Balsthal. Er schluchzte, Tränen rannen über seine Wangen.

Er hatte einen Menschen getötet.

Der Mann war ein Sünder gewesen, ein Ungläubiger, der ihre Gemeinschaft hatte vernichten wollen. Doch auch ein Mensch. Wieder und wieder hatte Vater in den vergangenen Monaten gepredigt, dass sie ein Zeichen setzen und ihre Liebe zu Gott beweisen mussten.

Nun hatte er dieses Zeichen gesetzt und die Prüfung bestanden. Er sollte glücklich sein. Warum fühlte er sich nur derart elend?

Er wischte die Tränen weg und atmete zehn Mal tief ein. Mit einem Blick in alle Richtungen stellte Samuel sicher, dass ihn niemand beobachtete. Er verstieß gegen die Regeln, doch er brauchte Gewissheit. Also stieg er aus und kaufte sich im Bahnhofkiosk eine Zeitung. Rasch rollte er sie zusammen, steckte sie unter das Jackett, setzte sich hinter das Steuer seines Fiat Fiorino und startete den Motor. Er machte eine Wende um 180 Grad, fuhr die Bahnhofstrasse hoch und bog bei der Post rechts ab.

Vater durfte nie von diesem Kauf erfahren, sonst müsste Samuel Buße tun. Wie damals, mit zwölf Jahren, als die Gemeinde noch alte Zeitungen gesammelt, zerschnitten und als Toilettenpapier verwendet hatte. Manchmal hatte Samuel die Schnipsel heimlich zusammengesetzt und gelesen. Der Blick in die Welt draußen war aufregend gewesen. Eines Tages hatte ihn jedoch sein Vater dabei erwischt und hart bestraft. Denn Samuel hatte Satan, dem Verführer, den kleinen Finger gereicht.

Er steuerte den Kleintransporter durch das Dorfzentrum, dann links in die Schmiedengasse, an der Chäsi vorbei und rauf in Richtung Höngen. Noch immer roch es nach Heizöl im Auto, in den vergangenen Tagen hatte er zusammen mit Vater, Johannes und Lukas 20 Fässer auf der Ladefläche vom Auhafen ins Mittenza befördert.

Er warf einen Blick auf die Uhr im Armaturenbrett, mittlerweile müsste ihre Mischung hochgegangen sein. Viele Menschen mussten jetzt dem Schöpfer Rede und Antwort stehen. Es war Gottes Wille, hatte Vater gepredigt.

Samuel fuhr durch die kleine Siedlung Höngen, kurz danach tauchte er in den Wald ein. Die Abzweigung musste bald kommen, er nahm Gas weg. Da! Er bremste und steuerte den Fiat von der geteerten Bergstraße auf den Schotterweg. Nach 100 Metern hielt er an und stieg aus.

Zerlegte Bäume lagen am Wegrand bereit für den Abtransport, in der Ferne ratterten Motorsägen. Von der Straße aus war er für niemanden zu sehen.

Er stapfte 20 Meter in den Wald hinein, orientierte sich an einer mächtigen Tanne, passte die Richtung an und ging 10 Meter weiter. Schließlich stand er vor einem ausgehöhlten Baumstumpf. Mit der rechten Hand griff er hinein, holte einen weißen Plastikbeutel heraus, wischte Blätter und Erde weg. Samuel entrollte den Beutel und entnahm das Handy, das ihm seine Mutter geschenkt hatte.

Mutter.

Eines Tages war sie in Balsthal wieder aufgetaucht vor der Schreinerei, in der er seine Lehre gemacht hatte. Sie hatte ihn kurz umarmt und ihm das Handy in die Hand gedrückt. Heimlich hatte sich Samuel in den folgenden Wochen damit vertraut gemacht. Später hatte er Mutter hin und wieder eine Nachricht geschickt. Ein SMS. Auf diese Weise hatte er ihr auch über seine bevorstehende Prüfung in Liestal berichtet. Ob sie mittlerweile geantwortet hatte?

Ein paar Sekunden lang hielt er den Einschaltknopf gedrückt. Er musste sich beeilen, die Brüder und Schwestern warteten auf ihn. Und auf sein Zeugnis über die Prüfung. Beim zweiten Anlauf hatte er bestanden, sie würden stolz auf ihn sein. War er allerdings selbst stolz?

Vor einer Woche in Liestal war er gescheitert, zu lange hatte er gezögert und gezweifelt. Vater war wütend gewesen, hatte ihm damit gedroht, dass er ein Leben lang ein Ungläubiger bleiben werde. Schließlich hatte Vater das Feuer selbst entfacht.

Das Handy suchte ein Signal. Samuel ging zurück zum Auto, stieg ein und griff nach der *Schweiz am Sonntag*. Sein Puls beschleunigte sich.

Bestimmt hatte Satan diesem Bollag die bösen Worte in den Mund gelegt. Mutter konnte unmöglich tot sein. Und doch hatte der Schreiberling ihren Namen gekannt. Samuel schlug die Zeitung auf und blätterte bis zu den Nachrichten.

Frau in Liesberg ermordet

Eine tote Frau hat die Polizei am Freitag im Pool ihres Hauses in Liesberg aufgefunden. Wie das Institut für Rechtsmedizin der Universität Basel festgestellt hat, wurde die Frau ermordet. Dies teilte die Polizei Basel-Landschaft gestern mit. Nach aktuellen Erkenntnissen wurde die Frau stranguliert. Die Staatsanwaltschaft des Kantons Baselland hat eine Strafuntersuchung wegen vorsätzlicher Tötung eröffnet.

Bei der Toten handelt es sich um die 46-jährige Vera Loosli, die seit drei Jahren in Liesberg wohnhaft war. Der genaue Tathergang ist Gegenstand aktueller Untersuchungen. Die Polizei sucht Zeugen. Wer Angaben über die Tote oder über das Tötungsdelikt machen kann, wird gebeten, sich mit der Einsatzleitzentrale der Polizei Liestal in Verbindung zu setzen.

Samuel starrte auf den Text, las ihn ein zweites und ein drittes Mal. Es half nicht. Mutter war tot. Seine Augen füllten sich mit Tränen.

Als sie die *Lanze Gottes* vor drei Jahren hatte verlassen müssen, war es der schlimmste Tag in seinem Leben gewesen. Vater hatte sie davongejagt, sie zur Ausgestoßenen erklärt. Niemand hatte ihren Namen jemals wieder erwähnen dürfen. Mutter war von Satan besessen, hatte Vater verkündet. Später erst hatte Samuel von ihr per SMS den Grund erfahren: Sie hatte Vaters neue Vorschrift infrage gestellt, dass die Weihnachtsfeier des Teufels sei. Doch am Ältesten zu zweifeln, hieß an Gott zu zweifeln. Das wussten alle.

100 Meter weiter vorn bewegten sich die Blätter eines Busches. Zaghaft trat ein Reh auf den Weg, schaute in seine Richtung, hob ein Bein. So stand es ein paar Sekunden dort, bevor es mit einem eleganten Sprung den Weg überquerte und im Wald verschwand.

Ein Zeichen!

Tränen tropften auf die Zeitung. Samuel wischte sich mit dem Ärmel über das Gesicht und faltete die Hände zum Gebet: »Du bist Anfang und Ende, großer Gott. Solange es Menschen gibt, kommen sie von dir, und du bist ihr Ziel.«

Er faltete die Zeitung zusammen, legte sie auf den Beifahrersitz, trocknete sich die Augen, wickelte das Handy in den Beutel, stieg aus und marschierte zum Versteck zurück. In dem Moment ertönte sein Klingelton.

Samuel packte das Handy wieder aus, öffnete die SMS und starrte entgeistert auf den hellen Bildschirm.

Mein liebster Samuel. Alles wird gut. Heute werde ich mit Vater sprechen. Bald werden wir zusammen sein. In Liebe, Mutter

Samuel verstand erst nicht. Am Freitag hatte sie die SMS abgeschickt. Das war der Tag, an dem sie gestorben war. Hatte sie mit Vater gesprochen? Hatte Mutter etwa in die Gemeinde zurückkehren wollen?

Samuel steckte das Handy in seine Jacke und rannte zum Wagen.

59

Im Schutz einer niedrigen Steinmauer huschte Samuel außer Sicht von der Bergstraße ein paar hundert Meter weit und lief gebückt quer über eine Wiese. Als er schräg oben am Berg rechts zwei große Tannen erblickte, schlug er einen Bogen nach links den Hang hinunter. Die Kühe vom Wengihof lagen weiter unten bei der Tränke im Schatten, mit ihren Schwänzen wehrten sie Fliegen ab.

Die Hitze hatte das Gras ausgedörrt, wenige Wiesenblumen zeigten ihre Blüten. Stundenlang hatte Samuel als kleiner Junge hier gelegen und die Bienen beim Nektarsammeln beobachtet. Es waren müßige Stunden gewesen, die er Gott mit schlechtem Gewissen gestohlen hatte.

Samuel hielt auf eine große Buche zu.

Einmal hatte er hier einen Strauß für seine Mutter gepflückt, als sie mit Fieber im Bett gelegen hatte. Bocksbart, Rotklee und Salbei. Wie sehr sie sich gefreut hatte darüber. Am Abend war sein Vater außer sich gewesen, hatte Samuel gezüchtigt, Mutter gescholten und die Blumen als weltliche Zierde in den Abfall geworfen. Monate später hatte Samuel eine von ihnen in Mutters Bibel wiederentdeckt. Sie hatte eine Rotkleeblüte getrocknet und zwischen den Seiten gepresst aufbewahrt.

Seine geliebte Mutter, die nun tot war.

Samuel kletterte bei der großen Buche über einen Drahtzaun und zwängte sich zwischen Brombeerbüschen in den Wald hinein. Der Wildwechsel lag gleich dahinter. Die Pfade zwischen Brunnersberg und Güggel würde er im Schlaf finden, so viele Nachmittage, wie er hier draußen herumgestreift war. Auf diesen Schleichwegen würde ihn die Polizei niemals entdecken. Der Schreck saß ihm noch in den Gliedern. Kurz nachdem er den Fiat beim Brunnersberg aus dem Wald gesteuert hatte, war er an eine Straßensperre geraten. Hinter dem *Restaurant Alpenblick* kontrollierten zwei bewaffnete Polizisten jeden, der rauf und runter wollte.

Zum Glück hatten sich die beiden Polizisten gerade mit Oski Grolimund vom Bodenhof gestritten, weil der ihnen keinen Ausweis hatte zeigen können. Diese Dummköpfe. Wer nimmt denn einen Ausweis mit, wenn er mit dem Traktor aufs Feld fährt? Samuel hatte deren Unaufmerksamkeit genutzt, seinen Fiat auf den Parkplatz beim Restaurant gestellt und war sicherheitshalber gleich quer über die Wiesen losmarschiert.

Er beschleunigte seinen Schritt, zu Hause brauchten sie ihn jetzt. Wie hatte die Polizei bloß derart schnell auf ihre Spur kommen können? Hoffentlich waren sein Vater, Johannes und Lukas durch die Sperre gekommen.

Der Wildwechsel führte an einem Ameisenhaufen unweit eines Hochsitzes vorbei zu einer Lichtung. In der Krone einer mächtigen Eiche dort drüben hatte Samuel vor Jahren seinen eigenen Spähplatz eingerichtet und die Jäger sowie das Wild heimlich beobachtet.

Ihre Gemeinde lag jetzt nur 300 Meter entfernt, dort drüben, hinter den Fichten. Beim Zehntnerbächlein legte Samuel eine kurze Pause ein. Dieses Rinnsal hatte er oft gestaut. Er liebte die gluckernden Strudel, die rundgeschliffenen Steine, den hohen Farn. Unzählige Male hatte er sich in den stundenlangen Gottesdiensten in Gedanken hierher begeben. Mutter hatte ihm jeweils sanft die Hand aufs Knie gelegt, wenn er dabei seine Beine nicht hatte stillhalten können. Wie gern wäre er während der Predigten aufgestanden und hätte hier am Bach gespielt. Wie gern hätte er auch mal laut gelacht oder gesungen. Mutter hatte ihn über den Kopf gestreichelt und sanft zur Ruhe ermahnt. Wenn er seine Energie dann doch nicht hatte zähmen können, hatte Vater ihn gepackt und draußen die Rute spüren lassen. Stolz hatte er der Gemeinde gleich im Gottesdienst die Striemen auf Samuels Haut als Zeichen seiner Liebe vorgeführt. *Wer seine Rute schont, der hasst seinen Sohn; wer ihn aber lieb hat, der züchtigt ihn beizeiten*, das predigten die Gläubigen. Schwache Mütter hingegen führten ihre Kinder direkt ins Höllenfeuer.

Nein, seine Mutter nicht. Sie war ein guter Mensch gewesen.

Samuel tauchte seine Hände in das kalte Wasser des Baches, benetzte das Gesicht. Ein Ast knackte in seinem Rücken. Er fuhr herum, duckte sich, schlich auf allen vieren hinter den dichten Farn und presste sich flach auf den Boden.

Etwas Schwarzes kam über den Pfad auf ihn zu, ein Mann, nein zwei, gekleidet in Tarnanzüge. Sie trugen Helme und Schnellfeuergewehre. Einer von ihnen sprach mit gedämpfter Stimme in ein Funkgerät, als sie keine fünf Meter an ihm vorbei eilig über den Pfad schritten. »… werden in fünf Minuten in Position sein und …«

Sobald sie außer Sicht waren, sprang Samuel auf und folgte dem Bächlein 20 Meter bergab bis zur Stelle, wo es sich zwischen zwei Felsen hindurchzwängte. Er stoppte, schaute sich um. Vielleicht lag hier jemand auf der Lauer. Er musste es riskieren.

Drei Meter neben dem linken Felsblock kniete er sich auf den Waldboden, wischte mit den Händen Laub und Erde weg. Bald spürte er unter seinen Fingern einen dicken Ring aus Eisen zwischen Holzbrettern. Er stand auf, zog die Falltür mit dem aufgeklebten Tarnlaub hoch, stemmte sie nach oben. Während er rückwärts die vier Steinstufen hinunterstieg, schloss er sie langsam über sich.

Er griff sich eine von zwei Taschenlampen, die an Haken an der Wand hingen, schaltete sie ein und verriegelte die Falltür von innen mit dem Stahlbolzen. Die Taschenlampe hängte er sich um den Hals, ließ sich auf die Knie nieder und kroch auf allen vieren in den Tunnel hinein. Drei Sommer lang hatte die Gemeinde an diesem Fluchtweg gebaut. Samuel warf prüfende Blicke auf Wände und Decke, immer wieder. Seit er in Balsthal unten eine Lehre zum Schreiner machte, hatte ihn sein Vater verantwortlich für den Bau erklärt.

Der Tunnel verlief in einer leichten Biegung, Samuel fühlte die federnden Holzbretter unter seinen Händen und Knien. Schließlich verließ er das enge Viereck des Fluchtstollens und erreichte eine Kammer unter einem Stall, draußen im Hof der Gemeinde. Er erhob sich, stemmte die Hände gegen die Deckentür.

Verriegelt.

Samuel griff nach einem Seil, das vom Stall aus durch ein dünnes Rohr geführt wurde und neben seiner Schulter aus der Wand hing. Er zog drei Mal kräftig daran und hörte oben gedämpft eine kleine Glocke beim Futtertrog läuten.

Samuel lächelte. Er hatte geahnt, dass der Stollen auch in dieser Richtung von Nutzen sein konnte. Erst vor wenigen Monaten hatte er diese Klingel eingebaut.

Es dauerte nicht lange, da hörte er das Stroh oben auf der Deckentür rascheln. »Wer bist du?« Dem Lispeln nach musste es die kleine Sarah sein.

»Samuel.«

Ein Bolzen klickte. Samuel löschte die Taschenlampe, hängte sie auf und stieg zwei Sprossen hoch. »Geh zur Seite, Sarah, ich mache jetzt auf.« Er drückte von unten gegen die Holzbretter, öffnete sie langsam, stieg die Leiter weiter hinauf. Sarah lächelte ihn an mit ihrer großen Zahnlücke, die ihr der Huf einer Ziege beschert hatte. Er kletterte ganz rauf, schloss die Falltür hinter sich und sperrte den Riegel zu.

Mit der Hand strich Samuel der Kleinen über die schwarzen Haare, die zu einem Zopf geflochten waren. »Guten Morgen, Sarah.«

»Wo warst du?« Sarah kontrollierte mit einem Blick, ob die Ziegen weit genug entfernt waren. Sie dösten auf dem Stroh.

»In der Stadt.«

Mit einem Arm klammerte sie sich an sein Bein und schaute hoch. »Der Teufel hat böse Männer geschickt.« Sarah steckte einen Daumen in den Mund.

Sanft löste sich Samuel von ihr und verteilte mit beiden Händen Stroh über der Falltür. Als sie darunter verschwunden war, nahm er Sarah bei der Hand. »Komm.«

Über den Hof gingen sie auf den Versammlungsraum zu. Vor dem Haupttor entdeckte er Tante Judith, die mit einer Schaufel Sandsäcke füllte. Ihr Gesicht war stark gerötet, sie sah ihn nicht. Onkel Johannes trat mit einer Kiste Munition aus der Vorratskammer. »Endlich kommst du. Wir müssen noch Waffen verteilen. Dann kannst du die Vorräte, die Gastanks und die Wasserleitungen kontrollieren.«

Samuel nickte, es gab viel zu tun. Vielleicht standen sie alle bald vor dem Jüngsten Gericht. Doch zuvor wollte er herausfinden, was mit seiner Mutter geschehen war.

Er musste mit Vater sprechen.

60

»Ich hätte nicht gedacht, dass ich das mal sage«, Neuenschwander streckte ihm die Hand entgegen, »aber ich bin froh, Sie zu sehen.«

Bollag grinste und griff zu. »Nun werden Sie mir bloß nicht sentimental.« Er neigte den Kopf in Richtung Petra, die neben ihm stand. »Frau Mangold kennen Sie ja schon.«

»Frau Bundesrätin«. Neuenschwander schüttelte auch ihre Hand.

Bei der Explosion in Muttenz waren eine alte Dame und eine Polizistin verletzt worden – die junge Frau, die zurück in den Saal gerannt war. Petra und Bollag waren von einem Polizeiauto mit Blaulicht nach Liestal gebracht worden, wo er das Kabel entfernt, die Wunden verarztet und geduscht hatte. Danach hatte sie die Polizei auf den Güggel gefahren.

Petra legte ihre zweite Hand auf Neuenschwanders Unterarm. »Wie geht es Ihrer Kollegin?«

»Sie sind im Spital, mehr weiß ich noch nicht. Hier oben haben wir keine Funkverbindung zur Einsatzleitzentrale in Liestal. Aber mein Kollege telefoniert gerade vom Hof aus.« Neuenschwander hob einen Finger. »Mit Ihrem Alleingang heute Morgen haben Sie uns ganz schön ins Schwitzen gebracht. Zollinger hat hyperventiliert, als er davon hörte. Sie hätten uns informieren sollen.«

Ein wenig verlegen lächelte Petra. »Wo ist Herr Zollinger?«

Mit der Hand wies Neuenschwander in eine unbestimmte Richtung. »Er koordiniert die Truppen. Die Einsatzgruppe Tigris der Bundespolizei, dazu Armeehelikopter, Radpanzer, Minenräumer. Nach unserem Debakel heute Morgen hat Zollinger alles aufgeboten, was verfügbar war. Bestimmt sind aktuell 100 Männer und Frauen hier. Ich kann es ihm nicht verübeln. Kommen Sie.« Er ging vor vom Parkplatz zur Bergwirtschaft Güggel, die als Kommandozentrale eingerichtet worden war. Ein mächtiges Satteldach bedeckte die weißen Mauern.

Bollag ließ den Blick über die Hügel und den Wald schweifen, verdammt schön war es hier oben. Irgendwann würde er sich ein Paar Wanderschuhe kaufen und wie ein alter Spießer den Jura vom Hochrhein bis nach Genf abschreiten.

Petra ging neben Neuenschwander her. »Für wann ist der Einsatz geplant?«

Neuenschwander hielt ihnen die Tür zur Gaststube auf. »Für 14 Uhr.«

Bollag warf einen Blick auf seine Armbanduhr, in 45 Minuten also. In der Gaststube herrschte ein Gewusel von Männern und Frauen in Uniform und Zivil. Gemeinsam mit Petra setzte er sich in eine stille Ecke, während Neuenschwander hinter dem Tresen verschwand. Mit einem Tablett, auf dem eine Kanne, drei Tassen, Zucker und Rahm standen, kehrte er zurück. »Kaffee?«

Petra winkte ab. »Nicht für mich, danke. Ist es wahr, dass auch hier Polizisten verletzt wurden?«

Neuenschwander holte sein Funkgerät aus der Jackettasche, drehte die Lautstärke herunter und legte es auf den

Tisch. »Ein Mann ist auf eine Mine getreten. Vermutlich werden sie ein Bein amputieren müssen.«

Sie hielt sich eine Hand vor den Mund. »Das ist ja furchtbar.«

Neuenschwander schenkte zwei Tassen voll. »Ein zweiter Polizist hat einen Streifschuss abbekommen – trotzdem können wir von Glück reden. Diese Sekte ist bewaffnet wie eine kleine Armee.« Er gab zwei Stück Zucker und Rahm in seine Tasse, rührte lange und schaute aus dem Fenster über die Hügel. Schließlich räusperte er sich und wandte sich an Bollag. »Wir haben Sie hergebeten, weil Sie vermutlich mehr über die *Lanze Gottes* wissen als wir alle. Was können Sie uns erzählen?«

Bollag zupfte an den Bandagen um seine Handgelenke. Er nahm einen Schluck Kaffee, dann berichtete er von seiner Entführung, von Tarik und seinen Recherchen. Er schüttelte den Kopf. »Die werden sich nicht einfach ergeben. Ich bin sicher, dass sie bis zum Letzten kämpfen werden.« Mit der Hand zeigte er aus dem Fenster in Richtung der Siedlung. »Sie fürchten den Tod nicht, im Gegenteil. Sie freuen sich darauf.«

»Verdelli.« Neuenschwander stapelte den Würfelzucker zu Türmen auf. »Bestimmt leben dort unten auch Frauen und Kinder. Wenn wir wenigstens sie rausbringen könnten.«

Bollag dachte an Tarik. »Ich bezweifle, dass sie mitgehen würden. Deren Gehirn ist auf Gehorsam programmiert.« Die Tür zur Gaststube öffnete sich, Neuenschwanders junger Kollege Schaub trat ein und sah sich um. »Ich glaube, da sucht Sie jemand.«

Neuenschwander winkte, Schaub schritt auf sie zu. »Und?«

Schaub legte sein Funkgerät auf den Tisch, gab Mangold und Bollag die Hand und setzte sich neben Neuenschwander. »Die Explosion hat Claudia weggeschleudert, sie hat einen gebrochenen Arm, eine Gehirnerschütterung und beide Trommelfelle sind geplatzt. Aber sie kommt wieder auf die Beine.«

Neuenschwander stieß einen Seufzer aus. »Gott sei Dank. Wieso hat sie es nicht rechtzeitig rausgeschafft?«

»Der Rollstuhl einer alten Frau hatte sich in einen Stuhl verkeilt. Die Dame liegt auf der Intensivstation.« Schaub füllte sich eine Tasse mit Kaffee. »Trotzdem, wir hatten verdammt viel Glück.«

Petra hob den Kopf. »Finden Sie? Zwei Personen wurden verletzt.«

»Es hätte weit schlimmer kommen können.« Trotz der Hitze trug Schaub eine dunkelblaue Krawatte über dem kurzärmligen, weißen Hemd. »Ich hatte Akim Oecal am Telefon, unseren Kriminaltechniker. Er sagt, dass etwa zwei Tonnen Sprengstoff im Keller lagerten. Das hätte gereicht, um das ganze Mittenza flachzulegen und einen guten Teil des Dorfzentrums dazu.«

Neuenschwander nahm einen Schluck. »War es eine Fehlzündung?«

»Nein, die Bombe hat funktioniert, eine Mischung aus Dünger und Heizöl. Zum Glück waren die Fanatiker nicht auf dem neusten Stand. Heute darf kein reines Ammoniumnitrat mehr verkauft werden. Das ist die Folge von verschiedenen Anschlägen. Deswegen hatte die Mischung keine allzu große Sprengkraft, sie hat nur einen Teil des Saalbodens aufgerissen.«

Bollag griff unter dem Tisch nach Petras Hand. »Dann hatten wir wirklich Schwein.«

»Haben die denn gepennt im Mittenza?« Neuenschwander stellte seine Tasse klirrend auf die Untertasse. »Zwei Tonnen! Es muss doch jemandem aufgefallen sein, als sie das Zeugs in den Keller geschafft haben.«

Schaub drehte eine Hand hin und her. »Offenbar war die Aktion gut geplant. Laut den Kollegen ist ein Nachtportier unauffindbar – er hat erst vor wenigen Monaten dort angefangen. Vermutlich hat ihn die Sekte eingeschleust.«

Bollag horchte auf. »Ich habe mich die ganze Zeit schon gefragt, wieso die sich im Auhafen so gut auskannten. Vielleicht gab es dort ebenfalls ein Sektenmitglied. Das hätte den Dünger und das Öl leicht abzweigen können.«

Neuenschwander tippte Schaub an die Schulter. »Jonas, gib das an die Kollegen weiter. Sie sollen alle Hafenarbeiter unter die Lupe nehmen.«

Dessen Funkgerät knackte: »Ikarus eins an alle. Auch der dritte Kontaktversuch war erfolglos. Beziehen Sie Ihre Positionen, wir werden in 30 Minuten zugreifen. Ich wiederhole: Zugriff in 30 Minuten.«

Bollag zog die Augenbrauen hoch. »Ikarus?«

Neuenschwander wies mit dem Kinn auf das Funkgerät. »Zollinger. Er hat das Kommando übernommen.«

Petra lächelte. »Mein Sicherheitschef liebt die griechische Mythologie.«

Die Polizisten standen vom Tisch auf, Petra und Bollag folgten ihnen Hand in Hand.

Als sie auf die Terrasse traten, drehte sich Neuenschwander zu ihnen um. »Vielen Dank für die Informationen. Ein Kollege wird Sie zurück nach Liestal fahren.«

Bollag starrte ihn an. »Aber … Das können Sie doch nicht machen! Wir haben viel zur Aufklärung beigetragen.«

Neuenschwander hob eine Hand. »Das ist richtig, aber Zivilisten haben beim Einsatz nichts zu suchen.«

»Verflucht, das kann doch nicht Ihr …!«

»Keine Diskussion.« Neuenschwander hob die Hand zum Gruß, die beiden Polizisten marschierten davon.

Petra trat einen Schritt zurück und sezierte Bollag mit den Augen. »Max, er hat recht. Bitte mach keinen Unsinn.«

Sie musste es in seinem Gesicht gelesen haben. So einfach ließ er sich nicht abspeisen. Bollag legte den Kopf in den Nacken, das Licht blendete, heiß brannte es auf sein Gesicht. »Ikarus, das war doch der Junge, der der Sonne zu nahe kam und abstürzte. Hoffentlich ist das kein schlechtes Omen.«

61

Ein Helikopter! Samuel griff nach dem Feldstecher. Das Dröhnen wurde lauter. Er spähte im Wachturm durch das Guckloch, suchte den Himmel ab. Da! Der Helikopter kam von Balsthal her, steuerte direkt auf ihn zu.

Der Hubschrauber näherte sich, war bloß noch ein paar hundert Meter entfernt. Samuel packte das AK-47, streckte den Lauf durch die Schießscharte. Im Zielfernrohr wirkte der graue Armee-Helikopter riesengroß, der Helm des Piloten schien ganz nah. Samuel legte den Sicherungshebel um, zielte. Er zog den Abzug zurück, spürte den Druckpunkt. Nur noch ein Millimeter und der Kopf des Piloten würde zerplatzen, die Maschine abstürzen. Samuel zögerte, überlegte, schwitzte.

In diesem Moment schwenkte der Helikopter ab und flog weiter das Tal hinauf.

Samuels Puls schlug heftig, mit zitternden Fingern sicherte er das Gewehr, stellte es auf den Boden und lehnte es gegen die Wand. Hoffentlich hatten die Männer Fenster und Türen bald vermint. Er brauchte Verstärkung hier oben. Mit dem Feldstecher suchte Samuel den Himmel und den Waldrand rings um die Gebäude ab, warf einen Blick auf die sechs Monitore und die Bewegungsmelder. Alles schien ruhig. Offenbar hatten die Angreifer sichere Deckung gefunden.

Mit dem Rücken setzte er sich gegen die Holzwand, die den Stahl und Beton darunter kaschierte. Sie waren gut vorbereitet. Ihr Waffenbestand reichte für eine kleine Armee, und dank der Vorräte konnten sie monatelang ohne Kontakt zur Außenwelt ausharren. Und dann gab es ja noch den Fluchttunnel.

Die Pistole am Gürtel drückte gegen seinen Hüftknochen, er nahm die Glock aus dem Halfter und legte sie auf den Boden. Danach holte er das Handy aus der Tarnjacke und las Mutters Nachricht zum 10. oder 20. Mal. Ob sie ihm zuschaute, wie er so dasaß?

Schwere Schritte stapften die Wendeltreppe im Turm hinauf, Samuel steckte das Handy zurück und stand auf.

Der Haarschopf seines Vaters tauchte im Treppenschacht auf. »Samuel?« Er stieg ganz herauf, blickte durch die Schießscharten nach allen Richtungen. »Wir müssen wachsam sein.«

»Bin ich.«

»Gut. Geh etwas essen, Johannes kommt gleich rauf und übernimmt die nächste Wache.« Er stellte sich dicht neben Samuel, legte ihm eine Hand auf die Schulter. »Ich habe an dir gezweifelt, mein Sohn, aber du hast dich gut gehalten. Ich bin stolz auf dich. Nun stehen wir alle gemeinsam vor einer weiteren Prüfung.«

Wie sehr hatte sich Samuel immer gewünscht, solche Worte von seinem Vater zu hören. Doch in diesem Augenblick konnte er sich nicht darüber freuen. Wieder sah er in seinem Kopf die rote Glut tanzen, wieder glaubte er, verbranntes Fleisch zu riechen. Zum Glück hatte dieser Journalist nicht geschrien wie der Mann in Liestal. Samuel nickte schwach. »Ja, ich habe den Sünder ins Höllenfeuer geworfen. Aber ich frage mich …«, er drehte den Kopf und blickte seinem Vater in die Augen, »… ob das wirklich Gottes Wille war.«

Sein Vater zog die Hand weg. »Zweifelst du meine Entscheide an?«

Samuel senkte den Blick.

Sein Vater trat einen Schritt zurück, hob das AK-47 vom Boden auf. »Geh. Und nach dem Essen verminst du mit Lukas den Fluchttunnel.«

Nein, nicht den Fluchttunnel! »Aber der kann unsere Rettung sein.«

Wie ein Kind wiegte sein Vater das Gewehr im Arm. »Gott ist unsere Rettung. Die nächste Prüfung wird unsere letzte sein.«

Die letzte Prüfung, so war das also. Sein Vater wollte sie alle in den Tod führen. »Warum sollte der Herr wollen, dass die kleine Sarah und Rebekka, dass unsere Brüder und Schwestern alle sterben?«

Mit einer schnellen Bewegung holte sein Vater aus und stieß ihm den Gewehrkolben in den Magen. Alle Luft wich aus Samuel, er musste sich vornüber beugen.

Breitbeinig stand sein Vater über ihm. »Du lässt dich von Satan verführen, seine Worte kommen aus deinem Mund. Wage es nie mehr, meine Anordnungen anzuzweifeln.«

Als er endlich wieder atmen konnte, richtete sich Samuel langsam auf. Mit einer Hand hielt er sich an der Schießscharte fest.

Sein Vater kam einen Schritt näher. »Und nun geh und hilf Lukas mit den Minen.«

Samuel war einen Kopf größer als sein Vater, doch er brauchte allen Mut der Welt: Er rührte sich nicht von der Stelle. Stattdessen holte er das Handy aus der Jacke und hielt es seinem Vater vors Gesicht. »Warst du am Freitag bei Mutter?«

Sein Vater schaute auf das Display, dann in Samuels Gesicht. Die Muskeln seines Unterkiefers bebten, tiefe Furchen breiteten sich neben den Augen aus. Er nahm das Gewehr in eine Hand, hob die andere und schlug mit der Faust gegen das Handy. In hohem Bogen flog es durch den Wachturm und zerbarst an einer Wand. »Solches Teufelszeug bringst du auf unseren heiligen Grund? Satan hat Besitz von dir ergriffen.« Nochmals erhob sein Vater die Faust.

Mit einer Hand schützte Samuel sein Gesicht, biss die Zähne zusammen und spannte die Bauchmuskeln an. Die Faust traf ihn an der Wange. Er torkelte und fiel rückwärts zu Boden. Einen Moment lang war seine Sicht getrübt, doch diesmal würde er standhaft bleiben. »Warst du am Freitag bei Mutter?«

Der Alte stand über ihm und spuckte auf den Boden. »Und ob ich bei der Hure war. Verraten wollte sie uns, wenn ich dich nicht freigebe. Sie hat verlangt, dass du mit ihr den sündigen Weg beschreitest. Dafür schmort sie in der Hölle, wo sie hingehört.«

Also doch. Er hatte es geahnt, gespürt. »Du hast Mutter getötet«, flüsterte Samuel.

»Es war Gottes Wille. Du solltest mir dankbar sein, denn ich habe dich gerettet.«

Gerettet wofür? Dass er sie nun alle in den Tod führte? Samuel setzte sich mit dem Rücken gegen die Wand, spürte das Blut in seiner Wange pochen. »Nein, das war nicht Gottes Wille. Du alleine hast Mutter getötet. Du hast den Verstand verloren.«

Sein Vater hieb mit seiner Faust gegen Samuels Kopf. »Du Schlangenbrut, verdammt, genau wie diese Hure, die sich deine Mutter nannte.« Er trat zwei Schritte zurück, nahm das Gewehr in den Anschlag. »Ich habe es gewusst, von Anfang an, dass der Teufel nicht aus dem Sohn von räudigen Muslimen ausgetrieben werden kann. Aber die Hure musste ihren Willen …«

Samuel kippte zur Seite und versuchte zu verstehen. Dann stimmte es also, der Journalist hatte nicht gelogen. Er war der Sohn von Ungläubigen. Sein ganzes Leben war nichts als eine riesengroße Lüge gewesen. Wieso bestrafte ihn Gott so sehr?

Sein Vater lud das AK-47 durch und brüllte: »Und du wirst tappen am Mittag, wie ein Blinder tappt im Dunkeln, und wirst auf deinem Wege kein Glück haben und wirst Gewalt und Unrecht leiden müssen dein Leben lang, und niemand …«

Ein stumpfer Gegenstand drückte gegen Samuels Rippen. Mit der Hand griff er unter seinen Körper, fühlte die Glock in den Fingern, entsicherte sie.

»Doch siehe, die Hand meines Verräters ist mit mir bei Tische.« Sein Vater entsicherte das Gewehr und zielte auf Samuels Kopf. »Wenn der Gerechte sich kehrt von seiner Gerechtigkeit und tut Böses, so muss er sterben.«

Samuel warf sich auf den Rücken, riss die Glock hoch und drückte ab. Der Lärm betäubte seine Ohren. Im gleichen Moment spürte er einen harten Schlag gegen seine Schulter.

Verblüffung zeichnete sich auf seines Vaters Gesicht ab. Mit großen Augen starrte er Samuel an, dann hinunter auf seine Brust. Das weiße Hemd färbte sich rot. Er ließ das Gewehr fallen, sackte nach hinten auf das Gesäß, stützte sich mit einer Hand auf dem Boden ab. Der Mund seines Vaters klappte auf und zu, als wolle er etwas sagen.

Samuel ließ die Glock auf den Boden fallen, rollte sich auf den Bauch, stemmte sich in die Höhe. Ein stechender Schmerz fuhr durch seine linke Schulter. Mit Mühe unterdrückte er einen Schrei, biss sich auf die Lippen. Langsam kam er auf die Beine, hielt sich mit der rechten Hand an einer Schießscharte fest.

Sein Vater saß auf dem Boden und röchelte. Blutige Blasen bildeten sich an seinem Mund. Samuel wankte an ihm vorbei und ignorierte die Hand, die der Alte ihm entgegenstreckte.

Er musste diesem Wahnsinn ein Ende setzen.

62

Zwei Schüsse in rascher Folge hallten vom Gebäude her über die Wiesen.

»In Deckung!« Die Rufe aus dem Funkgerät überschlugen sich.

Neuenschwander schubste Jonas hinter einen kleinen Hügel und warf sich neben ihm auf die trockenen Tannennadeln. »Wer hat geschossen?«

»Keine Ahnung. Ich glaube, das kam vom Wachturm.« Jonas klang überraschend entspannt.

»Ist jemand verletzt?«, fragte eine Stimme durch den Lautsprecher.

»Ikarus eins an alle. Ruhe! Ich verlange Funkdisziplin.« Zollingers Stimme drang aus dem Funkgerät. »Weiß jemand mit Gewissheit, woher die Schüsse kamen? Antworten.«

Das Funkgerät blieb stumm. Neuenschwander ging auf

dem Waldboden in die Hocke und blickte über die Hügelkuppe zu den Gebäuden.

Jonas ächzte. »Mensch, Heinz.« Auf allen vieren tastete er den Boden ab, bis er seine Brille gefunden hatte. Anschließend wischte er sich Dreck vom Hemd.

»Entschuldige.« Neuenschwander gab Jonas einen Klapps auf die Schulter. »Die Kerle dort unten machen mich ganz kribbelig. Denen traue ich alles zu.«

Das Laub raschelte, geduckt rannte eine Gestalt auf sie zu. Bollag! Konnte dieser verfluchte Journalist denn nicht zuhören? Schon ging er neben ihnen in die Knie. »Was ist passiert?«, fragte er.

»Sackzemänt, ich habe Ihnen klar gesagt, dass Sie …«, setzte Neuenschwander an, wurde aber vom Funkgerät unterbrochen.

»Ikarus eins an alle. Wir machen weiter wie geplant. Die Falken und Grenadiere rücken vor bis zum Waldrand und nehmen die Fenster und den Turm ins Visier, die gepanzerten Fahrzeuge gehen in Stellung. Ausführen.«

In 30 Meter Entfernung knackten Zweige, zwei Männer in schwarzen Kampfanzügen robbten durch Dickicht zwischen Tannen auf den Waldrand zu. Sie fanden Deckung hinter einem Findling, stellten ihre Sturmgewehre auf die Stützen und brachten sie in Anschlag. Ein dunkelgrüner Radpanzer fuhr langsam über den Waldweg hinab auf Neuenschwander zu und stoppte keine zehn Meter entfernt.

Das Funkgerät knackte. »Ikarus drei an Ikarus eins. Achtung, bei der Siedlung tut sich etwas.«

Neuenschwander spähte über den Hügel. Tatsächlich, die eine Hälfte des zweiflügligen Tors zwischen den Gebäuden öffnete sich einen Spaltbreit. Zollinger stieg auf der Beifahrerseite des Radpanzers aus und hielt einen Feldstecher vor die Augen. Im Wald rings herum wurden Gewehre durchgeladen. Zollinger hielt das Funkgerät an die Lippen: »Ikarus eins an alle. Niemand schießt ohne meinen ausdrücklichen Befehl.«

Immer noch stand der rechte Flügel des Holztors einen Spaltbreit offen, nichts regte sich. Dann tauchte erst eine blasse Hand vor der dunkelbraunen Holzwand auf, schließlich ein Arm. Zögerlich schob sich der mächtige Körper eines jungen Mannes durch die Öffnung. Er trug einen braungrün gemusterten Tarnanzug.

Bollag stieß Neuenschwander mit dem Ellenbogen an. »Tarik.«

»Den kenne ich vom Video.« War das irgendein Täuschungsmanöver?, fragte sich Neuenschwander. Sie mussten höllisch aufpassen.

»Ikarus eins an alle. Höchste Konzentration. Nehmt den Kerl ins Visier. Antworten.« Offensichtlich teilte Zollinger Neuenschwanders Meinung.

»Ikarus vier an Ikarus eins. Habe seinen Kopf so groß wie eine Wassermelone vor meiner Linse. Warte auf Schießbefehl. Antworten.«

Tarik trat ins Freie, hielt beide Hände in der Höhe, machte drei zögerliche Schritte den Weg hinauf. Sein linker Ärmel war rot von Blut.

Zollinger griff ins Innere des Radpanzers, holte ein Megafon heraus. »Auf den Boden und die Hände auf den Rücken.« Seine verstärkte Stimme dröhnte über den Abhang.

Unsicher blickte Tarik in alle Richtungen, ging einen Schritt zurück.

»Mach jetzt keinen Fehler, Junge«, murmelte Neuenschwander. Er schaute Bollag an. »Und Sie sind sicher, dass das der entführte Junge ist?«

Bollag beobachtete die Szene vor den Häusern genau. »Absolut.«

Der Fahrer des Radpanzers war ausgestiegen und hatte sich neben Zollinger gestellt, dieser hob das Funkgerät. »Ikarus eins an Ikarus vier. Hast du immer noch freie Sicht auf die Zielperson? Antworten.«

»Ikarus vier an Ikarus eins. Positiv. Soll ich den Mann ausschalten? Antworten.«

Bollag schüttelte den Kopf. »Die können ihn nicht einfach abknallen!«

Jonas stieß Luft durch die Nase aus. »Und ob sie das können.«

Neuenschwander stützte die Ellenbogen auf dem Hügel ab, damit er den Feldstecher ruhiger halten konnte. Sie würden schießen, wenn der Junge die Befehle ignorierte.

Zollinger marschierte die paar Schritte zum Waldrand und spähte hinunter. Erneut hielt er sich das Megafon vors Gesicht. »Bleiben Sie augenblicklich stehen oder wir schießen«, hörten sie seine Stimme scheppern.

Tarik machte einen weiteren Schritt auf das Tor zu.

Das Funkgerät knackte. »Ikarus eins an Ikarus vier. Sie haben Schießerlaub…«

»Achtung, ein Kind, nicht schießen.« Neuenschwander hatte sofort die Taste seines Funkgerätes gedrückt, als er unten beim Tor den Kopf eines kleinen Mädchens zum Vorschein gekommen war.

»Stopp, nicht feuern. Ich wiederhole: nicht feuern!«, befahl Zollinger per Funk.

Tarik nahm das Kind an der Hand und zog es ins Freie. Dem Mädchen folgten noch zwei Kinder und eine Frau, dann weitere Menschen.

Oben im Turm zeichnete sich hinter einer schmalen Schießscharte eine Silhouette ab.

»Achtung, ein Gewehr.« Bollag rief die Warnung in Richtung Zollinger.

Tatsächlich, der Lauf einer Waffe ragte aus der Wand und zielte nach unten.

»Ikarus eins an alle. Vorsicht …«

Ein lauter Knall schreckte Neuenschwander auf. Der Schütze im Turm sackte zusammen, das Gewehr fiel hinunter ins Gras. Die Mitglieder der *Lanze Gottes* kauerten dicht beieinander im Schutz des Holztors.

»Ikarus eins an alle. Ich habe keinen Schießbefehl gegeben. Wer war das? Ich erwarte augenblicklich Meldung.«

Neuenschwander starrte das Funkgerät an, es blieb stumm. »Gopferdelli, dort unten sitzen völlig verängstigte Frauen und Kinder. Und irgendein Kollege hat einen nervösen Finger am Abzug.«

»Hoffentlich machen die keine falsche Bewegung.« Jonas wischte sich den Schweiß von der Stirn, die Anspannung stand ihm ins Gesicht geschrieben.

Tarik erhob sich, sprach zu den Frauen und Kindern. Wenn die zurück in die Festung wollten, würde vielleicht einer der Scharfschützen ausrasten. Das konnte Neuenschwander nicht zulassen. Schnell stand er auf, eilte hinüber zum Radpanzer, öffnete die Fahrertür, warf das Funkgerät auf den Beifahrersitz und setzte sich ans Steuer.

Zollinger und der Fahrer drehten sich um, rissen ihre Münder auf.

Als Neuenschwander den Motor anwarf, stieg Bollag auf der Beifahrerseite ein. Keine Zeit für Diskussionen, Neuenschwander gab Gas. Der schwere Wagen machte einen Satz nach vorn, Zollinger und der Fahrer retteten sich mit einem Sprung vor dem Stahlkoloss.

Der Radpanzer schwankte über den holprigen Feldweg, Neuenschwander hatte Mühe, ihn in der Spur zu halten. Das Getriebe knirschte, als er in den zweiten Gang schaltete.

»Sind Sie übergeschnappt, Sie verfluchter Hurensohn? Stoppen Sie den Wagen augenblicklich.« Zollingers Stimme überschlug sich im Funkgerät.

Bollag hielt es in der Hand. »Der ist nicht begeistert.«

»Wenn wir nichts unternehmen, stirbt jemand dort unten.« Mit hohem Tempo steuerte Neuenschwander auf die Siedlung zu.

»Vielleicht ist es eine Falle.« Bollag drehte die Lautstärke des Funkgeräts so weit herab, dass sie Zollingers Beschimpfungen nicht mehr verstanden.

»Das werden wir gleich herausfinden.« Fünf Meter vor den Sektenangehörigen brachte Neuenschwander den Radpanzer zum Stehen. Beide stiegen aus und marschierten mit wie zur Begrüßung ausgebreiteten Armen auf die Leute zu. Einige Frauen und Kinder weinten, das Entsetzen stand ihnen ins Gesicht geschrieben.

Tarik hatte eines der Mädchen auf den rechten Arm genommen, es war vielleicht vier Jahre alt. Sein linker Arm hing herab, Blut glänzte auf der Tarnjacke.

Neuenschwander lächelte weiter und kontrollierte dabei die Fenster und den Turm. Nichts regte sich. »Habt keine Angst, wir wollen euch helfen.«

Tarik trat zwei Schritte vor, Tränen liefen über sein Gesicht. »Er wollte uns alle töt…« Mit offenem Mund starrte er Bollag an, die Farbe wich aus seinem Gesicht.

Bollag ging auf ihn zu, legte eine Hand auf Tariks rechte Schulter. »Es ist vorbei. Alles wird gut. Bist du schwer verletzt?«

Erst nach ein paar Sekunden fand Tarik seine Sprache wieder. »Nein, es ist nicht schlimm.«

Neuenschwander stellte sich neben Bollag. »Wer sind diese Leute?«

Das kleine Mädchen drückte seinen Kopf auf Tariks

Brust, er küsste es auf den Scheitel. »Das sind meine Tanten, Cousins und Cousinen.«

»Wo ist dein Vater?«

»Im Wachturm.« Mit der blutigen Hand deutete Tarik nach oben.

»Ist er gefährlich?«

»Nein, nicht mehr.« Tariks Lippen zitterten. »Ich dachte, er sei … Er muss … Ich weiß nicht, wie …« Immer wieder musste er tief Luft holen. »Der Schuss kam aus dem Wald.« Er zuckte mit den Schultern.

Neuenschwander hob das Kinn ein paar Zentimeter. »Ist sonst noch jemand bewaffnet dort drin?«

»Nein, ich habe die Männer in den Vorratsraum gelockt und eingesperrt.«

Bollag hielt das Funkgerät in der ausgestreckten Hand, Neuenschwander ließ es sich geben und sprach hinein: »Waffen runter, hier ist alles klar. Ich wiederhole: Waffen runter.«

Nach und nach erhoben sich die Frauen und Kinder und scharten sich hinter Tarik. Neuenschwander drehte den Lautstärkeregler hoch.

Zollinger hatte sich noch nicht beruhigt. »… verdammt noch mal, Ihre Eigenmächtigkeit wird Folgen haben. Ich werde Sie …«

Neuenschwander drückte den Aus-Schalter. Welche Folgen das haben würde, war ihm vollkommen egal.

63

»Bundesrat Lorenzo Cortesi hat heute in Bern seinen Rücktritt auf Ende Jahr bekanntgegeben. Als Grund nannte der Justizminister seine angeschlagene Gesundheit. Er wolle sich vermehrt seiner Familie …«

Bollag schaltete das Autoradio aus. Vier Tage nach den Verhaftungen auf dem Güggel hatte Petra einen Feind weniger. »Angeschlagene Gesundheit, dass ich nicht lache. Es ist zum Kotzen, dass dieser Scheißkerl ungeschoren davonkommt.«

»Ungeschoren würde ich das nicht nennen, schließlich muss er zurücktreten. Kein Hahn kräht nach einem Alt-Bundesrat.« Neuenschwander setzte den Blinker und überholte bei der Autobahnraststätte von Deitingen einen Lastwagen.

Noch 15 Minuten bis Solothurn. »Trotzdem. Aus den Kontoauszügen der *Lanze Gottes* geht hervor, dass Cortesi zu den großzügigsten Gönnern der Sekte gehörte. Er wusste bestimmt Bescheid über deren Pläne. Da kommt mir die Galle hoch.« Täglich förderten die Befragung der Sektenmitglieder und die Durchsuchung von Liegenschaften der *Lanze Gottes* neue Erkenntnisse zutage. Inwieweit Cortesi darin verwickelt war, ließ sich allerdings nicht feststellen.

Neuenschwander schaute ihn von der Seite an. »Warum schreiben Sie nicht im Tagblatt darüber?«

»Das würde ich gerne, aber ich muss mich an ein Versprechen halten.« Ständig informierte die Bundesanwaltschaft Petra über die neusten Erkenntnisse. Auf diese Weise hatte Bollag von Cortesis Unterstützung für die *Lanze Gottes* erfahren und davon, dass eine Sektenanhängerin vor Jahren als Krankenschwester im Berner Inselspital gearbeitet hatte. Sie hatte die Krankenakte über Petras Abtreibung besorgt, die auf unbekannten Wegen zu Generalsekretär Sonderegger gelangt war. Auch darüber durfte er nichts schreiben.

Neuenschwander verließ die A1 bei der Verzweigung Luterbach und bog auf die A5 in Richtung Solothurn ein. »Sonderegger selber hat einen Deal mit der Bundesanwaltschaft ausgehandelt. Er wird mit einer Bewährungsstrafe davonkommen, im Gegenzug lieferte er Beweise für die Bestechungen von mehreren National- und Ständeräten.«

»Wenigstens das. Da werden einige Köpfe rollen. Aber was ist mit Petras Erpressung?«

»Darüber schweigt sich Sonderegger aus. Wir wissen nicht, ob er sie alleine eingefädelt hat oder Hilfe hatte.«

»Sonderegger und Cortesi sind Parteikollegen, bestimmt war der Justizminister eingeweiht. Es ist zum Verrücktwerden.« Bollag schlug mit der flachen Hand auf das Sitzpolster.

»Manchmal läuft es eben so. Eine Handvoll Parlamentarier wird vor Gericht stehen, das ist doch etwas. Zudem sind Sie jetzt ein Held.« Der Spott in Neuenschwanders Stimme war nicht zu überhören.

Bollag schnaubte. »Na, besten Dank auch.« Täglich überboten sich die Medien mit neuen Schlagzeilen zum Fall. Bollag verhalf dem Tagblatt zu einem Wissensvorsprung, den die Redaktion weidlich ausnutzte. Reihenweise produzierten er und seine Kollegen Exklusivgeschichten, die Auflage war in die Höhe geschnellt. Doch die Konkurrenz blieb ihnen dicht auf den Fersen. Die meisten von ihnen rückten Petra und Bollag ins Zentrum ihrer Berichterstattung. Ihm ging das gehörig gegen den Strich. Der junge Polizist, der auf dem Berg sein Bein verloren hatte, war ein Held. Oder dessen Kollegin, die ohne zu zögern zurück ins Mittenza geeilt war. Sie lag nach wie vor verletzt im Spital. Doch sie machten keine Schlagzeilen. Ebenso wenig wie der Scharfschütze, der Tarik auf dem Güggel das Leben gerettet hatte. »Haben Sie herausgefunden, wer von Ihren Leuten nun Sektenchef Loosli erschossen hat?«

Neuenschwander warf ihm einen Blick zu. »Das muss unter uns bleiben, verstanden?«

Bollag nickte.

»Es war keiner von uns. Unsere Präzisionsschützen schießen mit NATO-Standard, Kaliber 7,62. Die Kugel, mit der Loosli getötet wurde, hat Kaliber 8,6.«

»Sie meinen, da war sonst noch jemand im Wald?«

Neuenschwander löste eine Hand vom Lenkrad. »Es muss so gewesen sein. Das Wirtspaar vom Brunnersberg hat ein Auto mit französischem Kennzeichen gesehen.«

Da kam nur ein Mann infrage. »Petkov!«

Neuenschwander schnalzte mit der Zunge. »Das denke ich auch. Beweise dafür haben wir aber keine.«

Neuenschwanders Leutseligkeit musste Bollag ausnutzen. »Ich habe gehört, dass Sie die alte Akte von Kripo-Chef Amsler aus dem Archiv geholt haben. War sein Tod nun ein Unfall mit Fahrerflucht oder haben ihn die Sektenmitglieder umgebracht?«

»Das wissen wir noch nicht.« Neuenschwander lachte. »Ob Sie es glauben oder nicht, wir haben Looslis alten Opel Senator auftreiben können. Er stand bei einem Bauern im Emmental, diente als Hühnerstall. Unsere Techniker nehmen das Auto zurzeit auseinander, vielleicht werden sie Spuren des Zusammenstoßes finden. Es wäre schön, wenn wir diesen Fall zu den Akten legen könnten.«

Das wäre auch ein Knüller für das Tagblatt. »Den Opel als Eiernest, das kann ich in der Zeitung bringen, oder?«

»Warten Sie ein paar Tage. Sobald wir Gewissheit haben, werden Sie es als Erster erfahren. Schreiben können Sie hingegen, dass Sie recht hatten.«

Ein seltenes Wort aus Neuenschwanders Mund. »Womit?« Bollag holte seinen Laptop aus einer Tasche zwischen seinen Beinen, legte ihn auf die Knie und schaltete ihn ein.

Neuenschwander bremste hinter einem Cadillac mit geschwungenen Kotflügeln ab. »Arbeiter aus dem Auhafen haben auf Fotos von Sektenmitgliedern einen eigenbrötlerischen Kollegen identifiziert, der erst vor ein paar Monaten dort angefangen hat. Jetzt sitzt er in U-Haft.«

»Danke für den Tipp.« Der Laptop war hochgefahren, Bollag öffnete einen elektronischen Post-it-Zettel und machte sich eine Notiz. Anschließend rief er die Tagblatt-Webseite auf.

Neuenschwander grunzte. »Herrgott, Sie sind wirklich süchtig. Können Sie nicht mal zehn Minuten ohne Nachrichten sein?« Bei der Ausfahrt Solothurn Ost verließ er die A 5.

»Kann ich schon, aber unser Verleger Pfister hat für heute Mittag eine Medienmitteilung angekündigt.« Die Uhr auf dem Laptop zeigte 20 vor zwei. »Die sollte inzwischen eigentlich raus sein.« Langsam baute sich die Webseite auf dem Bildschirm auf, die Meldung stand ganz oben. »Verflucht.«

Neuenschwander versuchte, einen Blick auf den Bildschirm zu erhaschen. »Lesen Sie vor.«

»Schlimmer, als ich befürchtet hatte.« Bollag schüttelte den Kopf und las vor:

»Tagblatt wird verkauft

Hermann Pfister, der langjährige Verleger des Tagblatts, verkauft sämtliche Anteile an der Zeitung, an Radio Edelweiß und an Tele Nordwest an die MediaCom Holding mit Sitz in Zug. Als Verwaltungsrat von MediaCom amtet der Anwalt Paul Gubelmann, Mehrheitsaktionär ist Transportunter-

nehmer Franz Heusser. Heusser ist Mitglied der Schweizer Konservativen Partei und vertritt den Kanton Aargau im Ständerat. Zum neuen Chefredaktor wurde der bisherige Lokalchef Adrian Rieder ernannt.«

Bollag starrte auf die Buchstaben und versuchte, deren Sinn zu erfassen. Ständerat Heusser? Der Typ hatte Petra in *10vor10* angegriffen. Was wollte der mit dem Tagblatt? Und ausgerechnet Rieder wurde der neue Chef. »Das hat mir gerade noch gefehlt.«

Neuenschwander steuerte durch die Außenquartiere von Solothurn. »Wovon sprechen Sie?«

»Rieder wird Chefredaktor – wenn das kein deutliches Zeichen ist.«

»Wieso?«

Bollag schnaubte. »Als Journalist hat der bisher nichts geleistet. Er ist Manager, Erbsenzähler, Klinkenputzer.« Er seufzte. »Auf die Redaktion kommen schwere Zeiten zu.«

Neuenschwander bog auf den mit Gittern und Stacheldraht gesicherten Parkplatz ein. »Sie sind jetzt ein Starjournalist, Sie würden überall eine neue Stelle finden.«

»Vielleicht.« Bollag klappte den Laptop zu, steckte ihn in die Umhängetasche und öffnete die Beifahrertür. »Aber alle großen Redaktionen sind in Zürich zu Hause. Auf Großstadt habe ich keine Lust, mir gefällt es im Stedtli.« Er stieg aus und schloss die Tür, die Hitze erfasste ihn mit Wucht. Ging dieser schreckliche Sommer denn nie zu Ende?

Neuenschwander ließ das Seitenfenster halb herunterfahren. »Meine Sitzung mit den Solothurner Kollegen dauert etwa eine Stunde, danach hole ich Sie hier wieder ab. Seien Sie pünktlich.« Er winkte kurz und gab Gas.

Bollag sah dem VW Passat nach. Eigenartig, wie sich ihr Verhältnis in den Besprechungen der vergangenen Tage entwickelt hatte. Es war beinahe freundschaftlich geworden. Daran musste er sich erst gewöhnen.

Der rechteckige Klotz mit den vergitterten Fenstern bestand aus zwei Obergeschossen im Betonlook und einem Erdgeschoss mit rot-braunem Anstrich. Bollag schlenderte über den Parkplatz auf das riesige Schiebetor zu, ein hoher Zaun mit Stacheldraht umgab das gesamte Gebäude. Schwarze Buchstaben auf gelbem Grund wiesen auf eine Gegensprechanlage hin.

Strafanstalt Schöngrün

Anmeldung

Bollag drückte den Knopf. »Guten Tag, ich habe einen Termin.«

64

Vom brutalen Schläger aus dem Auhafen war nichts mehr übrig. Am Tisch im kahlen Besuchszimmer saß ein großer Junge vor den grauen Mauern. Er erhob sich augenblicklich und streckte Bollag die Hand entgegen. »Danke, dass Sie gekommen sind.«

»Der Anruf deines Anwalts hat mich neugierig gemacht.« Bollag schüttelte Tariks Hand, sie setzten sich einander gegenüber. Bollag hatte nicht gezögert mit seiner Zusage für das Treffen. Schon als Journalist konnte er sich diese Gelegenheit für ein Gespräch nicht entgehen lassen, doch als Mensch ging ihm auch Tariks Schicksal nahe. »Wie geht es dir?«

»Die Wunde tut etwas weh, aber sie heilt.« Tarik strich sich mit der Hand über die linke Schulter. »Die Tage sind lang. Ich bin es nicht gewohnt, eingesperrt zu sein.« Er machte ein betretenes Gesicht. »Ich lese viel in der Bibel.«

Bollag erwiderte nichts, ließ dem Jungen Zeit.

Tarik senkte den Blick auf die Tischplatte. »Ich wollte Sie um Verzeihung bitten.« Mit der Fingerkuppe fuhr er die Kante des Tisches entlang. »Für das, was ich im Hafen getan habe. Ich schäme mich sehr.« Er hob den Kopf, machte ein reumütiges Gesicht. »Und Ihnen danken, dass Sie nichts davon gesagt haben.«

Tatsächlich hatte Bollag einzig Petra die ganze Geschichte erzählt. Der Polizei hatte er zu Protokoll gegeben, dass das Feuer im Auhafen durch eine Kerze verursacht worden war. Zweifel an Tariks moralischer Schuld hatten ihn dazu bewogen. Der Junge hatte eine 20 Jahre lange Gehirnwäsche hinter sich. Wegen dieser Vorgeschichte hatte Tarik gute Chancen auf eine Bewährungsstrafe. »Ich glaube, dass du damals nicht ganz bei dir warst. Es muss schwer sein, wenn man in einer Gemeinschaft wie dieser aufwächst.«

Tarik sah zum Fenster hinaus, Blätter eines Baumes schaukelten im Wind. »Manchmal war es schwierig, manchmal leicht. Wir hatten klare Regeln. Wenn man sich an die hielt, bekam man keine Probleme. Meistens.«

»Meistens?«

»Wenn man klein ist, sind die Regeln schwer zu verstehen. Als Erstklässler hörte ich zum ersten Mal ein Märchen. Aschenputtel. Ich war fasziniert und erzählte es zu Hause. Danach schlug mich Vater hart mit der Rute, weil ich solche Lügen verbreitet hatte. Ich war sechs Jahre alt.« Ein trauriges Lächeln huschte über sein Gesicht. »Züchtigungen, ja, davon gibt es viele in der Gemeinschaft. Kinder tragen die Erbsünde in sich, die muss man ihnen austreiben.«

»Stellt das denn niemand infrage?«

»Mutter hat das bestimmt gemacht. Ich habe ja gesehen, wie sehr sie bei den Bestrafungen mitlitt. Darüber gesprochen hat sie aber nie.« Ein kleiner schwarzer Käfer krabbelte über den Tisch. Tarik legte seine Pranke flach vor ihn hin. Es war eine Arbeiterhand. »Einmal fragte ich eine Tante, wieso sie in der Gemeinschaft lebe. Sie gab keine Antwort und wollte mich in den folgenden Wochen nicht mehr in ihrer Nähe haben. Wer Fragen stellt, ist gefährlich. Ich kann Vaters Worte hören: *Wenn der gute Samen auf den Weg fällt, wird er zertreten oder von den Vögeln gefressen.* Deswegen durfte ich nicht studieren.«

»Wolltest du das denn?«

»Lehrer wäre ich gerne geworden. Kinder unterrichten, das würde mir gefallen. Und meine Noten waren gut, ich hätte es aufs Gymnasium geschafft. Für die *Lanze Gottes* kam das jedoch nicht infrage. Niemand durfte länger als nötig zur Schule, denn Wissen ist Haschen nach Wind. Also wurde ich Schreiner.« Der Käfer spazierte über Tariks Hand.

»Gefällt dir der Beruf?«

»Ja, ich arbeite gerne mit den Händen. Und die Lehre war faszinierend. Ich hatte Spaß mit den Kollegen, da wurde gesungen und gelacht. Es war eine neue Welt. Wenn ich am Abend zurück in die Gemeinde musste, war das hart. Dort haben sie mich täglich ermahnt, mich mit niemandem einzulassen. Aber wie konnte dort draußen alles so schlecht sein?«

»Hat dein Vater die Regeln bestimmt?«

Tarik breitete die Arme aus. »Er hat alles bestimmt. Nach der Wahl zum Ältesten wurde er immer extremer. Früher feierten wir Weihnachten, bis er es verboten hat. Das Gleiche galt für Ostern oder Geburtstage. Vater meinte, für uns Menschen gebe es keinen Grund zum Feiern in diesem Jammertal.« Der Käfer krabbelte den Unterarm hoch, Tarik legte ihm seine andere Hand in den Weg. »Dabei hatte er selber mehrere Jahre draußen gelebt. Er muss also auch Zweifel gehabt haben.«

Eine Mischung aus Trauer und Verwirrung las Bollag in seinem Gesicht. »Ich denke, das hat mit Unsicherheit zu tun. Innerer Zweifel lässt Menschen hart auftreten gegenüber der Umwelt.«

Tarik stand auf, öffnete das Fenster und streckte die Hand zwischen die Gitter aus. »In den letzten Monaten war es schlimm. In jeder Überschwemmung, in jedem Verbrechen oder Zugunglück sah Vater ein Zeichen dafür, dass das Jüngste Gericht naht. Mit der Ermordung der Sterbehelfer wollte er Gott seine Liebe zeigen. Er muss verrückt geworden sein.«

»Sehen das alle in der Gemeinde so?«

»Oh nein. Die sind überzeugt davon, dass *ich* das Unglück über sie gebracht habe. Die Frauen, Kinder und Alten sind bereits in andere Gemeinden der *Lanze Gottes* umgezogen, ein paar der Männer sind hier in U-Haft. Für die bin ich ein Aussätziger.«

»Und wie kommst du damit zurecht?«

Der Käfer kroch auf einen Gitterstab, Tarik drehte sich um und lehnte sich mit dem Rücken gegen die Wand. »Es macht mich traurig. Vor allem wegen der Kinder tut es mir leid, sie sind alle wie Brüder und Schwestern. Ich weiß genau, mit welchen Ängsten und Drohungen sie aufwachsen werden.« Er kam herüber und setzte sich. »Und gleichzeitig fühlt es sich an, als ob eine schwere Last von mir abgefallen ist.« Er seufzte. »Nun muss ich den richtigen Weg für mich finden.«

»Du bist sehr jung. Ich bin sicher, dass du das tun wirst. Und deine Eltern werden dir dabei helfen. Deine richtigen Eltern.«

»Kennen Sie sie?«

»Ich habe sie ein paarmal getroffen. Und ich habe den Eindruck, dass es gute Menschen sind. All die Jahre haben sie nach dir gesucht, nie haben sie die Hoffnung aufgegeben. Und eine kleine Schwester hast du jetzt auch. Sie ist ein richtiger Wirbelwind.«

Tarik lächelte, stützte den Kopf auf einer Hand ab, machte ein nachdenkliches Gesicht. »Sie wollten mich treffen, doch ich bin bisher nicht bereit dazu.« Mit dem Daumen strich er über eine seiner dicken Augenbrauen. »Meine Mutter Vera, ich liebte sie von ganzem Herzen. Ich kann sie nicht einfach begraben und vergessen.« Seine Augen glänzten.

»Niemand erwartet das. Aber bedenke immer, dass Vera und Thomas Loosli einer Familie das Kind geraubt und großes Leid über sie gebracht haben. Deine eigentliche Mutter, Meltem, ist aus Kummer fast gestorben.«

Eine Träne lief über Tariks Wange. »Und jetzt bekommt sie einen ganz anderen Sohn zurück. Einen, der zum Hass auf Muslime erzogen wurde.« Er vergrub sein Gesicht in den Händen. »Ich weiß einfach nicht, wie es weitergehen soll in meinem jämmerlichen Leben.«

Bollag streckte einen Arm vorsichtig über die Tischplatte und legte die Hand auf Tariks muskulöse Schulter. Er spürte den Körper beben und suchte tröstende Worte. Täglich hatte dieser Junge Vorurteile und Regeln aufsaugen müssen, das steckte tief in ihm. »Bestimmt stehen dir schwierige Jahre bevor. Du wirst eine neue Mutter und einen neuen Vater kennenlernen. Du wirst Entscheidungen treffen, dich in einem völlig anderen Leben zurechtfinden müssen. Nur wenige Menschen schaffen das so einfach.«

Er wartete, bis Tarik den Kopf hob. »Oben auf dem Berg hast du unglaublichen Mut bewiesen. Ich denke, dass du so ein Mensch bist.«

Tarik schluckte schwer, seine Unterlippe zitterte.

Bollag legte ihm die Hand auf den Unterarm. »Ich jedenfalls verzeihe dir.«

Tarik räusperte sich, ein schwaches Lächeln zeichnete sich um seinen Mund ab.

Der Lautsprecher über ihnen knisterte. »Die Besuchszeit ist zu Ende.«

Aber Tariks zweites Leben fing eben erst an.

ENDE

ANMERKUNGEN

Diese Geschichte ist Fiktion. Eine religiöse Gemeinschaft mit dem Namen *Lanze Gottes* gibt es nicht. Tariks Beschreibungen vom Leben in einer Sekte sind jedoch nicht meiner Fantasie entsprungen. Die Regeln, den Tagesablauf oder die Strafen habe ich schriftlichen Berichten von Menschen entnommen, die in der Schweiz in ähnlichen Gruppierungen aufgewachsen sind.

Das Tagblatt in Liestal existiert ebenfalls nicht. Real sind hingegen die meisten Orte, die in diesem Krimi beschrieben werden. Hie und da habe ich mir allerdings erlaubt, Gebäude und Schauplätze zu erfinden, umzubauen oder zu verschieben. Der Kanton Baselland, in dem meine Geschichte zum größten Teil spielt, befindet sich im Nordwesten der Schweiz. Nördlich liegen der Rhein und die Landesgrenze zu Deutschland, im Nordwesten Frankreich. Der Kanton ist 520 Quadratkilometer groß und hat 280.000 Einwohner. Liestal ist der Hauptort und das Verwaltungszentrum, das *Stedtli* liegt etwa 15 Kilometer südöstlich von Basel. Während der untere Kantonsteil städtisch geprägt ist, dominieren kleine Dörfer und Bauernhöfe das Bild im hügeligen oberen Teil.

Bedanken möchte ich mich bei allen Personen, die mir durch ihre Ratschläge beim Schreiben dieses Krimis geholfen haben. Meine Agentin Anna Mechler unterstützte mich in vielen Belangen, der Autor Carlo Feber gab mir wertvolle Tipps. Wichtige Anregungen bekam ich auch von der Lektorin Katja Ernst vom Gmeiner-Verlag. Der Krimiexperte Gregor Saladin prüfte die Verständlichkeit, die Ärztin Patricia Engels die medizinischen Belange. Rolf Wirz, der ehemalige Sprecher der Polizei Basel-Landschaft, korrigierte die Vorgänge und Abläufe bei der Polizei. Sie alle lieferten mir wertvolle Hinweise.

Den größten Dank schulde ich meiner Frau und meinen Kindern, die mich wie immer auf vielfältige Weise unterstützt haben.

Weitere Krimis finden Sie auf den folgenden Seiten und im Internet:
www.gmeiner-verlag.de

Rolf von Siebenthal
Schachzug
978-3-8392-1441-1

»Spannung auf Schienen!«

Liestal im Baselland. Ein präziser Schuss aus 600 Metern Entfernung reißt Marcel Laval, einen aufstrebenden Manager, aus dem Leben. Der Journalist Max Bollag, der Schwager des Toten, macht sich auf die Suche nach dem Mörder. Er hofft auf neuen Schwung für seine stockende Karriere und die kriselnde Ehe. Bei seinen Recherchen stößt Bollag auf einen Gegner, der eine Mission zu erfüllen hat – und keine Gnade kennt.

GMEINER
Wir machen's spannend

Unser Lesermagazin

2 x jährlich das Neueste aus der Gmeiner-Bibliothek

24 x 35 cm, 40 S., farbig; inkl. Büchermagazin »nicht nur« für Frauen und HistoJournal

Das KrimiJournal erhalten Sie in Ihrer Buchhandlung oder unter www.gmeiner-verlag.de

GmeinerNewsletter

Neues aus der Welt der Gmeiner-Romane

Haben Sie schon unsere GmeinerNewsletter abonniert?

Monatlich erhalten Sie per E-Mail aktuelle Informationen aus der Welt der Krimis, der historischen Romane und der Frauenromane: Buchtipps, Berichte über Autoren und ihre Arbeit, Veranstaltungshinweise, neue Literaturseiten im Internet und interessante Neuigkeiten.

Die Anmeldung zu den GmeinerNewslettern ist ganz einfach. Direkt auf der Homepage des Gmeiner-Verlags (www.gmeiner-verlag.de) finden Sie das entsprechende Anmeldeformular.

Ihre Meinung ist gefragt!

Mitmachen und gewinnen

Wir möchten Ihnen mit unseren Romanen immer beste Unterhaltung bieten. Sie können uns dabei unterstützen, indem Sie uns Ihre Meinung zu den Gmeiner-Romanen sagen! Senden Sie eine E-Mail an gewinnspiel@gmeiner-verlag.de und teilen Sie uns mit, welches Buch Sie gelesen haben und wie es Ihnen gefallen hat. Alle Einsendungen nehmen automatisch am großen Jahresgewinnspiel mit attraktiven Buchpreisen teil.

GMEINER

Wir machen's spannend